10|18
12, avenue d'Italie — Paris XIIIe

Sur l'auteur

Hubert Selby Jr. est né à Brooklyn en 1928. À seize ans, il s'engage dans la marine marchande, mais, atteint de tuberculose, il démissionne et est hospitalisé durant quatre ans, de 1946 à 1950. La maladie, l'alcool, la drogue, les hôpitaux psychiatriques et même la prison font partie de sa vie jusqu'au jour où il achète une machine à écrire et décide d'écrire. En 1964, *Last Exit to Brooklyn* paraît aux États-Unis et rencontre immédiatement un très vif succès. Il publie ensuite d'autres romans – *Retour à Brooklyn* (adapté pour le cinéma par Darren Aronofsky, sous le titre *Requiem for a Dream*), *La Geôle, Le Démon* –, toujours salués par la critique. Après un silence de près de trente ans, son dernier ouvrage, *Le Saule,* a paru en France en 1999.

V_Gau)

RETOUR À BROOKLYN

(Requiem for a Dream)

PAR

HUBERT SELBY Jr.

Traduit de l'américain
par Daniel MAUROC

10|18

« Domaine étranger »
dirigé par Jean-Claude Zylberstein

Du même auteur
aux Éditions 10/18

LA GEÔLE, n° 1491
LE DÉMON, n° 1606
▶ RETOUR À BROOKLYN, n° 1660
LAST EXIT TO BROOKLYN, n° 2393

Titre original :
Requiem for a Dream

ISBN 2-264-03054-2

Excepté le SEIGNEUR qui construit la maison,
ils peinent en vain ceux qui la construisent...

Psaume 127 : 1.

Fais confiance au SEIGNEUR de tout ton
cœur; et ne te fie pas à ta
seule intelligence.

En toutes choses reconnais-le,
et il dirigera tes pas.

Proverbes 3 : 5, 6.

Ce livre est dédié, avec amour,
à Bobby, qui a trouvé
son kilo de pure, la seule —
la Foi en un Dieu d'Amour.

HARRY enferma sa mère dans le réduit. Harold. Je t'en prie. Non, pas encore cette télé. Okay, okay, Harry ouvrit la porte, bon, alors arrête d'me casser les méninges. Il se dirigea vers l'appareil de télévision au bout de la pièce. Et m'emmerde pas. Il arracha le fil de la prise et débrancha l'antenne. Sara retourna dans son réduit, dont elle referma la porte. Harry la fixa un moment. Bon, okay, restes-y. Il s'était mis à pousser l'appareil sur ses roulettes, lorsque celui-ci s'arrêta sur une secousse, en manquant tomber. Bon sang qu'est-c' qu'y spasse? Il regarda au sol et découvrit la chaîne de bicyclette qui le rattachait par un œillet d'acier, sur le côté, au radiateur. Il fixait la porte du réduit. Quequ' tu cherches, hein? Quequ'c'est qu'cette chaîne? Tu voudrais qu'j'bousille la télé d'ma propre mère? ou le radiateur? – elle était assise par terre, dans le réduit, muette – ou qu'je fasse sauter toute la maison, peut-être? Tu voudrais faire d'moi un assassin? Ton propre fils? la chair de ta chair? QUEQU'TU VEUX D'MOI???? Harry était debout devant la porte. TON PROPRE FILS!!!! Une petite clef plate pointait par-dessous. Du bout de l'ongle Harry parvint à la récupérer et l'arracha. Pourquoi fauty toujours qu'tu m'casses les méninges nomdedieu, toujours à essayer d'me foutre un méchant complexe? Ça t'est égal c'que j' ressens? Pourquoi fauty qu'tu m'rendes la vie si difficile? Pourquoi c'que – Harold, jamais d'la vie. La chaîne est pas pour toi. Les voleurs. Pourquoi c'que tu m'as pas averti alors? L'appareil a failli tomber. J'aurais pu avoir une attaque. Dans l'obscurité, Sara secouait la tête. Tu devrais faire attention, Harold. Alors pourquoi c'que tu veux pas sortir? Et Harry de tirer sur la porte et de secouer la poignée, mais elle était fermée de l'intérieur. Harry en leva les bras de désespoir et de dégoût. Vois c'que j'veux dire? Vois comme y faut toujours qu'tu m'tracasses? Il retourna à la télévision, détacha la chaîne, puis se retourna vers la porte du réduit. Pourquoi fauty qu't'en fasses toute une histoire? hein? Rien qu'pour me foutre un complexe, c'est ça? C'est Ça???? – Sara n'avait pas cessé de se balancer – tu sais bien qu'tu la r'trouveras ta télé dans une heure ou deux, mais faut qu'tu m'colles un complexe. Il n'avait pas cessé de regarder la porte – Sara silencieuse se balançait – avant de lever à nouveau les bras. Et pis merde, et de pousser l'appareil, précautionneusement, hors de l'appartement.

Sara entendait rouler l'appareil, elle entendit s'ouvrir et se refermer la porte de l'appartement, et continua de se balancer, les yeux clos. C'était pas vrai. C'était pas vrai puisqu'elle n'avait rien vu. Elle le répétait à son mari Seymour, qu'était mort à c't'heure, qu'c'était pas vrai. Et pis quand bien même qu'ça serait ça s'arrangera, t'en fais donc pas Seymour. C'est comme une pause publicitaire. Le programme va bientôt revenir et tu verras, ce sera parfait Seymour. Tout ira bien. Tu l'vois déjà.

A la fin, tout s'arrange.

Le copain de Harry, un Noir nommé Tyrone C. Love – C'est ça jim, c'est comme ça qu'je m'ahpelle et j'blaire que moah – l'attendait dans l'entrée en mastiquant une barre de Snickers. Ils n'eurent aucun mal à sortir l'appareil de la maison. Avec Harry qui disait salut à toutes les *yentas*[1] qui prenaient le soleil devant. Mais c'était maintenant que ça allait être dur. Pousser ce sacré truc jusqu'à la boutique du prêteur à trois rues de là sans qu'on le vole, ou qu'un petit con le renverse, ou qu'il bute dans un trou ou rentre dans un tas de détritus ou dégringole, ou sans que cette foutue table s'effondre, réclamait de la patience et de la persévérance. Tyrone veillait à l'équilibre tandis que Harry poussait et manœuvrait. Tyrone jouait les éclaireurs et prévenait Harry des gros tas de vieux papiers et des sacs d'ordures qui pouvaient s'avérer dangereux pour l'accomplissement de leur mission, en vitesse et sans histoires. Ils s'emparèrent chacun d'un bout de la table pour descendre du trottoir et traverser la rue. Tyrone tourna la tête et considéra l'appareil. Meeerde, c'te putain commence à avoir l'air un peu patraque mec. Qu'estcequ'y spasse, t'fais l'difficile busquement? Hé bébé, elle peut ben s' faire tous les ch'veux qu'elle veut, tant qu'on rahmasse la mannaie.

M. Rabinowitz secouait la tête en les regardant pousser l'appareil dans sa boutique. Regardez-moi ça, la table avec déjà. Hé, qu'est-ce que vous attendez de moi? J'peux pas m'le coller sur le dos. T'as ton ami. Y pourrait t'aider. Hé mon pote, j'vais pah me fatiguer pour un blanc. Harry rigolait en secouant la tête. Quel juif. Ce sera plus facile à ramener, c'est vrai. Le v'là bien, toujours à penser à la mama. Oïe, et toi, un beau fiston. Un voyou. Elle a b'soin d'toi comme le cerf a besoin d' cornes à chapeaux. Allons Abe, on est pressé. Passe-nous la monnaie. Presse-toi, presse-toi. Toujours à se presser, à se bousculer derrière le comptoir, à inspecter soigneusement ses crayons avant d'en choisir un. T'as toujours tant d'choses importantes qu'le monte va s'égrouler si tout est pas réklé d'la veille. Il claqua la

1. Commères. *(N. d. T.)*

langue, hocha la tête, et compta lentement l'argent... deux fois... trois fois – Hé, allons Abe, finissons-en. Tu piges le mec jim? Y s'lèche les doigts et ahrête pas d'compter la mannaie comme si qu'il allait changer les numéros. Y s'fie même pas à lui. Merde.

M. Rabinowitz donna l'argent à Harry, qui signa le registre. Voulez-vous être gentils, me le rouler bar là? Meeerde, tu sais quequ'chose jim, chaque fois qu'je te vois faut qu'j'me casse le cul. Ils poussèrent l'appareil dans le coin et filèrent.

M. Rabinowitz les regardait, claqua la langue, hocha la tête, puis soupira. Quequ'chose qui gloche... Vraiment pas kosher, sûr qu'c'est pas kosher.

***

Meeerde. Pourquoi c'que tu veux aller là mec? Pourquoi c'que j' veux aller là? Parce qu'ils vous refilent des petits timbres bleus avec la came. T'sais quequ'chose Harry? T'es un ballot. Tu d'vrais pas déconner quand tu parles d'quequ'chose d'sérieux mec. Espécialement quand tu parles d'la mienne de came. La tienne j'm'en moque. Et qu'est-c'qu'elle a d'si formidable ta came? Oh mec, quequ'tu veux dire? On en trouve autant ici qu'là-bas. On pourrait même essayer un nouveau. Un nouveau? Ouais, bébé. On n'aurait qu'à pousser un peu et voir qui c'est qu'ont l'pus d'doigts dans le nez et qui s'dandinent le pus pour savoir où c'est qu'est la *bonne* came, la merde introuvable jim j'veux dire. Et on économise le taxi, par d'sus l'marché. Le taxi? T'as hérité? L'argent est pour la came mec. Il est pas pour l'taxi. Faut s'occuper d'l'essentiel vant d'déconner vec le lusk.

Meerde. Tu voudrais pas qu'j'te prenne ce putain d' métro vec tous ces poivrots et ces pervers. Bon sang. T'as perdu la tête. Y te piquent ta chemise vant qu'tu soyes nulle pah. Hé mec, m'vends pas c'te salade d'vieux crevard d'macaque. Tant qu'à faire d'voyager, gloussait Tyrone, laisse-moi peler mon pote Brody que j'vois c'qu'il a. Passe-moi un jeton. Merde, depuis quand est-ce qu'y t'faut un jeton pour téléphoner. Hé bébé, j'déconne pah vec la compagnie du téléphone. Harry s'appuyait contre la cabine tandis que Tyrone se penchait sur l'appareil en chuchotant avec des airs de conspirateur. Il raccrocha au bout d'une minute environ et sortit de la cabine, un immense sourire aux lèvres. Hé mec, bouc-la, tu m'fais mal aux yeux. Spèce d'cul d'lavasse d'fant de pute. Sûr qu't'irais pah loin suh les champs d'coton. Tyrone se remit en route, flanqué de Harry. T'sais c'qui s'passe? Mon pote en ah qu'c'est d'la dynamite bébé, et on va s'en prendre une cuiller. Ils remontèrent séparément les escaliers du métro. Harry flâna un moment pendant que Tyrone descendait la rue, puis entra dans une cafeteria quelques portes plus bas. Le quartier était complètement et absolument noir. Jusqu'aux flics en civil. Harry se sentait toujours un peu déplacé dans ce genre d'endroit en buvant son café léger et en grignotant son pet de nonne au chocolat. C'était le seul ennui quand on fricotait avec Brody. Il avait de la bonne merde d'habitude mais Harry ne devait pas aller plus loin que la cafeteria ou tout était foutu, ou, presque aussi regrettable, il risquait de se faire fendre le crâne. La seule chose intelligente en réalité, vraiment intelligente, aurait été de rester chez lui, mais Harry ne pouvait supporter d'être si loin à la fois de son argent et de la merde. Il était assez pénible d'être là, l'estomac serré, avec cette angoisse dans les tripes et cet avant-goût dans l'arrière-gorge, mais c'était mille fois mieux que de *ne pas* y être.

Il renouvela sa commande et pivota légèrement sur son tabouret lorsqu'un flic plus noir encore que le pet-de-nonne, et plus massif qu'un de leurs foutus camions, s'assit près de lui. Doux Jésus, c'est bien ma veine, merde. On essaye de se détendre et de siroter son café et voilà qu'un d'ces foutus macaques a besoin de s'asseoir près de moi. Merde! Il sirotait son café rêvant à ce qui se passerait s'il arrachait brusquement le pistolet de sa gaine et se mettait à tirer, pan pan, et lui faisait sauter la cervelle d'un coup à cet enculé, jetait un billet sur le comptoir en disant à la poupée de garder la monnaie et filait tranquillement, ou s'il se contentait de lui soulever son revolver et de le tendre au flic en lui demandant si c'était le sien. Je viens de le trouver par terre et j'ai pensé que vous l'aviez peut-être égaré, ou ce qui serait vraiment super, s'il le lui piquait en douce c'te foutu engin et l'envoyait par la poste au commissaire avec une note comme quoi deux types se sont fait buter avec et qu'y devrait peut-être faire un peu plus attention à ces joujoux... Ouais ça serait marrant, et il regardait cet énorme enfant de putain assis près de lui qui baratinait la poupée derrière le comptoir et riait à s'en péter sa grosse panse noire, et Harry riait sous cape et se demandait ce que le flic dirait s'il savait que sa vie était entre les mains de Harry, lorsqu'il finit par remarquer la taille de la main avec laquelle le flic tenait sa tasse de café, elle était encore plus grande qu'un d'leurs foutus ballons de basket, sur quoi il engloutit le reste du pet-de-nonne, le café par-dessus, et sortit lentement, nonchalamment, de la cafeteria, sans cesser de sentir dans son dos cette montagne de barbaque policière, tandis que Tyrone dégringolait au pas de bebop les marches du métro.

La piaule de Tyrone n'était qu'une chambre équipée d'un lavabo. Ils s'assirent autour de la petite table, leurs ustensiles dans un verre dont l'eau était rosie par le sang, la tête flasque sur les épaules, les mains flasques au bout des bras, serrant à peine leur cigarette entre les doigts. Un doigt dans le nez, à l'occasion. Leur voix était basse, leur sortait de la gorge à peine audible. Meerde, c'est du super bébé. D'la *dyn-a-mite* j'veux dire. Ouais mec, c'est vraiment du tonnerre. La cigarette de Harry lui brûlait les doigts, il la laissa tomber. Merde, il se pencha lentement pour la contempler une bonne minute, la main suspendue, avant de la ramasser, de la regarder, de tirer laborieusement une nouvelle cigarette de son paquet, de se la coller dans la bouche, de l'allumer avec la première, de lâcher le mégot dans le cendrier, et de se lécher ses bouts de doigts brûlés. Il fixa un moment le bout de ses chaussures, puis... elles avaient l'air chouettes, légères comme qui dirait la façon qu'elles – un immense cafard qui s'avançait agressivement attira son attention, mais disparut sous une moulure avant que Harry se soit résolu à essayer de l'écraser. Tout aussi bien, l'aurait pu me faire un trou dans la chaussure c'te fantdepute. Il leva péniblement le bras pour tirer une autre bouffée. Une longue bouffée qu'il aspira lentement, profondément, savourant la moindre particule de fumée et la façon dont elle semblait lui titiller les amygdales et la gorge, Dieu qu'c'était bon. Il y avait quelque chose dans la came qui vous rendait le goût de la cigarette si foutrement agréable. T'sais c'qu'on d'vrait faire mec? Hein? On d'vrait en pende un peu d'c'te merde et la couper et en fourguer la moitié, tu piges? Ouais bébé, l'est assez bonne pour qu'on la coupe, on s'défonce quand même. Ouais, on peut en goûter et fourguer le reste. On doublerait la mise. Facilement. T'l'as dit bébé. Et pis on s'en paye deux chacun et c't'aut' chose bébé. Sûr qu'ça serait super bébé. Tout c'qu'y faut c'est y aller mollo vec la merde, t'sais, ren qu'un p'tit goût d'temps en temps mais pas trop – Perds pas l'nord bébé – juste assez pour bien planer et on aurait un foutu magot en moins d'deux. Tu peux parier tes fesses mon mignon. Les j'tons s'empileront qu'on en aura jusqu'aux fesses jim. D'accord mec, et on bousillera pas tout comme tous ces trous du cul. On va pas perdre le nord et tout flamber. La tête froide, on s'occupe d'nos affaires et en un rien d'temps on s'décroche une livre de pure et on n'a plus qu'à s'asseoir pour compter la monnaie. Pas question d'tapiner, merde. T'as bougrement raison mon cochon. On s'adresse aux Aïetaliens directement, on la coupe tout seuls (nous-mêmes, on s'trouve un mordu pour nous la fourguer, et on n'a pus qu'à s'asseoir pour les compter les j'tons et s'payer une d'ces putains d'grosses cadillacs roses 'vec un gros cul. Ouais, et j'me dégote un uniforme d'chauffard et j'te les balade partout, tes grosses fesses noires. Et tu m'la tiens c'te putain d'porte jim, ou j'te les brûle... Oh ouais, si vrai qu'j'm'appelle *Tyrone* C. Love et qu'j'aime que *moah*. Bon, c'est pas Tyrone C. qu'j'vais m'envoyer. J'me dégote une chouette piaule près d'Central Park et j'passe mon temps à r'nifler l'odeur des belles pépées qui s'baladent. Meerde...

Qu'est-ce que t'en foutras, mec? Tu la sors pas du frigo. J'vais rester couché près d'elle à la caresser mec et en grignoter p't'êt' un p'tit bout de temps en temps. Bon sang. C'esty pas unonte mon cochon. L'gars va s'installer dans une piaule de lusk vec une belle nana et y va rester à r'nifler c'te parfum. Quequ'tu veux, j'aime la bouffe. Un peu de foie haché, un peu de poisson fumé, un... Bonssang, mais t'es qu'un sale culé. V'là l'ennui vec vous les navets mec, savez jamais quoi faire vec les nanas. Merde mec, on sait quoi faire. C'est vous aut' enculés d'Africains qui savez pas vous tenir à table... Pourquoi qu'tu crois qu'les p'tits Juifs les décrochent toutes? Rien à voir avec l'argent. C'est parce qu'on est des futés. Meerde, t'es qu'un con qu'a pas d'bite mec. Quand mon tailleur rah pis mes m'sures pour quequ'z-aut' costumes, j'rentre à la piaule et j'me monte une écurie jim à t'en scier les g'noux. Faudra qu'elles soyent vraiment chouettes j'veux dire. Et une aut'couleur tous les jours d'la s'maine. Combien qu'tu crois qu'ça nous prendra pour en avoir une livre de pure? Meerde mec. Que dalle. On y va, on s'balade deux minutes, et c'est parti. A la Noël, on s'ra là à compter les j'tons et à déconner. Bon Noël mec. La cigarette de Harry lui brûlait les doigts. Merde, il la lâcha, s'pèce de garce.

Deux gosses du quartier accompagnèrent Sara chez le prêteur. M. Rabinowitz se précipita de derrière son comptoir. Bonsoir Mme Goldfarb. Bonsoir M. Rabinowitz, mais je ne suis pas sûre que ça aille si bien. Et vous? Euh, il ferma à demi les paupières, rentra les épaules et hocha la tête. Qu'est-ce que vous foulez? J'suis seul à la boutique toute la journée, ma femme est aux courses mit notre fille Rachel, quelque chose pour le petit Izzy, elle n'est pas encore rentrée. A déjeuner j'ai de la langue froide, sans pain de seigle... de la moutarde et du raivort, mais sans le pain de seigle déjà, oïe... Il haussa les épaules, hocha la tête et l'interrogea à nouveau du regard, mais pour dîner ce sera peut-être de la soupe froide si elle est toujours pas rentrée, vous foulez votre télé. Quel âge a-t-il maintenant, le petit Izzy? Oh, il est si mignon, je pourrais les lui manger, ses petites jambes tellement elles sont potelées. Oui, si ça ne vous dérange pas. Ces gentils garçons vont me la pousser jusque chez moi – qu'ils sont gentils ces garçons d'aider une pauvre maman – Dieu merci il a emporté la table, ce sera plus facile pour ramener l'appareil. Je n'ai que trois dollars pour l'instant mais la semaine prochaine je – Allons prenez-la, prenez, et de secouer la tête en haussant les épaules, on n'a plus qu'à espérer qu'il la revendra pas avant que vous ayez payé pour cette fois, pas comme la fois où il vous l'avait volée trois fois en un mois et ça vous a pris combien pour la payer? Izzy aura un an tout rond la semaine prochaine. Mardi. Ooooh, Sara poussa un long et profond soupir, on dirait que c'était hier, Rachel jouait encore à la poupée, et voilà qu'elle... Sara lui donna les trois dollars qu'elle avait pliés et soigneusement enfouis dans un coin de sa blouse, M. Rabinowitz se glissa derrière son comptoir, les mit dans le tiroir de la caisse enregistreuse, et les nota soigneusement dans le petit livre dont la couverture s'ornait de cette inscription : SARA GOLDFARB – TÉLÉ. Des pages d'entrées et de sorties, à n'en plus finir, couvrant les dernières années, tout l'argent versé à Harry pour cet appareil et les paiements échelonnés de sa mère. Les deux gosses avaient commencé à pousser la table roulante jusque dans la rue. Est-ce que je peux vous poser une question, Mme Goldfarb, vous le prendrez bas mal? Sara haussa les épaules, depuis quand est-cė qu'on se connaît? Il hochait la tête, la hochait, la hochait. Qui est-ce qui compte? Pourquoi est-ce que vous iriez pas foir la police déjà, ils pourraient peut-être parler à Harry, il vous folerait plus votre télé, ou peut-être qu'ils l'enverraient quelque part pendant quelques mois pour qu'il révléchisse et qu'il soit un bon garçon quand il sortira et qu'il s'occupe de vous déjà, et qu'il passe plus son temps à vous prendre votre télé? Ooooh, elle poussa un autre long et profond soupir, M. Rabinowitz, je ne pourrais pas, et de se presser la poitrine d'un geste on ne peut plus fervent, Harold est mon seul enfant, ma seule famille. Tout ce que j'ai. Tous les autres sont morts. Il ne reste plus qu'Harry et moi... Mon fils, mon boubala? Et qui sait combien de temps il me reste – Ah, s'il avait une gentille jeune fille – elle l'interrompit d'un geste de la main, qui puisse l'aider. Il est le dernier des Goldfarb. Et je ferais de lui un criminel? Ils le mettraient avec les gens si affreux qui pourraient lui apprendre des choses si affreuses. Non, il est jeune. C'est un bon garçon mon Harold. Juste un peu espiègle. Un jour il rencontrera une gentille petite Juive et il se rangera et je serai grand-mère. Au revoir, M. Rabinowitz, et de se diriger vers la porte avec de grands gestes, bonjour à Mme Rabinowitz. Attention à la porte, les garçons. Abe Rabinowitz hochait la tête en la regardant sortir, avec les deux garçons qui poussaient la table, et remonter lentement la rue, devant ses fenêtres embuées, avant de disparaître. Il cessa de hocher la tête et la secoua franchement. Oïe, quelle vie. J'espère qu'elle va bientôt rentrer déjà. Pas envie de soupe froide. Un homme de mon âche a besoin de quelque chose de chaud dans l'estomac et d'une bouteille d'eau chaude pour les pieds. Oïe, mes pieds. Ahhhhhhh... quelle vie. *Tsouris... tsouris...*

*
* *

Après le départ des garçons, Sara Goldfarb rattacha la télé au radiateur. Elle ouvrit le poste, ajusta l'antenne, s'assit dans le fauteuil et regarda le feuilleton de Proctor & Gamble, puis des extraits de feuilletons à l'eau de rose. Elle retroussait ses lèvres quand les acteurs se brossaient les dents et vérifiait d'un coup de langue que les taches révélatrices avaient disparu, elle était heureuse de voir que ce petit chou n'avait pas de caries, mais il avait l'air si maigre, il devrait se remplumer. Mon Harold aussi. Il est si maigre. Je le lui dis tout le temps, mange, mange, on te voit les os. Merde, c'est mes doigts. Quequ'tu veux, qu'y m'pende des bourrelets de graisse aux doigts? Je veux que tu te portes bien, tu ne devrais pas être si maigre. Tu devrais boire du malt. Malt, schmalt, hein? Je me demande s'il n'a pas des caries. Ses dents n'ont pas l'air en si bon état. Il fume trop de cigarettes. Le petit garçon retroussait à nouveau les lèvres. De si jolies dents blanches. Peut-être qu'un jour quand il sera grand il se mettra à fumer et il aura les dents jaunes, comme Harold. Ils ne devraient jamais avoir de caries, et ses yeux restaient fixés sur l'écran où des paquets de lessive explosaient en un festival de linge blanc et des bouteilles de produits d'entretien explosaient en autant de personnages exotiques genre tantouses qui vous effaçaient des murs et du sol toute trace d'humanité, et ce mari fatigué qui rentrait chez lui après une dure journée de labeur et s'émerveillait tellement de ce linge éblouissant et de ce sol étincelant qu'il en oubliait tous les soucis de ce bas monde et soulevait sa femme – oh, qu'elle est maigre. Attention de ne pas la casser. Mais elle a l'air si douce. Une gentille fille. Elle tient sa maison propre. C'est une fille comme ça que mon Harold devrait se trouver. Une gentille jeune fille juive comme celle-là. Le mari soulevait sa femme et la faisait tournoyer et ils finissaient par terre sur l'étincelant et éblouissant lino de la cuisine et Sara se penchait sur son fauteuil en se disant qu'il allait peut-être se passer des choses intéressantes, mais ils ne faisaient que contempler leur image dans le linoléum; puis les plateaux étaient artistiquement disposés sur la table pour qu'ils puissent regarder la télé et la femme souriait à Sara, un sourire futé, on a notre sourire de connivence, et son mari s'exclamait, quelle merveilleuse cuisinière, et Sara souriait et adressait à la femme un sourire complice et se gardait de dire au mari que le dîner était du surgelé, et l'heureux couple avalait son dîner en se regardant dans les yeux et Sara était si heureuse pour eux, avant de compter son argent et de s'apercevoir qu'elle devrait se priver de déjeuner pendant quelques jours, mais la télé en valait la peine. Ce n'était pas la première fois qu'elle se privait de repas pour son appareil; et puis on avait changé de décor, une voiture filait à l'hôpital et une mère inquiète se précipitait à travers des couloirs tranquilles et aseptisés vers un médecin grave et imperturbable qui lui parlait de l'état de son fils et de ce qu'on devrait faire pour lui sauver la vie, et Sara se penchait sur son fauteuil les yeux et les oreilles grand ouverts, elle était de tout cœur avec la mère et se sentait de plus en plus inquiète tandis que le docteur évoquait, avec de pénibles détails, la possibilité d'un échec, ô mon Dieu, c'est terrible... terrible. Le docteur expliquait à la mère toutes les alternatives possibles et la regardait peser sa décision, fallait-il l'autoriser à opérer son fils, et Sara se penchait de plus en plus, les mains crispées, laissez-le faire... Oui, oui. C'est un bon docteur. Vous auriez dû voir ce qu'il a fait, hier, pour cette petite fille. Quel chirurgien. Un as. La femme finissait par donner son accord, d'un signe de tête, en essuyant les larmes qui ruisselaient sur son visage. Bien, bien. Pleurez un bon coup ma poupée. Il vous le sauvera votre fils. Vous verrez. Je vous le dis. Quel chirurgien. Elle fixait ce visage qui ne cessait de grandir sur l'écran et dont l'expression de peur et d'angoisse était si évidente que Sara en tremblait légèrement. On passait à la salle d'opération, elle jeta un rapide coup d'œil à la pendule et poussa un soupir de soulagement en se disant qu'il ne restait plus que quelques minutes et que cette mère sourirait bientôt, qu'elle serait à nouveau heureuse en regardant son fils et en entendant le docteur l'assurer que tout était fini, qu'il se rétablirait vite, avant qu'on ne revoie le mur de l'hôpital, une minute plus tard, la mère repartant accompagnée de son fils, cette fois – non, non, il serait dans une chaise roulante – et remontant avec lui en voiture, et que tout le monde serait bien content de les voir monter en voiture et repartir, y compris le docteur qui les regarderait par la fenêtre de son bureau. Sara se renfonça dans son fauteuil et sourit, détendue, pensant avec confiance que tout finirait bien. Son Harry est un peu espiègle parfois, mais c'est un bon garçon. Tout ira bien. Il finira bien par rencontrer une gentille fille et il se rangera, et je serai grand-mère.

Le soleil était bas, donc la nuit tombait, mais toutes ces lumières qui leur perçaient et leur frappaient et leur déchiraient les yeux étaient insupportables. Abrités derrière leurs lunettes noires, Harry et Tyrone tentaient de leur résister. Les journées n'en finissent plus, avec ce soleil qui brille, qui rebondit sur les vitres, les voitures, les murs, le trottoir, et ces foutus rayons qui vous pressent sur les orbites comme de gros pouces, et vous attendez la nuit qui vous permettra d'échapper à tous ces assauts, de vous reposer un peu et de vous sentir revivre avec la lune qui monte, mais ce n'est jamais la détente complète que vous attendez, que vous espérez. L'apathie de la journée se dissipe lentement tandis que toutes ces cloches et tous ces caves rentrent chez eux après leurs huit heures de boulot et s'assoient pour dîner avec la femme et les gosses, une femme qu'a toujours l'air aussi avachi avec ses cheveux sur la figure et son cul ballottant, et qui vous flanque toujours les mêmes saloperies sur la table, et ces foutus morpions qui braillent et qui s'bagarrent pour savoir qui c'est qu'a le plus gros morceau de viande et qui c'est qu'a pris l'plus de beurre et qu'est-ce qu'y a comme dessert, et après le dîner c'est la canette de bière et tu t'assois devant l'écran et tu bougonnes et tu pètes et tu t'cures les dents en te disant qu'tu d'vrais sortir et t'lever une belle paire de fesses mais t'es trop fatigué, et la bourgeoise arrive et s'abat sur le divan et c'est tous les soirs le même scénario. Ça change jamais. Quequ'tu r'gardes, mon chou???? Même scène à des millions d'exemplaires sur toute la Grosse Pomme, et à ce moment-là les rues s'animent un peu, mais y a toujours ces satanées lumières. Ouais, c't'emmerdant les lumières, mais c'est quand même mieux qu'le soleil. Tout plutôt qu'le soleil. En plein été surtout. T'l'as dit mon pote. J'ai ben envie d'me caler les fesses dans un p'tit coin tranquille et m'éclater vec d'la belle musik et d'me tringler d'la gahce qu'en jette, p't'êt ben, et d'la tringler *foutrement,* j'veux dire jim. Bon sang mec, tu penses qu'à la chatte, vraiment. Tu peux donc pas penser d'sus du nombril bon sang? Meerde. D'quoi qu'tu causes mec? C'est pah pa'c'qu'y t'ont raboté l'os qu'tu vas m'carotter l'mien. L'est toujours un vache de périscope. Bon Dieu, colle-m'en cinq. Harry lui claqua la paume, Tyrone lui en claqua une autre. Bon mec, on va pas rester ici toute la nuit à compter les bagnoles qui passent, ou c'qu'on va sayer d'passer un peu à l'action? Oh mec, quequ'tu veux dire? T'sais ben qu'j'sais pah compter. Oh bon sang, mec, écrase, tu veux, hein? Faut t'chatouiller pour qu't'arrêtes de déconner? Bon, allons où c'est qu'a du mouvement. Quequ't'en dis? Hé bébé, j'suis à plat. Pourquoi c'qu'on pousserait pas jusqu'à la morgue? Hein, ouais, Angel est d'service ce soir. Y a toujours un peu d'mouvement, à la morgue. Allons-y bébé.

Harry Goldfarb et Tyrone C Love traversèrent la ville en autobus. Harry allait s'asseoir sur le devant, tout près du chauffeur, lorsque Tyrone l'attrapa par le bras, le tira de son siège et le secoua, les yeux en boules de loto, Non-mais-c'est-pas-vrai, t'as paidu la boule mec? le corps secoué de tremblements sans cesser de secouer son compagnon et de jeter des regards de tous les côtés en même temps, tu veux not'mort? Tu veux finir lynché en haut d'un lampadaire? T'as paidu ta putain d'boule? Hé mec, réveille-toi. Mais quequ't'as? Quequ'j'ai? l'autobus s'arrêta brusquement, ils se trouvèrent rejetés contre la barre du chauffeur, à laquelle Tyrone arracha Harry tout en essayant de se cacher derrière son épaule pour épier les gens qui montaient — quequ'j'ai? T'es fou? On est dans l'sud, le *sud* du Bronx mec, le SUD j'veux dire, tu piges? Oh merde. Bon, allons-y. Ils s'avancèrent furtivement dans l'allée, rebondissant sur les banquettes, avec des courbettes et des prises de bec. Pardon, pardon. Pas de mal, l'ami... Les autres passagers continuaient de lire leur journal, de bavarder, de regarder par la vitre, de détailler la pub, de se tortiller pour déchiffrer les enseignes de la rue, de se moucher, de nettoyer leurs lunettes, tandis qu'ils avancaient en chancelant. Arrivés dans le fond de l'autobus, ils s'assirent en poussant un long et profond soupir. Hé, m'sieu Harry, comment qu'y s'fait qu'vous soyez là, sis dans l'fond vec nous aut' pauv' Noih? Bon, j'm'en vais t'le dire, Tyrone, mon frère, c'est pa'c'qu'après tout j'pense qu'on est tous frères, et qu'j'ai l'cœur si noir qu'le tien, sous ma peau d'Blanc, hahahaha, tope là, et ils s'en recollèrent cinq. Sur quoi Harry se fit un télescope de ses deux mains pour examiner les placards publicitaires qui garnissaient l'autobus. Quequ'tu fous mec? C'est la seule façon d'regarder la pub, mec. On est tranquille pour zyeuter les nanas. Harry prit une voix grave : Ne faites pas les choses à moitié, vaporisez Arried sous vos deux bras. Meerde mec, c'est du Mum. Tu crois qu'j'te fais marcher, hein? Vas-y, essaye. C'est la seule façon, mec. J'te le dis. Toutes ces belles pubs, là-haut, on les r'marque jamais. Harry les scrutait comme s'il fouillait l'horizon. Hé, r'garde celle-là. J'parie qu'tu l'as ratée. C'esty oui ou c'esty non? Seul son gynécologue pourrait l'affirmer. Quequ'il a à lui palper le bidon? Ouais, c'est du bidon, si t'as pas l'bidon. Ils s'étalèrent, sans cesser de déconner et de la ramener tout le long du chemin.

Ils descendirent et restèrent plantés un moment au coin de la rue tandis que l'autobus s'éloignait lentement, en grognant, dans un nuage de fumée que personne ne remarquait. Ils allumèrent une cigarette et savourèrent une délicieuse première bouffée en regardant tout autour d'eux avant de traverser. La rue était faiblement éclairée, ils tournèrent au coin, enjambèrent la petite barrière, dévalèrent la pente jusqu'au chemin de traverse conduisant au tunnel, dont ils ressortirent vite pour prendre à droite un petit renfoncement assez étroit, et sonnèrent à la porte sur l'air de la Cinquième de Beethoven, DA DA DA DAAAAAA. Il y avait eu, à la télévision, un vieux feuilleton intitulé Chasseur d'Espions dont chaque épisode s'ouvrait sur le début de la Cinquième, tandis qu'un immense V apparaissait sur l'écran, souligné de sa traduction en morse point point point trait. Angel adorait ce feuilleton. Il se disait que c'était vraiment chouette d'avoir un Beethoven pour les aider à gagner la guerre. Il en avait fait son signal secret, pour n'importe quoi. Angel les examina un instant avant d'entrouvrir la porte. Dépêchez-vous, j'voudrais pas attraper froid. Ils se glissèrent à l'intérieur, et Angel referma la porte, hermétiquement. L'air chaud et humide de l'été était resté dehors, il faisait frais soudain, très frais. Ils longèrent les machines, gravirent les marches d'acier jusqu'au bureau. L'atmosphère était chargée d'une épaisse fumée qui tournoyait avec les mouvements de la porte, et qui paraissait assez exotique dans la lumière bleuâtre. Tony, Fred et Lucy étaient assis par terre à écouter la musique de la radio, sur la table. Comment va, mec? Hé bébé, quoi d'neuf? Comme va cette chérie? Hé, mon pote, quoi d'nouveau? Ça marche assez bien Harry. Comment va l'bébé? Au poil bébé. Harry et Tyrone s'assirent, appuyés contre le mur, et se mirent à se balancer légèrement, au rythme de la musique. Y s'passe quequ'chose ce soir Angel? Hé mec, y s'passe toujours quequ'chose ici. Avec l'Angelot, y a toujours de l'action, hein? T'es livré? Pas encore. D'un moment à l'autre. Gogit [1] est en route. Épatant mec. Il a toujours

1. *Pour go get it,* « on y va » *(N. d. T.).*

d'la bonne marchandise. Angel, au signal du Chasseur d'Espions, sauta sur ses pieds et fila. Il revint une minute plus tard avec Marion et Betty. Hé, comment va mec? On est cool bébé, quoi d'neuf? Quequ' tu racontes? Ça boume bébé? On fait aller, on s'maintient. Toujours la même rengaine, t'sais. Ils s'assirent par terre avec les autres. Marion était près de Harry. Tyrone regardait Fred. T'as l'air en fohme mec. Tu m'connais mec, les biceps et la santé. Ququ'vous avez, z'êtes embaumés? Meerde mec, z'ont des raides là-d'dans qu'ont l'air pus roses que vous. Oooooh, tu nous emmerdes mec. Oh meerde. Le copain arrive et les v'là tout raides tellement qy'y-z'ont les foies. Oh mec, quelle connerie. T'laisse pas écraser mec, ouv'ta gueulante. Tu sais quequ'chose bébé, t'es qu'un dégénéré. Les gloussements tournaient au rire, de plus en plus fort. Hé mec, qui c'est qui t'a laissé sortir sans ta laisse. Ooooh, c'est – POINT POINT POINT TRAIAIAIAIT. Angel virevolta et disparut, tandis que le silence se prolongeait, aussi aisément qu'il était tombé : c'était Gogit, il allait et arrivait au pas de bebop. Tope là jim – *vlan.* Tu planes bébé? Meerde, si j'plane ah ben? Quequ'tu crois qu'j'suis v'nu foute ici, ahdmirer l'paysage? Ouais, un peu mort, hein? J'ai d'la merde de première, mec. D'la dy-nomite j'veux dire, directo des *Aïetaliens.* Chacun sortit sa monnaie pendant que Gogit étalait l'héroïne sur la table et encaissait. Allez, on s'y met. Ils quittèrent le bureau, se répandirent aux quatre coins de la chambre froide mal éclairée en quête de leur équipement, fouillant les fentes, les crevasses, sous les lames du parquet, derrière la machinerie, entre les briques descellées. Quel que soit le nombre de jeux qu'ils avaient ainsi planqués aux quatre coins de la ville, chacun en avait toujours un à la Morgue du Bronx. Ils retournèrent au bureau, remplirent d'eau les gobelets de carton, et chacun s'arrogea un bout de territoire. La radio jouait toujours, mais la concentration était si intense que personne n'entendait plus la musique, n'était plus conscient d'autre chose que de sa propre cuisine, l'héroïne d'abord, délicatement, puis l'eau, on chauffe jusqu'à ce que ça soit dissous, on filtre à travers le coton, dans la seringue, et on se garrotte. Chacun d'eux savait bien qu'il n'était pas seul, mais ne prêtait aucune attention aux autres. Leur veine favorite était prête, ils y enfonçaient leur aiguille et regardaient la première bulle de sang percer à travers le liquide et affleurer à la surface, leurs yeux ne pouvaient s'en détacher, ils ne sentaient qu'une chose, ça y était, leur estomac en roulait d'avance, ils écrasaient la bulle, s'injectaient la merde dans la veine et attendaient la première bouffée avant de laisser la seringue s'emplir de sang et de s'injecter le reste, sur quoi ils décrochaient et se laissaient aller, une bouffée de chaleur les envahissait, la sueur perlait sur leur peau, puis ils remplissaient d'eau la seringue et que ça mijote dans la tasse pendant qu'ils s'appuyaient contre le mur et allumaient une cigarette, avec des gestes lents, les yeux miclos, tranquilles, apaisés; l'air était doux, plus de soucis; leurs mots se faisaient plus lents, plus calmes. Harry se trifouillait le nez. Hé mec, drôlement chouette, c'te merde. Gogit, mon pote, t'es au poil. Tu parles que j'te suis. C'est maintenant qu'tu vas voir le meilleur. Les rires et les gloussements étaient lents, étouffés, et ooooh si cools. Hé mec, décroche-moi l'gagnant. Harry avait toujours le petit doigt dans le fond de la narine, si absorbé que ses sourcils s'en touchaient, tout entier au sensuel plaisir de farfouiller, au plaisir quasi orgasmique de tomber sur la substance solide qu'il pouvait saisir et soulever du bout de l'ongle, détacher de la croûte environnante, et extraire précautionneusement de cette sombre caverne pour la rouler avec délices entre ses doigts sous la caressante lumière bleue. Le son de sa propre voix était doux à ses oreilles, il exprimait une grande paix, une grande satisfaction intérieures. Du calme mec. Chacun son trip, hein mec? Marion l'embrassa sur la joue, j'te trouve merveilleux Hare. J'aime voir les gars prendre leur pied. Les rires étaient un peu plus intenses quoique toujours aussi bas, et si lents. Meerde, pourquoi c'que vous l'laissez pas tranquille le gah, qu'y s'dépahtouille en paix. Ça doit pas êt' drôle, mec, d'êt' un cinglé d'la morue. Ouais, chaque fois qu'y veut perdre dix livres y s'récure le nez. Faut qu'j'raconte ça à ma sœur. Elle en tire 2 fois gros comme moi, d'son nez. Vraiment constipée quand elle me voit. Eh bien bébé, t'as qu'à la brancher sur un connard quéconque et ça fondra vite, dans l'ruisseau la motte, j'veux dire. Hé mec, t'es sûr qu'tu baises pas l'mauvais trou? Hé Harry, tu veux mon doigt? Meerde, z'allez lui casser l'cul longtemps à c't'enculé? Meerde, ça vaut la chatte, pas vrai Harry? Vas-y mec, continue!!! Face aux rires, Harry souriait et prenait son temps pour tirer sur sa cigarette, avant de se frotter le bout du nez du dos de la main. J'devrais tous vous faire boucler pour atteinte à la liberté du culte. Betty lui adressa un signe de croix. Au nom du père, du fils et de la Sainte Morue. Harry éclata de rire et Angel poussa un peu le volume de la radio et tous progressivement se mirent à branler du chef et à snapper des doigts au rythme de la musique. Hé Angel, des clients intéressants là-dedans? Non, sont tous raides, ha ha ha ha. Angel n'arrêtait pas de rire et de hocher la tête, il crachotait les mots au travers, c'est qu'un tas d'crevés. Meerde, j'parie qu'y-z-ont meilleure mine que toah. Dis pas ça. J'le trouve superbe, Angel. Ouais, haha, comme Dracula. Che fous zouhaite la pienfenue. Buvez vot' sang avant qu'il caille. Lucy gloussa quelques secondes, en secouant la tête. J'me d'mande c'que l'gah pourrait faire ici, héhéhéhé, faudrait qu'il ait bougrement faim. Tu parles mec. L'aurait qu'à tâter un peu d'Gogit et y serait k.o. Ce s'rait drôle, un vampire en manque. Harry entoura Marion de son bras et la serra contre lui. Sage, bébé, ou j'te croque la gorche, et il lui mordilla la nuque. Elle gloussait et se tortillait, ils se fatiguèrent bientôt et se recalèrent contre le mur, avec un large sourire. Sans blague Angel, t'as jamais rien d'spécial ici, genre jeunes et jolies camées? Meerde, quel nécrophage, c't' enculé. Tout le monde gloussait et se grattait. Okay mec, j'comprends. Y en a qui l'aiment chaud et y en a qui l'aiment froid. Hé Gogit, quequ'tu lui as foutu dans son truc, à Fred? Marion gloussait et s'étouffait, la bouche pleine de fumée, hé Fred, va d'l'aut' côté? J'me sentirai plus tranquille. Ils riaient tous et gloussaient et se frottaient le nez entre les vannes qu'ils lançaient à Fred et les bouffées qu'ils tiraient de leurs cigarettes. La fumée était si épaisse qu'on aurait dit, avec cette lumière bleue, qu'un peu de ciel azuré était tombé dans la pièce. Meeerde, j'm'en fous d'c'qu'y a d'dans, tout c'qui m'intéresse c'est c'qu'y vah faire ahvec? Faudrait d'abord qu'il en trouve. Y en avait une hier, une vraie poupée, mec. Superbe, j'veux dire. Du super vraiment. Une rouquine. Une vraie rouquine, balancée comme un camion. Elle en avait une paire comme ça et un cul qu'était pas en reste. Fred les regardait et s'exprimait avec toute la vivacité que lui laissait la came. Sans déconner mec? Quel âge? Hé, qu'est-ce que j'pourrais t'dire? Dans les dix-neuf ou vingt. Meerde, elle est bien bonne, celle-là. Y s'inquiète de l'âge, c't'enculé. Il a des scrupules mec, y voudrait pas s'faire prendre avec une mineure. Pas vrai Fred? Tout le monde souriait de son mieux et ricanait, les têtes sautaient et dansaient. Où est-elle? P't'êt' que Fred aim'rait la rencontrer, C-O-N con? Betty secouait la tête et ricanait. Savez quoi, z'êtes malades les gars. Hé, critique pas. C'est très sain, logiquement. Faut qu'tout s'recycle mec. Les visages étaient toujours souriants, les têtes dansaient toujours, les rires étaient un peu plus sonores. Meerde, l'est bizarre, c'te grande gueule d'enculé, dôl'ment bizarre. On diraity pah une bande de foutus cannibales. Hé mec, qu'est-ce qui t'démange? J'posais la question, amicalement. Les rires se faisaient encore un peu plus sonores et plus vifs. D'quoi c'qu'elle est morte? Qui c'est qu'a dit qu'elle est morte? Elle était en visite, har, har, har. Les têtes avaient cessé de sauter et s'étaient mises à trembler. Elle est bonne, hein? J't'ai fait marcher, hein. T'sais quoah jim? T'as décoché l'bon boulot, t'as l'cerveau en mou d'veau bébé, et c'est du mou j'te l'dis. Une main s'était tendue pour pousser le volume de la radio, la musique perçait l'épaisse fumée bleue et dominait les rires et les gloussements. Hé, y m'plaît vec ses molos çui-là. Tout le monde ponctuait de la tête les paroles. Ouais, dis-leur bébé, sûr qu'on a tous besoin d's'appuyer sur quéqu'un. O, puye-toi sur moi bébé, *appuye-toi sur moi!* Vous pigez c'qu'y dit c'culé sur les nénés qu'elle ouv'. Qu'est-ce que c'est qu'cette cliente, elle ferme les jambes? Hé Angel, un peu d'calme mec. Ils avaient tous les yeux à demi fermés, sous le double effet de la fumée et de la came, mais leurs visages n'arrêtaient pas de se tordre et de grimacer à mesure qu'ils s'appuyaient sur les mots. Hé bébé, t'as d'la place pour moi dans ton parking? Fred souriait, claquait la langue, et Lucy demeurait concentrée sur le filet en point d'interrogation qui s'échappait de sa cigarette, étudiant la différence de couleur entre la fumée qui sortait du bout allumé et celle de l'autre bout. T'as qu'à essayer un peu d'coco et d'sympathie mon plouc, et tu verras bien. Il y eut d'autres gloussements. Ooooooh, quelle gahce celle-là jim. Ils s'étaient tous tus, soudain, pour écouter parler de rêve. Chacun se disant à sa façon qu'il n'avait besoin de personne pour rêver, que cette merde de première y suffisait parfaitement.

Sur quoi ils s'insinuèrent à nouveau dans les paroles,

avec des gloussements, des petits cris et des sourires. Ouais, c'est ça mec, toujours b'soin d'quelqu'un pour c'qui est d'crever. Ouais, moi bébé, uh huuuu. Lucy louchait dans la direction de Fred. M'regarde pas comme ça bébé, t'ferais mieux d'aller voir ta mamy. Les autres enchaînèrent sur de légers ricanements. Ooooooh, c'qu'elle est méchante jim. Fred ricanait aussi bruyamment qu'il le pouvait, sans parvenir à s'entendre. Il essayait de regarder Lucy mais n'arrivait pas à lever la tête, concentrant toute son énergie pour tirer sur sa cigarette. La chanson continuait, ils l'écoutaient en savourant la moindre parole, qu'ils ressassaient et retournaient dans leur crâne. Harry se planta une nouvelle cigarette dans la bouche et tendit le bras pour l'allumer à celle de Tyrone, mais celui-ci tourna la tête et lui jeta sa boîte d'allumettes. Harry la contempla un moment avant de la ramasser, et entreprit d'en tirer une allumette, de la frotter, de la porter le plus haut possible, de se pencher aussi bas qu'il pouvait, et d'allumer sa cigarette. Oh ouais, vas-y bébé, mais m'casse pas les maininges. Oh quelle agréable *com-pa-gniie*. Hé mec, rejoue-nous ça. Pourquoi, tu veux encore du sang? Meerde, m'est égal tant qu'c'est pah l'mien. L'seul sang qu'j'aime voir, mec, c'est çui qu'est dans la seringue, vant qu'j'me l'renfile dans la veine, c't'enfant d'putain. Meerde, c't'une idée fixe jim. Ouais, et il en a plein les bras. Les gloussements et les ricanements tournaient à la franche rigolade tandis qu'ils accompagnaient du chef l'escalade du tempo, tirant une occasionnelle bouffée, regardant sans le voir le terne ciment gris sur lequel ils étaient assis, obsédés qu'ils étaient par leurs propres réactions, et ils se sentaient drôooolement bien bébé. Ils avaient encore les dernières notes dans les oreilles au début de l'air suivant. Hé, ça vous plaît c'qu'y jouent? Merde, j'avais pus entendu c't'air-là d'puis qu'j'ai commencé à m'shooter. Meerde, y'a pas d'disque aussi ancien qu'cui-là jim. Marion se calait confortablement contre l'épaule de Harry, le visage et les yeux radoucis par un sourire. Tu t'rappelles, on descendait l'écouter, on l'aimait bien l'frangin. Ouais... La voix si pleine de nostalgie qu'on pouvait presque voir flotter les souvenirs dans la fumée bleue, des souvenirs non seulement de cette musique et des heures de joie partagée et de jeunesse, mais de rêves aussi. Ils écoutaient la musique, ils l'écoutaient chacun à sa façon, ils se sentaient détendus et comme partie de cette musique, et des autres, et du monde entier, presque. Et ainsi s'estompa lentement pour faire place à une autre journée une autre nuit de défonce à la Morgue du Bronx.

*
* *

Le téléphone sonna une nouvelle fois et Sara Goldfarb se pencha dans sa direction sans cesser d'orienter l'antenne, sur la télé, hésitant entre le besoin de savoir qui pouvait bien appeler et celui de chasser ces lignes qui traversaient, de temps en temps, l'image, et elle poussait des ooooh, concentrée, louchant, et se penchait de plus en plus sur le téléphone qui n'arrêtait pas de sonner, et vers lequel elle tendait une main tout en continuant de l'autre, du bout des doigts, centimètre par centimètre, de jouer avec l'antenne. J'arrive j'arrive. Ne raccrochez pas, soufflait-elle, à la limite de la chute, au milieu du sixième appel puis s'affalant dans le fauteuil. Allô? Madame Goldfarb? Madame Sara Goldfarb? C'est moi. Elle-même. La voix était si claire et gaie, si vivante et enthousiaste, qu'elle se tourna vers la télé pour voir si elle n'en sortait pas. Madame Goldfarb, ici Lyle Russel, de chez McDick. Elle regarda le téléphone. Elle savait bien que la voix venait de là, mais on aurait dit celle d'un présentateur de la télé. Elle surveillait d'un œil le poste en écoutant Lyle Russel, de chez McDick, et en lui répondant. Madame Goldfarb, que diriez-*vous* de participer à un des programmes les plus *poignants,* les plus *réconfortants* de la télévision. Ooooh moi? A la télévision???? Ses yeux allaient du téléphone à la télé, qu'elle essayait de regarder en même temps, d'un œil du moins. Hahaha, je le pensais bien madame Goldfarb. Je sens bien à la chaleur de votre voix que vous êtes exactement le genre de personne que nous recherchons pour nos programmes. Sara Goldfarb rougit et cligna des yeux. Je n'aurais jamais pensé que je pourrais passer à la télé. Je ne suis qu'une – Oh haha, je sais ce que vous ressentez, madame Goldfarb. Croyez-moi, participer à cette industrie fantastique me passionne tout autant que vous. Je suis l'un des hommes les plus heureux au monde, car tous les jours j'ai l'occasion d'aider des gens comme vous, madame Goldfarb, à participer à un programme dont non seulement nous mais toute l'industrie – non, la nation tout entière – pouvons être fiers. La mère de Harry serrait sa robe sur sa poitrine, elle sentait palpiter son cœur, ses yeux en clignaient d'excitation. Oh, je n'aurais jamais rêvé... La voix de Lyle Russel était redevenue sérieuse. Très sérieuse. Madame Goldfarb, savez-vous de quels programmes exactement je veux parler? Vous avez une idée? Non... je... je suis en train de regarder un Ajax et je ne suis pas sûre... A la télévision???? Madame Goldfarb, vous êtes assise? Sinon, je vous en prie, asseyez-vous immédiatement car la joie risque de vous étourdir lorsque je vous aurai dit de quels programmes il s'agit. Je suis assise. Je le suis déjà. Madame Goldfarb, cette émission n'est autre... Il s'interrompit brusquement et Sara serra un peu plus fort sa robe et fixa d'un regard vide le téléphone et la télévision, sans trop savoir duquel des deux appareils la voix allait ressortir. Elle était basse maintenant, profonde, pleine d'émotion – madame Goldfarb, nous représentons les jeux télévisés.

OOOOOOOH... Il attendit théâtralement que Sara Goldfarb se ressaisisse, Sara Goldfarb dont le souffle dominait les dialogues de la télévision. La voix de Lyle Russel avait pris une théâtrale autorité, oui, madame Goldfarb, ainsi que – que des émissions d'un genre tout à fait nouveau, j'ai dit tout à fait nouveau, que vous verrez la saison prochaine, des émissions auxquelles des millions d'Américains ne demandent qu'à participer; des émissions que des *millions* de gens attendent anxieusement – Moi... moi... dans les – Oh, je n'peux pas – Oui, madame Goldfarb, vous. Je sais ce que vous ressentez, vous vous demandez pourquoi cette chance alors que tant de millions d'autres personnes donneraient n'importe quoi pour l'avoir – Oh, je ne peux pas vous dire... Eh bien, madame Goldfarb, je peux vous dire, moi, pourquoi cette chance, j'imagine que c'est parce que Dieu a un petit faible pour vous. Sara Goldfarb tomba à la renverse dans son fauteuil, une main crispée désespérément sur le téléphone, l'autre sur la poitrine. Ses yeux étaient exorbités. Sa bouche grande ouverte. Pour la première fois de sa vie, elle ne regardait plus la télévision. Vous recevrez tous les détails par courrier madame Goldfarb. Au revoir et... que Dieu vous bénisse. Clic.

Des visions d'anges radieux passaient devant la mère de Harry, tandis que le chantre entonnait pour elle des hymnes si doux, qui furent dispersés par le grésillement du téléphone, dans sa main, et l'explosion d'une bouteille de produit détachant éclatant en tornade blanche. Elle soupira. Puis exhala. Le téléphone. Oui. Raccrocher. Raccrochons. Aa haaaaaaa. Clac, clac. Elle avait raté le combiné. Elle regarda le récepteur une minute, le reprit, le reposa doucement. A la télévision. Ô mon Dieu, à la télévision. Qu'est-ce que je mettrai???? Qu'est-ce que j'ai à me mettre? Il me faudrait une jolie robe. Et si ma gaine ne m'allait plus? Il fait si chaud.

Sara se regarda, puis leva les yeux. J'aurai peut-être un peu chaud, mais il me faut une gaine. Peut-être que je devrais maigrir un peu. Je ne dois plus manger. Il faudrait que je perde quinze kilos, pour la télévision. Avec une gaine, j'aurai l'air d'une jeunesse... comme qui dirait... Les cheveux! Il faut qu'Ada me les coiffe. Ils me les feront peut-être. Spécialement. Oh... j'aurais dû demander... demander à qui? Comment est-ce qu'il s'appelait? Je vais me souvenir, je vais me souvenir. Ça va me revenir. Il a dit qu'il m'enverrait tout par la poste. La robe rouge me va avec – Non! Le rouge ne ressort pas bien sur l'écran. Ça ne va pas, ça fait drôle, brouillé. Et des souliers avec un sac et des boucles d'oreille et un collier et un mouchoir en dentelle. O O O Oh, Sara secoua la tête, la prit entre ses mains, roula des yeux, leva les bras au ciel, paumes retournées, referma mollement les poings, les frappa l'un contre l'autre, puis s'immobilisa et demeura raide dans son fauteuil pendant un moment. Je vais regarder dans l'armoire. C'est ça. Elle s'arracha à son fauteuil et se dirigea vers la chambre à coucher où elle se mit à fouiller dans les armoires, décrochant ses robes, les examinant à bout de bras, les jetant sur son lit; à quatre pattes, pour atteindre les recoins les plus obscurs, les plus inaccessibles, elle retrouva une paire de souliers qu'elle avait presque oubliée et se mit à chantonner sur un air monocorde et sans paroles, époussetant et essayant ses souliers, paire après paire, pestant lorsque ses pieds caleux débordaient, s'attaquant aux barrettes, puis posa devant son miroir examinant ses souliers et ses jambes granuleuses et veinées de bleu... Oh, comme je les aime, mes souliers dorés. Finalement, elle ne put résister. Elle enfila sa robe rouge. Je sais que le rouge ne ressort pas très bien à la télévision, mais je l'aime cette robe rouge... je l'adore. Elle posait, se regardait de dos dans le miroir... des deux côtés, ajustait la longueur, essayait de remonter la fermeture-éclair, mais abandonnait au bout d'un demi-centimètre et de nombreuses minutes d'efforts et de compressions et de gonflements et de rajustements, pour se retrouver avec sa robe ouverte devant ce miroir, et se contempler quand même avec quelque satisfaction, évoquant les souvenirs de cette superbe robe rouge et des souliers dorés ceux-là mêmes qu'elle avait portés pour la bar mitzvah de Harry... Seymour était encore en vie... C'est bien fini. Jamais plus. Seymour était mort et elle – Ah, je vais la montrer à Ada. Elle serrait d'une main le dos ouvert de sa robe en attendant la pose publicitaire pour aller voir son amie Ada, qui habitait la porte à côté. De quelle party est-ce que tu sors? La fête, Arlette. Ça vaut toutes les parties. Tu vas sauter par la fenêtre quand je te raconterai. Celle du rez-de-chaussée, j'espère. Elles s'assirent dans le living, dans la position stratégique qui leur permettait de garder un œil, et une oreille, sur la télévision, tout en discutant de cet extraordinaire événement qui amenait ainsi Sara Goldfarb dans la superbe robe rouge et avec les souliers dorés qu'elle portait le jour où Harry, son boubala, avait fait sa bar mizvah, un événement si important et si inespéré que le choc, quoique ambulatoire, lui en fit refuser un morceau de halva. Sara raconta à Ada le coup de téléphone, et comment elle allait passer à la télévision. Ada la fixa un moment (elle écoutait d'une oreille la fin de l'émission). Vraiment. Tu ne te moques pas de moi? Pourquoi est-ce que je me moquerais de toi? Pourquoi est-ce que je m'habillerais sinon, pour le super-marché? Ada la fixait toujours (la musique lui disait que l'image allait s'estomper). Elle savait d'instinct que la publicité suivrait, avant même que le volume ne remonte brusquement et que l'écran n'explose. Tu veux un verre de thé? Elle se leva et se dirigea vers la cuisine. Sara lui emboîta le pas. L'eau avait vite bouilli et elles étaient revenues dans le living, chacune avec son verre de thé, juste avant la fin des pubs, pour reprendre leur position stratégique, un œil et une oreille sur l'appareil, sans cesser de discuter et d'épiloguer sur l'énormité de cet événement dans la vie de Sara Goldfarb, de cet événement d'une importance et d'une dimension si prodigieuses qu'il lui redonnait goût à la vie et réalisait le rêve qui allait ensoleiller ses jours et adoucir la solitude de ses nuits.

HARRY et Tyrone C. traversaient le parc, consacrant la plus grande partie de leur énergie à éviter les gosses qui couraient dans tous les sens en hurlant ou filant sur leurs patins et leurs planches, sans trop savoir de quel bout ou de quel côté pourrait venir l'attaque. Meerde, j'sais vraiment pas pourquoah y leur faut des vacances d'été, y d'vraient les garder *tout* l'temps, ces p'tits cons. Tu veux rire? Y démoliraient l'école. On veille sur l'argent des contribuables. C'esty pas unonte, c't'enculé a jamais travaillé d'sa vie et v'là qu'y s'inquiète pour les contribuables. Hé mec, faut bien s'inquiéter pour c'genre de choses. Quequ't'as, tu t'sens pas responsable? Ooooooh, coutez-le déconner, le v'là qui perd son sang-froid, il est pahti. Allons bébé, on va valer quequ'chose, t'es dans un drôle d'étah. Ils se dirigèrent vers le chariot d'un vendeur de hot-dogs et s'en payèrent une paire, avec des oignons, de la moutarde et des piments rouges, et une bouteille de soda. Après quoi ils s'éloignèrent le plus possible du terrain de jeux et s'étendirent sur l'herbe. T'sais mec, j'déconnais pas quand j'parlais d's'en trouver. Hé bébé, j'suis à plat. Bon, arrêtons d'tourner autour du pot et allons-y. Meerde, avec quoi? On n'a pas l'oseille. Sans blague? J'croyais qu'on était pleins aux as. On l'a dans l'cul, ouais. Bon, arrêtons d'déconner et tâchons d'trouver un moyen d'ramasser du fric. De combien est-ce qu'on a besoin? J'sais pah exactement. Dans les deux trois cents. Vaudrait mieux y aller vec quatre cents pour êt' sûrs d'en avoir assez. T'es sûr qu'Brody peut nous en fourguer? Tu déconnes mec? Et comment qu'j'en suis sûr. Y peut même y goûter, y nous en restera toujours assez pour la couper et doubler la mise, et en gahder un bon morceau. J'suis au parfum. Et sûr qu'sa merde est d'la dynamite. Mais j'veux pas trop m'accrocher. J'voudrais pas tout foutre en l'air en étant en manque. T'as bougrement raison. Tu restes peinard et tu t'fais vend' ta merde par une bande de mordus. Ouais, c'est la seule façon mec. J'en ai vu qui perdaient la boule et qui foutaient tout par terre et qui finissaient en cabane. Meerde, on est trop malins pour ça bébé. Ouais, ils s'en claquèrent cinq. Alors, où c'qu'on trouve le fric? Ça j'sais pah bébé, mais j'veux braquer personne. J'ai jamais été en taule et j'ai pah envie. Oh, du calme mec. Pour qui qu'tu m'prends, un gansteeer? Bon, la télé d'la vieille c't'une chose, mais un casse c't'aut'chose. On pourrait vendre des hot-dogs. Ouais, sûr, et qui c'est qui vah pousser l'chariot? M'regahde pas comme ça bébé, tu m'vois camelot... Hahaha, quel cirque... Doux Jésus, j'te vois ouvrir les p'tits pains pendant qu'j'colle les hot-dogs, et on n'a plus qu'à jouer la moutarde à pile ou face. Bon, on crèverait pas d'faim au moins. Bon mec, c'est pas c'qui m'inquiète. Allons, Ty, réfléchis. Y doit y avoir un moyen d'se faire deux cents sacs en un rien d'temps. Ils fumaient et louchaient et se grattaient, sur quoi Tyrone jeta son mégot et se frotta le crâne, une façon de se frictionner la matière grise comme qui dirait... et de calmer ses démangeaisons. Y a deux gars, t'sais, qui descendent au journal vers les quat' ou cinq heures du matin pour charger les camions. Combien qu'y s'font? J'sais pah mec, mais j'sais qu'y-z-ont toujours d'jolies fringues et qu'y-z-ont des bagnoles vraiment chouettes. Ouais? Harry le regarda une minute. Hmmmmmmm. Quequ't'en penses? Tyrone se frottait toujours le crâne, sauf qu'il le caressait plutôt, maintenant. Bon, mec, j'te l'dis, j'suis pas très chaud pour l'boulot, merde, j'veux dire qu'ça m'plaît pah pus qu'toi. Ouais... cinq heures du matin. Doux Jésus, j'croyais qu'même les barmen étaient couchés à c't'heure... mais... Harry le fixait toujours et Tyrone C. continuait de se masser. Ququ't'en penses? J'sais pah bébé... mais j'suppose qu'on pourrait p't'êt' aller voir. Harry haussa les épaules. Merde, pourquoi pas? Tyrone cessa de se frotter le crâne et claqua sa paume sur celle de Harry, qui claqua la sienne, et ils se levèrent et passèrent du gazon à l'allée qu'ils remontèrent pour gagner la rue, tandis qu'un couple de moineaux se précipitaient pour se disputer quelques miettes de biscuit. Harry se disait qu'il rentrerait chez lui pour être sûr de se réveiller à temps. Si j'dis à la vieille qu'j'ai trouvé un boulot elle me réveillera. J'suppose qu'y faudra s'lever vers quatre heures, hein? pour être sûr d'y être à temps... Quatre heures du matin, c'est pas possible. T'as qu'à penser à la merde bébé, d'la pure, pour t'les secouer. Pis tu t'ramènes à ma carrée pour m'réveiller. Tu peux parier les tiennes de fesses mon joli. S'y faut qu'j'me lève, faudra qu'tu t'lèves. Sur quoi ils rirent et s'en claquèrent cinq, et Harry s'apprêtait à s'en aller suivre le nouvel horaire qui ferait d'eux des patrons lorsqu'ils aperçurent un de leurs amis qui fonçait dans la rue. Hé, qu'est-ce qui s'passe bébé? On dirait qu't'as la rousse après. Qu'est-ce qui t'presse? Le P'tit Joey, tu connais, le gars à l'oreille arrachée? Ouais, sûr. C'ui qu'est d'l'aut' côté d'l'avenue. Ouais, exactement. Tiny et lui et un aut' gars v'naient d'se fournir chez Windy et vant qu'Joey ait vidé sa seringue il était pahti jim. K.O., d'un coup. Y disent qu'il en avait à peine tâté qu'il était rétamé.

Alors Tiny s'en file un p'tit coup rien qu'pour s'calmer, t'vois, et y s'étale. Sans blague? Tu charries? Tu parles si j'charrie. Pourquoi qu'tu crois qu'je magne pour vertir Windy? S'agit d'arriver vant qu'y s'aperçoive jim. C't'enculé est tellement camé qu'la pisse de cheval lui f'rait rien. Harry et Tyrone se joignirent à la course. Ils travailleraient une autre fois, on n'a pas toujours l'occasion de tomber sur ce genre de dyn-a-mite.

Il leur en restait encore un peu de cette merde, le lendemain soir, tellement elle était fameuse. Sûr que quelqu'un quelque part avait dû déconner, mec. Il aurait fallu le couper plus d'six fois, c'truc-là. Meerde, vaudrait mieux qu'il en circule pas trop jim, ou vah y avoir un tas d'maures dans l'quartier. Un ou deux raides de plus, pour une ville comme celle-là, qu'est-ce que ça fout mec? Meerde, les flics en perdront la boule ren qu'à essayer d'comprendre.

Ils se sentaient ramollis et finirent par comprendre qu'il était inutile de penser à travailler le lendemain matin, dans quelques heures à peine. Idiot de gâcher au travail une telle défonce. Ils décidèrent de se pointer chez Tony, voir ce qui se passait.

Les rues étaient pleines du mouvement et des bruits d'une nuit d'été. Les perrons et les escaliers de secours étaient pleins de monde, des centaines de jeux de cartes et de dominos étaient sortis, les joueurs étaient entourés de badauds, on se passait les boîtes de bière et les bouteilles de vin. Les gosses filaient dans tous les sens, les joueurs, automatiquement, les engueulaient sans lever les yeux de leur partie ou rater une rasade. C'était une belle nuit. Une agréable soirée. Il semblait y avoir des étoiles partout, facile d'éviter les détritus et les crottes de chien. Une nuit superbe, vraiment.

Tony vivait dans un des ateliers reconvertis d'un vieux bâtiment commercial. Ladite reconversion se réduisait au lit, à un bout, au réchaud et au réfrigérateur, à l'autre bout. Entre les deux, un espace immense. Cet espace était habituellement semé de gens qui planaient, planaient de plus en plus, ou se demandaient pourquoi ils ne planaient pas encore. Ils n'étaient que quelques-uns, assis par terre, lorsque Harry et Tyrone étaient arrivés. Tony était assis dans l'unique fauteuil, un gros fauteuil trop bourré, tout tordu et déchiré, avec d'énormes bras, qui semblaient prêts à se refermer sur lui, à l'avaler, le digérer, et Tony finirait sur une étagère quelque part dans un sombre coin poussiéreux chez un brocanteur, fixant un chat tapi au sol et dardant sur lui ses yeux, une pancarte « pas à vendre » autour du cou. Il regardait la télé, une espèce de vieille console, énorme, parfait pendant du fauteuil et parfaitement à sa place dans ces lieux. Il avait une pipe à eau chinoise autour du cou, et au fourneau plein de hash, il en tirait une bouffée, de temps en temps, sans cesser de regarder la télé. Les autres étaient assis autour d'un narguilé rempli de vin, le fourneau plein d'herbe, avec un bout de hash par-dessus. Marion venait juste d'en tirer une bouffée lorsque Harry et Tyrone étaient entrés. Ces derniers s'accroupirent près des autres. Ça va mec? Hé bébé, quoi d'neuf? Qu'est-qui s'passe? Toujours la même rengaine mec. On lui tendait la tige, Harry la suça une minute avant de la tendre à Tyrone. Il avait pris son temps pour exhaler la fumée et s'était légèrement renversé pour regarder Marion. Comment va? Oh, toujours la même chose. Harry pointa le menton en direction du narguilé. Fameux ce hash. Euh euh. Un vrai cirque dans l'ciboulot. Juste c'qu'y faut. Harry avait légèrement fermé les paupières, son visage était souriant, détendu. Je vois. Sûr que t'as l'air bien. Un sourire avait éclaté sur son visage, elle s'était mise à glousser. C'esty un compliment ou histoire de dire? Harry leva les bras et haussa les épaules, sans quitter son sourire endormi. Y a des fois où j'suis pas trop brillant quand j'suis dans les vaps. Marion gloussa un peu plus fort. P't'êt' pas, mais t'es beaucoup plus sociable. T'as vraiment un joli sourire, tu sais, quand t'es détendu, comme maintenant. Harry se mit à rire, puis se pencha un peu plus près, J'ai pas l'choix bébé, j'me sens si détendu qu'je crois bien qu'j' vais fondre. Marion rit à son tour et lui écrasa la main, avant de saisir le tuyau, de tirer une autre bouffée, et de le lui tendre. Il rit encore, Exactement c'qu'y m'faut... t'sais, pour m'aider à chasser la tension comme qui dirait, pas vrai? Marion secoua la tête en s'efforçant de ne pas rire pendant qu'elle retenait la fumée dans ses poumons. Tyrone poussait le tuyau sous le nez de Harry, Allons, mec, tu déconneras pus tard. Vas-y, valc un coup. Harry aspira une bouffée, se concentrant le plus possible, puis passa le tuyau à Fred. Tyrone le regardait sucer, une longue aspiration continue qui lui sembla durer cinq bonnes minutes, le hashish menaçait de s'enflammer tant il rougeoyait sous la succion de l'air. C't'enculé va l'avaler directo, bon Dieu. Y doit avoir un trou derrière la taite, faut ben qu'l'air sorte pah quequ'part. Fred retira finalement le tuyau de sa bouche et le tendit à Tyrone avec un grand sourire idiot tout en retenant son souffle et en grognant : Faut pas êt' si glouton bébé. Tyrone se mit à rire, en empoignant le tuyau des deux mains, tandis que les autres gloussaient, il fixa le sol, secoua la tête, la releva, regarda Fred qui avait toujours son grand sourire d'bouffeur de merde, et se mit à rire de plus en plus fort, imité par les autres qui secouaient la tête sans pouvoir détacher leur regard de Fred assis là avec ce sourire idiot de plus en plus large et idiot, ils avaient atteint un palier, ils avaient beau essayer, impossible de s'arrêter, et Fred retenait toujours son souffle bien qu'il se sentît sur le point de suffoquer et que son visage fût de plus en plus rouge, avec des yeux exorbités, et que Tyrone n'arrêtât pas de le montrer du doigt en secouant la tête, en riant et en hoquetant, Meer... Meer... jusqu'à ce que Fred finisse par cracher l'air, avant de resucer un coup et de se remettre à secouer la tête, Sahcrébondieu, tandis que les autres riaient incontrôlablement et que Tony tirait de sa pipe une autre bouffée et fronçait les sourcils devant l'écran sur lequel l'émission avait été interrompue pour une nouvelle pub, puis d'autres, puis un indicatif, puis quelques autres pubs, et qu'il tirait une autre bouffée et s'agitait dans son fauteuil et se mettait à grommeler et à pester contre ces foutues conneries, c'était leur foutu programme qu'il voulait voir, pas un cabot à la con qui bouffe d'la viande de cheval, pour finir par s'emporter et hurler à l'adresse du poste de télé, Eh vas-y sale cabot, fous-lui l'nez dans les culottes. Quequ't'as, t'aimes pas l'poisson? Eh? T'aimes pas l'poisson, s'pèce de salaud d'pédé. Les autres s'étaient arrêtés de rire, ils avaient cessé pour un instant de fumer leur hash et s'étaient renversés, le dos au mur, pour écouter la musique et bavasser, avant de prêter à nouveau une oreille et un œil distraits à Tony et de se remettre à glousser, Hé bébé, tu d'vrais pas parler d'pédés comme ça d'vant Harry, y pourrait s'offusquer. Fred arbora son sourire d'idiot de village, Comment qu'tu sais qu'c'est un pédé. C'est p't'êt' qu'une gousse, sur quoi il éclata de rire, à en crever, bondieu, ça m'tue merde, hahahahahaha, un gosse, une gousse, hahahahaha, bondieu, hahaha. Tony grommelait toujours de façon incompréhensible et les autres gloussaient et riaient en regardant Fred rire et secouer la tête et se remettre à plaisanter sur les gosses et les gousses dès que son rire se calmait, sur quoi tout le monde gloussait de plus belle, et Tony s'était levé, sa pipe à eau autour du cou, et s'était dirigé vers son buffet pour prendre quelque chose dans un tiroir et s'était à nouveau effondré dans son fauteuil, derrière les gros bras rembourrés duquel il avait disparu. Il avait mis un nouveau morceau de hash dans le fourneau et l'avait allumé et avait aspiré deux longues bouffées pendant que l'émission reprenait sur l'écran et s'était réinstallé pour la regarder en silence et sans bouger. Fred ayant fini par s'épuiser, il était incapable de rire davantage bien qu'il continuât de secouer la tête et de sourire et les autres évitaient de le regarder car ils éclataient de rire aussitôt – et ils en avaient tous mal aux côtes – ils regardaient donc de tous les côtés sauf du sien, et Harry et Marion s'éloignèrent pour s'affaler sur quelques vieux coussins. Appuyés à moitié contre le mur, écoutant à moitié la musique, ils se consacraient mutuellement l'essentiel de leur attention. Tu vis seule maintenant ou avec une copine? Non, je suis seule. Tu le sais bien. Harry haussa les épaules, Hé, comment est-ce que j'saurais? La dernière fois que j'suis allé chez toi j'me rappelle qu't'avais une copine, non? Mon Dieu, ça fait des mois. Mince, y a si longtemps? Tempus fugit, vraiment, hein? Quelquefois. Et quelquefois il n'a pas l'air de bouger. Comme si on était dans un sac sans pouvoir en sortir et il y a toujours quelqu'un pour vous dire que ça ira mieux avec le temps, alors que le temps ne bouge pas et se moque bien de vous et de vos peines... Et puis le sac se déchire, et on se retrouve six mois plus tard. Comme si on venait juste d'enlever ses vêtements d'été et c'est déjà Noël, avec dix années de souffrance entre les deux. Harry sourit, Doux Jésus, j'te dis bonjour et tu m'fais tout un topo, vec les fiches et les empreintes. Mais j'suis content qu'ça marche. Marion rit et Harry alluma un joint et tira deux ou trois rapides bouffées avant de le tendre à Marion. Tony s'agitait légèrement, d'un mouvement involontaire, comme s'il flairait un désastre imminent. Il participait de son mieux à l'action et se demandait comment le gros allait pouvoir le calmer, ce sale type, et lui soulever sa nana, il se démenait pour le gars, tant qu'il pouvait, mais quelque chose lui disait que c'te foutue télé complotait contre, qu'elle attendait le moment de le blouser. Il ralluma sa pipe et tira deux longues bouffées avant de moucher le hash et de fixer l'écran, Tu f'rais mieux d'pas d'fout' de moi, spèce d'enfant d'putain. J'te préviens. Il avait cessé de se tortiller pour se réinstaller dans le fauteuil, où il disparut une fois de plus. Marion gloussait, Il se paye vraiment son ciné avec c't'engin, sado-maso, pas vrai? Ouais. L'est comme un gars vec une nana qui veut rien savoir. Les autres l'observaient à moitié, le Tony, ils souriaient eux aussi, ils s'amusaient une fois de plus de Tony, plus que de ce que celui-ci pouvait bien regarder sur l'écran. Tu sais quoi mec, y croit qu'c'est sa rombière. Merde, il a jamais parlé à sa rombière sur ce ton. Ils riaient, avant de se remettre à écouter, à bavarder et à fumer. Harry s'appuyait plus ou moins sur Marion pendant qu'elle lui caressait doucement les cheveux et qu'ils écoutaient la musique. De temps en temps, il levait nonchalamment le bras et lui frottait le bout d'un néné du bout du doigt, ou le caressait du plat de la paume, si doucement, pas exprès, mais dans une sorte de rêverie. Il regardait son doigt frotter ce téton durci, l'imaginait sous la blouse, avait envie d'ouvrir cette blouse et d'embrasser ce téton, mais l'effort était trop grand pour l'instant, il le remettait à plus tard et se contentait d'écouter la musique et de suivre le mouvement de cette main sur son crâne, en s'abandonnant de plus en plus aux courants de sensualité qu'elle déclenchait. Tu sais quoi bébé, ça vaut toutes les piquouses. Ça m'excite vraiment. Et j'aime ça. J'ai toujours aimé les cheveux bouclés. C'est agréable sous les doigts. On ne s'enfonce pas comme avec les cheveux plats. Ça résiste. Comme si ça avait sa vie à soi et que ça s'excitait quand on insiste, et Marion regardait ses doigts s'enfoncer dans les cheveux de Harry, elle regardait les pointes se tordre et sautiller tandis que ses doigts se frayaient un chemin, puis elle les enroulait autour d'un doigt, les regardait sauter et rebondir et les laissait lui caresser la paume puis refermait les doigts et soulevait doucement la main pour les laisser glisser entre les doigts, ses doigts, voluptueusement, consciente de ce que ses caresses avaient un rythme auquel son souffle s'accordait, auquel elle s'intégrait, elle se fondait dans ces vagues qui l'envahissaient alors que Harry frottait du bout des doigts le bout de son sein, imaginait le téton rose de Marion, et songeait au goût qu'il aurait entre ses lèvres, lorsque Tony se remit à gueuler contre cette foutue télévision, Tu f'rais mieux pas. J'te préviens spèce de pauv' salope, j'en ai assez d'tes conneries, en se tortillant dans son fauteuil et en défiant l'appareil du regard, et que Tyrone se remit à rire de son petit rire nerveux, Y peut gueuler tout c'qu'y veut, ça m'est bien égal, mais j'espère ben qu'c'te salope vah pah lui réponde, pa'c'qu'alors faudrait que me taille jim, sur quoi il aspira une bonne bouffée et tourna la tête pour ne plus regarder le sourire à la con de Fred qui était toujours là à essayer de le faire tousser et cracher la fumée; quelqu'un sortit du nitrate d'amylène, fit claquer la capsule, se boucha du doigt une narine et renifla longuement, jusqu'à ce qu'on lui arrache sa capsule pour que quelqu'un d'autre se la fourre sous le nez en se coinçant à son tour une narine et qu'ils tombent tous deux à la renverse en glissant et en riant et en rugissant et que Tony se repenche, J'le savais, j'le savais qu'ces salauds r'commenceraient, bon Dieu, y m'foutent la chiasse les pourris, les sales pourris, les rats; Harry et Marion cessèrent brusquement et simultanément de se peloter, l'odeur du nitrate leur avait chatouillé l'odorat, ils se redressèrent et se penchèrent sur ces effluves, regardant ces gens assis et étendus tout autour qui gloussaient et rugissaient de rire, Hé mec, file-nous en une, et une capsule jaune s'envola, que Harry attrapa au vol, avant que Marion et lui s'étendent à nouveau, côte à côte, leurs corps presque vissés, qu'il crève la capsule d'un coup de dents et qu'ils la hument longuement tous les deux en se serrant étroitement et que leurs corps commencent à vibrer et que la tête leur tourne et qu'ils aient un moment l'impression de mourir, mais le rire les reprit bientôt et ils se pressèrent encore plus fort l'un contre l'autre, pulvérisés de rire, la capsule écrasée entre leurs deux nez; et Tony se pencha encore un peu plus, s'pèces de poubelles d'enculés, j'vais vous doucher à la fraise ouais à la fraise sales cons, et de lever le bras droit pour viser l'écran de son vieux pistolet calibre 22, Vous allez pus déconner avec moi, spèces de sales cons, à m'faire bander vec vot' foutu ciné et pis à m'emmerder jusqu'au trognon 'vec vos foutues conneries pendant qu'j'attends la suite; ils avaient tous un popper dans le nez et se roulaient et se grattaient et suaient et riaient tandis que Tony fixait de plus en plus méchamment l'appareil, Vous m'avez merdé assez longtemps comme ça vec vot' foutu pâté d'chien et vos canules et vos foutus trucs pour les d'sous d'bras et vot' papier cul qu'a pas d'odeur, il hurlait de plus en plus fort, le visage aussi rouge désormais que les autres, qui transpiraient sur leurs poppers et l'écoutaient, le fixaient de leurs yeux brûlés par la sueur en piquant des rires hystériques, VOUS M'ENTENDEZ ? HEIN ? MARRE DU BARATIN S'PÈCES DE SALES CONS, avant qu'il finisse par presser sur la gâchette et que la première balle touche l'écran en plein centre et qu'on entende une petite explosion qui couvrit momentanément ses cris et ses rires hystériques et que flammes et étincelles éclatent au coin et que d'énormes morceaux de verre couvrent la pièce tandis que la fumée montait et serpentait autour de l'appareil et que Tony se levait en hurlant hystériquement, J'VOUS AI EUS S'PÈCES DE CONS D'ENCULÉS, HAHAHAHAHAHAHAHAHAHAHAHA, et qu'il tirait une seconde fois dans l'appareil agonisant, Z'ALLEZ EN ENCAISSER, HAHA-

HAHAHAHAHAHAHA, et qu'une seconde balle s'enfonçait dans la carcasse en capilotade, Z'AIMEZ ÇA ? HEIN ? Z'AIMEZ ÇA S'PÈCES DE TROUS DU CUL D'ENCULÉS, et qu'il se penchait de plus en plus pour tirer une troisième fois sur les restes fumants de ce noble instrument, VOUS VOUS IMAGINEZ QU'VOUS POURRIEZ VOUS EN TIRER, HEIN ? PAS VRAI ? HEIN ? et les autres de regarder et de rire et de se trémousser au spectacle de Tony qui s'avançait vers l'appareil et tirait une nouvelle fois et se penchait pour mieux savourer cette dernière balle, les yeux fous, le sourire aux lèvres, ravi devant ces restes fracassés et croulants, regardait les étincelles sauter spasmodiquement, et se traîner le long du fil avant d'éclater et de fuser en atteignant la prise, et la fumée s'élever en lacets du fil et la prise brûlés, Tony se mit à baver un peu à la vue de l'appareil tremblant sous son regard, s'agitant et implorant pitié, qu'on lui laisse une dernière chance, Je n'le f'rai pus Tony, j'le jure sur la tait' de ma maire, Tony, *j't'en brie, j't'en brie,* laisse-moi une chance, Tony, j'filerai droit, j'le jure, j'le jure sur la tait' de ma maire, j'filerai droit Tony, et Tony ricanait devant cet appareil qui l'implorait et le suppliait, plein de mépris pour c't'enfant de putain de pleurnicheur, UNE CHANCE ??? UNE CHANCE ???? J'TE L'AI DONNÉE TA FOUTUE CHANCE, DU TONNERRE HAHAHAHAHAHAHA, TU PEUX MÊME PAS MOURIR COMME UN HOMME S'PÈCE DE PAUMÉ D'ENFANT D'PUTAIN, J't'en brie, Tony, j't'en brie... ne tire pas, j't'en – TA GUEULE, PAUMÉ, le visage de Tony suait le mépris, il se tortillait et regardait l'appareil droit dans l'œil et lui susurrait d'un ton suave et vicieux, Avale ça, avant de tirer une ultime balle dans la carcasse tremblotante et qui l'implorait encore de l'appareil de télévision, qui frissonna légèrement sous ce coup de grâce tandis qu'une ultime étincelle sautait un bon pied d'espace carbonisé pour fuser dans l'éternité et qu'une ultime traînée de fumée tourbillonnait dans l'air et se fondait dans les volutes de l'herbe et du hash et des cigarettes et dans les effluves des poppers et cherchait à s'échapper par toutes sortes de fentes et de crevasses en tout genre pour se dissoudre dans l'atmosphère. Tony haussa les épaules et replongea son pistolet dans sa ceinture, J'te l'avais dit d'pas déconner vec moi, et haussa à nouveau les épaules, personne déconne vec Tony les Bonbons, hein? sur quoi il rejoignit les autres et prit la capsule qu'on lui tendait et tomba au sol en riant avec tout le monde pendant que quelqu'un prononçait une prière pour le mort, entre deux gloussements, et que Harry et Marion se crevaient une autre capsule entre les narines et que leurs corps ne cessaient de se visser et qu'ils riaient et qu'ils se collaient l'un à l'autre comme une peau et que la musique continuait de serpenter à travers la fumée et les rires et à travers les oreilles et les têtes et les cerveaux et les esprits et arrivait à les traverser intacte, inchangée, et que tout le monde se sentait bien mec, vraiment bien j'veux dire, comme s'ils venaient de tambouriner à mort, ou de grimper au sommet de l'Everest, ou de s'éclater au fond du ciel ou de planer comme un oiseau, ouais, de s'élever et de flotter sur les courants comme un oiseau, exactement comme un grand oiseau mec... ouais... comme s'ils venaient soudain de s'envoler, comme s'ils étaient libres soudain... libres... libres...

*
* *

Sara Goldfarb était assise dans son fauteuil à se vernir les ongles en regardant la télévision. Le conditionnement était ancien, total, elle pouvait faire n'importe quoi en regardant la télévision, et parfaitement, sans rater un mot ou un geste. Ce n'était peut-être pas parfait, peut-être s'était-elle mis un peu de vernis sur les doigts et peut-être était-ce un peu bâclé, mais qui le remarquerait? A quelques pas de distance, on aurait dit un travail de professionnelle. Et même si ce n'était pas tout à fait ça, pourquoi en faire toute une histoire? Pour qui se vernissait-elle les ongles? Qui risquait de porter un jugement? Comme pour sa couture ou son repassage ou son ménage? Quoi qu'elle fasse, un œil et demi rivé à la télévision, ça suffisait bien, la journée et la vie s'écoulaient assez convenablement. Elle tendit une main pour examiner ses ongles tout en continuant de regarder l'écran, à travers ses doigts écartés. Elle contempla ses doigts, en cédant volontiers à l'illusion d'optique qui leur donnait l'air d'être empilés, sans l'empêcher de voir au travers. Elle sourit et examina l'autre main. Un si joli rouge. Superbe. Ce sera joli, avec la robe. Quelques kilos en moins et la robe aurait l'air d'être neuve. Le haut lui tombait des épaules lorsqu'elle bougeait, elle le redressa, en tirant par derrière, et se renfonça dans son fauteuil pour qu'elle ne retombe pas. Elle adorait cette robe rouge. Elle devrait pouvoir maigrir un peu. Elle pouvait toujours défaire un peu les coutures. La bibliothèque doit avoir des livres. J'irai demain et je me mettrai au régime. Elle enfourna un autre chocolat à la crème, laissa lentement fondre le chocolat et savoura le goût du mélange avant de l'écraser entre sa langue et son palais, sourit, et ferma à demi les yeux tandis que son corps frétillait sous de minuscules vibrations de plaisir. Elle essayait désespérément de laisser la bouchée fondre toute seule, lentement, mais elle avait beau lutter contre son envie de croquer et de mâchonner, celle-ci fut la plus forte; elle ouvrit soudain de grands yeux, son visage se figea dans une expression des plus sévère tandis qu'elle se mettait à mâcher avec une certaine fièvre et à rouler une ou deux fois le chocolat dans sa bouche avant de l'avaler et de s'essuyer les commissures des lèvres du dos de la main. Ils ont plein de livres, à la bibliothèque. Je leur demanderai celui qu'il me faut. La méthode la plus rapide. On me verra peut-être bientôt à la télé, pas de temps à perdre pour que cette robe rouge m'aille parfaitement. Elle fixait l'écran en suivant l'action et les paroles, mais son esprit ne lâchait pas la boîte de chocolats, sur la table, près du fauteuil. Elle savait exactement combien il lui en restait, et à quoi ils étaient. Quatre. Trois au chocolat amer, un au chocolat au lait. Le chocolat au lait était fourré à la cerise, avec de la liqueur. Quant aux trois autres, il y en avait un au caramel, un à l'amande, et un au nougat. La cerise était la dernière. Elle était déjà de côté, pour qu'elle ne la prenne pas par erreur pendant qu'elle regardait la télé. Les autres d'abord. Elle ne ferait peut-être même pas attention à celui qu'elle prendrait. Mais elle avait son ordre. Comme toujours. Le nougat, l'amande, puis le caramel. Elle attendrait le plus longtemps possible pour le chocolat à la cerise, avec la liqueur. Elle se jouait toujours un jeu quelconque. Depuis combien d'années celui-ci ? dix ? Davantage peut-être. Depuis la mort de son mari. Un soir, elle en avait laissé un tout seul, dans la boîte... tout seul pendant toute la nuit. Même pendant le film à un million de dollars et le programme de fin de soirée. Elle était allée se coucher, il était toujours là dans la boîte, avec les papiers bruns, vides, ceux dans lesquels tous les autres chocolats étaient si gentiment nichés. Elle lui avait lancé un regard de défi avant d'aller se coucher. Elle avait brusquement détourné la tête et s'était sentie si vannée en se déshabillant et en se nichant entre les draps qu'elle s'était endormie presque immédiatement. Son sommeil, pour autant qu'elle s'en souvenait, avait été paisible, sans rêves ni tracas, et puis soudain, au milieu de la nuit, elle s'était réveillée, le front couvert d'une sueur froide, et était restée assise là pendant d'interminables secondes à fixer le noir, à écouter, en se demandant pourquoi elle était éveillée et ce qui l'avait réveillée, et si quelqu'un n'était pas entré par effraction et n'allait pas l'assommer, et elle tendait l'oreille mais n'entendait rien, elle était demeurée là sans bouger, respirant à peine, pendant de longues secondes, puis elle avait rejeté ses couvertures, s'était précipitée dans l'obscurité du living, droit vers la table sur laquelle se trouvait la bouchée au chocolat, pour la ramasser, comme si Dieu avait guidé sa main, et s'était presque évanouie lorsque la première chaleur du parfum lui était montée à la tête, elle s'était abattue dans son fauteuil et s'était écoutée mastiquer le chocolat au lait à la cerise et à la liqueur, puis était retournée à son lit en titubant. Le lendemain matin, elle s'était réveillée tôt et s'était assise dans la douce lumière filtrée du jour en essayant de se rappeler elle ne savait trop quoi. Elle sentait vaguement que quelque chose s'était passé et se disait que ce devait être un rêve, mais elle avait beau essayer, elle n'arrivait pas à se le rappeler. Elle s'était massé la plante des pieds, puis les tempes, elle ne se rappelait toujours pas. Elle s'était cogné la tête de ses poings pendant quelques secondes pour stimuler sa mémoire, mais toujours... rien. Elle s'était levée et s'était rendue, sans y prendre garde, dans son living au lieu de la salle de bains, elle avait allumé la télévision et avait brusquement repris conscience d'elle-même au moment où, debout derrière le fauteuil, elle contemplait la boîte de chocolats vide. Elle l'avait contemplée ainsi pendant de longs moments, puis s'était rappelé son rêve et s'était presque effondrée dans le fauteuil en tremblant légèrement, à mesure qu'elle réalisait qu'elle avait mangé le chocolat à la cerise et à la liqueur la veille au soir et ne s'en souvenait pas réellement. Elle essayait de se revoir en train de mordre dedans et de sentir la liqueur lui picoter la langue, mais son esprit et sa bouche restaient vides. Elle en avait presque pleuré, songeant au mal qu'elle avait eu à faire durer cette boîte de chocolats deux jours entiers, deux fois plus longtemps que d'habitude, et pour la première fois, elle avait mis de côté le dernier pour le lendemain matin, ce qui lui aurait permis de dire que ça faisait trois jours, et il avait disparu et elle ne se rappelait même pas l'avoir mangé. Triste journée dans la vie de Sara Goldfarb. Ça ne s'était pas reproduit. Plus jamais elle n'avait été assez stupide pour essayer de faire durer, de mettre de côté pour plus tard ou pour le lendemain. A chaque jour suffit sa peine. Dieu nous donne ses journées une à une, et c'était donc jour après jour qu'elle mangeait ses chocolats, en toute connaissance de cause. Elle sourit au bel annonceur de la télé, tendit le bras, prit délicatement le dernier chocolat, le chocolat au lait à la cerise et à la liqueur, le posa sur sa langue et soupira, le taquinant à la fois de la langue et des dents, son corps frémissant d'avance, avec un petit nœud à l'estomac, elle ne pouvait plus résister, elle enfonça lentement ses dents dans la couche de chocolat ramollie, insista, le goût du chocolat et celui de la liqueur de cerise s'affrontaient dans sa bouche, puis la couche de chocolat s'ouvrit comme la mer rouge et la cerise captive vogua vers la liberté et Sara Goldfarb la roula dans une bouche pleine de saveurs et de fluides qu'elle laissait lentement glisser dans une gorge tremblante, et elle roulait des yeux en mordant dans la cerise mais ne les roulait toutefois pas assez pour rater quoi que ce fût sur l'écran de sa télévision. Elle se lécha les doigts et étendit les mains, l'une après l'autre, pour inspecter son vernis rouge cerise, puis fixa l'appareil à travers ses doigts écartés et reprit possession d'elle-même en s'avançant sur le devant de la scène, vêtue de cette robe rouge qui lui allait si bien depuis qu'elle avait perdu du poids, avec ces souliers dorés qui faisaient si riche, ces cheveux d'un rouge de toute beauté – Oh, j'avais presque oublié. Les cheveux. Ils devraient être rouges. Ça fait si longtemps que je ne les ai pas eus de cette couleur. Demain, je demanderai à Ada de les teindre. Tant pis si le rouge ressort mal. Je ne porte que du rouge. Sauf les chaussures. Toute en rouge, sauf les chaussures. Quand ils me demanderont mon nom, je leur dirai que je suis le Petit Chaperon Rouge. Voilà ce que je leur dirai, je regarderai la caméra droit dans les yeux pendant que la petite lumière rouge brillera et clignotera, et je leur dirai : Je suis le Petit Chaperon Rouge.

***

Harry raccompagna Marion. La nuit était chaude et humide, mais ils n'étaient pas trop conscients des conditions atmosphériques. Ils savaient qu'il faisait chaud et humide, la chose restait en dehors d'eux, elle n'était pas directement vécue. Leurs corps frémissaient et résonnaient encore de tous ces poppers, ces rires, et en même temps, ils se sentaient détendus et apaisés, avec tout ce hash et toute cette herbe. C'était une délicieuse soirée, ou matinée, peu importe pour se promener dans les rues de ce côté du Bronx. Il y avait un ciel quelque part au-dessus des toits, avec des étoiles et une lune et tout ce qu'il peut bien y avoir dans un ciel, mais ils se contentaient, en fait de planètes et d'étoiles, des lumières de la rue, tout au bout. Si ces lumières vous empêchaient de voir les cieux, il suffisait d'un peu de magie pour transformer la réalité, selon vos goûts. Les lumières de la rue étaient autant de planètes, d'étoiles, de lunes.

Les rues étaient assez animées pour cette heure de la matinée, des voitures, des taxis, des camions, des gens, quelques poivrots. Un couple, une rue plus bas, remontait en titubant dans leur direction. La femme tirait le type par le bras, Faut qu'je pisse. Arrête bon sang que j'puisse pisser. Tu peux pas attend' cinq minutes bon sang. On n'est pus qu'à deux rues. Non. Faut qu'je pisse. Retiens-toi. Quequ'tu crois qu'je fais? J'en ai jusqu'aux gencives. Bon Dieu, et moi j'en ai plein l'cul t'sais? Ouais, ben moi c'est pas exactement l'*cul* qui m'démange. Elle l'agrippa, ils s'arrêtent, elle souleva sa jupe et s'accrocha à la ceinture de l'homme et s'accroupit derrière lui et se mit à pisser, Hé, merde quequ'tu fous spèce de cochonne? – Ahhhhhhh, ça fait du bien – t'es dingue ou – Arrête de grogner, ahhhhhhhhhhhhh – T'as donc pas d'pudeur? Il écartait les jambes pour essayer d'éviter le flot incessant et de plus en plus large, résultat d'une soirée passée à boire de la bière, tandis qu'elle continuait de soupirer avec un soulagement régénérateur sans trop se soucier des petites éclaboussures qui lui chatouillaient les jambes, les yeux fermés dans une extase totale, elle se balançait en tirant sur la ceinture de l'homme lorsqu'elle arrivait au bout de l'arc ainsi décrit, dans un sens ou dans l'autre, il essayait quant à lui de conserver son précaire équilibre et la tirait dans l'autre direction tout en se livrant à une rapide pantomime pour échapper aux inconvénients de cette inondation, Filons pour l'amour de Dieu, elle continuait de tirer, de soupirer et de pisser, T'vas nous r'verser – soudain il remarqua Harry et Marion et se redressa, sourit, et écarta les bras pour masquer sa compagne accroupie en train de se vider la vessie. Ils évitèrent adroitement quoique nonchalamment le torrent et l'enjambèrent crânement, cependant que Harry souriait au type, Sacrée pisseuse, ta bourgeoise, mec, avant d'éclater de rire et de poursuivre son chemin avec Marion, et le gars les suivit des yeux pendant de nombreuses secondes, avant qu'un signal d'alarme se déclenche dans sa tête, et qu'il sente son corps céder et qu'il essaye de résister et de garder son équilibre, mais perde ce vaillant et trop court combat et se voie projeté vers ces rapides, Hé, merde, quequ'tu fous, spèce de folle – et s'abatte sur les flots dans un grand splash et se mette à barboter, AU SECOURS ! AU SECOURS ! tandis que son amie s'étalait sur le dos et continuait de soupirer, ahhhhhhhhhhhh et ajoutait encore au volume et à la vitesse du courant dans lequel son compagnon et protecteur d'un soir s'ébrouait, pataugeait et faisait des éclaboussures, JE NE SAIS PAS NAGER, JE NE SAIS PAS NAGER, pour finir, à force de détermination rageuse et d'aveugle colère, par atteindre les bas-fonds, se hisser sur la berge, s'agenouiller, tête ballante, et reprendre son souffle tandis que son amie de rencontre roulait sur elle-même avec un nouveau et non moins profond soupir, se recroquevillait dans la position du fœtus et s'endormait dans les buissons protecteurs de ces rives. Harry gloussait et secouait la tête, Impayables, ces alcoolos, tu crois pas? Ils ont vraiment pas d'classe, aucune.

Marion et lui avançaient le long des rues, la gorge sèche et l'estomac dans les talons. Ils s'arrêtèrent dans un restaurant ouvert toute la nuit et s'offrirent un morceau de gâteau chapeauté de deux boules de glace, avec du chocolat et du sirop de fraise, de la crème fouettée, accompagné d'un milk shake. Marion paya la note et ils partirent chez elle. Ils s'assirent à la table de la cuisine et Marion alluma un joint. Harry soudain se mit à glousser, Elle était championne, la nana, y lui aurait fallu un canot, au type. Marion lui passa son joint, puis exhala lentement la fumée. Il devait y avoir des pissotières dans les rues. Elle n'aurait pas eu besoin de se dégrader comme ça pour uriner. Les hommes peuvent s'isoler dans une allée ou derrière une voiture, c'est parfaitement admis, mais quand une femme le fait on la ridiculise. C'est ce que j'aime en Europe, ils sont civilisés. Harry avait renversé la tête pour la regarder et l'écoutait mi-souriant mi-narquois, avant de lui repasser le joint, On dirait qu'tu parles à un juge, ou à ton charlatan. Le joint n'était pas fini, elle le tendit à Harry, qui secoua la tête, avant d'en écraser soigneusement le bout et de le poser au bord du cendrier. Bon, c'est pas dégueulasse, tout ça? Absolument ridicule, je veux dire. Les femmes ne sont pas censées pisser ou chier ou péter ou sentir mauvais ou aimer se faire baiser – excuse-moi, faire l'amour, je veux dire. Hé bébé, tu parles à un innocent, hein, okay? Rappelle-toi : j'ai rien dit. Bon, faut bien que je m'adresse à quelqu'un. Bon, adresse-toi à ton charlatan. C'est pour ça qu'tu l'payes. Elle sourit, Plus maintenant. Tu l'as envoyé dinguer? Pas exactement. Je le vois encore, mais plus comme patiente. Harry éclata de rire, Tu t'l'envoies, lui aussi? A l'occasion. Quand ça me chante. Mes vieux me demandent si je le vois toujours, je leur dis que oui, ils continuent de me donner mes cinquante dollars par semaine pour le psy. Marion riait fort, et longuement, J'ai même pas besoin de leur mentir, à ces connards. Et tu t'l'envoyais, ton charlatan? Ouais, mais c'est devenu un peu délicat. Il avait cessé d'écrire, à cause de moi, il voulait quitter sa femme et me sauver... le vrai macho, tu sais. Le nouveau est différent. Je le vois de temps en temps, on s'amuse, pas de nervosité. On se paye un peu de bon temps, c'est tout. Et ça ne l'empêche pas de me filer des ordonnances pour mes tranquillisants et mes somnifères. Il y a quinze jours environ, on a pris l'avion pour un week-end aux Îles de la Vierge. Un vrai bal. Hé, c'est dingue. Formidable. Ouais. Alors comme ça tes vieux payent toujours la note, Harry désignait du menton le reste de l'appartement, pour la piaule et tout l'tremblement? Ouais. Elle s'était remise à rire très fort. Plus les cinquante par semaine pour le psy. Et il m'arrive de faire un peu de rewriting à la pige pour les éditeurs. Et le reste du temps t'es couchée là à t'défoncer, hein? Elle souriait. A peu près. T'as vraiment la planque. Mais comment qu'y s'fait qu'tu soyes si dure pour tes vieux, t'en causes toujours si méchamment. Ils m'emmerdent avec leurs prétentions petites-bourgeoises, tu vois ce que je veux dire? Ils sont là dans cette grande baraque avec toutes leurs voitures et leur argent et le prestige, et ils font la quête pour l'UJA et la B'NAI BRITH [1], et KRIST sait quoi – Qu'est-ce qu'y fait là-d'dans çui-là? Y d'vrait s'méfier, onlahu un coup, on pourrait l'avoir deux. Marion s associa au rire de Harry, Ouais, et je ne plaisante pas. Ils sont comme ça, je veux dire. Ils couperaient la gorge à n'importe qui pour de l'argent et un cadeau de quelques dollars à la NAACP [2], et pouvoir s'imaginer qu'ils sont des bienfaiteurs de l'humanité. Tu t'imagines comme ils peuvent être libéraux quand je leur ramène un copain noir. Oh, y sont pas pires qu'les aut'. Harry se renversa, s'étira, et ses yeux se mirent à clignoter, Le monde entier est plein d'merde. Peut-être, mais le monde entier ne m'emmerde pas. Ils ont tout, sauf la culture. Ils sont vulgaires. Oh, vulgaires, schmulgaires, il haussa les épaules et sourit, lèvre pendante, yeux endormis. Marion sourit, Je suppose que tu as raison. De toute façon, je ne vais pas les laisser me déprimer. C'est l'ennui, avec l'herbe. Je me sens un peu parano, quelquefois, après coup. Ouais, faut apprendre à planer, il souriait de son sourire endormi et claquait des doigts et jouait du bebop avec la tête, et ils rirent tous les deux, On va au lit, quequ't'en dis? Okay, mais t'endors pas tout de suite. Hé, pour qui qu'tu m'prends? Un dingue? Ils gloussaient, Harry s'aspergea la figure avec un peu d'eau froide avant de se coucher. Il n'avait pas fini de s'étirer et de se lover que Marion se penchait sur lui, le visage contre le sien, et lui frottait de la main la poitrine et l'abdomen, Je ne sais pas si c'est l'herbe ou de parler de mes parents, mais j'en ai bougrement envie. D'quoi qu'tu parles? C'est moi. C'est l'effet qu'j'leur fais aux nanas. J'suis irrésistible. Surtout d'puis qu'j'suis passé

1. *Organisations juives américaines (N. d. T.).*
2. *Ligue de défense des droits civils (N. d. T.)*

par la chirurgie esthétique et qu'y m'en ont mis un neuf, Il riait, Marion le regarda et secoua la tête, Tu ne te fatigues donc jamais de ce genre de plaisanteries? Tu devrais en parler à ton psy. Tu prends tes désirs pour la réalité, sur quoi Harry rit encore et Marion gloussa et l'embrassa et lui joua de l'harmonica sur les lèvres, en lui enfonçant la langue dans la bouche, aussi loin que possible, jusqu'à ce que Harry réagisse de la même façon et l'entoure de ses bras et pétrisse de ses mains sa douce et tendre chair et lui caresse le dos et les fesses tandis qu'elle lui frottait l'entrecuisse et lui titillait gentiment les couilles du bout des doigts tout en lui embrassant la poitrine et le ventre avant de lui empoigner la bite et de la secouer un moment, puis de refermer ses lèvres sur elle et de la chatouiller du bout de la langue, Harry continuant de lui câliner le cul et la chatte sans cesser de s'étirer et de se tortiller, les yeux mi-clos, l'écran de ses paupières déchiré par des éclats de lumière, il pouvait vaguement la discerner en train de lui gober avidement son oiseau lorsqu'il rouvrit les yeux, l'esprit électrisé par un afflux d'images et de pensées, mais les drogues et le plaisir l'avaient plongé dans une délicieuse absolument délicieuse inertie. Qui se trouva brusquement brisée quand Marion se rassit pour couver son oiseau, et il resta là pendant des heures, ou des secondes, les yeux fermés, à écouter l'exquise romance du joint et de l'arraché – *Chevauchez-moi l'os jusqu'à Branbury Cross* – et rouvrit les yeux en essayant de lui attraper les nénés, puis l'attira à lui pour pouvoir les chatouiller de la langue, les grignoter, les mâchonner, les sucoter, en lui caressant le dos, par instants les yeux de Marion en étaient tout révulsés tandis qu'elle se trémoussait et roulait et soupirait et rugissait, et ils continuèrent ainsi de faire l'amour jusqu'à ce que les premières lueurs de l'aube filtrent à travers les stores et les rideaux et que la chaleur de l'amour se rafraîchisse à celle du soleil et qu'ils finissent par s'endormir brusquement, complètement.

***

Sara étala amoureusement le fromage fondu sur son bagel, un œil et demi toujours rivé à l'appareil de télévision qui luisait, dans le living, à la lueur du petit matin. Elle avala un généreux morceau de bagel puis sirota un peu de thé chaud. De temps en temps, elle étalait et égalisait le fromage fondu sur son bagel avant d'en avaler un autre morceau et de siroter encore un peu de thé chaud. Elle essayait de manger son bagel au fromage fondu assez lentement, mais elle l'avait quand même englouti avant la pause publicitaire. J'attendrai. Plus rien avant la pause publicitaire. La prochaine devait commencer par la sciure pour chats. Leurs petits chatons sont si mignons. Ils ronronnent si gentiment. Elle sirota son verre de thé et regarda l'écran en se répétant qu'elle ne devait plus rien prendre avant que *toutes* les pubs soient passées. Ce n'est pas une histoire, après tout. Et après le petit déjeuner j'irai à la bibliothèque chercher ces livres sur les régimes. Il ne faut pas que j'oublie. La bibliothèque d'abord, et puis chez Ada pour qu'elle me teigne les cheveux. Un beau rouge bien chaud. Oh, bonjour minou. Oh que tu es un gentil petit minou. Mignon comme un bébé. Elle tendit le bras pour prendre le gâteau danois au fromage qu'elle trempa dans le verre avant de s'être rendu compte de ce qu'elle faisait. Elle ne s'en aperçut qu'en mordant dedans et en le laissant rouler dans sa bouche. Elle le contemplait, dans sa main, avec la trace de ses dents, avant de comprendre pourquoi sa gorge et son estomac manifestaient à tel point leur contentement. Elle ne prêtait presque plus attention aux autres pubs, continuant de manger et de mastiquer, le plus lentement possible, avalant nerveusement de petites gorgées de thé. Le délicieux gâteau danois terminé, elle se lécha les lèvres, puis le bout des doigts, s'essuya les mains au torchon qu'elle avait sur les genoux, et s'en frotta doucement les lèvres avant de siroter un peu plus de thé. Elle contempla le papier qui avait enveloppé son gâteau au fromage, racla le glaçage humide qui était resté accroché dessus, et se lécha à nouveau les doigts. Ne rien gaspiller pour ne manquer de rien. Hmmmmmm, c'est si bon. Du spécial, un véritable extra, ce matin, comme pour les grandes occasions. Elle devrait peut-être s'en chercher un autre. Je raterais la fin de l'émission. Ça suffit comme ça. Hein, qui est-ce qui manque de quoi que ce soit? Laissons tomber. Je vais regarder l'émission et ne plus penser à ce gâteau. Elle se remit à racler le papier et à se lécher les doigts. Elle finit par rouler en boule tous les petits papiers, et par les jeter aux ordures en oubliant le bagel, le fromage fondu et le gâteau danois qui lui avait paru si extraordinairement moelleux aujourd'hui. Vraiment spécial. Elle regarda l'émission, soupira, comme toujours, devant l'heureux et spirituel épilogue, finit son thé, et se prépara pour la visite à la bibliothèque. Elle lava l'assiette, le couteau et le verre, les mit à sécher sur l'évier, se brossa les cheveux, se pomponna, enfila son joli gilet boutonné, contempla un petit moment sa télé, la ferma, et quitta l'appartement. Elle savait bien qu'il était trop tôt pour le courrier, mais vérifia quand même. On ne sait jamais.

La bibliothèque était à deux rues de chez elle, sur la gauche, mais elle tourna automatiquement à droite sans se rendre compte qu'elle avait pris la mauvaise direction, elle ne s'en aperçut que lorsque la fille de la boulangerie, derrière le comptoir, lui tendit son gâteau, avec la monnaie. Voilà, madame Goldfard. Bonne journée. Merci ma poupée. Sara avait quitté la boulangerie en s'efforçant de croire qu'elle ne savait pas ce qu'elle avait dans son sac, mais le petit jeu n'avait pas duré longtemps car non seulement elle le savait mais elle n'avait pas pu se retenir plus longtemps de sortir son gâteau, et de le manger. Elle le mangeait lentement, avec détermination, de minuscules petites bouchées qui lui titillaient le palais, et lui permirent de le faire durer jusqu'à la bibliothèque. Elle demanda où se trouvaient les livres de régime. La bibliothécaire regardait le sac en papier que Sara serrait encore dans ses mains en l'accompagnant jusqu'au rayon chargé de livres spécialisés. Oh, il y en a tant. On perd déjà du poids, rien qu'à les passer en revue. La bibliothécaire gloussait. Jolie réflexion. Mais ne vous inquiétez pas, je suis sûre que nous allons dénicher exactement ce que vous cherchez. Je l'espère bien. Je dois passer à la télévision et je me suis dit que je devrais peut-être perdre quelques kilos pour avoir l'air svelte, sur quoi Sara leva les yeux au ciel et la bibliothécaire se mit à rire, puis à glousser. Ne vous occupez pas de tous les livres du rayon. Celui-ci est sur la nutrition, les régimes, la santé, les repas mal équilibrés et les maladies. Les maladies, aucun besoin, merci. Le poids non plus, d'ailleurs. Sara Goldfarb souriait à la bibliothécaire, qui lui rendait son sourire. Elle cligna les yeux. J'en ai peut-être un tout petit peu trop. Bon, alors voilà des ouvrages qui devraient vous intéresser, sur la façon d'en perdre. Sara essaya de les embrasser d'un seul regard. Ils ont l'air si gros, passez-moi l'expression. Elle cligna à nouveau les yeux à l'adresse de la bibliothécaire, qui dut à nouveau étouffer son rire en un gloussement. Je préférerais quelque chose de tout mince. Je n'ai pas trop de temps. Le temps, j'en ai besoin pour perdre du poids, pas pour lire. Je pourrais me faire des muscles, rien qu'à les soulever, vos livres. Les yeux de la bibliothécaire en pleuraient presque, à force de se retenir. Bon, voici le plus mince, de tout le rayon. Si on y jetait un coup d'œil. La bibliothécaire le feuilleta rapidement, en hochant la tête. Oui, oui, je crois que ça vous conviendra parfaitement. Un minimum de lecture, le régime est clairement expliqué en termes facilement compréhensibles, et voilà quelque chose que vous apprécierez sûrement je crois, il est dit que vous pouvez perdre jusqu'à cinq kilos par semaine, ou même plus. Ça me plaît déjà. Je sais aussi que cet ouvrage a beaucoup de succès. Nous en avons trois exemplaires et nous avons de la difficulté à en garder au moins un en rayon. J'en déduis que c'est un bon livre, question amaigrissement. Elle s'était remise à glousser. Personnellement, je ne saurais dire, bien sûr. C'est ce que j'ai remarqué. Taisez-vous, je suis jalouse. Ne me dites pas que vous mangez de la glace et des gâteaux tous les soirs. La bibliothécaire gloussait toujours, et lui passait le bras sur l'épaule, Non, je ne mange que des pizzas. A en crever. Elles gloussaient toutes les deux, la bibliothécaire avait gardé le bras sur l'épaule de Sara en l'accompagnant au contrôle. Elle enregistra l'ouvrage, le tendit à Sara, et lui demanda si elle ne voulait pas jeter le sac en papier de la boulangerie. Sara le considéra, avant de hausser les épaules, Pourquoi pas? Il a pas mal servi. Il a bien gagné un peu de répit. La bibliothécaire le jeta dans la corbeille. Bonne journée, madame Goldfarb. Sara sourit et cligna les yeux, Au revoir poupée. Elle rentra chez elle en serrant dans sa main le maigre volume. Le soleil était si chaud et agréable, elle était heureuse d'entendre ces cris d'enfants, les cris de ces enfants qui couraient sur les trottoirs et entre les voitures, se sautaient dessus sans prêter attention aux coups de klaxon et aux cris des automobilistes. Sara voyait déjà fondre ses kilos, rien qu'à sentir ce petit livre dans sa main. Cet après-midi peut-être, quand Ada lui aurait teint les cheveux, elle prendra un peu le soleil et se sentira légère. Mais les cheveux d'abord.

Ada avait déjà tout préparé. Cela faisait vingt-cinq ans

qu'elle se teignait les cheveux, elle rêvait de les teindre toutes, en rouquines. Elle ne pouvait pas toujours prévoir la nuance exacte, mais c'était toujours du rouge. Et elle commençait toujours par leur préparer un peu de thé, parce que, crois-moi, tu en auras besoin, pour chasser le goût, et l'odeur, puis se mettait au travail. Elle disposait tout le nécessaire sur la table de la cuisine et travaillait de telle façon qu'elles pouvaient continuer de regarder la télévision. Ada enveloppa le cou de Sara d'une serviette de bain et entreprit de lui badigeonner les cheveux, filet par filet. Le visage de Sara se tordait et se ridait comme une vieille prune. Oh, quelle odeur. Ça vient du Canal? Détends-toi poupée, c'est loin d'être fini. Tu t'y feras. Je m'y ferai? J'en ai déjà presque perdu l'appétit. Elles gloussaient toutes les deux pendant qu'Ada poursuivait sa lente opération et qu'elles continuaient toutes les deux d'écouter et de regarder la télévision. Au bout d'une heure, Sara s'était habituée à l'odeur, l'appétit lui était revenu, elle commençait à se demander si ce serait terminé pour le déjeuner. On aura de la chance si on termine pour le dîner, mon chou. Il faut si longtemps? Exactement. On part à zéro, avec toi. Et moi qui croyais que je pourrais prendre un peu le soleil aujourd'hui. Hors de question. Détends-toi et pense à l'allure que tu auras avec ces cheveux rouges. Aujourd'hui les cheveux, le soleil demain.

*
* *

La chaleur et le soleil réveillèrent Harry et Marion dans l'après-midi. Chacun avait bien essayé de se convaincre qu'il fallait se rendormir sans que l'autre s'aperçoive de rien, mais le jeu, au bout de quelques minutes, était devenu fatigant. Pour Harry surtout, qui pensait à la bonne petite dose qu'il avait justement mise de côté pour cet après-midi. Il s'assit un instant sur le bord du lit, puis se dirigea vers la salle de bains, où il s'aspergea le visage d'eau froide, le frotta avec une serviette, et remplit un verre d'eau. Hé bébé, lève-toi et sors ta batterie, j'ai un p'tit quequ'chose pour toi. Marion s'assit, cligna des yeux un moment en fixant la porte de la salle de bains. Tu me fais marcher Harry? Hé, j'joue pas à ces jeux-là. Ty et moi on a ramené d'la merde de première hier, d'la dynamite, j'en ai encore une bonne dose. Marion sortit sa batterie et rejoignit Harry dans la salle de bains, Tiens. Elle posa son matériel sur le lavabo, Harry y versa un peu d'héroïne, puis d'eau, et fit chauffer. Il aspira le liquide dans la seringue, chassa l'air, elle était à moitié pleine, et la passa à Marion. Les dames d'abord. Bon, merci mon bon monsieur. Elle n'était pas totalement réveillée et se sentait encore un peu vaseuse après cette longue soirée et ce sommeil tardif dans la chaleur étouffante de l'après-midi, mais assez alerte pour se ligoter, se piquer la bonne veine en deux secondes, et s'envoyer en l'air comme il convenait. Elle avait décollé presque immédiatement, Harry lui prit la seringue des mains, la nettoya, se ligota, et s'envoya en l'air à son tour. Ils s'assirent sur le bord de la baignoire pendant quelques minutes, se frottant le visage et fumant. Harry jeta son mégot dans la lunette, se leva : Quequ'tu dirais si on s'habillait, et se dirigea vers la chambre pour enfiler sa chemise et son pantalon. Marion resta assise sur le bord de la baignoire, à se frotter le nez, jusqu'à ce que la chaleur de la cigarette, qui se consumait rapidement, l'oblige à rouvrir les yeux, sur quoi elle jeta le mégot dans la lunette et se lava la figure, lentement, en se penchant sur le lavabo pour regarder l'eau et le gant de toilette, et leur sourire, en se disant qu'elle allait le ramasser, ce gant, le savonner, et s'en frotter le visage, avant de le rincer, de se passer de l'eau froide, et de s'essuyer doucement, des petits coups de tampon... tout en faisant tournoyer le gant de toilette dans l'eau, rêveusement, du bout du doigt. Elle finit par le ramasser, le caressa amoureusement, en pressant un peu, pour en chasser l'eau, se frotta le visage, se regarda dans le miroir... et sourit. Elle attendit, sensible au chatouillis de l'air, que la peau sèche toute seule, puis soupesa ses seins avec un sourire de joie et de fierté à mesure qu'elle se tournait et posait sous tous les angles pour en admirer le relief et la fermeté. Elle avait bien pensé à se brosser les cheveux mais se contenta de les flatter de la main, en appréciant leur lustre et leur douceur, et posa quelques minutes encore avant d'enfiler sa robe et de rejoindre Harry à la table de la cuisine. Oh, tu es finalement sortie de ton trou, hein? J'avais peur que tu sois tombée dedans. Elle souriait, je croyais que t'étais partant, dit-elle en lui saisissant et en lui pressant les pectoraux. Hé, doucement, tu veux m'donner l'cancer? Il lui avait claqué les fesses, elle sourit à nouveau, s'assit, alluma une cigarette. Dieu que c'était bon. Harry la regarda de travers, De quoi qu'tu parles? Elle sourit, Espèce d'animal. Ouais. T'aimes ça. Tu ne te plains pas non plus. Hé, tu m'connais, j'prends les choses comme elles viennent et j'suis heureux. Ah bon, je ne sais pas à quel point exactement, sur quoi ils se mirent à glousser tous les deux, presque sans bruit, avec de larges sourires, les yeux mi-clos. Marion emplit deux verres d'eau Perrier, dont Harry contempla les bulles une bonne minute avant de lui demander si elle n'avait pas un peu de limonade? Non, mais j'ai des citrons verts. Harry gloussa. Ils restèrent là à fumer et à boire de l'eau Perrier jusqu'à ce qu'ils soient un peu redescendus, une agréable et douce sensation de bien-être, et que leurs yeux commencent à se déciller, cil par cil. Au second verre, Marion demanda à Harry s'il ne voulait pas bouffer quelque chose. Ouais, mais pas avant qu't'aies pris ton bain, et il se remit à glousser. Espèce d'animal. Tu ne veux pas un yaourt? Harry éclata de rire, Du yaourt? Mince... et tu m'traites d'animal, riait-il. Marion ricanait, Il y a des fois où je me demande si tu n'es pas un peu malade. Des fois? Oui, des fois. Le reste du temps, absolument aucun doute. Elle sortit du réfrigérateur deux pots de yaourt, qu'elle déposa sur la table, avec deux cuillers. Bon, j'suis heureux qu'y ait des fois, au moins, qu't'as pas d'doute. C'est l'indécision qu'est terrible. T'en pinces toujours pour le yaourt à l'ananas, hein? Oui. J'adore ça. Mais t'as jamais la dent pour la fraise, ou les myrtilles, ou un aut' truc? Non, rien que l'ananas. Je pourrais ne manger que ça jusqu'à la fin de mes jours. Eh bien bébé, moi, si c'est d'manger du yaourt à l'ananas tous les jours qui t'donne cette dégaine, j'suis preneur. Marion se redressa et se retourna légèrement, comme pour poser. Tu me trouves bien? Hé, tu plaisantes? T'es sensationnelle bébé. Harry se pencha au travers de la table, T'es belle à croquer. Bon, tu ferais peut-être mieux de commencer par le yaourt. C'est très nourrissant. Oh ouais? Tu veux dire qu'ça t'met du plomb dans l'pinceau, hein? Okay, prends une capote, sur quoi il éclata de rire. Marion secoua la tête en souriant, avala une cuiller de yaourt et se lécha les lèvres? Comment peux-tu rire de ce genre de plaisanteries, elles sont épouvantables. Ouais, mais j'adore ça. Et qui c'est qu'en rirait si c'est pas moi? Marion finissait son yaourt sans cesser de sourire. Ils burent un autre verre de Perrier, ils étaient bien vraiment, malgré la sueur, la chaleur du jour et de la came. Harry ferma les yeux et respira profondément, avec un sourire des plus serein. Qu'est-ce que tu fais? J'renifle. Tu renifles? Tu renifles quoi? Nous bébé. Nous. On s'croirait au marché au poisson de Fulton Street. Marion sourit et hocha la tête, Ne sois donc pas si maladroit. C'est quand même mieux qu'd'êt' crasse, et j'suis adorab', de toute façon. Harry riait, Marion gloussait. Harry se leva, Pourquoi c'qu'on prendrait pas un bain? Marion sourit, Je n'aurais pas pensé que tu aurais l'idée, et de rire, Je l'aime bien celle-là. Elle est bonne. Ils riaient tous les deux, et Harry retira son pantalon et son caleçon, les jeta sur le lit, et ils retournèrent dans la salle de bains. Marion versa dans l'eau un peu de moussant, ils plongèrent dans la baignoire, s'étalèrent dans la mousse parfumée, et se lavèrent mutuellement, en faisant mousser le savon et en se caressant, puis s'aspergèrent d'eau, lentement, pour se débarrasser de la croûte de chaleur de la journée.

***

Sara fixait le miroir, en clignant les yeux. C'est du rouge, ça? Ada haussa les épaules, Bon, pas exactement mais presque, de la même famille. De la même famille? Même pas des cousins éloignés. Bon, un parent pauvre peut-être. Pas même la soupe populaire. On ne peut pas être plus pauvre. Plus pauvre? C'est un rouge. Pas un rouge rouge, mais un rouge? Un rouge? Tu me dis que c'est un rouge? Ouais, je te le dis. C'est un rouge. Tu dis que c'est un rouge? Ouais, je le dis. Et l'orange alors, qu'est-ce que c'est? Si c'est du rouge, j'aimerais voir l'orange. Je voudrais bien voir l'orange qu'aurait pas l'air d'un parent pauvre. Ada regardait les cheveux de Sara, puis leur réflexion dans le miroir, elle regarda ses cheveux, puis leur réflexion, et haussa les épaules, avec une moue, Bon, ça pourrait aussi être un tout petit peu orange. Un tout petit peu orange? Ada secouait la tête en fixant Sara dans le miroir, Ouais, ça se pourrait, un tout petit peu orange peut-être. Un tout petit peu orange? C'est un tout petit peu orange comme on peut être un tout petit peu enceinte. Ada haussa à nouveau les épaules. Qu'est-ce qui t'inquiète? Tout ira bien.

Qu'est-ce qui m'inquiète? Quelqu'un risque de vouloir me les presser pour se faire du jus. Détends-toi, détends-toi poupée. Encore un tout petit peu de teinture, et ce sera parfait pour la télévision. J'ai l'air d'un thermomètre. Voilà de quoi j'ai l'air. Un thermomètre à l'envers. Raison de plus pour ne pas te monter. Détends-toi. On va manger du poisson fumé et du bialy. Allons, allons, assieds-toi. Ada arracha Sara à son miroir et l'obligea à s'asseoir à la table. Je vais te chercher un peu de thé, tu te sentiras mieux. Ada mit l'eau à chauffer, sortit le poisson du réfrigérateur et le bialy de la boîte à pain, sans oublier les assiettes et tout le nécessaire. Je me suis fait frotter le cuir toute la journée, je brûle, je pue le poisson mort et j'ai l'air d'un ballon de basket. Tu devrais apprendre à te détendre déjà. C'est l'ennui avec toi, tu ne sais pas te détendre. Je te dis que ça va. Demain on recommencera, t'auras l'air d'une championne. Tiens, prends un peu de poisson et de bialy.

***

Tyrone se pointa chez Marion peu après le coucher du soleil. Ils s'assirent un moment pour fumer un joint avant que Marion s'avise qu'ils devaient manger, Je crève de faim. Ouais, moi aussi, ramène moah un Snickers. Sacré Ty, tu connais donc que ça? Si, les Chuckles, j'les aime ben aussi. Tu connais foutrement rien à la bouffe en tout cas, mec. C't'une bonne soupe aux nouilles et au poulet qu't'as b'soin. Meerde, du Pepsi et un Snickers, ça m'suffit. Bon, j'espère que tu ne vas pas te vexer, mais je ne vais quand même pas nous chercher des plats télé. Quand j'ai faim, je mange un vrai repas – et pas de protestations, Harry, glousse-t-elle devant son sourire gouailleur. J'ai pas dit un mot. Non, mais tu penses à haute voix. Meerde, ça s'rait ben la première fois qu'y pense quequ'chose. Ils se mirent tous à glousser et Marion partit faire ses courses, pour revenir peu après avec un grand pain français bien croustillant, du fromage, du salami, des olives noires, de la caponata et deux bouteilles de Chianti ordinaire. Hé bébé, r'garde-moah ça, d'la bouffe qu'a d'l'âme. Vaudrait mieux que la M A F I A ne t'entende pas. Ça les chiffonnerait drôlement. La M A F I A ? La Militant Association for Italian Americans. Y t'grilleraient les fesses mec. Meerde, la seule différence ent'eux et moah c'est qu'je sens meilleur. Eh les *bons vivants,* pourquoi est-ce que l'un de vous deux ne déboucherait pas les bouteilles pendant que je vais chercher les assiettes. Épatant. Vas-y mec. Harry jeta le tire-bouchon à Tyrone, se dirigea vers l'ampli et brancha la radio sur un poste qui ne diffusait que de la musique. En quelques minutes, Marion avait dressé la table, avec les assiettes, l'argenterie, un couteau à découper et une planche. Harry versa le vin, siffla son verre, sirota le fond, roula le verre sur ses lèvres et fit claquer sa langue. Fameux bouquet. Riche. Généreux mais doux comme du velours. Un vin splendide, y doit avoir au moins une semaine, hein? Meerde, j'me fous pas mal d'l'âge qu'y peut ahvoir. Tant qu'y lavent pas leurs chaussettes sales dedans. Ils ne portent pas de chaussettes, Tyrone là où ils font ce vin. Ooooh, elle est dure c'te nana jim, dôlement dure, et de continuer tous les trois à rire et à glousser, en se taillant de gros morceaux de salami, de pain et de fromage, qu'ils rinçaient avec le vin, avalant la caponata avec leur pain ou des tranches de salami roulées, avant que les hommes s'essuyent la bouche du revers de la main et que Marion se tamponne les lèvres à l'aide de sa serviette, imitée bientôt par Harry, qui venait de ramasser la sienne. Marion mangeait lentement, elle prenait son temps, Harry se régla sur elle. Quand ils eurent terminé, il ne restait plus dans leurs assiettes que des miettes de pain et les peaux de saucisson. Ils se firent du café et allumèrent un joint. Le joint fumé, Marion apporta le dessert, trois cannolis. Tyrone attaqua le sien avec enthousiasme, Harry se débattit avec le sien, essayant d'imiter la grâce détachée de Marion pour éviter que la crème gicle partout, elle se servait de sa fourchette pour sectionner gentiment les petits morceaux qu'elle portait si délicatement à sa bouche, prenait le temps requis pour se mettre à les mastiquer, les avalait, sirotait son café, et se tamponnait délicatement les lèvres à l'aide de sa serviette. Quand ils eurent terminé, Tyrone se renversa sur sa chaise et se frappa l'estomac, Bon sang... c't'aut' chose, ça. Ils se reversèrent du café, allumèrent un autre joint et s'abandonnèrent enfin à la plus profonde et complète satisfaction, intimement convaincus de l'harmonie qui les unissait au monde. Tout était possible, tout leur appartenait. Harry regardait Tyrone C. Love à travers ses yeux à demi fermés, J'crois qu'on f'rait mieux d'laisser tomber pour c'qui est d'se coucher tôt question d'êt' en forme ce soir, hein? Oh mec, j'veux même pah entend' pahler d'boulot pour le moment, c'est pah qu'sois jamais très chaud, mais pour le moment j'veux plus penser qu'à Tyrone C. Love et comment qu'y s'sent bieeeeeeen. Tyrone leva les yeux au plafond une minute et sourit, Bon, j'voudrais ben penser à une belle pépée mais j'ai bougrement pah envie d'me démener, n'importe quel genre n'importe quelle forme, c'est sûr. Ah ah. Marion écarquilla les yeux et fronça les sourcils. De quel travail s'agit-il? Vous avez perdu un pari? Tyrone se mit à glousser, Bon sang, elle est au poil la pépée, jim. Harry gloussa une minute et embraya sur leur idée de travailler une courte période, une très courte période, et se faire assez de fric pour acheter à Brody un bon morceau, en couper un bout et balancer le reste. Marion avait écouté de toutes ses oreilles. Elle trouvait que c'était une bonne idée, Mais je ne vous vois pas y aller si tôt le matin, les gars. Bon, on y arrivera. Vous y arriverez peut-être, mais combien de temps est-ce que vous tiendrez? Hé bébé, nous décourage pas, j'me sens trop ben. On s'est dit qu'on pourrait s'trouver un peu d'max, ça nous aiderait. Ils souriaient tous les trois en secouant la tête. Bon, si c'est tout, je m'en occupe. J'ai toujours une provision de maxitons et de barbis. Meeerde, te presse pas. Y nous faut l'temps d'y réfléchir, pas vrai mec? Harry éclata de rire, Panique pas Ty, on va pas travailler c'soir. Tu peux parier tes fesses que j'vais pah. Ah ah. Sûr que j'vais pah m'gâcher un si beau trip. Ils rirent, jusqu'à ce que Harry retrouve un moment son sérieux. Et demain? On va s'tenir peinards pendant la journée et quand on s'ra prêts on s'enverra les maxs et on en emportera que'ques uns, au cas où. Quequ't'en dis Ty? Meerde, j'suis à plat jim. Demain, rappelle-toi. Ma sainte mère m'l'a toujours dit, faut pas faire aujourd'hui c'que tu peux r'mettre à d'main. Et y a une pépée qu'je vais voir ce soir qui va pah m'lâcher comme ça vant d'main. T'as assez d'maxs pour qu'on tienne? On n'y arrivera pas autrement, t'sais. Bien sûr, puisque je t'ai dit que j'ai mes deux toubibs qui signent. Bon, alors on est tranquilles. Demain soir on s'y met, d'accord? Tu l'as dit bébé, et ils topèrent là. On est en route.

*
* *

Sara était dans son fauteuil, à regarder la télévision, tout en lisant son livre de régime et en se rationnant mentalement ses chocolats. Elle lut l'introduction puis parcourut ou sauta les divers chapitres sur les raisons qu'on a de réduire son poids, avec des graphiques donnant les rapports taille/poids, l'incidence de telle ou telle affection, et les pourcentages en trop. Perdre du poids ou souffrir une lente et ignoble mort. Puis venait le chapitre qui vous expliquait pourquoi cette méthode était supérieure à toutes les autres et comment l'équilibre chimique ainsi atteint amènerait le corps à brûler sa graisse et les kilos à fondre comme glace au soleil. Parfait. Demain, je prendrai peut-être un peu le soleil. Elle continua de lire, sauta un certain nombre de pages, J'y crois déjà, mais où est le régime???? Enfin. Elle en était arrivée au régime, au bout d'une centaine de pages. PREMIÈRE SEMAINE. Elle voulait tout assimiler d'un seul coup. Elle cligna les yeux, partagea la page pour être plus sûre. Aucune erreur. Elle la lut. La page entière, ligne par ligne. Toujours la même chose. Elle fouilla, sans regarder, dans la boîte de chocolats pour en retirer un, au caramel, qu'elle mâchonna et suçota sans cesser de fixer la page d'un œil incrédule.

PETIT DÉJEUNER

1 œuf dur
1/2 pamplemousse
1 tasse de café noir (*sans* sucre)

—

DÉJEUNER

1 œuf dur
1/2 pamplemousse
1/2 laitue (*sans* assaisonnement)
1 tasse de café noir (*sans* sucre)

—

DÎNER

1 œuf dur
1/2 pamplemousse
1 tasse de café noir (*sans* sucre)

NOTE : Boire au moins 2 litres, soit 200 centilitres, soit 8 grands verres d'eau par jour.

Sara mâchonnait son chocolat, les yeux rivés à la page imprimée. Elle essayait de lire entre les lignes, puisqu'on disait que c'était là vraiment qu'on pouvait s'instruire. Le gentil jeune homme à moustaches et à lunettes le répétait tous les soirs, pendant le bulletin d'informations : « En réalité, il est évident, si l'on sait lire entre les lignes... » Elle cherchait. Écarquillait les yeux. Essayait sous tous les angles, bras tendu, mais ne voyait que du blanc. Et puis finalement elle comprit. Elle se frappa le front. Quelle *klutz*. Si c'est pour la première semaine, il doit y avoir un autre menu pour la seconde. Bien sûr. Le menu devait être de plus en plus consistant. C'est ça. Elle tourna rapidement la page et lut... Même chose. Exactement. Mais pourquoi – Ach, c'est ça, la différence. Elle lut on ne peut plus attentivement le menu du déjeuner pour la deuxième semaine, il était différent. L'œuf était remplacé par 100 grammes de viande hachée au gril. Elle chercha précipitamment la troisième semaine. La viande hachée était remplacée par 100 grammes de poisson, au gril. Elle laissa retomber le livre sur ses genoux et attrapa un autre chocolat. N'importe lequel. Elle fixait l'appareil de télévision. Était-ce possible ? Comment pouvait-on se contenter de si peu ? Déjà une souris en mourrait de faim. Elle se sentait vidée. Une profonde tristesse s'emparait de tout son être. Sa tête s'affaissait, elle devait loucher pour voir l'écran. Elle était désespérée, anéantie, et seule. Absolument seule. Sa gorge se contractait, les larmes s'accumulaient au fond de ses yeux. Qu'elle n'arrêtait pas de cligner, avant de se voir soudain, vêtue de sa robe rouge, les cheveux rouge flambant, traversant l'écran, si mince, si soignée, si sexy. Et des courbes. Depuis combien d'années les avait-elle perdues ? Qui pourrait se rappeler ? Elle en avait, des lignes, lorsqu'elle avait rencontré Seymour. Elle était ferme, à l'époque. Ferme, c'est ça. Des lignes. Oh, comme Seymour la regardait. Et la touchait. Tous ses amis l'enviaient, il me le disait, j'étais si belle. *Zophtic*. Voilà ce que j'étais, *zophtic*. Elle se regardait, debout près de l'animateur qui la présentait au public, elle entendait les applaudissements et les sifflets admiratifs. Elle souriait au public. Ils voudront peut-être me garder pour une émission régulière quand ils verront de quoi j'ai l'air? Une vraie Ziegfield. Elle penchait la tête d'un côté, puis de l'autre, en se regardant sur cet écran, le visage élargi par un sourire de satisfaction. Alors quoi, ne manger que des œufs pendant un petit bout de temps, quelle affaire. Je boirai beaucoup d'eau, je ne penserai qu'à ça, et les kilos fondront... en un clin d'œil. La belle affaire, eh. Est-ce qu'on a besoin de gâteaux danois? Elle avala ses derniers chocolats, pour ne rien perdre, et se dirigea vers la chambre à coucher, un peu sonnée, impatiente de se lever tôt pour commencer le régime qui lui ferait fondre ses kilos en un clin d'œil et lui permettrait d'entamer une nouvelle vie. Elle allait même jusqu'à chanter *By Mir Bist Du Schön* en se déshabillant. Les draps étaient frais, rafraîchissants, la pénombre était rassurante. Elle soupira dans son oreiller, se pelotonna dans une position reposante et regarda rebondir les petits grains de lumière sur ses paupières fermées, jusqu'à ce qu'ils disparaissent, qu'elle n'ait plus dans la tête que toutes ces images de Seymour et de leurs nombreuses années de bonheur. Elle respira profondément et sourit... Une prière pour Seymour... et pour Harry. Un si bon garçon, depuis toujours. Et comme elle avait reporté sur lui tout son amour. Elle voyait encore ses petites cuisses potelées, elle les mordillait. Une telle joie, un tel bonheur, dans sa voiturette, sur le boulevard, dans le parc... Oh, si seulement ils pouvaient rester bébés, pour toujours... Mamy, mamy, 'garde. – Oh Harry, Dieu te bénisse, que tu ne souffres pas... Ahhhhh, mon garçon... heureux et en bonne santé, et que tu fasses un bon mariage... Ahhhhhhh... un bon mariage...

Et l'été d'avant notre mariage. Tu te rappelles Seymour? Le Mardi Gras. Ma première visite à Coney Island. Les clowns, les dragons, les bouchons, les confettis... le soleil... Tu te rappelles le soleil qu'il y avait ce jour-là Seymour? Je le sens encore. On était allés au carrousel... Je l'entends encore... Ce n'était pas un jour comme les autres. Oh Seymour, nous en avons connu tellement... et tu me serrais dans tes bras, Sara gloussait et se tortillait un peu, et tu disais des choses... Je vais passer à la télévision Seymour. Qu'est-ce que tu dis de ça? Ta Sara à la télévision. Ada m'arrange les cheveux. En rouge. Comme la robe. Dans les tons. Tu te rappelles, je la portais pour la bar mitzvah d'Harry? Bon, les cheveux ne sont pas formidables mais Ada les arrangera. Ta Sara à la télévision, tu t'imagines? Tu n'aurais jamais cru ça? Et pour un bon moment peut-être. Ils me voudront peut-être pour un autre programme. Tu te rappelles, c'est comme ça qu'ils ont découvert Lana Turner, dans un drugstore? Tu te rappelles? Chez Swab, je crois? Qui sait? Ce sera peut-être pour moi le début d'une nouvelle vie Seymour. C'est déjà une nouvelle vie... et Sara Goldfarb, Mme Seymour Goldfarb, écrasa sa joue sur son oreiller et sourit, un si beau sourire qu'il resplendissait dans le noir, une joie qui lui venait du cœur et l'inondait tout entière. La vie n'était plus à subir, mais à vivre. On lui avait rendu un avenir.

***

Harry et Marion finirent leur herbe et firent l'amour sur le divan, ils y mijotaient et y planaient sur fond de musique. Une musique d'une telle douceur qu'ils n'avaient aucune difficulté à se concentrer, automatiquement, et cette douceur se retrouvait dans les lueurs qui encadraient les rideaux, s'élargissaient en cercles, filtraient à travers les pans multicolores, repoussaient si doucement la pénombre jusque dans les plus lointains recoins et tapissaient délicatement la pièce d'un soupçon de couleur, mais si réconfortant; et cette douceur, cette tendresse, se retrouvait dans tous leurs gestes, la façon dont ils s'étreignaient en tournant la tête pour éviter de se souffler la fumée au visage; leurs voix mêmes étaient basses et douces, elles semblaient s'incorporer à cette musique. Harry rabattait les mèches sur le front de Marion, comme cette lumière se réfléchissait doucement sur le noir parfait de ses cheveux, comme elle semblait faire briller les contours de son nez et de ses pommettes. Tu sais quoi? J'ai toujours pensé qu't'étais la plus belle femme que j'connais. Marion sourit et le regarda, Vraiment? Harry hocha la tête et sourit, Dès la première fois que j't'ai vue. Marion leva la main, lui caressa la joue du bout des doigts, en souriant tendrement, C'est gentil Harry. Son sourire s'élargit, Ça me fait vraiment du bien. Harry gloussa, Bon pour ton ego, hein? Oh, ça ne lui fait pas de mal, mais ce n'est pas ce que je veux dire. Je me sens bien de partout, comme... Bon, tu sais, des tas de gens me disent des trucs dans le même goût, ça n'a aucun sens, absolument aucun. Y t'font marcher, tu veux dire? Non, non, c'est pas ça. Je ne sais pas s'ils me font marcher, ça m'est égal. Je suppose qu'ils sont sincères, mais de leur part, Marion haussa les épaules, pour moi, ça ne veut rien dire. Les personnes les plus sincères du monde, j'ai envie de leur demander ce que ça change au prix du caoua, si tu vois ce que je veux dire? Harry hocha la tête et sourit. Ouais... Elle le regarda un bon moment droit dans les yeux, d'un regard tendre et appuyé, Mais quand c'est toi qui le dis je l'*entends*. Tu vois ce que je veux dire? Je l'*entends* réellement. Ça a un sens pour moi. C'est important, je veux dire, et non seulement je l'entends mais j'y crois, de tout mon être... et je me sens bien, à l'intérieur. Elle se retourna, tout excitée. Tu sais quoi? C'est parce que je pense que tu me connais vraiment, le vrai moi. Tu ne te contentes pas de l'enveloppe. Marion le regardait de plus en plus intensément, Tu regardes l'intérieur, et tu t'aperçois qu'il y a une vraie *personne* dedans. Toute ma vie on m'a dit que j'étais belle, une, ouvrez les guillemets, Beauté aux Cheveux de Jais, fermez les guillemets, on me l'a dit parce que c'était censé tout arranger. T'inquiète pas mon chou, t'es une beauté, tout va s'arranger. Ma mère est une conne intégrale. Comme si c'était l'Alpha et l'Omega de l'existence. Comme s'il suffisait d'être belle pour ne pas souffrir ou rêver ou connaître la solitude et le désespoir. Pourquoi est-ce que tu serais malheureuse, t'es si belle? Mon Dieu, ils me rendent dingue, comme si je n'étais rien d'autre qu'un beau corps. Pas une seule fois, jamais, ils n'ont essayé d'aimer le vrai moi, de m'aimer pour ce que je suis, de m'aimer pour mon esprit. Harry continuait de lui caresser la tête, le cou, la joue, de lui frotter gentiment le lobe de l'oreille, avec le sourire, tandis que le sourire de Marion, sous ses caresses, s'adoucissait et qu'elle remuait. On est des âmes sœurs, je suppose, c'est pour ça qu'on se sent si proches. Les yeux de Marion brillaient encore plus intensément, elle s'était retournée, s'appuyait sur un bras et le regardait. C'est ça que je veux dire. Tu as du sentiment, tu vois. Tu peux m'apprécier, à l'intérieur. En ce moment même, tiens, je sens qu'on est près comme je ne l'ai jamais été de personne... *qui que ce soit.* Ouais, j'vois c'que tu veux dire. C'est c'que j'ressens, moi aussi. Je n'sais pas si j'peux l'dire avec des mots, mais – Exactement, pas besoin de mots. C'est ça, l'intérêt. A quoi bon les mots quand il n'y a aucun sentiment derrière. Ce ne sont que des mots. Comme si je regardais un tableau et lui disais t'es beau. Qu'est-ce que ça signifie, pour un tableau? Mais je ne suis pas un tableau. Je ne suis pas un être bi-dimensionnel. Je suis une *personne.* Même un Botticelli ne respire pas, il n'a pas de sentiments. C'est beau mais ça reste de la peinture. On peut toujours être beau, de l'extérieur, l'intérieur a des sentiments, des besoins, pour lesquels les mots ne suffisent pas. Elle se blottit contre sa poitrine, Harry l'entoura de son bras et lui prit la main, Ouais, t'as raison. C'est pas seulement l'extérieur qu'est beau, mais y savent pas. C'est sans espoir. Et c'est justement pour ça qu'y faut pas s'inquiéter pour eux. Y t'enfonceront de toute façon. Tu peux pas compter sur eux, tôt ou tard y t'tourneront l'dos ou disparaîtront, et t'laisseront tout seul. Marion fronçait les sourcils, Mais tu ne peux pas fuir tout le monde. On a toujours besoin d'aimer quelqu'un, je veux dire... quelqu'un à qui se raccrocher... quelqu'un... – Non, non, c'est pas c'que j'veux dire. Harry la resserra contre lui, toute cette bande de miteux, j'veux dire. Quelqu'un comme toi ça pourrait vraiment coller vec quelqu'un comme moi. Avec toi vec moi j'pourrais vraiment faire quequ'chose. Marion ébaucha un soupir, Tu le penses vraiment Harry? Tu crois vraiment que je pourrais t'inspirer? Harry, le visage et les yeux éclairés d'un tendre et doux sourire, la regarda dans les yeux, puis lui taquina gentiment la joue du bout du doigt, retraça le contour de son nez, Tu r'donnerais vraiment un sens à ma vie. Leur faut une raison d'vivre aux gars, ou à quoi bon? C't'aut' chose qu'la rue qu'y m'faut. J'ai pas envie d'êt' un paumé à la dérive toute la vie. J'veux êt' quequ'chose... n'importe quoi. Marion l'étreignit puissamment, Oh Harry je crois que je peux vraiment t'aider à être quelque chose. Il y a quelque chose en moi qui brûle de sortir, j'en pleure, mais il faut que ce soit la bonne personne qui m'ouvre la porte. Tu peux l'ouvrir Harry. Je le sais. Harry l'entoura de ses bras, elle se pelotonna contre lui. Ouais, j'parie qu'on pourrait. Il lui caressa la tête un moment, les yeux au plafond. C'est pour ça qu'j'veux m'procurer un peu d'argent et en acheter un gros paquet.

J'veux pas passer ma vie à courir les rues pour finir comme l'reste d'la bande. Si seulement j'avais un peu d'argent, j'pourrais m'installer une affaire et démarrer. Il la regarda et sourit, J'l'ai jamais dit à personne, j'ai toujours voulu ouvrir une espèce de café-théâtre, ou un truc dans c'genre. Avec des bonnes assiettes et des gâteaux et toutes sortes de cafés et du chocolat chaud et des thés d'partout, d'Allemagne, du Japon, d'Italie, de Russie, du monde entier. Une espèce de troupe qu'aurait des spectacles le soir et p't'êt' aussi des mimes qui f'raient des p'tits numéros d'temps en temps, j'sais pas, c'est pas encore très clair dans mon esprit, mais – Marion se redressa, Oh, c'est fantastique. Quelle idée merveilleuse Harry. Oh, tu pourrais même avoir des tableaux de jeunes peintres sur les murs. Une sorte de galerie, par la même occasion. Des sculptures. Harry hocha la tête, Ouais. Bonne idée. Oh Harry, on s'y met? Oh oui, c'est une idée fantastique. Je pourrai trouver les peintres, pas de problème. Oh, et on pourrait avoir des lectures de poèmes, une ou deux fois par semaine, oh Harry, c'est tellement excitant, ça pourrait marcher, je suis sûre que ça pourrait. Ouais, je sais. J'suppose qu'ça prendra du temps, mais j'pourrai probablement en ouvrir deux. Dès qu'cui-ci démarrerait, tu vois, on pourrait partir pour Frisco et en ouvrir un autre là-bas. Oh, tu adorerais San Francisco, Harry. Et je connais assez de monde là-bas pour que ça marche, des mimes, des poètes, des peintres, je les connais tous et qui sait ce qui pourrait suivre. Harry souriait, Ouais. Mais y faut d'abord être sûrs que ça marche ici avant d'se lancer ailleurs. Oh, je sais. Mais on peut quand même faire des plans. Combien de temps crois-tu qu'il te faudra pour avoir l'argent? Harry haussa les épaules, J'sais pas. Pas longtemps. Après l'premier, ça s'ra plus facile. Elle l'étreignit, Oh Harry, je suis tellement excitée, je ne peux pas te dire. Harry gloussa, J'aurais jamais supposé.

Ils rirent et s'étreignirent et s'embrassèrent, doucement d'abord, puis plus passionnément, et Harry recula de quelques centimètres pour la contempler amoureusement, Je t'aime Marion, avant de l'embrasser sur le bout du nez, les paupières, les joues, puis sur ses lèvres tendres, sur le menton, le cou, les oreilles, et de plonger le visage dans ses cheveux et de lui caresser le dos en lui chuchotant contre l'oreille, Marion, Marion, je t'aime, et elle s'abandonna, emportée par les mots, les baisers, la passion de Harry, qui chassaient tous ses problèmes, ses doutes, ses peurs, ses angoisses, et se sentit réchauffée, vivante, pleine de vitalité. Aimée. Indispensable. Harry se sentait en vie, solide. Toutes ces pièces détachées retombaient à leur place. Ils ne faisaient plus qu'un. Ils étaient unis. Ils étaient toujours sur le divan, mais ils faisaient partie d'une immensité, celle du ciel, des étoiles et de la lune. Ils étaient sur la crête d'une colline, une brise légère soufflait sur les cheveux de Marion; ils avançaient au milieu de bois ensoleillés, à travers un champ couvert de fleurs, ils partageaient la liberté de ces oiseaux qui voletaient au-dessus d'eux, gazouillant et chantant, et la nuit était chaude et réconfortante, la douce lumière qui filtrait repoussait la pénombre dans les coins, ils s'étreignaient et s'embrassaient et repoussaient ensemble, dans son coin, leur propre nuit, et commençaient à partager leur lumière, leurs rêves.

***

Sara s'éveilla avec le sourire. Il était tôt mais elle se sentait tout à fait fraîche. Elle n'était pas sûre d'avoir rêvé, mais c'était un beau rêve. Elle croyait avoir entendu des oiseaux qui gazouillaient. Elle se leva et se dirigea sur la pointe des pieds vers la salle de bains, où elle prit sa douche et se prépara pour cette nouvelle journée.

Elle contempla sa chevelure dans le miroir, haussa les épaules et sourit. Merveilleux. Pas de quoi en faire un plat. C'est dans la famille. Elle gloussait, Flash, bam, alexkazam, un ciel orange miam miam. Elle glousssa à nouveau et se dirigea sur la pointe des pieds vers le living, alluma la télé, puis partit dans la cuisine mettre son œuf sur le feu, et sortit voir dans la boîte aux lettres si les papiers de la télévision n'étaient pas arrivés. Elle savait bien que le facteur ne passerait pas avant des heures, mais on ne sait jamais. Il aurait pu y avoir une distribution supplémentaire pour une raison quelconque, ou un nouveau facteur qui serait passé plus tôt. La boîte aux lettres était vide. Elle rentra chez elle et contempla le pamplemousse en se demandant si elle devait manger le fruit d'abord, ou l'œuf. Elle y réfléchit en sirotant son café noir, puis mangea, dans l'ordre, une moitié du pamplemousse, l'œuf, et l'autre moitié du fruit. Expédié. Elle venait de se lever et le petit déjeuner était déjà expédié. Elle haussa les épaules, se versa un verre d'eau, et le but, en voyant déjà fondre ses kilos. Elle s'était assise à la table pour finir son café, mais ses mains la démangeaient, elle se releva pour laver la vaisselle, la sécher, la ranger, regarda la pendule pour voir combien il lui restait de temps avant le déjeuner, et se rendit compte soudain qu'il n'était même pas l'heure du petit déjeuner et que son estomac commençait à paniquer, mais elle retourna dans sa chambre, fit le lit, mit de l'ordre, et refréna les ardeurs de son estomac : la robe rouge vaut les Danois, tu verras. Elle chantonnait, fredonnait, papillonnait en nettoyant le living et en attendant l'heure de retourner chez Ada pour une autre séance. Mais le programme de la télévision l'intéressait de plus en plus, elle finit par s'asseoir dans son fauteuil pour l'épilogue. Un épilogue aussi drôle et ravigotant qu'heureux, l'allégresse de Sara était plus grande encore lorsqu'elle prit sa serviette de toilette et quitta l'appartement. Elle vérifia à nouveau la boîte aux lettres et se rendit chez Ada. La journée ne s'annonce pas trop mal, au moins. Rien qu'encore un soupçon de teinture. Tu as reçu ta lettre? Le courrier n'est pas arrivé. Je me disais que ce serait peut-être pour aujourd'hui. Tu crois qu'ils te diront pour quel programme? Sara haussa les épaules, J'espère. Et ce qu'on gagne, peut-être? Ce qu'on gagne? Un week-end avec Robert Redford, comment est-ce que je pourrais savoir? Peut-être que quand je saurai quelle émission j'aurai une idée des prix. Ada avait entortillé la serviette autour du cou de Sara, elles se préparaient à leur dernière séance, devant le poste de télévision. J'ai vu une émission avec une dame de Queens hier, elle a gagné une voiture neuve, un jeu de six valises avec un coffret à cosmétiques déjà, oh, quel merveilleux ton de bleu. Exactement ce qu'il me faut, tu sais Ada. Une voiture et des valises. Pour quand j'irai à Miami. J'ai toujours des valises neuves quand je me fais la malle. Assure-toi que la voiture est bien astiquée et que c'est pas du toc, mais du solide. Avec le soleil, t'auras besoin d'une voiture qui tienne. Dis donc, elle était assez grande pour le chauffeur, en plus des bagages? Ada appliquait la teinture, Tu aurais dû voir la dame, elle s'est presque évanouie. Je crois qu'elle habite près de chez les Katz. Les Katz? Ouais, tu te rappelles? Rae et Irving Katz. Ils habitaient au-dessus de la charcuterie d'Hymie. Quand ça? Il y a une dizaine d'années. Qui sait? Et je suis censée me rappeler il y a dix ans les Katz qu'habitaient au-dessus de chez Hymie? C'est l'année où mon Seymour est mort. Oh, je sais, je sais. Mais rappelle-toi. Ils avaient un si gentil garçon. C'est un grand docteur maintenant. A Hollywood. Oh ouais, je me rappelle. Alors comme ça ils habitent près de la dame qu'a gagné l'auto et les valises? Ada haussa les épaules. Possible. Ils ont déménagé à Queens. Ils se connaissent peut-être. Un beau prix en tout cas. Exactement ce qu'il me faut.

J'ai vu hier un couple qui avait gagné une piscine. Une piscine. Ouais. Avec un système de filtre et de chauffage déjà, et tout le tremblement. Voilà ce qu'il me faut. Je pourrais sortir le divan, ils la mettraient dans le living. Ça ne marcherait pas Sara. Ils t'augmenteraient ton loyer. Mon loyer? Tout ce qu'ils veulent. Je leur donnerais les valises. Ils pourraient partir à ma place, pourvu qu'ils me laissent tranquille. Attention, ne remue pas. Tu ne veux pas avoir le nez rouge. Ada appliquait soigneusement sa teinture tandis qu'elles continuaient de bavarder et de spéculer sur l'avenir; le travail terminé, Sara regarda la pendule, Bon. Juste à l'heure pour le déjeuner. Pour une fois. Je crois que je vais me préparer un œuf, un pamplemousse, du café noir, et un peu de salade. *Bonne appétite*.

***

Sur le divan Harry et Marion dormaient dans les bras l'un de l'autre. La musique jouait toujours et la lumière de la lampe, dans le coin, se mêlait à celle du soleil qui passait à travers les rideaux fermés. La paix de cette pièce semblait imperméable au bruit des rues du Bronx, bondées de gens et de véhicules grogneurs, grondeurs, hurleurs. Leur peau était moite dans cet air humide et chaud mais ils n'en dormaient pas moins paisiblement et profondément. L'appartement, et tout ce qu'il enserrait, était comme isolé, coupé de son environnement, et marqué par l'attitude des dormeurs. De temps en temps, le bruit d'un camion secouait les fenêtres, faisait trembler le sol et les murs, mais la lourdeur même de l'air l'étouffait; et, de temps en temps, cet air s'agitait, les atomes de poussière en suspension dansaient dans les faisceaux du soleil, au milieu d'une invisible et douce marée. Le soleil de l'été montait dans le ciel et frappait la ville de ses ondes de chaleur, une sueur poisseuse recouvrait les corps et les vêtements, les gens s'éventaient, essuyaient leurs visages dégoulinants, encore une putain de journée à tirer. Harry et Marion la passaient paisiblement à dormir dans les bras l'un de l'autre, étrangers à la réalité qui les entourait.

***

Sara vérifia la boîte aux lettres après un copieux déjeuner, au cours duquel elle s'était offert un supplément de laitue. Bon, on ne peut vraiment pas appeler ça tricher... Une demi-salade, bon, tout dépend de la mesure : avare ou généreuse. Rien qu'un tout petit peu de salade dans un bol, et il y a déjà plus d'air que de laitue. Elle s'était contentée d'écraser l'air entre les feuilles... en pressant assez fort pour enfoncer dans le bol une bonne moitié de laitue. Pas de quoi en faire une histoire. Vous pouvez manger toute la laitue que vous voulez, pas besoin de cure-dent. Elle avala deux verres d'eau, rapidement, et essaya de se convaincre qu'elle était rassasiée, mais de qui est-ce que tu te moques? Personne ne va croire ce genre d'histoire. Je ne suis pas rassasiée, je crève de faim. Elle revérifia dans le livre, qui assurait qu'au bout d'un jour ou deux (deux! tu te moques de moi!!!) on se nourrissait de sa propre graisse, et qu'on n'avait plus faim. Je verrai bien. Le livre lui conseillait également d'imaginer qu'elle avait atteint le poids idéal, et de se concentrer là-dessus pour éviter de penser à la faim qu'elle pourrait éprouver (*pourrait?* qui se moque de qui?), ce à quoi elle s'efforça, obstinément, en se voyant évoluer, sur l'écran de la télé, dans sa splendide robe rouge avec ses cheveux rouges et ses souliers dorés, l'air tellement *zophtic,* mais même avec le poids idéal et une allure aussi pimpante elle avait toujours faim. Alors parce que je suis mince et belle je n'ai pas faim? Je suis superbe et je ne mange pas? Elle regardait le livre, Tu voudrais que je crève, hein ? Elle dédaigna le café et sortit vérifier la boîte aux lettres. Toujours pas de courrier. Elle rentra dans son appartement et demeura debout au milieu de la cuisine à fixer le réfrigérateur, elle se sentait basculer, lentement mais inexorablement, fascinée et hypnotisée par son propre mouvement, et se demanda combien de temps elle pourrait continuer de pencher ainsi sans tomber sur la figure, elle penchait de plus en plus, jusqu'à ce qu'elle finisse par tendre les bras pour s'appuyer à l'appareil et éviter de tomber. Il ne me manquerait plus que ça. Elle lui tourna le dos et s'avança, sans se retourner, vers la salle de bains. Elle s'arrangea les cheveux et les examina attentivement. Toujours pas le rouge qu'elle voulait, mais c'est du rouge. Genre carotte, mais rouge. Dans les tons, en tout cas. Demain, une autre séance et peut-être que ce serait parfait, mais pour le moment ça va. Peut-être qu'elle sortirait prendre un peu le soleil en attendant le facteur. Elles ont toutes envie de voir comme ils sont superbes, mes nouveaux cheveux. Elle s'arrêta sur le seuil de la cuisine, se retourna, défia du regard le réfrigérateur, Pas de quoi en faire un plat, prit un pliant et sortit gaiement, en vérifiant la boîte aux lettres en chemin. Elle rejoignit le groupe de femmes qui se doraient au soleil devant la maison. Certaines d'entre elles s'étaient munies de plaques d'aluminium qu'elles se tenaient sous le menton, la tête renversée vers le soleil. Comme ses cheveux devaient briller avec ce soleil, Sara les secoua un peu en attendant le premier commentaire. Ada nous a raconté. C'est splendide. Merci. On atténuera un peu le rouge demain. Pour aller avec la robe rouge. Alors pourquoi l'atténuer ? Je ressemble à Lucille Ball. Pas encore tout à fait au point. Mais bientôt... Je suis au régime. Une de ces dames avait baissé un moment son réflecteur, Du fromage blanc et de la laitue, avant de le relever. Les femmes gardaient les yeux fermés en bavardant, le visage tendu vers le ciel. Quelle sorte de régime? Des œufs et des pamplemousses. *Oi vay*. Moi aussi, une fois. Bonne chance poupée. C'est pas si terrible. Et ça fait combien de temps? Un jour. Depuis ce matin. Depuis ce matin? Il n'est qu'une heure. T'appelles ça une journée, eh? Et puis après? Une journée est une journée. Je me concentre. Ma Rosie a perdu vingt-cinq kilos, presque comme ça. Comme ça? Comme quoi? Comme ça, quoi. Pouf. Tu l'as mise dans un sac en plastique? C'est le docteur. Il lui a donné des pilules. Ça te coupe l'appétit. A quoi bon? Qui est-ce qui veut qu'on lui coupe l'appétit? Tu veux dire que je devrais rester là à ne plus penser à mon pain de seigle avec du foie haché et des tranches de pastrami? Avec de l'oignon et de la moutarde. Et un hareng. Du hareng? Ouais, du hareng. A la crème. Et des matzohs. Et un nosh. Quand le soleil sera derrière ce grand bâtiment, je me paierai un nosh, elle louchait dans la direction, dans une vingtaine de minutes peut-être. Tu ne devrais pas dire ça devant quelqu'un qui suit un régime déjà. Eh, la belle affaire. J'avalerai une feuille de salade supplémentaire. Je veux maigrir. Les femmes restaient assises sur leurs pliants, contre le mur, visage relevé, elles bavardèrent jusqu'à l'arrivée du facteur. Sara saisit son pliant et suivit ce dernier à l'intérieur de l'immeuble. Ada et les autres lui emboîtèrent le pas. Goldfarb, Goldfarb. Je suis sûre que vous avez une lettre importante à ce nom. Ouais, ah, j'sais pas. Pas grand-chose, un ou deux trucs, fit-il en continuant de glisser le courrier dans les boîtes, y en a pas beaucoup, dans c'quartier, sauf au début du mois, vec les allocations. Mais j'attends quelque chose – Tenez, y a quequ'chose à vot' nom, Goldfarb, Sara Goldfarb, il lui tendait une grosse enveloppe. Voyons un peu. Ouvrez, ouvrez-la. Sara ouvrit précautionneusement l'enveloppe pour ne rien abîmer, et en tira une lettre avec un questionnaire en deux parties et une enveloppe pour le retour. Alors, quel programme? Le facteur referma le grand panneau et contourna le groupe de femmes autour de Sara. Au r'voir, bonne journée, hein? fit-il en sifflotant. Les femmes lui adressèrent un vague signe de tête, avec un au revoir ou deux, automatiquement, puis se penchèrent anxieusement vers Sara. Ils ne disent pas lequel. Quoi? Comment est-ce que tu peux savoir s'ils ne le disent pas? Ils décident après qu'on leur a renvoyé le questionnaire. Alors pourquoi tout ce mystère déjà? Ada saisit la lettre des mains de Sara, qui lui montrait le paragraphe, Tu vois? Ada lisait en hochant la tête, « ...en tant qu'agents publicitaires pour divers programmes faisant appel au concours du public, nous saisissons cette occasion... » Un tas de mots pour rien. Comme ces feuilletons à la noix, la suite au prochain épisode. Elles gloussèrent et retournèrent à leurs pliants profiter d'un reste de soleil avant qu'il disparaisse derrière le grand bâtiment. Sara haussa les épaules et rentra chez elle étudier le questionnaire. Elle alluma la télévision, s'assit dans son fauteuil, et lut l'imprimé, à plusieurs reprises, avant d'aller dans la cuisine. Le dos tourné au réfrigérateur, elle se prépara un verre de thé, puis s'assit à la table pour remplir les papiers. Elle n'avait pas rempli beaucoup de questionnaires, dans sa vie, et ce genre d'épreuve lui paraissait toujours impossible. Ça ne changeait pas. Elle demeurait là, le dos au réfrigérateur, à siroter son thé, se disant que tout s'éclairerait bientôt. Elle louchait sur le questionnaire, qu'elle fit lentement glisser sur la table, jusqu'à ce qu'il soit juste en face d'elle, à lui toucher le nez. Pas de quoi en faire un plat. Je vais me laisser turlupiner par un bout de papier? Allez-y. Allez-y, monsieur Loyal, posez-moi vos questions. Euh. Vous appelez ça une question? J'en prends six d'un coup, à ce compte-là. Elle entreprit de remplir le questionnaire, soigneusement, en lettres rondes. Son nom. Son adresse. Son numéro de téléphone. Son numéro de Sécurité sociale. Euh, comme une brise, elle glissait d'une question à l'autre, avant de s'arrêter brusquement. Maintenant, vous êtes indiscret. Est-ce qu'on passe son bilan à un concurrent? Elle regardait la feuille du coin de l'œil en sirotant son thé. Okay, je vais vous le dire puisque vous voulez tout savoir, et elle inscrivit rapidement quelques chiffres après la Date de Naissance. La question suivante était celle de l'Age. Alors maintenant ils veulent que je compte pour eux. Je ne suis pas Einstein, mais je peux quand même faire le calcul. Elle étudia la question suivante, sourit, gloussa, et haussa les épaules avant de répondre. Marié(e) ou Célibataire. Ils vont peut-être m'envoyer Robert Redford... ou peut-être même Mickey Rooney. Sexe : Pourquoi pas? Elle eut un petit rire et poursuivit son dialogue, d'une écriture claire et soignée. Le questionnaire rempli, elle le relut plusieurs fois pour être sûre que tout était bien exact et qu'elle n'avait rien sauté. Elle ne pouvait, par maladresse ou paresse, saboter une chose aussi importante. Combien de rêves, grâce à ce questionnaire, allaient pouvoir se réaliser? Et jusqu'où la conduirait-il? Elle le voyait tous les jours, à la télévision, les choses finissaient toujours par s'arranger, brusquement, pour un tas de gens. Ils se mariaient. Leurs fils leur revenaient. Tout le monde était heureux. Elle ferma un instant les yeux, puis toujours très doucement replia la feuille, en suivant le pli originel, la mit dans l'enveloppe toute préparée, scella celle-ci en appuyant bien, de longues et interminables secondes, et s'assit dessus, pour plus de sûreté. Si ça ne suffit pas, je ne sais pas ce qu'il leur faut. Elle défia le réfrigérateur d'un mouvement de la tête et des épaules, On a besoin de toi? et partit poster sa lettre. Quelques-unes de ces dames étaient encore assises, à l'ombre. Sara agita l'enveloppe, C'est prêt.

Elles l'accompagnèrent à la boîte du coin. Je me demande quand tu auras des nouvelles? Ils te payeront peut-être Grossinger, une semaine, c'est là qu'ils envoient toutes les vedettes. Et c'est là que je vais manger mon œuf et mon pamplemousse? Ces dames souriaient et gloussaient en chemin. Leur bonne amie Sara Goldfarb, une amie de vingt ans, et plus pour certaines, leur amie, elle allait passer à la télévision. Chacun ses soucis et ses peines, mais un rayon de soleil, de temps en temps, éclairait quand même un peu votre solitude et vous apportait un peu de réconfort, comme une bonne soupe bien chaude et un bon lit. Ce rayon de lumière éclairait déjà la vie de leur amie Sara Goldfarb, elles le partageaient avec elle, elles partageaient ses espoirs et ses rêves. Sara souleva le clapet de la boîte et embrassa l'enveloppe avant de la jeter dans la fente. Elle referma le clapet, puis le rouvrit, pour s'assurer que la lettre était tombée, et confia définitivement ses rêves aux Services Postaux des États-Unis.

***

Les neuf à cinq, les attachés-cases, les sardines, les dingues du boulet, les caves, étaient chez eux, ou en route, à l'heure où Harry et Marion se préparaient doucement à affronter une nouvelle journée. Dès que leurs yeux se décollaient un tant soit peu, les ombres s'avançaient, menaçantes, et les contraignaient à les refermer, à se retourner, dans la mesure du possible, sur la couche étroite en poussant des grognements inconscients, essayant de se rendormir, mais leurs paupières avaient beau être lourdes, leurs corps léthargiques, impossible de dormir plus longtemps, ils demeuraient suspendus entre l'éveil et le noir, un noir si insupportable désormais que leurs corps raidis finissaient par bouger, et qu'ils finissaient par s'asseoir un moment sur le bord du divan pour recouvrer leurs esprits. Harry se frottait la nuque, Ouf, on dirait qu'je viens d'jouer au football, merde. Il empoigna sa chemise, J'suis trempé. Retire-la et mets-la sur le dos de la chaise. Elle séchera vite. Je vais préparer le café. Harry la regarda traverser la pièce, en tortillant doucement du cul. Il déposa sa chemise sur le dossier de la chaise, regarda un moment par la fenêtre, n'écartant le rideau que de quelques centimètres, le mouvement de la rue le fascinait à tel point que tout s'aplatissait, un jeu d'images fractionnées, et qu'il lui fallut cligner les yeux pour retrouver la perspective. Il se frotta le crâne, écarquilla les yeux une seconde. Progressivement attentif aux bruits de la cuisine, il lâcha le rideau et rejoignit Marion au moment même où elle posait sur la table les deux tasses de café. Tu arrives pile. Ouais. Ils s'assirent et se mirent à siroter, tout en fumant, le café brûlant. Doux Jésus, je ne me rappelle même pas m'être endormi, et toi? Elle souriait, je ne me rappelle que quand tu me frottais la nuque en me chuchotant des choses. Harry gloussa, J'ai dû t'frotter toute la nuit, la façon qu'j'la sens, ma main. Marion le regarda, C'était bon, fit-elle, d'un ton presque timide. J'adore ça. J'ai connu la plus belle nuit de ma vie. Tu m'fais marcher? Elle sourit doucement, gentiment, en secouant la tête. Non. Comment est-ce que je pourrais te faire marcher après qu'on a dormi comme ça, tout habillés? Harry gloussa et haussa les épaules, Ouais. C't'un peu bizarre, hein? Mais c'était chouette. Marion hocha la tête, C'était merveilleux. Harry bâillait, en secouant la tête, Mince, j'arrive pas à m'réveiller c'matin, ou c't'après-midi, ou c'soir, j'sais pus. Tiens, Marion lui tendit une gélule, prends ça, tu seras vite d'attaque. Euh, qu'est-ce que c'est, fit-il en la mettant dans sa bouche et en l'avalant, avec une gorgée de café par-dessus. Un max. Tu pourras en prendre un autre avant d'aller au travail. Au travail? Oh ouais, on est censés aller au journal, c'te nuit, hein? Seigneur. T'inquiète pas, tu verras les choses différemment après ta seconde tasse de café. Et surtout quand tu te rappelleras pourquoi tu vas travailler. Harry se gratta le crâne, Ouais, j'suppose. Pour l'moment, c'est l'bout du monde. Alors n'y pense plus. Elle remplit à nouveau les tasses. Quand on aura fini, on prendra une douche. Ça marche toujours. Ouais. Elle souriait, Comme quand on marche sous la pluie.

Harry, lorsque Tyrone arriva, n'était pas seulement réveillé, il pétait le feu et n'avait pas cessé de parler depuis deux heures, en tirant une ou deux bouffées de son joint, de temps en temps, pour corser l'effet de la gélule. Il s'intégrait plus activement à la musique, son corps s'agitait énergiquement, il claquait les doigts, plus posément, il avait la tête enfouie dans ces mesures qu'il avalait. Ses mâchoires, quand il s'arrêtait de parler assez longtemps pour boire un peu de café, tirer sur sa cigarette ou sur son joint, ou pour respirer tout simplement, continuaient de mastiquer leurs dents. Seigneur, j'pourrais écouter ça toute la nuit. Un son incroyable, c't'enfant d'salaud, c'est vraiment quequ' chose... Ouais bébé, souffle... Harry fermait un moment les yeux, secouait la tête au rythme de la musique, la penchait vers le poste de radio, T'entends ça? hein? Tu piges la façon qu'y r'descend, qu'y s'aplatit? Et ces variations? Merde! c'est trop... Ouais, vas-y bébé, hahaha, décarcasse-toi l'cul, dieu qu'il est fameux. La façon qu'y glisse, qu'y monte le tempo, ça me tue, tu piges? Pas d'sautes vec un roulis à la con d'poule mouillée et des pétards, ça glisse doucement jusqu'au tempo, tu te mets à claquer les doigts, tu t'en aperçois même pas. L'est fantastique, mec, fantastique... Le morceau était fini, Harry tourna son attention vers Marion, après avoir terminé son café. Celle-ci lui remplit à nouveau sa tasse. Tu sais, quand on aura tout liquidé et qu'on aura l'fric, faudra aller au Village dans une de ces boîtes écouter d'la musique. J'aimerais bien. Un tas d'choses qu'on f'ra quand on aura l'fric. On va tout chambouler. Tout en bloc, on va tout renverser. On l'aura c'café-théâtre, en un rien d'temps, on ira en Europe, tu pourras m'montrer tous ces tableaux qu'tu m'parles toujours. On pourra même te payer un atelier, tu pourras r'tourner à ta peinture et à ta sculpture. Les cafés marcheront tout seuls si on trouve les gens qu'y faut pour les t'nir, on pourra voyager dans l'monde entier pour un moment et s'la couler douce et admirer l'paysage. Tu en raffoleras Harry. Le Louvre, avec des kilomètres de Titiens. Le Lou*ver*[1] tu veux dire? hahaha. Il y a un endroit où j'ai toujours voulu aller, c'est Istanboul. Avec l'Orient Express, tu sais? Avec Turhan Bey, Sydney Greenstreet et Peter Lorre, p't'être. Bon Dieu, inoubliable. Tu t'rappelles de lui dans *M. le Maudit?* Marion hocha la tête. Je me suis toujours demandé comment on pouvait êt' comme ça, tu sais, s'attaquer aux enfants. Je n'sais pas, j'ai toujours eu d'la peine pour ces gars-là, les gosses aussi j'veux dire, mais les gars, merde c'est vraiment quequ'chose d'être obligé d'lever des p'tits gosses et d'les attirer dans une cave ou je n'sais quoi et d'se les envoyer, seigneur... J'me demande c'qui leur passe par la tête, à quoi qu'y pensent? Ça doit êt' dur quand y s'réveillent tout seuls et qu'y s'rappellent c' qu'y-z-ont fait... seigneur. Et en taule les aut' détenus peuvent pas les blairer, tu sais? Marion hocha à nouveau la tête. Ce sont ceux qu'les taulards méprisent le plus. Tout l'monde leur tombe dessus et quand un taulard les cravache personne ne bouge même quand y savent qui. Y tournent le dos et font semblant d'n'avoir rien vu, dans certaines taules y les enculent et s'y veulent pas y les violent. Ça doit pas êt' drôle, mec. J'suis content qu'ça

1. *La lucarne. (N. d. T.)*

soit pas mon *shtik,* pour sûr, fit-il en se penchant et en regardant encore plus intensément Marion, les yeux exorbités, la poitrine haletante, j'suis content qu'on soit tous les deux et qu'on n'ait b'soin d'rien d'aut', de personne, rien qu'de nous deux, il lui avait saisi les mains, les avait caressées un instant, lui avait embrassé le bout des doigts, puis les paumes, les avait serrées contre sa bouche un instant puis les avait caressées du bout de la langue et l'avait regardée par-dessus et elle lui avait souri de la bouche, des yeux, de tout son cœur, de tout son être, Je t'aime Harry. On va faire de grandes choses ensemb' bébé, montrer au monde où c'qu'on est, j'le sens jusque dans les os, j'le sens vraiment j'veux dire, y a rien que j'peux pas faire, rien, et j'vais faire de toi la femme la plus heureuse du monde, c't'une promesse, c't'un fait, y a quequ'chose en moi qu'a toujours voulu sortir et avec toi bébé ça va sortir et rien pourra m'arrêter, jusqu'au bout, tout en haut, et si tu veux la lune elle est à toi, même que j'te l'envelopperai – Marion lui tenait les mains et le regardait dans les yeux, avec une douce et tendre expression – j'te l'dis, j'suis Cyrano, il s'était levé et agitait le bras droit comme s'il tenait une épée, Amenez-moi des géants, pas de simples mortels, amenez-moi des géants que j'les découpe en p'tits morceaux et – On avait sonné à la porte, Marion s'était levée en gloussant, J'espère que celui-là ne sera pas trop gros. Elle avait ouvert la porte, Tyrone se traîna à l'intérieur. Harry était au living en train d'agiter son épée imaginaire, C'est un géant? En garde! Il avait fait mine de s'escrimer avec Tyrone qui restait planté là en s'efforçant d'écarquiller les yeux, Mon père était le meilleur bretteur de Tel Aviv, il continuait son numéro, plongeait, parait, se fondait, ployait le genou, jusqu'au moment où, plié en deux, il poussa sa fidèle rapière et porta à son ennemi un coup mortel, *touché!* Sur quoi Harry s'inclina, le bras droit collé à la ceinture, et poussa Tyrone dans la cuisine. Marion riait. Hé mec, ça va pas chez *toi?* Chez moi? Ça va parfaitement. J'me suis jamais senti si bien. C't'un grand jour. Un jour formidable. Un jour dont on parlera dans les annales de l'histoire comme du jour qu'Harry Goldfarb a renversé la planète, tête à l'envers, sur le cul, le jour que j'suis tombé totalement, désespérément amoureux, et qu'j'ai donné ma plume blanche à ma fiancée, il s'inclina profondément, Marion esquissa une révérence en acceptant la plume, il s'agenouilla pour baiser la main qu'elle lui tendait, Levez-vous, Sir Harold, royal Chevalier de la Jarretière, défenseur du royaume, mon bien-aimé prince – Meerde, j'y d'mande c'qui va pah et y m'fait un numéro d'télé – Marion et Harry riaient, Tyrone semblait n'être plus soutenu que par d'invisibles fils qui menaçaient à tout moment de rompre – C'est dingue. Ça va pas Ty? T'as l'air un peu pâlot, Harry éclata de rire. C'esty pas une honte? C'esty pas une honte c't'enculé? Tu f'rais bien d'fermer les yeux mec, tu vas saigner à mort, il riait de plus en plus fort, Marion gloussait en secouant la tête. Oh meerde, j'me sens comme si qu'j'étais en plein dans une culée d'bande dessinée jim. Harry riait toujours. Faut t'y faire mec. Traîne pas les pieds, du nerf. Tyrone s'affala à la table de la cuisine et regarda Marion. Quequ'tu lui as donné à bouffer au gah, bébé? D'l'amour mec. D'l'amour qu'elle m'donne à bouffer. J'ai fini par trouver le régime que j'cherchais d'puis toujours. Tu sais donc pas qu'c'est l'amour qui fait tourner l'monde mec. J'm'occupe pas du monde bébé, j'm'occupe de toah. Harry et Marion riaient, Tyrone souriait faiblement, Harry faisait pivoter Marion, lui mettait le bras autour de la taille et déposait un baiser ô combien léger sur son cou délicat tandis qu'elle se renversait légèrement. J'suis resté d'bout toute la nuit et toute la journée à baiser qu'j'en ai l'cul dans les talons et z'êtes là vec vos sales grandes gueules au vent à m'dire qu'c'est l'amour qui fait tourner l'monde. Meerde. L'amour, moi, ça m'donne envie d'dormir pendant trente-sept ans. Tyrone gloussait, Harry et Marion riaient, elle lui avait donné une gélule, Tyrone l'avait avalée, une gorgée de café par-dessus. J'sais pah pourquoah j'suis là. J'vous jure que j'sais pus. Si c'te nana m'avait pah réveillé et m'avait pah dit qu'j'devais filer, qu'j'y avais fait promettre qu'e'm'secouerait les fesses... meerde, j'pourrais dormir sur une planche à clous. C'est le pouvoir de l'amour Ty. C'est comme ça, ici. On a envoyé nos vibrations d'amour qu'ton mignon p'tit cul pâlot s'ramène par ici qu'on puisse aller s'faire le fric pour s'en payer un bon paquet. Meerde, on est en manque, qu'est-ce que l'amour a à voir là-d'dans? Harry avait renversé Marion en lui soutenant le dos et en chantant, à la Russ Colombe, Ah vous appelez ça folie, j'appelle ça l'amour. J'espère que j'survivrai assez longtemps pour qu'ce putain de truc agisse vant qu'vous m'rendiez cinglé. Qu'on t'rende? T'y es déjà, Harry éclata de rire tandis que Marion gloussait et secouait la tête, Oh Harry, c'est horrible, les yeux de Tyrone s'étaient brièvement ouverts, il avait regardé Harry avec une fausse expression d'incrédulité, Quelqu'un d'vrait l'descend' c'gah-là jim, l'est vraiment *chiiiiant,* sur quoi ses gloussements s'étaient mêlés au rire de Harry et Marion s'était mise à rire à son tour et ils s'étaient assis à la table tous les trois et Marion quand elle avait cessé de rire leur avait rempli leurs tasses de café et Harry s'était suffisamment calmé pour respirer un ou deux bons coups et se laisser emporter par la musique, absorber, complètement prendre par cet air-là, et il avait fermé les yeux et hochait la tête, le doigt levé, Meerde, il a pt'êt' l'air idiot, mais j'aime mieux c't'air-là... mince ça m'botte, et Marion se mit à rire et Tyrone continua de glousser et Harry le fixa de son regard calme, Du calme mec, avant de se remettre à hocher la tête en claquant des doigts et Tyrone C. Love termina sa seconde tasse de café et ses paupières pivotèrent sur leurs gonds et il sirota sa troisième tasse et alluma une cigarette en se renversant sur sa chaise, Fais-toi péter l'cul bébé, et joua du chef en claquant des doigts, et Harry, les yeux toujours à demi clos, étendit un bras, paume renversée, que Tyrone lui claqua, Meerde, on va y arriver bébé, avant que Harry lui claque la sienne, Ouaiaiais, et Marion se pencha sur lui et il l'entoura de son bras pendant qu'ils écoutaient tous les trois et se sentaient de plus en plus forts, déterminés, et regardaient régulièrement du côté de la pendule, en attendant que le temps, le temps qui filait maintenant, sans en avoir l'air, les entraîne dans une nouvelle dimension...

***

Son premier jour de régime était derrière elle. Bon, presque. Sara était assise dans son fauteuil, à siroter son verre d'eau, elle refusait, en se concentrant sur l'écran de la télé, d'écouter le chuchotement tentateur du réfrigérateur. Elle vida son verre, le dixième, en se répétant qu'elle devait maigrir. Elle remplit à nouveau son verre à la carafe qui, sur la table, remplaçait la boîte de chocolats. Si huit verres d'eau étaient bons pour vous, seize verres devaient l'être doublement, je perdrai peut-être mes dix kilos dès la première semaine. Elle contempla le verre et haussa les épaules, J'arriverai bien à seize, en restant debout toute la nuit. Je resterai debout de toute façon, si j'en bois encore. Elle sirotait son eau, ne pensait plus qu'à maigrir. Le bruit du réfrigérateur lui rappelait le matzoh, dans le placard. Mais elle s'interdisait d'y aller voir, de quoi se mêlait-il? Est-ce que ça te regarde, le placard? Déjà assez que tu doives me rappeler ton hareng, mais le placard, vraiment, c'est trop déjà.

Elle sirota encore un peu d'eau, les yeux rivés à l'écran, les oreilles bouchées, mais le réfrigérateur n'en arrivait pas moins à franchir la barrière et à lui répéter que le hareng, ce superbe et délicieux hareng à la crème, risquait de s'abîmer si elle ne le mangeait pas très vite, et que ce serait une honte de laisser s'avarier de si succulents petits morceaux. Écoute-moi bien, M. Boncœur. Tu t'inquiètes tant de toute cette nourriture qui s'abîme? Mais c'est ton boulot, *meshuggener*. C'est toi qui es censé l'empêcher de s'abîmer. Fais ton boulot et le hareng sera parfait merci. Elle sirota encore un peu d'eau – *maigrir, maigrir, maigrir, maigrir*. Dommage que je n'aie pas de balance. Je pourrais me peser pour vérifier si ça marche. Hé, pour l'instant ça grouille. Toute cette eau. Un peu plus et j'me noie. L'émission se terminait, Sara bâilla et cligna des yeux. Elle envisagea une seconde de rester éveillée pour le programme de nuit, mais chassa rapidement cette pensée. Son corps était douloureux, il réclamait le sommeil. Quelle journée. Mes cheveux, ça approche, *le* rouge. Une certaine parenté, du moins. Elle but encore – *maigrir, maigrir*. La ligne... oh, moins que rien. Cette eau, un vrai derviche tourneur, passez-moi l'expression. Les œufs et le pamplemousse, une, deux, trois, un peu de laitue, merci. Une longue et épuisante journée. Presque trop fatiguée pour se coucher. Elle s'était souvenue du réfrigérateur, brusquement. Qu'il essaye de m'arrêter, je lui tape dessus, et pas dans les *tuchis*. Elle vida le verre – *maigrir, maig – zophtic, zophtic, zophtic*. Elle se leva, écouta le gargouillis, Je me sens comme un bocal à poisson. Elle éteignit la télé, posa la carafe et le verre dans l'évier, et, la tête haute, les épaules rejetées, passa devant le réfrigérateur sans dévier d'un pouce, à droite ou à gauche, droit au but, elle avait triomphé de son vieil ennemi, elle le savait, il en tremblait – écoutez-le grogner et gargouiller, il en tremble dans son froc déjà –

elle avança d'un pas de reine, de reine de la télévision, jusque dans ses appartements. Lentement, voluptueusement, elle s'étendit et s'étira, en remerciant Dieu de lui avoir donné un si bon lit. Sa vieille chemise de nuit était si douce, si soyeuse, Sara baignait dans la soie, dans la fraîcheur, elle se sentait doucement envahie par un sentiment de paix et de joie qui, parti de l'estomac, lui irradiait tout le corps, des petites ondes concentriques comme sur un étang, et remontait jusqu'à ses yeux, si doucement, pour l'emporter enfin dans un allègre et revivifiant sommeil.

*
* *

Marion les chassa assez tôt pour que Harry et Tyrone soient parmi les premiers à se présenter. Aucune différence en réalité, il y avait si peu de candidats que tout le monde était embauché. Ils avaient pris un autre maxiton avant de partir, ils étaient prêts, parfaitement alertes. La nuit était chaude et humide, ils suaient abondamment en jetant dans les camions leurs paquets de journaux, ils n'en continuaient pas moins de rire, de glousser et de bavarder, en abattant le travail de six hommes. Le premier camion chargé, ils étaient allés aider à en charger un autre, les gars s'étaient écartés et secouaient la tête tandis que Harry et Tyrone lançaient les paquets comme s'il s'agissait d'une sorte de privilège ou de jeu... d'une plaisanterie. Un des gars leur dit d'y aller mollo, Tu vas tout nous gâcher mec. Comment ça? Merde, y nous talonnent déjà suffisamment, y nous en d'manderont autant tous les soirs si vous continuez à vous agiter. Un autre gars leur tendit à chacun une boîte de bière bien fraîche, Tenez, calmez-vous. On est assez peinards ici, vous savez. On voudrait l'rester. Meerde, pigé bébé, on va y aller mollo. On veut pas qu'les patrons poussent personne jim. Ouais, Harry hocha la tête et avala la moitié de la bière, en s'essuyant la bouche du revers de la main, Bougrement bon. Noyée, l'éponge qu'j'ai dans la gorge. Les gars leur tapèrent sur le dos, tout le monde était content, Harry et Tyrone, les camions chargés, payèrent leur tournée et passèrent à la ronde une douzaine de boîtes en attendant l'arrivée de la prochaine file. Quelques bouteilles de vin circulèrent un peu plus tard, Harry et Tyrone se sentaient de mieux en mieux, l'alcool atténuant les effets les plus déplaisants du maxiton. Ils travaillèrent encore deux heures, heureux comme des cochons dans la fange, en faisant le calcul de ce qu'ils venaient de gagner exactement. Un sale coup quand ils apprirent qu'on ne les payerait pas tout de suite, qu'ils devaient attendre la fin de la semaine pour toucher leur chèque. Meerde. C'esty pas unonte? C'esty pas unonte putain? Ah, écrase mec. Pas d'quoi en faire un plat. D'cette façon on aura tout l'fric d'un coup, pas b'soin d's'inquiéter, on l'bouffera pas vant d'en avoir assez pour c'qu'on veut. Ouais, p't'êt' ben, mais c'est déjà assez dur d'travailler, alors sans l'blai, c't'aut'chose jim. Te tracasse pas Ty mon garçon, rent' chez toi et prends ces calmants qu'Marion t'a passés et r'pose-toi. Encore deux nuits et on enlève le morceau. Harry lui tendit la main, Tyrone topa là, T'as bougrement raison bébé, et Harry lui en colla cinq à son tour, et ils quittèrent l'imprimerie en se dépêchant de rentrer pour ne pas être pris dans la cohue et sous le soleil du matin.

*
* *

Marion, après leur départ, mit de l'ordre dans l'appartement, nonchalamment, sifflotant et chantonnant. L'appartement était petit, elle n'avait guère qu'à nettoyer les tasses et la cafetière et les ranger. Elle s'assit sur le divan, s'y pelotonna en écoutant la musique. Elle éprouvait une étrange sensation, peu familière mais pas inquiétante. Elle y réfléchissait, essayait de l'analyser, sans pouvoir la définir tout à fait. Elle ne pouvait, pour une raison ou pour une autre, s'empêcher de penser à toutes ces madones qu'elle avait vues dans les musées d'Europe, en Italie surtout, à tous ces bleus resplendissants, à la brillante lumière de la Renaissance italienne, elle revoyait la Méditerranée, la couleur de la mer et du ciel, c'était en contemplant l'île de Capri, depuis ce restaurant sur le haut de la colline de Naples, qu'elle avait brusquement compris pourquoi les Italiens étaient les maîtres de la lumière vraiment, comment ils pouvaient utiliser un bleu que personne avant eux, ou depuis, n'avait utilisé. Elle s'était assise dans le patio du restaurant sous un filet de pêche tendu en guise de tente, le soleil lui insufflait une vie nouvelle, stimulait son imagination, elle se rendait compte de ce que ça avait dû signifier que de s'asseoir là, quelques siècles plus tôt, dans cette lumière, dans cette couleur, et d'écouter chanter et vibrer dans cet air-là les cordes de Vivaldi, et résonner sur les tours avoisinantes les cuivres de Gabrieli, et que de s'asseoir dans une cathédrale dont le soleil perçait les vitraux pour écouter, tandis qu'il illuminait le bois sculpté des bancs, une messe de Monteverdi. C'était là, pour la première fois de sa vie, qu'elle s'était senti vivre vraiment, authentiquement, avec une raison de vivre, un but dans l'existence, elle le comprenait, elle ne cesserait plus de le poursuivre, de lui consacrer sa vie. Tout cet été-là, et l'automne suivant, elle avait peint, le matin, l'après-midi, le soir, avant de se promener le long des rues où l'on entendait encore la musique des maîtres, où chaque pierre, chaque pavé semblait avoir sa vie propre, et une raison de vivre, qu'elle comprenait un peu, quoique vaguement. Certains soirs, elle s'asseyait dans un café avec d'autres jeunes artistes, poètes et musiciens, tout ce que vous voulez, à boire du vin, à bavarder, à rire, à discuter, à se chamailler, la vie était excitante, tangible, friable comme le clair soleil de la Méditerranée. Et puis le gris de l'hiver était lentement descendu du nord, son énergie, son inspiration l'avaient quittée comme un tube qui se vide, Marion regardait ses toiles vierges, elles n'étaient plus que cela, un morceau de toile tendu sur des bouts de bois, et non plus une peinture en attente d'un peintre. De la toile, rien de plus. Elle était partie vers le sud. La Sicile. L'Afrique du Nord. Elle essayait de suivre le soleil et le passé, le passé le plus récent pourtant, elle ne retrouvait qu'elle-même. Elle était revenue en Italie, avait distribué ses tableaux, son matériel, ses livres, tout le tremblement. Elle était retournée dans ce restaurant sur la colline de Naples, y était restée assise une semaine, des heures interminables, à contempler le Vésuve, Capri, la baie, le ciel, s'efforçant, avec l'énergie du désespoir, celle d'une mourante, de réveiller ses sensations, de raviver, avec un vin pétillant comme des joyaux, la flamme qui avait embrasé son imagination, il n'y avait pas si longtemps dans sa jeune existence, le vin avait beau étinceler au soleil, ou sous la lune, le feu qui avait brûlé en elle était éteint, Marion avait fini par succomber à la froideur des pierres. Elle frissonnait en se rappelant son départ d'Italie, son retour aux États-Unis, la vulgarité de sa famille, l'éclat terni de sa vie. Elle frissonnait encore, involontairement, assise sur le divan, en songeant à toutes ces misérables et tristes journées, puis sourit, et se pelotonna, ce n'était pas le froid ou la peur, ni le désespoir, mais la joie. Tout ce passé récent et lointain. Fini. Liquidé. Une fois de plus sa vie avait une raison d'être... un but. Une fois de plus, elle avait une direction, un sens. Un besoin impératif, auquel consacrer son énergie. Harry et elle allaient retrouver le bleu du ciel, celui de la mer, et la chaleur des désirs revivifiés. Une nouvelle Renaissance.

*
* *

Sara se réveilla lentement, au milieu de la nuit, essaya de résister un bon nombre de secondes, puis finit par se lever et se diriger en chancelant vers la salle de bains pour y satisfaire au besoin pressant de sa vessie. Elle s'efforçait d'ouvrir ses paupières, celles-ci refusaient de lui obéir, et Sara dut s'asseoir sur la lunette les yeux presque totalement clos, en se répétant qu'elle devait maigrir. Bien que partiellement endormie, l'esprit embué, embrouillardé, elle était consciente de toute cette eau qui coulait de son corps, et de la raison de cette abondance – *maigrir, maigrir, maigrir* – avant de se lever brusquement – *zophtic, zophtic, zophtic* – pourquoi lésiner ? et de rester là quelques secondes, toujours à moitié endormie, à regarder et à écouter tournoyer l'eau dans le fond de la lunette, non sans une certaine joie, car elle savait non seulement que les kilos de trop filaient dans les tuyaux jusqu'à l'océan, mais qu'ils emportaient avec eux toute une vieille carcasse, une vie de solitude, de futilité, une existence inutile. Certes son Harry, quelquefois, avait besoin d'elle, mais... Elle écoutait la musique de l'eau dans le réservoir et souriait à travers le brouillard de son esprit mal réveillé, elle s'emplissait elle-même d'une nouvelle fraîcheur, une toute nouvelle Sara Goldfarb en sortirait bientôt. L'eau fraîche de la lunette était claire comme du cristal, fraîche et rafraîchissante, même dans une lunette elle avait l'air fraîche. Le propre et le neuf, ça ne se discute pas... Je préfère quand même celle du robinet, merci bien. Sara réintégra son lit, d'un pas légèrement dansant. Les draps étaient frais, rafraîchissants, elle demeurait là étendue, à caresser du bout des doigts le doux satin de sa chemise de nuit, à se laisser aller, avec le sourire, un sourire qui se réfléchissait sous ses paupières. Elle respira lentement, profondément, puis plus longuement encore, plus joyeusement, elle se sentait flotter dans un vide béat entre conscience et sommeil, les sensations ne résonnaient plus que très sourdement dans son corps, elles s'évanouissaient quelque part entre ses orteils, Sara se pelotonna contre les plumes vaporeuses de son vieil oreiller, se souhaita bonne nuit, avec un baiser, et s'enfonça joyeusement dans ses rêves de bonheur.

***

Harry était toujours remonté quand il rentra à la piaule. Marion lui donna deux comprimés de somnifères et ils s'assirent un moment sur le divan pour fumer un joint, jusqu'à ce que Harry se mette à bâiller et qu'ils aillent se coucher, dormir la plus dure partie de la journée, jusqu'à ce que la grosse chaleur soit passée.

***

Aujourd'hui c'était parfait. Quelle couleur. Magnifique, on avait envie de sauter par la fenêtre. Bon, maintenant tu devrais te dépêcher et y aller avant que les racines ressortent. Je voudrais bien, crois-moi, mais je ne suis pas mécontente qu'ils attendent que je perde un peu plus de poids. Ce silence, tu verras, quand je traverserai la scène. Je me retournerai pour leur dire que je foudrais rester seule. Alors comme ça vous êtes d'origine suédoise? Elles gloussèrent, Sara retourna chez elle pour voir comment la robe rouge lui allait, avec les cheveux rouges. Elle l'enfila, mit ses souliers dorés, posa, se contorsionna, tourna devant son miroir, les mains dans le dos pour serrer la robe au maximum. Ça se rapprochait. Elle sentait qu'elle avait perdu du poids. Elle se tortillait, poussait des petits cris, s'adressait des sourires, puis s'envoya un baiser, Tu es splendide, une véritable poupée. Elle se tortilla et poussa encore quelques petits cris, s'embrassa la main, se sourit encore, Une Greta Garbo, peut-être pas, mais pas un Wallace Beery non plus. Elle tourna la tête dans la direction du réfrigérateur, Tu vois, M. L'Emmerdeur, M. Tiens-Voilà-du-Hareng? Elle me va déjà mieux. Quelques centimètres, plus ou moins, et elle m'ira parfaitement, au poil, je te remercie. Garde tes harengs. Est-ce que j'en ai besoin, moi? J'adore les œufs et le pamplemousse. Et la laitue. Elle posa et se pavana encore un peu, avant de déjeuner et de prendre un peu de soleil. Elle sortit son œuf, son pamplemousse et sa laitue du réfrigérateur, avec une expression de hautaine supériorité. Elle claqua la porte de l'appareil, d'un mouvement des *tuchis,* accompagné d'un dédaigneux mouvement de la tête. Alors, qu'est-ce que vous en pensez, M. Grande Gueule? Tu me regardes, tu ne veux plus rien dire. Elle le vampa un peu et se prépara un déjeuner, sifflotant, chantonnant, se tortillant, elle se sentait bien, pleine d'orgueil. Le déjeuner terminé, elle lava les assiettes, les débarrassa, prit son pliant, et, avant de sortir, se baisa le bout des doigts et tapota le réfrigérateur, Ne pleure pas, ma poupée. Cool, comme dirait mon Harry. Elle gloussa, ferma la télévision, et quitta l'appartement, pour rejoindre ces dames assises au soleil. Elle se trouva un bon endroit, y installa son pliant, ferma les yeux, et tendit son visage au soleil, comme les autres. Elles ne bougeaient pas, en parlant, elles regardaient droit devant elle, dans la direction du soleil, se contentant de tourner un peu leur siège, de temps en temps, pour continuer de recevoir directement les rayons. Tu sais quelle émission déjà? T'as des nouvelles? Comment est-ce que j'en aurais? Je leur ai posté ma lettre hier. Demain, peut-être. Ça pourrait même prendre plus longtemps. Quelle différence, quelle émission? L'important, c'est la télévision. Voilà mon idée, à moi. Ils te le diront à temps? Qu'est-ce qu'elles croyaient, qu'ils le lui diraient après? Tu pourras amener des amies? Sara haussa les épaules, Qu'est-ce que j'en sais? Qu'est-ce qui va te porter tes trophées? Je les ramènerai toute seule, crois-moi. Surtout si c'est Robert Redford. Pas besoin de *schlepper*[1]. Les femmes gloussaient et hochaient la tête en fixant le soleil, d'autres amies s'arrêtaient pour bavarder avec Sara, elle n'était pas assise là depuis une demi-heure que toutes les femmes du quartier l'entouraient, lui posaient des questions, gloussaient, lui exprimaient leurs vœux, leurs espoirs. Sara se sentait ragaillardie, non seulement par le soleil mais par toute la sollicitude dont elle était brusquement l'objet. Elle était devenue une vedette.

*
* *

Marion avait acheté des carnets à dessin, des crayons et du fusain. Elle avait également acheté un taille-crayon et un vaporisateur de fixatif. Elle voulait acheter des crayons pastels mais elle n'avait pas trouvé ce qui lui plaisait et avait remis ça. Elle pourrait toujours s'en procurer plus tard. Dans quelques jours peut-être elle irait voir, farfouiller dans les grandes boutiques spécialisées, elle reniflerait et caresserait les toiles, les châssis, les chevalets et les pinceaux, elle fouinerait. Elle n'avait pas l'intention de s'acheter de la peinture à huile avant d'avoir un atelier, mais elle voulait des aquarelles. C'était tout ce qui l'intéressait vraiment, pour l'instant. Elle avait en elle une légèreté, une délicatesse, qu'elle pouvait mettre, elle le savait, dans ces belles et fragiles aquarelles. Oui, c'était ce qu'elle préférait dans les aquarelles, leur fragilité. Elle ne pouvait plus attendre. Elle avait une incroyable envie de peindre

1. Porteur. *(N. d. T.)*

une rose, une seule, dans un élégant vase d'un bleu translucide, du verre de Venise, ou posée sur un morceau de velours peut-être. Oui, ça aussi ce serait joli. Avec un soupçon d'ombre. Si délicate et fragile qu'on pourrait respirer son parfum. Bon, on verra. Dans quelques jours peut-être. Pour l'instant, un peu de dessin pour m'exercer l'œil et la main. Elle éprouvait l'envie presque irrépressible de dessiner tout ce qu'elle voyait en se promenant dans les rues, tout avait de belles vibrations, une telle vie. Elle remarquait tout de suite la forme des nez, des yeux, des oreilles; les visages, les pommettes, les mentons; la courbe des nuques; les mains. Elle adorait les mains. On peut y lire tant de choses, la forme des doigts, la façon dont les gens les tiennent et s'en servent surtout. Elle était assez jeune, encore enfant, la première fois qu'elle avait vu une reproduction de la Création de Michel-Ange, et le détail de la scène où Dieu confère la vie à Adam, l'image s'était immédiatement et à jamais gravée dans son esprit. Par la suite, plus elle avait étudié la peinture plus la simplicité d'inspiration de cette image et l'incroyable histoire que vous racontaient ces deux mains l'avaient impressionnée. Elle essayait, dans son travail, d'exprimer le même genre d'attitude, et elle sentait, de temps en temps, qu'elle y était parvenue, jusqu'à un certain degré du moins. Expliquer aux gens la peinture, simplement, directement, par le biais d'une attitude, celle d'un être humain ou de n'importe quoi, et transposer sur la toile ce qu'elle-même ressentait... sa propre attitude, sa propre sensibilité, à travers son art.

***

Les jours suivants s'étaient écoulés, sensiblement identiques pour Marion, Harry et Ty. Harry et Ty étaient remontés, ils se cassaient le cul la nuit, ralentissaient le plus possible dès que les autres gars leur disaient d'y aller doucement, puis prenaient des somnifères et dormaient dans la journée. Harry s'habituait tout de suite à n'importe quoi, dès le second soir ce n'était plus qu'une routine, il faisait l'amour à Marion pendant deux heures, en rentrant, le matin, avant d'avaler ses deux comprimés et de pioncer. Je sais maintenant pourquoi qu'on perd du poids avec ces trucs, on s'envoie en l'air. Pour certains hommes, tu sais, c'est le contraire. Ouais? Exactement. Ça les rend complètement impuissants, et, dans certains cas, indifférents. Pas d'pot Joe. C'est pas mon problème. Prochetoidlà. Harry l'attirait sur le lit et Marion riait quand il lui embrassait le cou. Qu'est-ce que tu fais? Harry renversait la tête et la regardait, Si tu n'sais pas c'est qu'j'm'y prends mal. Ils riaient, Harry l'embrassait sur le cou, l'épaule, le sein, se mouillait les lèvres, lui embrassait le ventre, J'veux voir si j'peux l'user. Lequel? Combien qu't'en as? Ils riaient, gloussaient et passaient la matinée à s'aimer avant de dormir toute la journée.

*
* *

La nuit, pendant que Harry travaillait, Marion s'asseyait sur le divan avec son carnet à dessin, ses crayons et son fusain. Elle s'asseyait à la turque, se tassait, fermait les yeux et rêvait d'un avenir où ils seraient ensemble, pour toujours, Harry et elle, le café-théâtre serait toujours bondé, le NEW YORKER lui consacrerait un papier, il était *à la mode,* tous les critiques d'art viendraient y siroter leur café, manger des gâteaux, contempler les œuvres des grands artistes de demain, découverts par Marion; les artistes, les poètes, les musiciens et les écrivains bavardaient, discutaient, Marion, de temps en temps, exposait ses propres toiles, les autres peintres s'extasiaient, les critiques aussi, ils célébraient sa sensibilité, l'acuité de sa vision, elle se voyait dans son atelier, quand elle n'était pas au café, en train de peindre, la lumière qui émanait de ses toiles était éblouissante, elle prenait son bloc, cherchait quelque chose à dessiner, rien ne lui convenait exactement, elle essayait de se composer une nature morte avec divers objets de la cuisine et du living, rien ne l'excitait, rien ne l'inspirait, elle repartait dans ses fantasmes, réconfortée, rassurée, elle y retrouvait plus de réalité que sur ce divan, avec ses crayons, ce fusain et ce bloc vierge.

***

Sara vérifiait tous les jours la boîte aux lettres, très soigneusement, toujours pas de réponse de chez McDick. Elle suivait toujours son régime, bien que cela lui soit devenu de plus en plus pénible, même avec une laitue entière. Elle passait la journée au soleil avec Ada et ces dames, elles venaient lui demander, elle leur montrait ses cheveux rouges, mais toujours pas de nouvelles. Le soleil disparu derrière le grand bâtiment, certaines de ces dames rentraient, celles qui avaient des réflecteurs surtout, Sara restait dehors, avec quelques autres, pour profiter de l'ombre et de la fraîcheur. Il ne lui était pourtant pas facile d'oublier la nourriture, de se contenter des attentions qu'on avait pour une future championne de jeu télévisé, son esprit était ailleurs, elle rêvait de saumon fumé à la juive, de bagels et de ce délicieux fromage danois, ils étaient si tentateurs, elle les humait, elle les goûtait même, et les voix de ces dames se faisaient de plus en plus lointaines, tandis que Sara souriait et se léchait les lèvres. Les nuits étaient pires, elle restait assise seule, dans son fauteuil, à regarder la télévision, le dos tourné au réfrigérateur, elle l'entendait marmonner, la peur lui nouait l'estomac, elle avait un poids sur la poitrine, qui l'écrasait. Comme si le réfrigérateur ne suffisait pas déjà, il fallait que le hareng s'en mêle. Quelles commères. Ça n'arrête pas. Ça parle, ça parle, sans arrêt. L'impression, dans les oreilles, d'être sous l'eau. Je me sens parfaitement bien, pourquoi est-ce que tu ne vas pas embêter Maurie, le boucher? Lui bouffer les pouces. Un fier service que tu nous rendrais, à tout le monde – *dans de la crème, avec des oignons et des épices, hmmmmmm* – Je ne t'écoute pas – *avec un bialy bien chaud... ou un petit pain à l'oignon* – Je n'ai pas faim, merci – *Ce gargouillis dans ton estomac m'empêche de dormir* – gargouillis, schmargouillis, c'est mon estomac qui veut maigrir – *du saumon rouge comme tes cheveux, avec de la crème et un bagel* – Pour moi? Encore un jour et je m'offrirai un feuilleté à la viande, tu pourras crever, merci beaucoup, et Sara buvait un autre verre d'eau – *zophtic, zophtic* – déposait le verre dans l'évier, défiait le réfrigérateur d'un mouvement de la tête, en lui montrant ses *tuchis,* et allait se coucher. Elle se levait deux fois par nuit maintenant, elle était presque tentée de se retenir, ou de diminuer les verres d'eau, mais elle songeait à tous ces kilos qui coulaient dans les tuyaux et elle continuait de boire, de boire, de boire de l'eau toute la journée sans trop se laisser obséder par ses visites nocturnes aux cabinets. Elle rêvait maintenant. Deux rêves par nuit, quelquefois. Des poulets qui voletaient dans sa chambre, par exemple, bien déplumés et rôtis, dorés, avec des petites boulettes de kasha sur le dos. Et un bœuf rôti. Il dévalait de la montagne en menaçant de l'écraser, mais il la dépassait, l'ouragan la ratait de quelques centimètres, en tirant une saucière débordant d'une riche sauce brune, et des bols pleins de purée de pommes de terre et de cerises enrobées de chocolat, avec de la liqueur. Sara, au bout de deux nuits, décida que ça suffisait déjà. Elle demanda à une dame amie le nom de son docteur et prit rendez-vous. Pour les pilules, je ne sais pas, mais pour les œufs et le pamplemousse, j'en ai jusque-là, merci.

*
* *

Un vide dans les entrailles, l'impression de se noyer, s'étaient reflétés sur le visage de Harry lorsque Marion lui avait dit qu'elle allait voir son charlatan pour le dîner, suivi d'un concert. Pourquoi qu'y faut qu'tu l'voies, bon Dieu. Tu peux l'envoyer bouler, c't'enfant d'putain. Je ne veux pas qu'il dise à mes parents que j'ai arrêté le traitement. Je tiens à mes cinquante dollars par semaine. Marion le regardait tendrement et lui parlait le plus doucement possible, avec tant de chaleur, de gentillesse. Je ne vais pas coucher avec lui, mon amour – Harry haussa les épaules et eut un grand geste, Ouais tu n'es qu'une – Je lui ai dit que j'avais mes règles, il rentrera tout de suite chez lui après le concert. Harry tentait, désespérément, de cacher ses réactions, en vain, son menton s'affaissait de plus en plus, il s'en voulait de ne pas pouvoir s'empêcher de cafarder. Qu'est-ce que ça veut dire? Marion sourit, avant de se mettre à glousser, dans l'espoir de le dégeler, mais il ne cédait pas. Elle le serra dans ses bras soudain et hurla, avec une joie sans partage, Oh Harry, tu es jaloux. Il essaya, mollement, de la repousser, mais y renonça vite. Marion l'embrassait sur la joue, le serrait, Allons mon amour, prends-moi dans tes bras... allons... je t'en prie??? Je t'en prie???? Elle lui souleva les bras et se les passa autour du cou, il les y laissa un moment, un peu à contrecœur, sans rien faire toutefois pour lui résister lorsqu'elle les rabaissa autour de son corps et se blottit contre lui. Il finit par la presser un peu et la serrer, Marion soupira, colla sa tête sur la poitrine de Harry, puis l'embrassa sur la bouche, la joue, l'oreille, le cou, le forçant à se tortiller, avec des gloussements, jusqu'à ce qu'il éclate de rire et la supplie de s'arrêter, Arrêtunpeu, allons... allons, spèce de dingue, ou j'te mords la gorge, et se mette à l'embrasser sur le cou et à la chatouiller, et elle éclata de rire à son tour et ils haletaient tous les deux et se suppliaient mutuellement d'arrêter, jusqu'à ce qu'ils n'en puissent plus et s'arrêtent, Marion sur les genoux de Harry, et se décollent comme des poupées de chiffon, avec des larmes de joie qui leur picotaient les joues. Ils s'essuyèrent les yeux et la figure et respirèrent profondément à deux ou trois reprises, ponctuées de gloussements. Suppose qu'y t'croie pas? Oh Harry, elle lui tapotait le nez, ne sois pas si naïf. Quequ'tu veux dire? Je veux simplement dire que j'ai la situation bien en main. Il acceptera tout ce que lui dirai, qu'il le croie ou pas. Il n'oserait pas me forcer. Ce n'est pas le genre. Suppose qu'il le soye? Alors, chéri, je ne sortirai plus avec lui. Harry, mon amour, je ne suis pas une idiote. Elle gloussait, je suis peut-être folle mais pas stupide. Ouais??? Harry la regardait d'un air incrédule, Alors pourquoi c'qu'il emmène pas sa femme au concert? Marion haussa les épaules, Elle est probablement prise par une réunion de parents d'élèves, qu'est-ce que j'en sais? Il adore être vu dans les endroits à la mode en compagnie de jolies jeunes femmes. C'est le micheton type. Ça le rassure. Ouais???? Bon, personnellement, j'pense que tous ceux qui vont voir c'genre de charlatans d'vraient s'faire examiner. Elle gloussait, riait, Oh Harry, c'est horrible. Alors pourquoi c'que tu ris? Je ne sais pas. Une sorte de complicité, je suppose. Il faut que je me prépare. Elle se leva et se dirigea vers la chambre, puis se retourna et revint vers Harry, qui s'était levé lui aussi, pour l'entourer de ses bras et le serrer très fort, avant de poser la tête sur son épaule, de fermer les yeux et de soupirer... Oh Harry. Je suis si heureuse que ça te tracasse, pas parce que ça te fait du mal mon amour, mais ça me fait du bien de savoir que tu tiens tellement à moi. Qu'je tiens à toi? Tu m'insultes, maintenant? Tu crois qu'je plaisantais quand j't'ai dit que j't'aimais? Non, non mon amour, je te crois. De toute mon âme. Mais j'aime la façon dont ça se traduit sur ton visage, j'imagine. Okay, okay, on n'en parle plus. Elle lui sourit un long moment, l'embrassa sur les lèvres et partit s'habiller. Formidable. J'penserai à vous en train d'manger, d'boire du vin et d'écouter d'la musique pendant qu'j'me casse le cul, ricana Harry, mieux vaut qu'ce soit moi qui m'le casse que toi, fit-il sans cesser de rire. Oh Harry, c'est horrible, elle gloussait et riait, soulagée, en s'habillant pour la soirée.

***

Marion retrouva Arnold dans le petit bar d'un restaurant assez intime, cuisine européenne, des quartiers est. Il se leva et lui tendit la main, qu'elle accepta, avec le siège. Comment allez-vous Marion? Très bien Arnold, et vous? Bien, merci. Comme d'habitude? S'il vous plaît. Il commanda un Cinzano avec un soupçon de tabac et un zeste. Vous êtes charmante, comme d'habitude. Merci. Elle souriait pendant qu'il lui allumait sa cigarette. On les avertit bientôt que leur table était prête, le maître d'hôtel les y conduisit en demandant à Monsieur et à Madame comment allait la santé, ce soir, ils lui sourirent en hochant poliment la tête, comme il se doit avec un maître d'hot, ils allaient bien merci, Marion s'installa, se détendit, se laissa pénétrer, de tout son corps, par l'atmosphère. Ce qui lui plaisait le plus chez Arnold, c'était son goût, en ce qui concernait les restaurants. Des petites salles, toujours, intimes, chics, une cuisine exceptionnelle, chose des plus rare en Amérique. L'élégance du décor l'enivrait davantage que l'apéritif qu'elle ne cessait quasiment pas de siroter. Je suis désolé que vous soyez indisposée. Bon, je n'y peux pas grand-chose, sourit-elle, n'en déplaise à Freud. Anita est en voyage, ou quoi? Pourquoi me demandez-vous cela? Pour rien, vraiment, simple curiosité. Il la regarda un moment avant de reprendre, Non, mais elle est prise jusqu'assez tard dans la nuit. Les journalistes l'ont photographiée, hier, dans le jardin, avec quelques autres « membres ». Je peux vous poser une question personnelle, Arnold? Certainement. Comment Anita et vous êtes-vous parvenus à avoir des enfants – Elle leva la main, je n'essaye pas d'être drôle, je vous assure, c'est seulement que vous semblez n'être jamais en même temps au même endroit, tous les deux. Arnold se raidit un peu, Bon, il n'y a vraiment aucun mystère. Je ne voulais pas parler des enfants, Marion souriait, ce mystère-*là*, je le connais. Pourquoi toutes ces questions, c'est très curieux. Où voulez-vous en venir exactement? Marion haussa les épaules et mastiqua son escargot. Rien d'autre que ce que je vous ai dit, simple curiosité. Elle sirota un peu de Bordeaux blanc tandis qu'il la dévisageait, Oh, il est merveilleux. Elle avala une autre gorgée avant de revenir aux escargots. Arnold continuait de froncer légèrement les sourcils. Quand les gens en arrivent à un certain stade de leur vie, quand ils ont atteint un certain degré de succès... leur horizon s'élargit, ils s'intéressent à beaucoup plus de choses. J'imagine, pour Anita, qu'il s'agit d'un besoin intérieur de se réaliser, à travers ses activités sociales, de retrouver son identité. Mais ce qui m'intéresse vraiment c'est la raison pour laquelle vous me posez ce genre de question. Il est tellement évident que vous essayez, de façon détournée, de combler un certain vide dans votre vie en jouant ce rôle de substitution, en vous substituant à elle dans son rôle d'épouse. Oh Arnold, ne soyez pas *naïf.* Elle vida son verre, que le garçon lui remplit immédiatement. Arnold le remercia d'un courtois signe de tête. De toute façon, mon identité ne me tourmente pas le moins du monde, elle lui sourit en lui tapotant la main, vraiment pas. Elle avait fini ses escargots et trempait un bout de pain dans le reste du beurre aillé. Je me suis remise à peindre, je suis dans une forme splendide. Vraiment? Elle avait terminé, le garçon emporta les assiettes, elle se renversa sur sa chaise, souriante. Exactement. Je n'ai encore aucune toile de prête, mais je travaille. Les toiles s'élaborent en moi, elles ne demandent plus qu'à sortir, elles me talonnent. Bon... J'aimerais beaucoup voir votre travail. Je sens que ça m'ouvrirait des perspectives assez extraordinaires sur votre subconscient. Je croyais que vous le connaissiez assez bien. Bon, il ne m'est pas tout à fait inconnu, mais je pourrais l'approcher sous un autre angle, d'un autre point de vue, pour ainsi dire. Non seulement la plupart des barrières de défense seraient levées, voyez-vous, mais je trouverais des symboles beaucoup plus évidents que ceux des rêves, et qui pourraient corroborer merveilleusement toutes les conclusions qu'on peut tirer d'une analyse des associations d'idées. Bon, je vous inviterai peut-être un jour à voir mes dessins, gloussa Marion, assez doucement, en s'attaquant du bout de sa fourchette à ses cuisses de grenouille.

Ils allèrent boire un verre après le concert. Arnold ne semblait pas trop emballé par le scotch, Marion, quant à elle, adorait la Chartreuse, elle s'en rinçait la bouche avant de l'avaler. Le concert avait été merveilleux, vraiment merveilleux, elle avait gardé un air méditatif, comme si elle écoutait encore, la musique de Mahler surtout. Cette symphonie de la Résurrection surtout, quand je l'entends je commence à comprendre comment on a pu dire qu'il a conduit le romantisme à son ultime expression musicale. Tout en moi se soulève, comme si je venais de courir sur une colline couverte de fleurs, les cheveux emportés par le vent, comme si je tourbillonnais dans le feu d'artifice du soleil sur les ailes des oiseaux et les feuilles des arbres. Marion ferma les yeux et soupira. D'accord, l'interprétation était magistrale. Je crois qu'il est vraiment allé au cœur de la contradiction fondamentale de Mahler, qu'il comprend parfaitement la façon dont il l'a projetée inconsciemment dans sa musique. Marion fronça les sourcils, Quelle contradiction? Les conflits essentiels de sa vie. Le compromis avec l'héritage juif, sa renonciation à cet héritage pour faciliter sa carrière. Le conflit constant entre le compositeur qu'il voulait être et le chef d'orchestre qu'il devait rester pour gagner sa vie. C'est évident, à la manière dont il change de clefs, il n'était pas conscient des conflits qui l'inspiraient. Qui lui dictaient tous ses changements d'attitude envers Dieu. Mais c'était déjà du passé quand il a écrit sa Deuxième Symphonie. Certes, mais j'ai écouté très attentivement sa musique, je l'ai analysée de fond en comble, pas de doute, il a beau exprimer certaines choses, et même les croire consciemment, il n'a pas encore résolu le conflit dans son subconscient. Arnold respira profondément, La musique de Mahler est extrêmement intéressante, du point de vue analytique. Elle est très stimulante. Marion sourit et posa son verre vide sur la table, Bon, je l'adore quand même, moi, cette musique. Elle me rend, comment dirai-je, heureuse d'être triste. Elle soupira et sourit à nouveau, il faut vraiment que je parte Arnold, j'ai beaucoup travaillé dernièrement, je suis fatiguée. Parfait. Il la reconduisit en voiture et lui glissa en minaudant, avant qu'elle ne descende, je vous appelle dans une quinzaine. D'accord. Elle lui rendit son baiser et descendit. Il attendit qu'elle ait pénétré dans l'immeuble pour repartir. Marion, dès qu'elle se retrouva chez elle, alluma un joint, se changea, mit les Kindertotenlieder de Mahler sur le tourne-disque et s'assit sur le divan avec son carnet à dessin et ses crayons. Elle redressait constamment le bloc sur ses genoux, en tirant sur le joint, jusqu'à ce que celui-ci fût à moitié consumé, sur quoi elle l'éteignit et essaya de composer mentalement son croquis. Ce ne devait pas être trop difficile. Malher... de l'herbe de première... ça devrait venir. Se rendant compte qu'elle jouait trop sur sa seule volonté, elle se renversa un peu, se détendit. Toujours rien. Si seulement elle avait un modèle. Voilà ce qu'il lui fallait. Un modèle. Ça venait, le besoin même qu'elle avait de s'exprimer lui en donnait l'énergie, mais elle n'arrivait pas encore à ouvrir les vannes et à canaliser cette énergie. Elle sauta sur ses pieds, attrapa sur la table deux ou trois magazines féminins, les feuilleta rapidement en marquant les publicités et les articles illustrés de photos de mères et de bébés, elle en avait trouvé quelques-unes qui lui convenaient, elle arracha les pages et se mit à dessiner en s'en inspirant, timidement d'abord, puis de plus en plus vite, avec de plus en plus d'assurance. Des mères et des bébés dans des positions diverses, toutes sortes de juxtapositions, toutes sortes d'expressions, de plus en plus mélancoliques. Très rapidement, elle dessina un enfant qui se contorsionnait, le visage marqué par une douleur silencieuse, dont la mère avait une expression qui très vite évoqua celle de l'homme dans la gravure sur bois d'Edward Munch. Marion examina attentivement le dessin, sous tous les angles, il l'excitait, l'inspirait, elle s'identifiait profondément à ces deux personnages. Elle contempla attentivement le visage douloureux du bébé, puis dessina près de lui un second enfant, d'un an plus âgé environ, mais avec la même expression. Elle le redessina encore, le bébé, à chaque fois, avait un an de plus, le dessin se faisait de plus en plus habile, de plus en plus vivant, de plus en plus frémissant, elle mettait des petites bougies d'anniversaire dessous pour indiquer l'âge, puis les traits s'affirmèrent, les cheveux poussèrent et brunirent, le visage avait toujours cette douloureuse expression, la fille s'était épanouie, elle était devenue femme, la charmante enfant était devenue une jolie jeune fille, une femme superbe, elle avait toujours le même visage hanté, douloureux, Marion s'arrêta pour contempler cette superbe femme qui la regardait, ses lignes élancées, ses longues courbes, ses traits classiques, ses éclatants cheveux noirs, dont la douleur intérieure se lisait dans les yeux sombres et pénétrants, elle sauta un grand espace et dessina plus loin un autre personnage, d'un âge incertain, mais certainement beaucoup plus âgé, avec les mêmes lignes et les mêmes courbes, le même corps, les mêmes traits, on reconnaissait brusquement le visage angoissé de Munch. Marion n'arrêtait pas de le fixer, le silence la frappa, soudain. Elle se leva et refit tourner le même disque, avant de se rasseoir et de regarder ses dessins. Très excitée.

*
* *

Le moment était venu pour Harry et Tyrone de s'arrêter et de toucher leur argent, ils s'étaient tellement habitués à avaler leurs maxs, à tenir toute la nuit, et à s'écrouler avec les barbis, qu'ils commençaient à se sentir capables de travailler toute leur vie, mais ils avaient trop de bon sens pour que cette vague impression tourne à l'idée fixe, et à plus forte raison pour que celle-ci se matérialise. Leur énergie, la fièvre de travail engendrée par le max, leur avait permis de faire quelques heures supplémentaires pour gagner le plus possible dans le plus bref délai. Ils avaient déclaré vingt-cinq personnes à charge, à eux deux, de sorte qu'ils avaient touché le maximum. Ils escomptèrent leurs chèques au nom du patron, dans le bar qui était en face de l'imprimerie, et avalèrent quelques bières en comptant et en recomptant leur argent, avec un large sourire, ponctué de tope-là, Meerde, c'esty pas un beau paquait? Tyrone agitait les billets, en éventail. Harry lui pinça le bras, On y est arrivés mec, on y est arrivés merde. On a l'fric. Tu l'as dit bébé, restons pas là. Faut s'occuper des affaires. Tout d'suite mec, sur quoi ils s'en collèrent encore cinq et se tirèrent. Ils s'arrêtèrent à la cabine téléphonique du coin pour que Tyrone puisse appeler Brody. Harry attendait, appuyé à la cabine, il fumait, regardait la fumée se dissoudre dans le vent, et chantonnait un petit air de soprano ponctué de hochements de tête et de claquements de doigts, en marmonnant de temps à autre, Ouais, bébé, vas-y, mais cool – Meerde! C'esty pas unonte putain!!! Qu'est-ce qu'y s'passe mec? Y dit qu'y nous faut dans les cinq sacs pour un bon paquait, d'la marchandise de première. Foutaise! Tu veux dire qu'y nous en manque cent. Xactement jim. P't'êt' quat'cent cinquante qu'y dit, mais, Tyrone avait haussé les épaules. Bon mec, faut pas paniquer. C'est pas difficile à ramasser. On n'est pas nés d'hier, on connaît la musique. Ouais, mais tu sais c'qu'arrive quand tu ramasses une thune par-ci une thune par-là. T'as pas encore la s'conde qu'la première est pahtie. Harry acquiesça d'un mouvement de la tête. Et Brody m'dit qu'y-z-ont d'la merde de première en c'moment jim, De première. Putain! Harry jeta à terre sa cigarette et secoua la tête un instant. Hé, où c'que j'ai la tête bon Dieu? J'sais où c'qu'on peut trouver l'blé : Marion. Tu crois qu'elle nous filera l'blai? Sûr. T'inquiète pas. Et on pourra la rembourser dès c'soir d'toute façon, pas vrai? Bsolument bébé, et ils topèrent là. Allons-y. Ils rentrèrent à la piaule, où Harry mit rapidement Marion au courant. Y n'nous en manque plus qu'cent et on démarre bébé, et non seulement on t'rembourse ce soir mais à la même heure on est en route pour l'café. Marion souriait, Je suis sûre que mon agent de change penserait que c'est un bon placement. Maintenant que je me suis remise au travail, j'ai besoin d'une galerie. Je vais aller toucher un chèque au supermarché. Formidab' bébé. J'appelle Brody et j'y dis qu'on arrive. Non, pas d'ici Ty. Attendons qu'on soit dehors pour appeler d'une cabine. Tyrone haussa les épaules, Okay Jim. Marion partit et revint au bout d'un quart d'heure avec l'argent. Harry l'étreignit et l'embrassa, A tout à l'heure bébé, quand tout s'ra réglé. J'veux pas revenir par ici avec le paquet. J'voudrais pas griller la piaule. Et ma piaule à moah, ça t'est bien égal putain. Hé mec, t'es pas Marion. J' sais, l'est encore pus pâle que toah. Bon sang, va falloir j'écoute ça toute la journée. Marion éclata de rire, Vous ne valez pas mieux l'un que l'autre. Ils se mirent tous à rire, J'croyais qu't'étais d'mon côté. Marion l'embrassa sur la joue, Ça va être la semaine des copains, tu te rappelles? Hé bébé, lonzy : Okay, okay. Harry embrassa Marion et ils filèrent. Tyrone allait descendre chez Brody tandis que Harry achèterait un stock de lactose et de sachets et l'attendrait dans sa piaule. Ce n'était que le début.

*
* *

Le réfrigérateur ricanait tandis que Sara étalait un gros morceau de fromage blanc sur une moitié de bagel. Vas-y, tu peux rire monsieur le Malin. On verra bien qui rira le dernier. Elle lui tira la langue et lentement, très lentement, enfourna une grande bouchée de bagel débordant de fromage avant de faire claquer ses lèvres et de se les lécher, et je vais te dire autre chose, monsieur le Ricaneur, pour le déjeuner, je vais manger le hareng, pas tout peut-être, j'en garderai un bout pour la soif. Sara chantonnait, assez haut, en étalant amoureusement le fromage sur la seconde moitié de son bagel, elle leva les sourcils et regarda avec dédain le réfrigérateur qui minaudait toujours, s'imaginant qu'il avait gagné la partie, qu'il avait battu Sara Goldfarb dans cette guerre des calories, mais elle secouait la tête, Hou, Hou, M. C.I.A. Tu crois peut-être que tu as gagné la guerre parce que je suis plus vicieuse que toi, monsieur Je-Sais-Tout. Le réfrigérateur riait comme pour lui dire qu'il était trop vieux pour croire à ces entourloupes, Sara le rembarra d'un geste, Je le sais que tu es vieux, tu n'arrêtes pas de grincer et de grincher et de grogner, je t'entends, mais il ne faudrait pas te prendre pour une vedette. Le réfrigérateur riait aux éclats pendant que Sara s'envoyait un bout de gâteau danois trempé dans le café, qu'elle avalait avec précaution pour ne pas salir la table. Les rires de l'appareil étaient de plus en plus sonores, Pour un œuf, ou pour un pamplemousse! Tu peux rire, tu peux rire, M. L'Écervelé. Je vais finir mon petit déjeuner, après quoi j'irai rejoindre mon public. Tu ferais peut-être mieux de reprendre les coutures de ta robe, elles sont ouvertes, hahahaha. Tu peux faire haha. Attends que je sois *zophtic* et qu'on me voie à la télévision, je ne te parlerai même plus. Je trouverai quelqu'un pour te jeter à la rue, à la poubelle, je ne me salirai même pas les mains. Ah, elle renversa la tête et se remit à chantonner en finissant son danois, avant de laver sa tasse et son assiette et de se préparer pour rejoindre ces dames au soleil. Elle passa triomphalement devant le réfrigérateur, confondu par sa dernière répartie. Ces dames l'attendaient, elles s'écartèrent pour lui laisser la meilleure place, celle qui demeurait exposée au soleil le plus longtemps. Sara s'assit, les spéculations sur l'émission à laquelle elle participerait reprirent aussitôt, tout le monde attendant le facteur avec la même anxiété, on verrait bien s'il y avait quelque chose pour elle, si ce serait pour aujourd'hui.

*
* *

Tyrone était parti pour quelques heures, Harry s'était installé, avec deux joints, des cigarettes, et cette radio de pacotille, sur la table. Au rencart dans son coin pendant tout ce temps, il n'aimait bougrement pas ça, non bien sûr, mais pas question de l'attendre tout ce temps au café. Trop voyant. Harry étala soigneusement sur la table ses enveloppes, avec la lactose, fronça les sourcils et réfléchit un instant à ce qui se passerait si la rousse se pointait et découvrait son attirail, il cherchait une planque, mais y renonça au bout de deux minutes, rien de convenable, et tout ça avait fini par lui paraître bien inutile. Et puis quoi merde, on boucle pas les gens pour une livre de lactose et des enveloppes à timbres. Il tira quelques bouffées de son joint avant de l'éteindre, d'allumer une cigarette, et de se rasseoir pour écouter un peu de musique. Elle n'était finalement pas si moche, cette musique, et plus il l'écoutait, en fumant son joint, plus il finissait par l'apprécier. Pas si moche vraiment, rien qu'à moitié. Bon... qu'est-ce que ça veut dire, à moitié? Quand on est aussi moche que c't'enfant d'putain faut pas grand-chose pour qu'ça soit déjà quequ'chose. C't'épouvantable d'êt' aussi moche, même si c'est qu'à moitié, mais, Harry haussa les épaules, c'est déjà quequ'chose. C'est mieux que rien, j'suppose. Ça vous aide à passer l'temps en tout cas. Ty va bientôt r'venir, on emballera la marchandise, on ramassera la monnaie, deux ou trois types pour la fourguer et on pourra s'attaquer au paquet... Ouais, une livre de pure d'chez les Italiens et on s'ra dans un d'ces putains d'business mec, COLDFARD & LOVE INCORPORATED, non, pas d'c'te connerie, pas d'Inc., noir sur blanc, hahahaha, l'patron vous donne vot'chance. Merde, qui sait jusqu'où qu'on pourra aller. Cool, pas d'gaffe, et on enlève le morceau. En un rien d'temps, on l'aura c'te livre de pure...

Harry venait de compter l'argent. Tyrone vérifiait. On est juste bébé, soixante-quinze sacs. Bon. J'voudrais foutrement pas commettre d'erreurs avec ces gars-là mec, ça non. Y croient pas trop aux erreurs. Sauf qu'aux leurs. Et y peuvent êt' très méchants. Okay, on emballe, faut qu'je file. J'veux pas êt' en r'tard. Ils emballaient soigneusement le tout dans un attaché-case, le fermaient, Harry enfilait un manteau beige, avec un chapeau marron foncé. A plus tard mec. Okay bébé, cool. Harry verrouillait les portes de la voiture et s'assurait que les vitres étaient bien relevées avant de partir pour Kennedy Airport. Il avait baissé le volume de la musique pour ne pas se laisser distraire et jetait un coup d'œil sur la mallette contenant les soixante-quinze sacs, à côté de lui, un sourire de satisfaction, il haussait les épaules, dans son manteau couleur chamois, se demandant si les gens dans la rue, dans les autres voitures, le regardaient et se demandaient qui il était et ce qu'il mijotait, avant de finir par s'apercevoir qu'on ne le remarquait pas trop, il était si cool, il se fondait dans la foule des voitures, il passait inaperçu. C'était ce qu'il fallait. Toujours passer inaperçu. Et c'était pour ça qu'il avait une Chevy, pas une Mercedes. Pour cela qu'il s'occupait des contacts avec les Blancs, tandis que Tyrone s'occupait des Noirs. Ne jamais se faire remarquer. C'était pour ça qu'ils réussissaient. Pour ça qu'ils étaient arrivés, qu'on ne les pincerait jamais. Impossible pour les flics, dans la rue, de les distinguer des autres mecs. Harry conduisait avec précaution mais sans exagération. Il ne servait à rien d'avoir trop peur. C'est comme ça qu'on les attire. Non, on avance dans la file, sans se faire remarquer. Il disparaissait aisément dans le flot des voitures, en regardant tous ces gens qui l'entouraient, il se demandait ce qu'ils feraient s'ils savaient qu'il était Harry Goldfarb, un des grands fournisseurs de drogue de la ville, qu'il avait soixante-quinze sacs dans son attaché-case, à côté de lui, et qu'il allait prendre livraison d'une livre de pure???? Ils en chieraient des briques. C'était très simple, ils en chieraient des briques. Ils n'y croiraient pas. J'parie qu'y m'prennent pour un businessman quelconque. Un agent de change, peut-être... un conseiller financier. Ouais, et j'le suis... en un sens, conseiller financier. J'parie qu'j'pourrais trouver n'importe qui, dans la rue, et lui dire qu'j'suis un magnat d'la came, y rigolerait, y m'dirait. Ouais, et moi j'suis Al Capone, hahaha. Ouais, j'parie qu'j'pourrais entrer dans un commissariat vec ma livre de pure et m'balader dans les bureaux et poser des questions sur n'importe quoi et y s'douteraient jamais de c'que j'suis ou de c'que j'ai sur moi. P't'êt' même que j'pourrais aller leur demander s'y-z-ont beaucoup d'problèmes de camés, dans l'quartier... Ce serait l'bon moyen d'me renseigner sur certains quartiers, d'mander aux flics où c'qu'on trouve les camés, comme si qu'on les flairait pas d'un kilomètre. Ce s'rait p't'êt' marrant. Il ralentit au péage, puis accéléra et regarda le soleil danser sur les câbles du pont, il était fasciné par les éclats, un millier de projecteurs, au moins, et c'était lui la vedette. Il se glissa dans une nouvelle file, qui roulait facilement, sans encombres, bien qu'il y eût pas mal de circulation, et se détendit, derrière son volant, il regardait droit devant lui tout en jetant un coup d'œil, de temps en temps, sur son attaché-case et en louchant sur les occupants des autres voitures, tout autour, les gens allaient au boulot ou en revenaient, enfermés dans une boîte de banlieue ou dans un trou à rats de la ville, ils n'avaient aucune idée de la vie, de ce que c'est que d'être libre, un homme libre, d'aller où on veut, quand on veut, avec une bourgeoise du tonnerre au bras pour que les mecs vous admirent, quand on rentre dans un d'ces endroits chics des beaux quartiers, et s'disent qu'y-z-aimeraient bien êt' à vot' place... Ouais, y voudraient bien êt' dans mes souliers... Regardez-les ces pauv' cons. Il est pas midi qu'y sont déjà sonnés. Il avait envie de baisser la vitre et de leur crier de se barrer. De temps en temps, très vite, il jetait un coup d'œil dans la direction des mouettes qui glissaient sur l'eau, à la surface ridée de laquelle scintillait le soleil. Le jour était froid et gris, mais Harry ne s'en sentait pas déphasé pour autant. Rien n'y aurait fait. Tout dans sa vie marchait formidablement. Marion et lui s'adoraient. Le café-théâtre marchait fantastiquement, l'argent légalement placé lui rapportait des sommes fantastiques, encore quelques affaires comme ça et il pourrait prendre sa retraite, ne plus s'occuper que de ses intérêts officiels, et voyager. Marion et lui n'avaient pas encore eu l'occasion de voyager comme ils l'auraient voulu, à part quelques brefs séjours aux Bahamas, avec tout le fric qu'il avait ici, et en Suisse, plus besoin de se casser le cul, il pouvait se retirer avant que ça tourne mal. Pas comme tous ces types qui s'obstinaient et se faisaient coincer pour un bon bout de temps, ou finissaient par se mettre en travers du chemin d'quequ'un et se faire descendre. Non, non pas moi mec. On va s'tirer. Se dorer sur une plage de la Riviera un moment, vant d's'asseoir aux terrasses de café à Paris et à Rome, et pis en route pour c'bon vieil Istanbul, tant pis si Turhan Bey vous fout pas la paix. Hé, fameux c't'air-là, mec. Il battait du chef au rythme de la musique et se mettait à chanter, Tant pis si Turhan Bey vous fout pas la paix. Tant pis si Turhan Bey vous fout pas la paix. Il souriait et gloussait silencieusement, Pas mal. J'devrais p't'êt' écrire des chansons à mes heures perdues. Il avait quitté l'autoroute et rejoint la lente et épaisse file des voitures qui roulaient vers l'aéroport. Il jetait un coup d'œil à sa montre et souriait, il avait tout le temps, pas besoin de se presser pour se garer. C'était pour ça qu'il partait toujours en avance, pour ne pas s'inquiéter s'il était pris dans un bouchon ou n'importe quoi. Y a des fois qu'un pauv' cave crève un pneu ou qu'y tombe en panne, ça bouche la circulation pour un moment, il ne voulait pas perdre plus d'un demi-million de dollars à cause d'un couillon qu'a un pneu à plat... ou pire que ça. Ces gars-là aiment pas trop marronner vec une livre de pure en pleine nature et êt' obligés d'la ramener. Harry prévoyait toujours tout. C'est un des secrets de la réussite, tout préparer soigneusement, méticuleusement. Il garait sa voiture et s'avançait tranquillement vers l'aéroport. Il avait le temps, il s'arrêtait à la cafétéria pour une tasse de café et un morceau de tarte. Qu'il mangeait avec son attaché-case sur les genoux et un demi-sourire narquois en songeant à tous ces gens qui l'entouraient, s'ils savaient qu'il avait 75 sacs dans cette mallette, ils en crèveraient. Il payait et se dirigeait lentement vers le bar où il s'asseyait près des grandes baies vitrées qui donnaient sur le terrain, dans le fond. Il posait sa mallette par terre, à quelques centimètres de son pied gauche, et jouait avec son verre, qu'il sirotait de temps à autre, en regardant les avions décoller ou atterrir, et rouler vers les hangars. Il regardait les avions lorsqu'un type habillé de la même façon que lui, manteau, costume et chapeau du même style et de la même couleur, s'était assis sur le tabouret de gauche. Il avait le même attaché-case, qu'il avait déposé à quelques centimètres de son pied droit. Il avait commandé un verre et l'avait vidé avant que Harry ait fini le sien. Il avait reposé son verre sur le bar, avait ramassé l'attaché-case de Harry et était parti avec. Harry avait continué de jouer avec son verre et de le siroter, en regardant les avions. Dix minutes plus tard, il avait pris l'attaché-case et était sorti. Il se dirigeait directement, mais sans se presser, vers sa voiture. Sans se donner la peine de regarder autour de lui pour s'assurer qu'il n'y avait pas de flics, tout était cool. Il se fiait à son instinct, qui lui disait Ça boume bébé. Il ouvrait la portière de sa voiture et jetait la mallette sur le siège, en riant presque, avant de monter et de bloquer la porte. Ça y était mec. La dernière livraison. La dernière livre de pure. Quand ils auraient fini de l'écouler, Ty et lui, ils fermeraient boutique, adieu le pavé, et pour de bon. La circulation, sur le chemin du retour, et presque jusqu'au bout, avait été difficile, très lente, les mêmes bouchons, mais il avait l'habitude et restait là, sur son siège, à écouter distraitement la musique, l'esprit alerte, en éveil, détendu. Un de leurs meilleurs atouts, cette circulation. En plein après-midi, dans un endroit comme Kennedy Airport, personne ne s'en douterait. C'était trop invraisemblable. Trop public. Trop ouvert. Trop de flics en tous genres contrôlant les voyageurs. Et où filer, si on se faisait pincer? Pas question de courir. De sauter en voiture. De plonger. Hahaha, merde, j'pourrais pas traverser la flotte à la nage bon Dieu, mec, l'océan est bougrement large. Trop invraisemblable. Tout était contre vous. C'est pour ça que ça marchait si bien. Mais les embouteillages étaient pires que jamais aujourd'hui. Des pneus à plat et des pare-chocs en bouillie sur toute l'autoroute. De tous les côtés, semblait-il : devant, derrière, il ne voyait que ces feux rouges et ces feux jaunes, mais cool il ne paniquait pas, ça devait être un camion-remorque ou une ambulance, rien à voir avec lui, même quand il avait aperçu le flic qui les détournait, avec de grands gestes, devant cette voiture accidentée, il était demeuré calme et souriant – Merde! Non mec. D'la foutaise, tout ça. Merde, se colletiner tout ça, qui c'est qui voudrait. T'es coincé dans leurs putains d'bouchons, si c'est pas les flics. C'bon vieux Bob Moses [1] et son « plus grand parking du monde. »

1. *Responsable des transports à New York. (N. d. T.)*

Le truc vraiment cool, l'endroit vraiment peinard pour un rencart, le truc sensass qu'j'en chie dans mon froc. Ouais. Personne mec, bsolument permerdsonne qui penserait à Macy's. Hé, j'aime ça. Merde, c'est trop mec. Le rayon des jouets... Ouais... Du côté des trains électriques. J'm'en payerai p't'êt' quequ'z-uns quand tout s'ra réglé. Ça doit êt' bougrement chouette d'avoir une chambre entièrement rangée pour... vec des baraques, des ponts, des rivières, des arbres, des voitures, des lumières pour la journée et pour la nuit, tout l'foutu tremblement, l' *megillah*. Ouais, près des trains. On saute dans un taxi et on laisse le chauffeur se débrouiller, qu'y marronne et engueule tous ces foutus trous du cul qui s'baladent en ville, et pourquoi qu'y planquent pas leur voiture au garage et nous dégagent pas les rues pon tieu r'gardez-moi c'te crétine qu'essaye d'me doubler, Hé, r'tourne d'où c'que tu viens s'pèce d'enculée d'garce de macaque, et il se retournait pour regarder Harry, ça doit êt' une d'ces gousses, rien qu'à la façon qu'elle conduit, et il sautait dans l'autre file au milieu des grincements de freins, des cris et des jurons, le doigt en l'air à travers la vitre, il roulait, le doigt en l'air, dans l'baba vous pouvez klaxonner, sans cesser lui-même de jouer du piston, en leur criant, On vous a pas donné d'aut' joujou pour le p'tit Noël, harharhar, et Harry ne bougeait pas, il souriait, gloussait, serrait nonchalamment sa mallette sur ses genoux, ce s'rait drôlement marrant d'l'ouvrir et d'étaler tout c'fric sur la banquette, il en chierait des briques, le taxi, mais cool, il se contentait de hocher la tête et de tendre un billet au chauffeur quand ils s'arrêtaient devant Macy's et lui disait de garder la monnaie et lui faisait un geste d'adieu en s'éloignant et pénétrait dans le magasin. Il était en avance et pouvait se permettre de flâner un peu au rayon lingerie à la recherche de quelque chose qui pourrait plaire à Marion mais n'achetait rien, les affaires d'abord, toujours. Se concentrer sur c'qu'on a en train, c'est comme ça qu'on entube les flics, et l'monde entier. Se concentrer. Il traversait le rez-de-chaussée et prenait l'escalier mécanique pour l'étage des jouets, en admirant le spectacle du dessous. Le rayon n'était pas extraordinaire mais ils avaient de jolis trains et comme il n'était pas encore tout à fait l'heure il pouvait admirer le décor, les accessoires, les trains qui n'arrêtaient pas de tourner, avant de déposer son attaché-case près de lui, à quelques centimètres de son pied droit, et le même type arrivait et ils échangeaient leurs mallettes et tout le tremblement et il ressortait du magasin et reprenait un taxi pour remonter, en prenait un autre un pâté de maisons plus loin, un autre pâté de maisons, un autre taxi, on redescendait, quelques rues plus bas et il se retrouvait à l'atelier de coupage de l'héro, où Tyrone l'attendait. Tiens bébé. Not' dernière livre de pure à emballer. Ouais, et y a pas une main d'homme qu' l'a touchée. Seigneur Jésus, toi alors, Ty, t'es quequ'chose. Quequ'tu vas faire quand on s'rangera, rester sur ton cul à rigoler toute la journée? Meerde, très peu pour moah mec. Mais j'pourrais toujours m'gratter un peu. Ils coupaient soigneusement la merde, l'enveloppaient, et la portaient à leurs hommes, qui s'occupaient des dealers de la rue. Aucun contact avec les camés, rien qu'avec les mecs cool. Tyrone travaillait avec les Noirs, il se chargeait de la plus grosse partie, Harry fourguait le reste aux autres rabatteurs. Quand toute la came était partie, ils fêtaient ça. Harry et Tyrone ne se contentaient pas d'une virée en ville, ils emmenaient leurs bourgeoises partout, et finissaient par une tournée en fiacre dans Central Park, pour voir le soleil se lever. Le lendemain Harry passait un moment avec son homme d'affaires à discuter de l'acquisition d'une nouvelle source de revenus et prenait ses dispositions pour son tour du monde avec Marion. J'crois qu'on f'rait mieux d'éviter l'Afrique, pas trop cool pour l'instant, là-bas. Sauf l'Afrique du nord. On pourrait p't'êt' commencer par Alger, Casablanca. Ouais, play it again Sam. Et puis route à l'est. Voir c'qu'y s'passe au Caire et dans la région, et en route pour c'bon vieil Istanbul. Ce bon vieil Istanbul – Seigneur, avec un passeport au nom de Goldfarb? P't'êt' que j'devrais l' changer, m'appeler Smith ou Turhan Bey, et Harry se renversait sur sa chaise en gloussant, écoutant distraitement la musique de la casserole de Ty et vidait le bout d'une cigarette pour y tasser le mégot de son dernier joint et se mettait à le fumer lorsqu'il entendit un bruit de pas dans l'escalier suivi d'un bruit de clef dans la serrure. Tyrone C. Love faisait son entrée au pas de bebop dans cette carrée de deux sur quatre avec un large sourire de gros cul qu'a eu sa ration de merde et déposait sur la table un petit paquet. Tiens bébé, et Brody m'a dit qu'c'est d'la dynamite, qu'on f'rait mieux d'la couper au moins trois fois, au moins, et y dit qu'faut pas en pend' pus d'une pincée si on y tâte. Y t'a pas laissé y goûter sur place? Pas même r'nifler pour vérifier? Euh, euh. Y laisse pas personne s'envoyer, pas dans sa piaule. Pamoyen. Et comment qu'on peut savoir si on n'est pas truandés? Y truande jamais personne mec. C'est ben pour ça qu'il est toujours en bonne santé et qu'y deale encore. S'y dit qu'c'est d'la dynamite c'est qu'c'est d'la dynamite. J'y ai dit qu'on va pas s'en servir pour nous d'toute façon, qu'on va jouer cool et qu'on déconnera pas. Ouais, mais comment qu'on peut savoir c'qu'on a et comment c'qu'on peut la couper si on n'y goûte pas? C'est vrai, hein? Bon, ren qu'un p'tit goût, ça fait d'mahl à personne. D'accord. Mais ren qu'une pincée. On pourrait la r'nifler. Hé, quand j'me défonce j'me défonce. J'vais pas la gâcher c'te bonne came. Pas pus qu'n'importe quelle came, d'ailleurs. Harry gloussait, ils sortirent leur attirail. Mais vraiment cool, hein mec.

Hé bébé, j'y suis toujours, cool. Non, non, on déconne pas, Ty, faut êt' cool, vraiment. C'est not' chance d'enlever l'morceau, d'l'enlever vraiment j'veux dire. On va pas mégoter toute not' vie. On joue l'jeu et elle est à nous, c'te livre de pure, mais on fout tout par terre si on s'laisse aller. Hé bébé, moah non pus j'te raconte pas d'salade. J'ai pah envie d'courir les rues l'restant d'ma vie vec des baskets trouées et un nez qui m'coule jusqu'au menton. Splendide, Harry lui tendit la main et Tyrone la lui claqua et Harry à son tour lui claqua la paume. Okay, on y goûte. Harry en versa une petite quantité, il allait en ajouter un peu plus lorsqu'il s'arrêta. Ça suffit. On peut pas travailler quand on est pété jusqu'à l'os. La première vague leur remonta du fond des tripes jusqu'au visage, un raz de marée, Brody ne les avait pas charriés, ils pouvaient salement la couper c'te came et vendre quand même de la bonne marchandise. Meerde, on la coupe quat' fois et personne pourra nous tomber su'l'paletot en s'plaignant qu'on les a truandés. Ouais... Putain c'est vraiment trop mec. Y dit qu'y en a encore, on f'rait ben d'liquider si vite qu'on peut et d'y r'tourner jim, c'est vraiment du sensass. Tu sais quoi mec, on s'magne le cul et on s'en paye le doub' demain. Promis! Ils topèrent là et se mirent au travail en mélangeant soigneusement héroïne et lactose, sans fumer, de peur de souffler sur la précieuse poudre ou de tousser ou d'éternuer et de la foutre en l'air. Se rendant parfaitement compte qu'ils étaient défoncés, ils s'astreignaient à des mouvements lents et précis, en se concentrant fortement. De temps à autre ils s'octroyaient une pause et s'éloignaient de la table pour allumer la cigarette dont ils avaient tellement besoin. Le travail terminé, ils prirent chacun cinquante sachets et sortirent. Ils n'aimaient guère cette idée de sa balader avec un tel chargement, mais ils n'avaient pas le choix. Il fallait que les gens sachent où les trouver et Tyrone n'avait pas le téléphone, la seule solution pour contacter les camés était de descendre sur le terrain. Harry appela Marion pour lui dire que tout s'était bien passé et l'informer de leurs plans, ils pouvaient se servir de son numéro pour le moment, lui dit-elle. T'es sûre? Oui. Mais avec discrétion. Ne le donne pas à tous les camés que tu rencontres. Rien qu'à des gens comme Gogit, tu vois. Des gens que tu connais. Et tu peux garder la marchandise chez Ty. Okay ma choute, d'accord. Sûr qu'ça nous facilitera bougrement les choses jusqu'à c'qu'on ait une piaule avec le téléphone. Je n'voulais pas qu'tu sois mêlée, tu comprends? Je comprends Harry, et j'apprécie. Pas de problème. Splendide. Okay, à plus tard. Oh Harry? Ouais? Gardes-en un peu pour nous? Hé, t'inquiète pas. C'est déjà fait. Pas beaucoup. Tu sais. D'accord, On parlera d'tout ça. Au r'voir. Salut. Harry raccrocha et dit à Tyrone qu'ils pouvaient utiliser le numéro de Marion pendant un certain temps, on peut r'cevoir les commandes là-bas et fixer les rendez-vous pour la marchandise. On la laissera chez toi. Formid mec. Mais cool pour le numéro mec. Pigé bébé. Okay, on s'retrouve ici. Ouais bébé. Ils filèrent, chacun dans sa direction, pour opérer entre Noirs et entre Blancs.

Tout marchait bien. Tyrone était presque immédiatement tombé sur Gogit, il lui avait donné le numéro de Marion, Gogit était parti faire sa tournée pour recenser les clients et Tyrone s'était vite retrouvé à sec, il avait dû rentrer chez lui se réapprovisionner. Revenu dans le quartier, un tas de camés l'attendaient nerveusement, le bruit d'un fameux arrivage avait déjà couru. Tyrone lui-même était assez excité mais restait cool, pas question de céder à l'hystérie en s'offrant un autre échantillon. Il était quand même heureux d'y avoir goûté – ça l'aidait à rester cool, peinard et on s'occupe du boulot vant d'penser à son chantillon. Il connaissait le pavé, et le cirque, il savait se tenir et se fier aux instincts qui lui avaient permis de survivre à ce cirque depuis vingt-cinq ans, du Bronx à Harlem, et s'il avait pu lui survivre bébé y pouvait s'débrouiller n'importe où putain et c'est pas des salades jim. Et ses instincts étaient salement en éveil ce soir. Il le fallait bien. Il avait fait passer le mot, on savait ce qu'il trimbalait, y aurait des gens qu'essayeraient d'le braquer, et y vous coupent la gorge si facilement qu'y vous allument une cigarette. Du pareil au même pour ces gahs-là jim. Y en a qui sont sauvages quand y sont à sec bébé, aussi Tyrone livrait-il sa marchandise et s'assurait-il que personne ne le suivait quand il encaissait le fric et repartait chercher la came. En éveil et alerte comme jamais, c'était la chance de sa vie, il n'y en aurait pas d'autre. Vingt-cinq ans, une paye dans le monde où il vivait, les chances de s'en sortir étaient rares sinon inexistantes, il s'en présentait une, il n'allait pas la laisser passer. Il ne comprenait pas comment c'était arrivé, comment il s'était retrouvé avec toute cette came et en train de ramasser la monnaie, une espèce de rêve, mais la chance était là, il n'allait pas la gâcher. Il savait, s'il n'y faisait pas gaffe, qu'il risquait de gâcher plus qu'un beau rêve. Et il en avait assez de perdre. La rue n'était bonne que pour les perdants. Tenue par des perdants. Il montait, il s'en sortait. Pas tellement pour le gros cul de la Cadillac El Dorado et cette écurie de belles juments... Meerde, une bourgeoise ça m'suffit. Ce qu'il voulait, plus que tout au monde, c'était ne plus avoir d'emmerdes, C'est ça bébé, pus d'emmerdes. J'ai connu qu'ça pendant vingt-cinq ans. Toujours quelqu'un qu'emmerde l'aut'. Quequ'un pour vous matraquer. Et si c'est pas les flics c't'un pote. Personne qu'est jamais content. C'te saleté vous rent' dans l'sang jim, ou c't'alcool, et tu t'traines et tu mendies pour' qu'on t'file ta dose ou ton godet. Meerde, très peu pour moi bébé. Hé, hé, pas question. Et j'cours pah près les sous comme ces culés. Juste c'qu'y faut pour êt' tranquille vec une p'tite boutique – meerde, n'importe quoah ça m'est égal jim, d'la teinturerie, d'la télé, quequ'chose qu'ma bourgeoise soye contente et qu'on n'ait pas d'emmerdes. Une gentille p'tite boutique en dors d'la ville, t'vois. Quequ'part en banlieue. J'sais pah moah, Queens ou même Staten Island. Ren qu'une baraque et une voiture et queques jolies fringues et pas d'emmerdes. Meerde, même pah b'soin d'jardin ni d'ren mec, lib' et peinards jim, j't'aime tu m'aimes... Meerde, même pah b'soin d'm'aimer jim, tant pis si tu les piffes pah mes fesses de macaque, pah d'emmerdes c'est tout.

Harry fit le tour du quartier pour en mettre quelques-uns au parfum, puis s'assit un moment dans une confiserie-buvette à boire des milkshakes et à feuilleter des magazines de cul. Le boulot expédié et la boutique fermée, il se balada un peu avec quelques gars de connaissance avant de visiter les bars, jamais très longtemps dans le même endroit. La marchandise écoulée il resta un peu dans les parages question de voir qui voulait quoi. Un type qu'il connaissait depuis longtemps, un certain Bennie, lui passa une commande pour une bande de copains et lui fixa rendez-vous dans une heure, il retourna donc à la piaule se chercher une autre provision à écouler avant de rentrer chez Marion. Plus tard Tyrone l'appela pour lui dire combien il en avait fourgué, ils en avaient déjà assez pour un autre paquet en faisant le compte, ça commençait à démarrer. Meerde bébé, maintenant qu'on en a mis deux ou trois au parfum on risque d'pus en avoir vant d'main soir. J'sais bien. Dès qu'on en aura liquidé assez pour deux aut' paquets, on en r'prend, hein? T'as bouguement raison jim. Tant qu'on peut, d'c'te merde. Splendide. Appelle-moi plus tard si j't'ai pas fait signe. A pus tard bébé, Tyrone raccrocha et regagna sa piaule au pas de bebop. La nuit avait été longue, crevante jim, sûr qu'il était content d'le pieuter son joli p'tit cul. Il sentait la sueur lui couler dans l'dos. Il avait passé pas mal de temps dans les rues, mais ces dernières heures avaient été les pires de sa vie. Il n'y pensait jamais trop, aux rues, sauf pour se dire qu'il aimerait bien s'en sortir. Mais elles ne lui avaient jamais paru si menaçantes. Il pouvait les arpenter de nuit comme de jour, n'importe qui pouvait le croiser ou se pointer par-derrière, mais aujourd'hui c'était différent. Tu peux les parier, tes jolies fesses, qu'c'est différent. Jamais ren à perde, d'habitude. Ren qu'aurait pu faire envie à personne. Il n'était qu'un gars comme les autres, un Noir, un frangin qui s'démenait et qu'essayait d'se débrouiller un jour de plus dans c'monde à la gomme. Personne n'avait peur de lui et il n'avait peur de personne. Rigolard, il se contentait de se balader en se grattant et en rigolant. Quand tu la connais, la rue, et qu't'évites les dingues, les cinglés d'poivrots qui s'promènent vec des couteaux d'boucher et des flingues, c'est qu'une balade, mais t'as quequ'chose qu'un aut' a envie t'as des ennuis jim. C'est pus seulement l'bitume et l'goudron... c't'avec tous ces putains d'loufs qu'la rue vous fabrique qu'tu dois t'colleter. Un tout seul ça vah. Mets-les ensemb' et t'les as tous su'l'doh ces culés d'loufs jim et faut faire gaffe à tes fesses. Quand t'as quequ'chose qu'un aut' a envie t'es dans les ennuis, et quand c'est avec d'la merde qu'tu t'balades t'es dans d'sérieux ennuis. Meerde. C'est chiant jim, mais la seule façon d'les avoir ces rues c'est d'les faire bosser pour vous. Faut les talonner ces culées mec.

Harry, après avoir raccroché, avait saisi Marion par la taille et l'avait fait tournoyer. Ça y est bébé, ça y est pour de bon. A c't'allure on l'aura en un rien d'temps c'te livre de pure et on n'aura plus qu'à s'la couler. Oh je suis heureuse Harry, elle le serrait et l'embrassait, je suis si heureuse. Je n'aurais pas cru que je m'inquiéterais à ce point mais je me suis fait des soucis toute la nuit. Je n'y avais jamais pensé, je suppose, et tout me paraissait si effrayant là-bas, tout à coup. T'veux savoir quequ'chose ma choute? Je suais drôlement moi aussi. Tu t'fais pincer vec un paquet comme ça et tu décroches la timbale, t'en as pour un bout d'temps. Et il va falloir que tu fasses ça tous les soirs? Que non. Le visage de Marion était ridé par l'inquiétude, Harry lui sourit. On veut juste en fourguer l'maximum pour aller r'chercher deux aut' paquets d'main, tant qu'on peut en avoir de c'te came de première. Et puis cool on filera quequ'part où qu'on sera tranquilles. Je l'espère bien mon adoré. Jamais je ne me suis sentie aussi seule la nuit. Harry la serra et l'embrassa à nouveau, T'inquiète pas, fini l'pavé, en un rien de temps. On fourgue la came aux mordus et on s'tire – mais on pense plus à tout ça, hein? On s'en prend un peu, on s'détend et on parle d'not' café et d'nos voyages en Europe. Une petite dose et ils s'étalèrent sur le divan pour écouter de la musique et discuter une fois de plus de leur avenir, en précisant leurs plans pour le café. Marion avait pris son bloc et ses crayons et illustrait les idées au fur et à mesure, ils se retrouvèrent avec un croquis détaillé du rez-de-chaussée, le plan complet, des plantes qui retombaient, un petit plateau, une petite volière dans le jardin, de la vigne qui poussait dessus, des murs spécialement conçus pour les tableaux, pour qu'ils ne risquent rien; Marion lui décrivait ce qu'elle avait en tête pour la succursale de San Francisco, croquis à l'appui, elle lui expliquait ce qu'on pourrait en faire et comme il aimerait le Quai du Pêcheur et les mimes qui s'y produisaient et les grands restaurants, et leur théâtre est vraiment épatant tu sais et il se passe toujours quelque chose exactement comme à New York question art ou musique ou le reste, et elle rejoua à plusieurs reprises le disque des Kindertotenlieder tandis qu'ils restaient là côte à côte à dessiner, à bavarder, appuyés l'un contre l'autre, et à éclater brusquement de rire ou à glousser et à s'étreindre et à s'embrasser et à rêver et à y croire...

*
* *

La salle d'attente était bondée. Sara ne connaissait personne, mais elles avaient toutes un visage familier, même les plus jeunes, les plus minces. Elle remplit la fiche et la rendit à l'infirmière, qui la conduisit peu après dans une des salles d'examen. L'infirmière la pesa, la mesura, et lui demanda si elle était en bonne santé, Parfaite, c'est justement pour ça que je suis là, elles rirent toutes les deux. L'infirmière lui prit sa tension et lui demanda si elle voyait bien, si elle entendait bien, à quoi Sara lui répondit que oui, parfait des deux côtés, et l'infirmière rit encore avant de quitter la pièce. Un instant plus tard le médecin arriva et regarda le tableau préparé par l'infirmière, puis regarda Sara et sourit, Un peu trop de poids, à ce que je vois. Un peu? Vingt-cinq kilos, je vous en fais volontiers cadeau. Bon, je crois que nous pouvons régler ça sans problème. Il écouta son cœur une seconde, deux petits coups sur le dos du bout des doigts, et revint au tableau. Vous avez l'air d'être en bonne santé. L'infirmière va vous donner une boîte de pilules avec toutes les instructions correspondantes. Elle vous fixera également un rendez-vous pour dans une semaine. A bientôt, et il disparut. Sara prit ses pilules et l'infirmière lui donna des explications pour qu'elle comprenne bien. Okay, j'ai compris, mais dites-moi poupée, combien est-ce qu'il demande, le docteur? Il m'a dit de revenir dans une semaine et je n'ai pas beaucoup d'argent. Oh, ne vous inquiétez pas madame Goldfarb, nous nous arrangerons pour que l'Assistance médicale s'occupe de la note. Oh, bon. C'est déjà un soulagement. Alors je vous revois dans une semaine. D'accord. Au revoir, madame Goldfarb. Au revoir, poupée. Soignez-vous bien.

Sara s'assit à la table de la cuisine, pilules et instructions étalées devant elle. Alors voyons, la mauve je la prends le matin et la rouge je la prends l'après-midi, l'orange je la prends le soir, elle se retourna et minauda à l'adresse du réfrigérateur, Voilà mes trois repas monsieur Le Futé (le réfrigérateur se réfugiait dans un silence intrigué), et la verte la nuit. Et c'est tout. Une, deux, trois, am stram gram les kilos sont partis. Je ferais bien de prendre la mauve tout de suite, c'est presque l'heure de la rouge, et elle gloussa en se précipitant vers l'évier pour se verser un verre d'eau et avaler sa pilule du petit déjeuner. Elle chantonnait en ouvrant le réfrigérateur pour sortir le fromage, repoussa la porte avec un air de supériorité satisfaite, ouvrit sur la table le petit sac de papier, en sortit un solide petit pain à l'oignon et défit le papier du poisson fumé. Regarde, monsieur Frigo, tu peux renâcler. Je vais bientôt économiser des fortunes sur la nourriture. Elle haussa les épaules avec un mouvement de la tête en direction du réfrigérateur, étala le fromage blanc sur le petit pain et picora amoureusement quelques bouts de poisson, Hmmmmmmmmmmm, puis fit claquer ses lèvres et se retourna sur sa chaise pour que ce futé de M. Frigo puisse bien la voir dévorer ce repas de roi.

Elle se prépara un second pot de café. Elle ne prenait jamais plus d'une tasse de café dans la matinée, le reste du temps elle buvait du thé. Mais elle en avait bu tout un pot ce matin, six tasses, et voilà que sans y penser elle se préparait un second pot, elle n'était consciente que d'une chose... elle était en pleine forme, pleine de joie, d'exubérance. Elle s'avisa brusquement que c'était l'heure du déjeuner et qu'elle n'avait même pas faim. Même pas ça. Elle rebut du café. Déjà l'heure de déjeuner et je n'ai envie de rien, elle tirait la langue au réfrigérateur, pas même un bout de hareng à la crème, merci. Quel miracle. Pas la moindre émotion à l'idée d'un petit nosh, même un hot fudge sundae je n'en voudrais pas. Du pastrami sur du pain de seigle, avec de la moutarde et de la salade de pomme de terre, je n'en voudrais pas. N'importe quoi je n'en voudrais pas. Rien qu'une pilule depuis le petit déjeuner avec une tasse de café et – elle regardait le pot sur la table en se rendant compte qu'elle en avait bu plus d'une tasse, elle s'en était préparé un second pot et il était déjà presque vide... Hé, elle haussa les épaules, la belle affaire. Une pilule et une tasse de café et je me sens déjà *zophtic*, qui est-ce qui se plaint? Elle termina son café et se versa une nouvelle tasse, Je te regarde, elle clignait des yeux dans la direction du réfrigérateur, et maintenant c'est l'heure de déjeuner, elle prit sa pilule rouge, la laissa délicatement retomber sur sa langue, l'avala avec une gorgée de café par-dessus, se tortilla et se figea un moment sur sa chaise en songeant à cet incroyable miracle qui venait de se produire dans sa vie. Si seulement elle avait su plus tôt. Elle se sentait si jeune, si pleine d'énergie, comme si elle escaladait des montagnes. Elle allait pouvoir laver les carreaux et les murs, les murs de la cuisine au moins, cet après-midi, mais elle avait décidé d'attendre, elle préférait s'asseoir avec ces dames prendre un peu le soleil et leur raconter comment elle se sentait, comment elle avait découvert la fontaine de jouvence et ce n'est pas Fontainebleau [1] je vous le dis. Elle n'y tenait plus.

Elle sortit son pliant et rejoignit ces dames, à la place d'honneur qu'on lui gardait toujours. Il y avait là au mois une douzaine de dames impatientes qui avaient remis le disque dès qu'elles l'avaient aperçue, et quelle émission et où et quand, elle se contentait de sourire et d'agiter les mains dans un geste des plus royal en

1. *Célèbre hôtel de New York. (N. d. T.)*

regardant dans la rue si le facteur n'arrivait pas, elle débordait d'énergie en papillonnant autour de ces dames, elle s'asseyait, se relevait, refaisait le tour, et quand la dame qui lui avait donné le nom du docteur était arrivée elle l'avait serrée dans ses bras et l'avait embrassée en lui répétant qu'elle l'adorait, qu'elle n'oublierait jamais, et c'est vraiment merveilleux, elle n'arrivait pas à y croire mais elle ne pensait même plus à la nourriture, on pourrait lui mettre devant elle un grand bol de bouillon de poulet avec des nouilles elle n'y toucherait pas, même avec un peu de borsht pour adoucir, et comme elle se sentait bien depuis qu'elle n'avalait plus toute cette nourriture qui la fatiguait, libre comme un oiseau, elle n'avait plus envie que de voler et de battre des ailes et de chanter des chansons, « O by Mier Bist du Schön », et ça ne lui coûtait rien, l'Assistance paye, et j'ai envie de danser, et elle essayait de rester assise au soleil mais elle n'arrêtait pas de sauter comme si une force invisible la propulsait continuellement et l'envoyait sauter comme un lapin d'une dame à l'autre en regardant si le facteur n'arrivait pas, il aurait bientôt quelque chose pour elle de chez McDick, pour lui dire de quelle émission il s'agissait et combien il lui restait de temps pour enfiler sa robe rouge, et ces dames secouaient et hochaient la tête et lui disaient de s'asseoir, assieds-toi et détends-toi, prends un peu le soleil déjà, tu te sens bien, parfait, mais il ne faudrait pas que ça t'épuise, elles éclataient de rire et plaisantaient et Sara s'asseyait et se relevait et les étreignait et les embrassait et regardait si le facteur n'arrivait pas, jusqu'à ce qu'elle l'aperçoive et parte à sa rencontre, avec sa suite, et il secouait la tête. Rien pour aujourd'hui, et il entrait dans l'immeuble avec ses quelques lettres, mais Sara ne perdait pas espoir, elle se contentait de leur répéter qu'elle se sentait bien et qu'elle ressemblerait bientôt au petit Chaperon Rouge.

Sara était la dernière à rentrer. Pas de dîner à préparer, inutile de se presser. Elle commença par ouvrir la télé, puis se prépara un autre pot de café avec un pied de nez au réfrigérateur qui, sentant le vent de la défaite, se réfugiait dans un silence obstiné. Sara se démenait dans la cuisine, elle frottait, lavait, essuyait, louchait sans cesse vers la pendule pour voir si ce n'était pas l'heure de dîner. Les aiguilles de la pendule finirent par se rejoindre et Sara, tout excitée, s'assit à sa table pour prendre sa pilule orange. Elle la laissa tomber sur sa langue, l'avala avec un peu de café par-dessus et retourna à son balayage et à son nettoyage et à son récurage en chantonnant ou en se parlant toute seule, ou en s'adressant à la télévision, comme si le réfrigérateur n'existait pas. De temps en temps elle pensait à son eau et buvait un verre en se répétant qu'elle devait maigrir, *zophtic*. Elle finit par se fatiguer de ce manège et se rendit brusquement compte qu'elle serrait les dents, qu'elle grinçait des dents, mais il lui était assez facile, en s'installant dans son fauteuil, de n'y plus penser ou du moins de s'y efforcer. Elle n'arrêtait pourtant pas de bouger et de se tortiller et de se lever pour ceci ou cela, une autre tasse de café ou un autre verre d'eau, ça la démangeait de partout, sous la peau, une légère et vague sensation d'angoisse dans l'estomac, mais pas assez forte pour s'en inquiéter vraiment. Elle se rendait compte qu'elle ne se sentait pas aussi bien que dans l'après-midi, mais elle se sentait quand même mieux, plus en forme, que depuis bien des années. Ce qui valait la peine d'être un peu déréglée. Le prix était raisonnable. Elle pensait à sa pilule verte et se leva pour la prendre, bien qu'on n'en soit qu'au milieu de l'émission, avant de revenir à son fauteuil. Elle but encore quelques verres d'eau en se disant qu'elle boirait moins de café demain. Il ne vaut rien ce café. Le thé est meilleur. S'il y a quelque chose qui ne va pas c'est probablement le café. Elle but encore un peu d'eau. Qu'elle voyait dissoudre sa graisse et l'emporter loin... loin... si loin, si loin...

*
* *

Tyrone en avait recherché deux paquets et Harry et lui, le soir venu, se préparaient à jouer le grand jeu. Cool, ils n'en tâtaient qu'un tout petit peu, juste assez pour rester cool, pas assez pour s'abrutir. Il leur fallait rester cool, mais solide. On les avait appelés au téléphone toute la journée, ils avaient pratiquement écoulé la moitié au moins de la marchandise avant même de l'avoir coupée. Harry après avoir préparé quelques sachets appela Marion pour savoir s'il y avait eu d'autres appels et si tout allait bien. Cela devenait une telle corvée que Marion suggéra de planquer la marchandise chez elle jusqu'à ce que le téléphone soit installé chez Tyrone. Tout ce remue-ménage et ces messages, c'est absurde. Et je crois que tu prends des risques inutiles, Harry, la façon dont tu opères maintenant. Harry fut rapidement d'accord et ils opérèrent à partir de son appartement jusqu'à ce qu'on ait installé le téléphone dans la piaule de Tyrone quelques jours plus tard. Tout était plus facile désormais, plus calme. Ils faisaient toujours attention de ne pas trop y tâter et la marchandise était toujours si bonne qu'ils pouvaient en tirer quatre fois plus, elle était toujours de première. On en redemandait. Ils en tiraient cinq fois plus, avec d'autant plus de bénéfices. Les jetons s'empilaient par milliers, ils avaient loué un coffre à la banque, sous des noms d'emprunt, et y avaient planqué l'argent. Ils se faisaient plus de mille dollars par jour, il était temps de se détendre un peu et de s'acheter des vêtements plus décents pour les sorties. Mais ils n'avaient jamais le temps de sortir et s'étaient abouchés avec deux autres gars dans le genre de Gogit dont ils écoulaient la marchandise en une nuit et avec qui ils partageaient le fric le lendemain. Le vent avait tourné, brusquement, c'était du moins l'impression qu'ils avaient, tout était devenu rose. La bouteille, au lieu d'être à moitié vide, était maintenant à moitié pleine et continuait de se remplir, de plus en plus près du goulot.

Harry et Marion étaient assis sur le divan, ce soir-là, à écouter de la musique, ils planaient et parlaient de leur café-théâtre comme l'habitude lorsque Harry s'était renversé, l'air pensif, et avait secoué la tête comme s'il venait de se décider, Ouais, c'est c'que j'vais faire. Marion souriait. A quel propos? Ou plutôt pour qui? La vieille. Je pense à lui ramener quequ'chose, tu sais, un cadeau quelconque, j'sais pas quoi exactement, c'est pas facile t'sais d'trouver quequ'chose pour quequ'un comme ça. Comme qu'est-ce qui lui serait utile ou qu'est-ce qu'elle aimerait? Toutes les femmes aiment le parfum. Tu pourrais lui offrir quelque chose d'exquis dans un flacon de cristal. Non, ça lui irait pas. Tu la connais, ma vieille. Oui, je suppose que tu as raison. Mais j'espère que tu as saisi l'allusion. Elle gloussait. Pour toi, ce s'ra plus tard, il l'embrassa sur la joue et lui frotta la nuque. J'ai trouvé l'truc parfait. J'l'avais sous l'nez et j'y avais jamais pensé. C'est quoi son truc? qu'j'ai fini par me d'mander. La télévision, pas vrai? que j'me suis dit. S'y a une camée d'la télé c'est bien la vieille. Et j'y dois une nouvelle neuve d'toute façon que j'me suis dit, d'puis l'temps qu'la sienne prend des bosses force d'êt' *schleppée* chez Abe. Ah, ce mot. Quoi? *Schlep?* Oui. Ça me rappelle mon père et son vocabulaire du quartier de la confection. Harry haussa les épaules et rit, Y t'obsède, hein? Marion haussa les épaules, Ça m'est bien égal. Mais qu'est-ce que c'est que cette histoire de télévision? J'vais lui payer un nouveau poste à la vieille. J'me suis dit que j'peux payer jusqu'à un sac s'y faut et lui avoir un poste qui l'épatera. Qui lui f'ra vraiment tourner le tête j'veux dire. A en *plotzer!* Oh Harry! Marion faisait la moue, Harry gloussa et l'entoura de ses bras, Désolé, y a des fois que j'peux pas résister, tu t'vexes si facilement. D'toute façon d'main j'lui achète une grosse super télé couleur qui lui f'ra oublier toutes les fois qu'j'lui ai emprunté son poste. Marion pencha la tête sur le côté et le contempla un moment avant de sourire doucement, Tu l'aimes bien, hein? Harry haussa les épaules, J'suppose. J'sais pas exactement, j'veux dire. Y a des fois qu'oui, y a des fois qu'c'est différent. La plupart du temps j'voudrais simplement qu'elle soit heureuse. Tu vois c'que j'veux dire? Marion hocha la tête d'un air langoureux. J'aimerais la voir heureuse et qu'elle profite de la vie c'est tout... mais y a des fois que j'peux pas m'retenir, faut qu'je l'attaque comme... Ah j'sais pas. C'est pas tant que j'veux l'attaquer, c'est que j'la vois assise dans c'te vieil appartement où c'qu'elle a toujours été vec les mêmes vieilles fringues, même quand c'est pas les mêmes t'sais, et j'sais pas quoi faire. Quand j'suis loin ça va, j'l'aime bien, j'y pense gentiment quand j'y pense. Mais quand j'suis là vec elle dans c't'appartement, j'sais pas c'qu'y s'passe j'suis tellement nerveux bon sang que j'finis par l'engueuler. Oh, c'est probablement très simple. Tu l'aimes, tu dépends d'elle et tu ne sais pas comment reprendre ton indépendance d'une manière saine, en sortant de ton cocon tout simplement, pour ainsi dire, alors tu rues dans les brancards, tu la rejettes avant qu'elle ne te rejette. Le cas est classique, vraiment. Possib'. Ça m'est égal tout ça. Tout c'que j'sais c'est qu'elle m'fait toujours la leçon, comme quoi faut êt' prudent, t'es un bon garçon, sois prudent, t'expose pas... Tu vois? Comme si qu'elle voulait pas m'laisser respirer. Marion hochait la tête. Harry haussa les épaules, Ah, j'sais pas. Pas important. Maintenant que j'suis peinard, j'peux m'occuper d'elle et passer la voir d'temps en temps et p't'êt' qu'elle va m'laisser tranquille maintenant quand elle verra comme ça va bien pour moi. Hé, p't'êt' qu'on pourrait l'emmener dîner ou n'importe quoi à l'occasion. Un spectacle, j'sais pas moi. Quequ't'en penses? J'adorerais Harry. J'ai toujours adoré ta mère. Elle a toujours été si charmante, si pittoresque, si... si vraie. Si naturelle. Elle vit dans le Bronx et elle adore le Bronx et elle vit sa vie au grand jour. Pas comme certains qui vous regardent de haut si vous ne vivez pas à New Rochelle ou dans des faubourgs résidentiels du Connecticut ou à Westchester et qui se prennent pour ce qu'ils ne sont pas alors qu'on dirait toujours qu'ils en ont plein la bouche de leur accent chic et qu'ils se bourrent de fromage blanc et de bagels tous les matins et vont manger chinetoque tous les dimanches soirs. Ils sont tellement répugnants. Rien de pire qu'un barbare de la culture qui a des prétentions. Il gloussait, hé, tu t'emballes vraiment. Oh, bon, c'est que ça m'irrite vraiment. Et par-dessus tout ceci, à toi-même sois fidèle, disait Shakespeare. Polonius était peut-être un imbécile mais il y a là une grande part de sagesse. Je crois que c'est un des problèmes de notre époque, personne ne sait qui il est. Tout le monde se bouscule à la recherche de son identité, ou à essayer d'en emprunter une, mais ils ne savent pas. Ils s'imaginent qu'ils savent qui ils sont et ce qu'ils sont? Ils ne sont qu'une bande de *schleppers* – Harry en gloussait, la façon dont elle avait craché le mot et la violence du ton – aucune idée de ce que c'est vraiment que de chercher sa vérité personnelle et son identité propre, et ça ne serait rien s'ils ne se mettaient pas en travers de votre chemin, mais ils insistent, ils savent tout, et si vous ne vivez pas comme eux vous ne vivez pas correctement et ils veulent vous prendre votre espace... l'occuper comme qui dirait et vivre dedans et vous le changer, ou le détruire – Harry clignait des yeux et la fixait à mesure que montait et éclatait la colère de Marion – ils n'arrivent pas à croire que vous savez ce que vous faites et que vous êtes heureux et satisfait. Le problème est là, tu vois. S'ils pouvaient comprendre ils ne se sentiraient pas menacés et ne se croiraient pas obligés de vous détruire avant que vous les détruisiez. Ils n'arrivent même pas à se rentrer ça dans leurs caboches de sales bourgeois que vous êtes heureux où vous êtes et que vous refusez d'avoir quoi que ce soit de commun avec eux. Mon espace est à moi et ça me suffit. Harry la regarda un moment. J'vais t'dire quequ'chose bébé, j'suis bien content qu'ça soit comme ça. Sûr que j'voudrais pas l'partager ton espace, merde. J'risquerais d'griller mes fusib'. *Shlep,* j'ai dit qu'un mot et t'as vu la suite. Imagine c'que ça s'rait si j'avais dit *yenta,* sur quoi il éclata de rire et la serra dans ses bras et elle se détendit soudain, le froncement de ses sourcils adouci par la came et le geste qu'il venait d'avoir et sa propre lassitude, et elle éclata de rire à son tour. Tu sais quequ'chose bébé, comme Confucius l'a dit à Lai Kowan avant la fameuse bataille de Wan Ton : chacun son gâ-teau, et ils se mirent à rire tous les deux. Oh Harry, c'est horrible, et Marion se leva et rejoua les Kindertotenlieder et ils se rassirent sur le divan et s'y blottirent et se détendirent en écoutant le disque et rediscutèrent de leurs plans pour le café-théâtre, tandis que la came coulait dans leurs veines et susurrait ses rêves aux moindres cellules vivantes de leur corps.

*
* *

Harry le lendemain se souvenait toujours de son projet de payer à sa mère une nouvelle télé, mais l'idée de sortir et d'aller dans ces magasins et d'essayer de trouver un vendeur qui vous aide et puis d'essayer d'obtenir de c't'enfant d'putain qu'il vous montre ce que vous voulez au lieu de c'qu'il essaye de vous r'filer était vraiment chiante... salement bougrement chiante. Merde! Si seulement il pouvait appeler un numéro quelconque et s'en faire envoyer une qui lui convienne, mais entrer dans un magasin et parler aux gens et tout... Il y réfléchit un moment puis se dit qu'il n'avait qu'à prendre un peu de came, tout irait bien. Ouais, rien qu'un tout petit peu et il pourrait les encaisser les magasins et leurs putains de vendeurs. Il n'aurait pas voulu s'éclater si tôt dans la journée mais après tout merde c'était différent. Et bien normal après tout, il se servait toujours de la télé de sa vieille pour se procurer l'argent de la came, il était normal qu'il en prenne un peu pour lui procurer une télé. Ouais, hahahaha, elle est bonne celle-là, ça m'plaît. Ouais... c'est comme l'histoire du jars et de l'oie, ou un truc dans l'genre. Harry en proposa à Marion, elle allait protester, s'envoyer en l'air sitôt levés, mais les mots n'étaient pas sortis et ils commencèrent leur journée par en tâter un peu, un peu plus que la veille, et quittèrent l'appartement. Marion lui demanda où il voulait aller, il haussa les épaules avant de cracher soudain, Macy's. C'est là qu'on va. Tu veux aller jusque chez Macy's. Y m'plaît, c'magasin. J'y expédie un tas d'affaires importantes. Au rayon des jouets surtout, sur quoi il se mit à glousser, Marion le regardait comme s'il était cinglé, mais finit par hausser les épaules, elle était d'accord. Je suppose qu'une balade en taxi à travers la ville ne me tuera pas. Quand ils arrivèrent devant chez Macy's Harry insista pour que le chauffeur les conduise à l'entrée donnant sur la Septième Avenue. Le chauffeur haussa les épaules en regardant Harry comme s'il était encore un de ces dingues, C'est vot' fric l'ami. Pourquoi est-ce que tu veux entrer par la Septième Avenue Harry, on pourrait aussi bien descendre ici? Non, la Septième Avenue. C'est par là que j'veux entrer. Marion avait l'air perplexe, Harry esquissa un sourire. Marion voulait aller directement au rayon télé mais Harry insista pour qu'ils commencent par les jouets et regardent les trains. Une fois encore, Marion secoua la tête, d'accord pour regarder les trains. Arrivés au rayon télé Harry jeta un rapide coup d'œil sur les appareils et lorsqu'un vendeur vint lui demander s'il pouvait l'aider le dévisagea et lui répondit avec assurance, Oui. Je voudrais un grand meuble. Eh bien nous avons là un modèle superbe, un luxueux meuble méditerranéen qui n'est en vente que pour aujourd'hui. Le prix a été réduit de 1.299 à 999 dollars 99. Combiné complet avec tuner, un – Non, non. Rien d'tout ça. Que la télé. Très bien; Par ici. Voici notre meilleur modèle. Il a – C'est l'plus grand qu'vous avez? Oui. Et entièrement garanti, pièces et main-d'œuvre, pour un an, le tube pour cinq, il – Okay, j'le prends. Le vendeur sourit et continua de lui faire l'article pendant qu'il rédigeait sa facture, puis lui remplit une formule de service après-vente prolongeant la garantie, et Harry le paya en billets de cent dollars et attendit tranquillement sa monnaie. Il s'était assis près du comptoir pendant que le vendeur terminait de régler les formalités à la caisse, il souriait intérieurement de se voir là si tranquillement assis passant sa commande comme n'importe quel quidam. Il souriait et gloussait en son for intérieur lorsque le vendeur revint avec la monnaie, on aurait presque dit un domestique. Harry empocha négligemment l'argent et salua le type d'un signe de tête et d'un geste de la main en repartant avec Marion.

Il se revit chez Macy's, plus tard dans la soirée, en train d'acheter sa télé, il en rougissait, il s'énervait, la sueur lui coulait sur les tempes. Le type n'arrêtait pas de lui poser des questions auxquelles il ne parvenait pas à répondre, il bredouillait et bégayait continuellement, il était de plus en plus gêné, il s'excusait de ne pas vouloir le combiné complet et plus le type lui expliquait que c'était une affaire et que madame sa mère lui en serait reconnaissante jusqu'à son dernier souffle s'il la lui offrait plus Harry se sentait coupable, jusqu'à ce qu'il finisse par comprendre que ce serait vraiment idiot de ne pas l'acheter ce superbe combiné, et ils se débrouilleraient pour le caser s'il était trop grand pour l'appartement de sa mère. Harry secoua la tête pour chasser ces images et Marion et lui allèrent dans la salle de bains et s'envoyèrent en l'air et se préparèrent à affronter une nouvelle nuit.

***

Cette visite à sa mère, le moment venu, ne lui paraissait plus être une si bonne idée, mais une petite défonce vous aide à affronter n'importe quoi. Harry enfila une paire de pantalons flambant neufs, une chemise de sport et des mocassins. Il vérifia à nouveau sa tenue dans le miroir et demanda à Marion ce qu'elle en pensait. Merveilleux. Vraiment merveilleux. Le fils que toutes les mères voudraient avoir. C'est pourtant pas par ici qu'elles les trouveront, mais qu'est-ce qu'elles ont donc toutes? Il gloussa et s'examina encore une fois. Okay, j'crois qu'je vais filer. A tout à l'heure bébé. Marion l'embrassa. Détends-toi. Tout marchera bien. Ta mère n'est pas une barracuda comme la mienne. Dommage, ça s'rait p't'êt plus facile. Okay, à plus tard. Harry sortit, se fit cracher sur ses nouvelles chaussures par un moricaud, près du métro, donna deux thunes au gosse, et arrêta un taxi.

***

Au bout de deux semaines Sara s'était habituée aux effets des pilules. Elle avait presque fini par aimer ces grincements de dents à vide et même si ça la turlupinait parfois elle se sentait si bien, elle perdait du poids, ça valait les petits désagréments. Matin et soir elle essayait sa robe rouge pour voir comment elle lui allait maintenant, le dos se refermait de mieux en mieux, elle pouvait le constater. Elle avait réduit sa ration à un seul pot de café dans la matinée, le reste de la journée elle buvait du thé. Ses yeux lui faisaient bien un peu mal quelquefois, mais la belle affaire. Elle avait parlé au docteur de certains de ces effets désagréables, il lui avait dit que c'était une réaction normale, qu'il ne fallait pas s'inquiéter. Vous êtes en parfaite santé. Vous avez perdu cinq kilos en une semaine. Sara rayonnait et oubliait le reste. Cinq kilos. Formidable ce docteur. Un as vraiment. Elle y allait toutes les semaines, se faisait peser, une ordonnance pour les pilules, elle signait le formulaire de l'Assistance Médicale et rentrait. Qui aurait pu demander mieux. Et elle les soignait, ces dames assises au soleil, quand elle descendait les rejoindre, toutes, elle leur faisait admirer sa superbe silhouette avant de s'installer près d'elles, à la place d'honneur. Elle ne restait pas assise trop longtemps. Elle se levait régulièrement pour se dégourdir, marcher, n'importe quoi, autre chose que le bavardage. Sa langue ne manquait pas d'exercice, le reste du corps en réclamait lui aussi. Et tous les jours la même scène avec le facteur : elles le regardent toutes descendre la rue et il sourit et hoche la tête, Pas pour aujourd'hui. Elles en dans'ront toutes quand j'l'aurai j'vous l'dis elles en dans'ront, et il entrait distribuer le courrier dans les boîtes aux lettres de l'immeuble. Une chose pourtant avait changé... Le réfrigérateur de Sara ne lui parlait plus. Il n'avait même plus l'air de bouder. Il était toujours là mais il avait perdu toute personnalité. Ce n'était plus qu'une vulgaire glacière. Ça lui avait manqué au début, à Sara, de ne plus pouvoir le faire marronner, mais très vite elle n'y avait plus pensé, elle expédiait le plus rapidement possible sa besogne, dans la cuisine, et rejoignait ces dames au soleil.

Elle était assise à la place d'honneur lorsque Harry était descendu du taxi. Il tira sur son pantalon et contempla la phalange des femmes en s'efforçant désespérément de trouver un moyen de les éviter, mais toute son expérience lui disait que c'était impossible, aussi cambra-t-il ses reins revigorés par l'héroïne et se dirigea-t-il droit sur sa mère. Sara le fixa une brève seconde, son cerveau en alerte enregistrant instantanément tous les messages de ses sens : la porte du taxi qui claquait, Gardez la monnaie, les nouveaux vêtements, l'attitude nonchalante, le sourire, les yeux expressifs et colorés. Elle sauta sur ses pieds, Mon Harry, et referma ses bras sur lui, manquant presque de le renverser. Elle l'embrassa, il l'embrassa, elle était si excitée qu'elle l'embrassa à nouveau, à plusieurs reprises, Hé, du calme Ma, tu m'écrases, il lui lança un bref sourire et rajusta ses vêtements. Viens, montons Harry. Je vais te faire du café et on ira se promener. Elle le prit par le bras et l'entraîna vers la porte de l'immeuble. Ton pliant Ma, t'as oublié ton pliant, il retourna le chercher, le referma en disant bonjour à toutes ces femmes qui le connaissaient presque depuis le jour de sa naissance déjà, et certaines avant même sa naissance quand il n'était encore qu'une petite lueur dans les yeux de son père, et elles lui dirent comme elles lui trouvaient bonne mine et combien elles étaient heureuses que tout marche si bien pour lui et il hochait la tête et on l'embrassait et on l'étreignait et il avait quand même fini par échapper à leurs griffes. Sara prépara immédiatement un pot de café, elle se démenait et cherchait les tasses et les soucoupes et les cuillers et le lait et le sucre et les serviettes, Et comment vas-tu Harry tu as si bonne mine, et elle surveillait le café et demandait à Harry s'il ne voulait pas manger quelque chose, un petit nosh peut-être ou un cake, je vais en chercher un si tu veux, je n'ai rien à la maison mais Ada doit en avoir, un moulé peut-être, et Harry regardait et écoutait sa mère, en se demandant presque s'il ne s'était pas trompé de maison, et le café était prêt finalement et elle en versa deux tasses et redemanda à Harry s'il ne voulait pas manger quelque chose. Non, Ma. Rien. Assieds-toi. Assieds-toi bon sang. Tu m'donnes le tournis. Elle remit le pot de café sur le réchaud et se planta devant Harry et sourit, Tu n'as pas remarqué? Harry cligna des yeux, encore un peu étourdi par tout ce remue-ménage. T'as remarqué que je suis plus mince? Ouais, ouais, j'suppose, Mam. Douze kilos. Tu t'imagines? Douze kilos. Et ce n'est qu'un commencement. C'est formidab', Ma. Épatant, vraiment. J'suis vraiment content pour toi. Mais assieds-toi, hé? Sara s'assit. Harry était toujours un peu éberlué, il ne savait plus très bien où il avait la tête. J'suis désolé d'pas êt' passé d'puis un bout d'temps Ma, j'étais occupé, vraiment très occupé. Sara n'arrêtait pas de hocher la tête et de sourire à Harry en serrant les mâchoires, Tu t'es trouvé un bon travail? Ça marche bien? Oui Ma, vraiment bien. Quel genre de travail? Bon, distributeur comme qui dirait. Pour un gros importateur. Oh, je suis si heureuse pour toi fiston, elle se leva et l'embrassa encore, à l'étouffer, Hé Ma, doucement, eh? Tu m'tues. Bon sang, qu'est-ce que t'as fait, des haltères? Sara se rassit, toujours souriante, les dents serrées, Pour qui est-ce que tu travailles? Bon, j'travaille pour moi comme qui dirait. Moi et un aut' gars. Ta propre affaire? Oh Harry, je l'ai compris tout de suite. J'ai toujours su que tu en étais capable. Ouais, Ma, t'as raison. J'ai réussi, comme tu m'le disais, et il souriait, gloussait. Alors maintenant peut-être que tu vas rencontrer une gentille petite Juive et que je vais être grand-mère. J'en ai déjà rencontré une – Sara poussait des petits cris et piaillait et en sautait sur sa chaise et Harry leva les mains, Pour l'amour du ciel Ma, fais pas l'singe merde, eh? Oh, Harry, je ne peux pas te dire. Je ne peux pas te dire. Je suis si heureuse. Et c'est pour quand le mariage? Le mariage? Hé, du calme, eh? Détends-toi. On a tout l'temps d'penser au mariage. Et elle est gentille? Qui sont ses parents? Qui – tu la connais, Ma. Marion. Marion Kleinmetz. Tu t'rappelles, tu – Oh, Kleinmetz. Bien sûr. Je me rappelle. De New Rochelle. Il a une grande maison de confection. Ouais, ouais, il est dans les d'sous d'femme en gros, Harry gloussait mais Sara continuait de sourire joyeusement en songeant à ce grand mariage, à toutes ses amies qui assisteraient au mariage de son fils, à Harry et Marion sous le dais, au rabbin, au vin, aux petits-enfants... Elle était si excitée qu'elle ne tenait pas en place, elle se leva et remplit deux autres tasses et se rassit. Avant qu'tu r'commences à sauter et qu'j'oublie, c'que j'voulais t'dire c'est qu'j'ai un cadeau pour toi et – Harry, je ne veux pas de cadeau, que je sois grand-mère c'est tout, et elle n'arrêtait pas de sourire – Ça s'ra pour plus tard, eh? Tu vas m'laisser t'dire c'que j'ai pour toi, eh? Tu vas m'laisser? Sara hochait la tête, souriait, grinçait des dents, serrait les mâchoires. Bon Dieu, t'es vraiment quequ'chose aujourd'hui. Écoute, je sais... Bon... Harry se frottait la nuque, se grattait le crâne, cherchait les mots, il en était tout rouge, il le sentait, aussi baissa-t-il le front et but-il un peu de café avant d'allumer une cigarette et de tout reprendre. C'que j'essaye d'te dire c'est que... Bon, il haussa les épaules, bon... Je sais qu' j'ai pas toujours été l'fils idéal – Oh Harry, tu es un bon – Non, non! J't'en prie Ma, laisse-moi finir. J'le sortirai jamais si tu continues d'me couper. Il respira profondément. J'regrette d'avoir été un salaud. Il s'arrêta. Respira. Soupira. Respira. Sara souriait. Serrait les dents. J'veux m'rattraper. J'sais que j'peux pas tout effacer j'veux dire, mais j'veux qu'tu saches que j'regrette et que j't'aime bien, et j'veux effacer. Harry, c'est – J'sais pas pourquoi j'le fais. C'est pas exprès vraiment. C'est comme ça, j'suppose. J'sais pas. C't'un peu con comme qui dirait, mais j't'aime bien vraiment Ma et j'veux qu'tu sois heureuse et j't'ai acheté un nouveau poste de télé tout neuf. On va t'le livrer dans deux jours. D'chez Macy's. Sara à nouveau poussait des petits cris et Harry dut la calmer en levant les mains et elle se rassit et sourit à son fils en grinçant des dents et en serrant les mâchoires, la joie l'inondait. Oh, ce que tu fais pour ta pauvre mère qui est si seule. J't'ai pris un service après-vente d'cinq ans qui couvre tout pour quand la garantie s'ra finie. Elle est garantie pour cinq ans et pour un an. J'sais plus dans quel ordre. Ça fait un bout d'temps. C'est c'qu'y-z-ont d'mieux. Y a pas au-d'sus. Tu l'entends Seymour? Tu entends comme on a un bon fils? Il sait comme sa mère s'ennuie toute seule, sans personne pour venir la voir même le – Hé Ma, allons, eh? Tu vas pas encore m'coller des vaches de complexes, eh? Les yeux de Sara ne cessaient de s'agrandir, elle portait les mains à sa poitrine, Faire une chose pareille à mon fils? Jamais. Je te jure que je ne lui souhaite que le plus de bonheur à mon fils, je ne voudrais pas qu'il se sente malheureux pour – Okay, okay, Ma, du calme, eh? J'voulais seulement t'donner c't'appareil et t'dire que j'regrette et que j'veux qu'tu sois heureuse, okay? et Harry se pencha sur la table et embrassa sa mère pour la première fois depuis il ne se rappelait plus quand. Il n'y avait pas pensé, il n'avait rien préparé, c'était arrivé tout seul, l'aboutissement naturel de toute cette scène comme qui dirait. Sara rayonnait, elle clignait des yeux pendant que son fils l'embrassait, elle l'entoura de ses bras et l'embrassa à son tour et il l'embrassa à nouveau et l'entoura de ses bras, avec une drôle de sensation tout à coup, un peu comme quand on plane, mais différente. Difficile de l'identifier, mais agréable. Il regardait sa mère sourire, le visage rayonnant, et cette sensation était de plus en plus forte, elle lui redonnait une force incroyable, une énergie, il se sentait comme... Ouais, ça doit êt' ça... comme tout d'un bloc. Harry, pendant un bref instant, se sentit tout d'un bloc, comme si tout en lui ne faisait qu'un, s'était recollé, en harmonie... comme s'il n'était plus qu'un. Entier. La sensation ne dura que très brièvement, il restait là à regarder sa mère et à regarder défiler le passé avec toute une masse de sensations, en clignant des yeux, et il se sentit perplexe brusquement, il essayait de retrouver quelque chose sans savoir quoi exactement, ni pourquoi. Oh Harry, je suis si fière de mon fils. J'ai toujours été sûre que tu réussirais, et voilà que – Harry entendait les mots mais son esprit était absolument ailleurs, à essayer de retrouver. Ça commençait à venir. Il s'était penché sur sa mère, il l'avait embrassée, et il avait entendu un bruit familier... Ouais, voilà ce qu'il cherchait, le bruit. Merde, qu'est-ce que ça pouvait bien être???? Ton père et moi parlions beaucoup de toi, souvent, il voulait tellement que tu sois heureux – C'est ça! Ce bruit. Harry fixait sa mère, abasourdi, perplexe, et puis tout s'était éclairé, tout s'expliquait brusquement, son visage, il le sentait, devait trahir sa surprise, son incrédulité, son désarroi. Un grincement de dents. Et il savait que ce ne pouvait être lui, il marchait à la came, pas aux amphés. Ce ne pouvait être que sa mère. Il tenta un bon moment de nier la vérité, il n'avait cessé, depuis qu'il était descendu du taxi, de nier l'évidence, mais les faits s'imposaient, écrasants, et il se pencha à nouveau sur la table sans cesser de cligner des yeux, Hé Ma, tu t'enfiles des r'montants? Quoi? Tu marches aux amphés? Il avait involontairement haussé le ton. Tu prends des pilules, hein? Tu t'envoies d'la dexedrine. Sara était ahurie, bouleversée. La voix et l'attitude de son fils avait changé soudain, il criait, il lui disait des choses qu'elle ne comprenait pas. Elle le regarda et secoua la tête. Quoi, je marche à quoi? Comment qu'ça s'fait qu't'as perdu tout c'poids? Je te l'ai dit. Je suis allée chez un spécialiste. Ouais, sûr. Quel genre de spécialiste? Quel genre? Un spécialiste. Du poids. Ouais, c'est bien c'que j'pensais. Tu t'fais fourguer des amphés par un charlatan, hein? Harry, qu'est-ce que tu as? Elle haussait les épaules en clignant des yeux, Je vais chez un docteur, c'est tout. Je ne connais pas de charlatan, il ne me fourgue... Elle secouait la tête et haussait convulsivement les épaules. Qu'est-ce que tu as Harry, on est assis là à bavarder gentiment et tu – Qu'est-ce qu'y t'donne Ma? Eh? Y t'donne des pilules? Bien sûr qu'il me donne des pilules. C'est un docteur. Les docteurs vous donnent des pilules. Quel genre de pilules, j'veux dire? Quel genre? Une mauve, une rouge, une orange et une verte. Non, non, quel *genre* j'veux dire? Les épaules de Sara lui frôlaient les oreilles, Quel genre? Je te l'ai dit. Elles sont rondes... et plates. Les yeux de Harry étaient révulsés, sa tête tremblait légèrement. Qu'est-ce qu'il y a d'dans j'veux dire? Harry, je suis Sara Goldfarb, pas le docteur Einstein. Comment est-ce que je pourrais savoir ce qu'il y a dedans? Il me donne des pilules et je les prends et je perds du poids, qu'est-ce qu'il y a à savoir de plus? Okay, okay, Harry, s'agitait sur sa chaise et se frottait la nuque, Alors comme ça tu n'sais pas c'qu'y a d'dans. Où c'que t'as eu l'nom d'c'te farceur? De qui? De Mme Scarlinni, qui veux-tu que ce soit? Elle l'a eu de sa fille. Harry hochait la tête, Évidemment. Rosie Scarlinni. Quoi de mal à ça? C'est une gentille fille, elle a une si jolie taille. Avec tous les amphés qu'elle avale pas étonnant. Le poids s'débine. Harry, tu mélanges – Écoute Ma, tu t'sens bien vec c'truc, y t'donne du cœur au ventre, tu parles encore un peu plus qu'd'habitude, quoique ça soye assez difficile vec tes *yentas,* eh? Sara secouait la tête et faisait la moue, Bon, un peu, je suppose. Les yeux de Harry se révulsèrent à nouveau. Un peu. Seigneur, j't'entends d'ici, tu grinces des dents. Mais pas la nuit. La nuit? Quand je prends la verte. Trente minutes, et je dors. Pouf, comme ça. Harry secouait la tête et roulait des yeux, Hé Ma, faut larguer ces trucs. C'est pas bon pour toi. Pas bon, qui est-ce qui a dit ça? Vingt-cinq livres que j'ai perdues. Vingt-cinq livres. Et puis après? La belle affaire, ouais. T'veux d'venir une camée bon sang? Qu'est-ce que ça veut dire, une camée? Est-ce que j'ai de l'écume sur la bouche? Il est très gentil, ce docteur. Il a même des petits-enfants. J'ai vu les photos sur son bureau. Harry se frappa le front, J'te l'dis Ma, y valent rien ces charlatans. Faut qu't'arrêtes d'prendre ces pilules. Vant qu'tu sois mordue bon sang. Mordue schmordue. Je peux presque rentrer dans ma robe rouge, le visage de Sara s'était radouci, celle que je portais pour ta bar mitzwah. Celle que ton père aimait tant. Je me rappelle comme il m'admirait avec ma robe rouge et mes souliers dorés. La seule fois qu'il m'a vu la porter. Peu avant qu'il tombe malade, peu avant sa mort, tu n'as plus de père mon pauvre boubala, mais grâce à Dieu il t'a vu faire ta bar mitzvah et – La robe rouge? Qu'est-ce que – Je vais porter ma robe rouge, à la télévision. Oh, tu ne sais pas. Je vais passer à la télévision. Ils m'ont téléphoné et j'ai reçu un formulaire et je vais bientôt passer à la télévision – Allons Ma, qui sait qui t'fait marcher? Marcher, schmarcher. Je te dis que je participe à un concours à la télévision. Ils ne m'ont pas encore dit lequel, mais quand je serai prête ils me le diront. Tu verras, tu seras fier de ta mère quand tu la verras à la télévision avec sa robe rouge et ses souliers dorés. T'es sûre que personne s'est moqué d'toi? Moqué, schmoqué. J'ai reçu un formulaire officiel. Imprimé et tout. Harry hochait et secouait la tête, Okay, okay. D'accord, c't'officiel. T'vas êt' à la télé. Tu devrais être content que je passe à la télé. Toutes ces dames sont si contentes. Tu devrais être content, toi aussi. J'suis content Ma, j'suis content. R'garde comme je souris. Mais quequ'ç'a à voir vec ces foutues pilules bon Dieu? Ma robe rouge a rétréci, Sara minaudait et gloussait légèrement, elle est un peu serrée, alors il faut que je perde un peu de poids, qu'est-ce que tu en dis? Mais Ma, ces pilules sont mauvaises pour toi. Mauvaises? Comment est-ce qu'elles pourraient être mauvaises? C'est un docteur qui me les a données. Je sais Ma, je sais. Tu sais tellement de choses? Tu en sais plus sur la médecine qu'un docteur? Harry respira profondément puis esquissa un soupir, Je sais Ma, crois-moi je sais. Et s'agit pas d'médecine. Ce ne sont que des pilules de régime. Que des pilules. Des pilules. Des que des pilules qui m'ont déjà enlevé vingt-cinq livres et c'est pas fini. Mais Ma t'as pas b'soin d'prendre c'te merde pour perdre du poids. Sara était blessée et désorientée. Harry, qu'est-ce que tu as? Pourquoi est-ce que tu me parles comme ça. Tout ce que je veux, c'est rentrer dans ma robe rouge. La robe de ta bar mitzvah. Ton père l'aimait tant Harry. Je veux la porter. Je la porterai à la télévision. Tu seras fier de moi Harry. Mais Ma, qu'est-ce qu'y a d'si terrib' à passer à la télé? Ces pilules te tueront avant, bougre de Dieu. Si terrible? Tu connais quelqu'un qui est passé à la télévision? Qui? Harry secouait désespérément la tête. Qui? Dans tout le quartier, qui est-ce qu'on a vu à la télévision? A qui est-ce qu'on l'a demandé? Tu sais qui Harry? Tu sais qui est la seule à qui on l'a demandé? Sara Goldfarb. Voilà qui. La seule de tout le quartier à qui on l'a demandé. Tu es venu en taxi – Harry hochait et secouait la tête, Ouais, j'suis v'nu en taxi – tu as vu qui avait la place d'honneur, au soleil? Tu as vu ta mère qui prenait le soleil, à la place d'honneur? – Harry hochait et secouait toujours la tête – Tu sais à qui tout le monde veut parler? Tu sais qui est quelqu'un maintenant? Qui n'est plus seulement une pauvre veuve qui vit toute seule dans un petit appartement? Je suis quelqu'un maintenant Harry. Tu vois comme ils sont beaux, mes cheveux rouges – Harry clignait nerveusement des yeux et marmonna un juron. Elle avait les cheveux rouge vif et il ne l'avait même pas remarqué. Ça n'avait toujours pas beaucoup de sens mais il se disait que ses cheveux devaient avoir été d'une autre couleur, il ne se rappelait plus quoi – Devine le nombre de ces dames qui vont se teindre en rouge? Allons, devine? Qu'est-ce que j'dois d'viner Ma? Six. Six de ces dames. Avant que j'aie les cheveux rouges les gens dans la rue, les gosses, pouvaient jaser, mais ils savent maintenant, même les petits enfants, je vais passer à la télévision et ils les aiment bien mes cheveux rouges, et ils m'aiment bien. Tout le monde m'aime bien. Des millions de gens bientôt vont me voir et m'aimer. Et je leur parlerai de toi et de ton père. Je leur dirai comme ton père l'aimait, cette robe rouge, et la grande réception qu'il avait donnée pour ta bar mitzvah, tu te rappelles? Harry hochait la tête, battu, épuisé. Il ne savait pas par quoi, mais il sentait que c'était quelque chose qui le dépassait, quelque chose qui lui échappait et qu'il était même bien incapable, pour le moment, de comprendre. Il n'avait jamais vu sa mère si vivante, prenant un tel goût à la vie. La seule fois qu'il avait vu quelqu'un de si emballé, de si excité, c'était quand on avait parlé à un vieux camé d'une merde de première et qu'il avait assez d'argent pour s'la payer. Sa mère avait une lueur dans les yeux quand elle lui parlait de la télévision et de sa robe rouge, une lueur qu'il n'avait encore jamais vue. Quand il était gosse peut-être, mais c'était si loin, il n'arrivait pas à se rappeler. Il y avait dans son attitude quelque chose de si fort, il en était écrasé tout simplement, toute résistance, tout effort pour la raisonner étaient impossibles. Il restait assis là, passif, il regardait sa mère et l'écoutait, assez éberlué, mais heureux quand même qu'elle soit heureuse. Et qui sait ce que je peux gagner? Un nouveau réfrigérateur. Une Rolls-Royce peut-être. Robert Redford. Robert Redford? Il ne te plaît pas, Robert Redford? Harry se contenta de cligner des yeux et de secouer la tête, abasourdi, sans insister. Sara regardait son fils, son fils unique, avec une gravité presque palpable, son sourire avait disparu, elle ne grinçait plus des dents, la conviction adoucissait son regard, apaisait sa voix. Ce n'est pas pour les prix Harry. Ça m'est égal de gagner ou de perdre, ou de serrer la main du présentateur. Mais c'est une bonne raison pour me lever le matin. Pour perdre du poids et être en bonne santé. Pour rentrer dans ma robe rouge. Une raison de sourire déjà. Demain sera plus gai. Sara se pencha un peu plus vers son fils, Qu'est-ce qui me reste Harry? Pourquoi est-ce que je devrais continuer à faire mon lit ou à laver mes assiettes? Je continue, mais pourquoi? Je suis seule. Seymour est parti, tu es parti – Harry essaya de protester mais demeura silencieux, la bouche ouverte – je n'ai personne de qui m'occuper. Ada a ses cheveux. N'importe qui? Tout le monde. Qu'est-ce que j'ai, moi? Je suis seule Harry. Je suis vieille. Harry était totalement bouleversé, sa tête tremblait, il clignait des yeux, il se triturait les mains, il bégayait, T'as des amies Ma, qu'est-ce – Ce n'est pas la même chose. On a besoin de vivre pour quelqu'un. Pourquoi faire ses courses quand on n'a personne pour qui cuisiner? J'achète un oignon, une carotte, un poulet à l'occasion, un petit nosh, Sara haussa les épaules, est-ce que je me cuirais un rôti pour moi toute seule? Un petit plat... quelque chose de spécial... n'importe quoi? Non Harry, mais ça me suffit comme ça. Ça me suffit, de penser à ma robe rouge, à la télévision... à ton père et à toi. Je souris, maintenant, quand je vais au soleil. Je r'viendrai t'voir Ma. Maintenant que j'suis à flot et qu'mes affaires marchent j'viendrai. Marion et moi – Sara secouait la tête et souriait – sans blague Ma. J'te jure. On viendra dîner. Bientôt.

Sara secouait la tête et souriait à son fils unique, elle voulait le croire, de toutes ses forces. Bon, tu l'amèneras et je vous préparerai ton borscht et ton poisson farci préférés. Épatant Ma. J'te préviendrai d'avance, okay? Sara hocha la tête, Bon, Je suis heureuse. Je suis contente que tu te sois trouvé une gentille fille et un bon travail. Je suis heureuse. Ton père et moi nous n'avons toujours voulu que ton bien, le meilleur. Tout finit bien, je le vois tous les jours à la télévision. Toujours. Sara se leva et prit son fils dans ses bras et l'étreignit, des larmes lui caressaient les joues, Je suis heureuse Harry que tu sois avec quelqu'un. Porte-toi bien et sois heureux. Et ayez beaucoup d'enfants. Ne vous contentez pas d'un seul. Ce n'est pas bon. Ayez un tas d'enfants. Ils vous rendront heureux. Harry s'efforçait d'étreindre sa mère, de la laisser l'étreindre, sans la repousser, il se raccrochait à elle avec une sorte de désespoir, il ne savait absolument pas pourquoi, quelque chose lui commandait de tenir et il tenait, tant qu'il pouvait, comme si c'était capital. Elle le serrait, elle l'écrasait, mais il tenait bon, contre sa volonté d'une certaine manière. Finalement, au moment même où il s'attendait à tomber en miettes, sa mère recula légèrement et le regarda dans les yeux et sourit, Tu vois, je pleure déjà. Je suis si heureuse que j'en pleure. Harry se contraignit, avec le plus grand effort, à un sourire crispé, J'suis content qu'tu sois heureuse Ma. J't'aime bien, vraiment. Et j'regrette – Sara secoua la tête et dissipa d'un geste ses excuses, Tosh, tosh – vraiment. Mais j'vais m'rattraper. Sois heureuse, c'est tout c'que j'veux. Ne te tourmente pas pour moi. J'ai l'habitude d'être seule. Ils se regardèrent un moment en silence, souriants, Harry avait l'impression que son visage allait éclater, il s'avança et regarda sa montre, Faut qu'je parte Ma. J'ai un rendez-vous dans deux minutes. Mais j'reviendrai. Bon. Je serai là. Tu as toujours ta clef? Ouais, j'l'ai Ma, fit-il en lui montrant son porte-clef. Faut qu'j'me dépêche. J'suis en r'tard. Au revoir fiston, et Sara l'étreignit à nouveau et l'embrassa, et Harry sortit. Elle contempla longuement la porte, le temps n'existait plus lui semblait-il, elle se versa une nouvelle tasse de café et s'assit à la table pour se laisser aller à sa tristesse. Elle revoyait Harry petit bébé avec ses grosses jambes et ses grosses joues et elle l'habillait chaud et le roulait dans trois couvertures quand elle le sortait par temps froid, et comment il s'était mis à marcher et comment il adorait le terrain de jeu et le toboggan et les balançoires, et le café commençait à la stimuler et son cœur battait de plus en plus vite et elle grinçait des dents et serrait les mâchoires et une sorte d'ivresse s'emparait d'elle et elle repensait à sa robe rouge et au poids qu'elle perdait – *zophtic, zophtic* – et son visage se tordait en un sourire et elle se décida enfin à boire le reste du café et à aller raconter à ces dames comment Harry avait réussi, il avait son affaire à lui et une fiancée et elle serait bientôt grand-mère. Tout finissait bien.

*
* *

Harry en quittant sa mère se sentait confus et perplexe. Et il en était conscient. Il savait qu'il avait toujours eu du mal à rester près d'elle, elle avait toujours l'air de savoir exactement sur quels boutons presser pour le faire sortir de ses gonds, mais quelque chose s'était passé cette fois, c'était différent, et inattendu, et il ne savait pas ce que ça pouvait bien être, merde. Il n'avait pas envie de s'emballer contre elle mais bien plutôt de se recroqueviller en lui-même. Ou peut-être que ça avait toujours été comme ça. Il ne savait plus. Merde! C'était bougrement déconcertant. Les cheveux rouges. La robe rouge. La télévision. Tout ça était si stupide et pourtant quelque chose s'était passé, une impression, il avait comme l'impression que ça valait aussi bien. Peut-être parce que sa mère était heureuse. Quelle histoire. Il voulait tellement qu'elle soit heureuse, il ne s'en était jamais douté. Il n'y avait jamais pensé en ces termes. Elle était si emmerdante d'habitude. Mais sûr qu'elle était remontée aujourd'hui. Ouais, avec toutes ces foutues pilules. Bon Dieu, il ne savait que faire, merde. Sa vieille avec ces foutues pilules de régime et ces cheveux teints en rouge... Harry secouait la tête, bombardé de mots, de pensées, d'impressions qui ne faisaient qu'accroître sa confusion et sa perplexité. Qu'était-il arrivé à sa mère, il ne le savait pas, mais sûr qu'il avait besoin d'sa dose, merde. Ouais, une bonne petite dose et tout irait mieux.

*
* *

Tyrone pendant des semaines avait pu se procurer cette merde, cette dynamite qu'ils pouvaient couper quatre fois ça leur donnait toujours une came de première à mettre sur le marché. Leur coffre était plein d'oseille et ils commençaient à se renseigner un peu pour savoir où dénicher leur livre de pure. Il leur fallait opérer aussi discrètement que possible, y avait des méchants qui pourraient se faire des idées et les braquer. Il y avait de nouvelles têtes sur le marché de la merde, c'étaient eux qui liquidaient cette dynamite, c'était avec eux que Tyrone et Harry essayaient d'entrer en rapport. Ils n'avaient pas encore pris contact mais ça venait, ça n'allait pas tarder. Et les choses marchaient super. Ils filaient la marchandise aux gars et n'avaient qu'à attendre, les affaires marchaient toutes seules. La demande ne manquait pas. Le marché était fameux, pas de doute, ils n'avaient qu'à attendre les revendeurs. Et ils pouvaient bien en tâter eux-mêmes un peu plus, aucun risque. Pas besoin d'avoir peur d'en manquer, ils étaient à la source. Ce n'était pas le problème pourtant. Ils savaient qu'ils pourraient s'arrêter quand ils le voudraient. S'ils le voulaient.

*
* *

Deux autres semaines s'écoulèrent, Sara n'avait toujours aucune nouvelle des gens de la télévision, mais ça ne l'avait pas inquiétée, jusqu'à aujourd'hui. Aujourd'hui, elle s'était levée et avait essayé sa robe rouge et elle avait pu la refermer, entièrement. Les derniers centimètres bâillaient et caillaient, ça bâillait et ça caillait, mais ça fermait, non sans quelques grognements et pas mal de soupirs. Bientôt elle pourrait la porter et respirer en même temps. Et voilà qu'elle commençait à s'inquiéter de n'avoir encore rien reçu d'eux pour lui préciser quelle émission, et quand. Même s'ils ne lui disaient pas quand, si seulement elle pouvait savoir quelle émission, elle la regarderait, elle saurait à quoi s'attendre, une sorte de répétition, elle pourrait le dire à ces dames et peut-être même les inviter à venir voir l'émission chez elle, sur ce superbe poste neuf que lui avait donné son fils Harry maintenant qu'il est dans les affaires et que ça marche si bien pour lui, sa propre affaire, elle aimerait tant qu'il puisse être là pour dîner avec sa fiancée, elle lui préparerait le boscht et le poisson farci qu'il aime tant, exactement comme son père, il en faisait claquer ses lèvres, il en réclamait... Sara soupirait... Mais Harry avait appelé l'autre jour pour lui demander des nouvelles et lui dire bonjour et lui répéter qu'il passerait bientôt mais pas pour le moment, il était tellement pris par ses affaires. Mais tu ne pourrais pas faire un saut? Pour un petit moment? J'te l'ai dit Ma, j'suis terriblement pris. J'ai plusieurs fers au feu, faut qu'j'les surveille. Ta propre mère? Même pas une petite visite? Qu'est-ce que je t'ai fait Harry que tu ne veuilles pas me voir? D'quoi qu'tu parles bon Dieu? Je t'ai rien fait.

Tu pourrais venir avec ta fiancée et me laisser l'embrasser, la serrer. Tu d'vrais balancer ces pilules. Elles t'rendent encore plus dingue qu'd'habitude. Alors comme ça je suis folle maintenant? Qui c'est qu'a dit qu't'étais folle? Hé Ma, tu vas arrêter d'broyer du noir et d'me foutre des complexes dans la tête? Des complexes? Quels complexes? Du calme, c'est tout, eh? J't'ai simplement appelée pour te dire que j't'adore et que j'passerai t'voir bientôt et tu r'commences à m'foutre des complexes et j'en ai pas b'soin, okay? Okay, okay. Je ne sais pas de quoi tu n'as pas besoin, mais okay. Je suppose que tu n'as peut-être pas besoin de moi, mais okay. Harry respira profondément et secoua la tête et serra l'appareil, de toutes ses forces, à l'écraser, en remerciant le Seigneur d'avoir eu assez de bon sens pour se défoncer avant d'appeler. Écoute Ma, j'veux pas t'emmerder, okay? J't'aime bien et j'passerai bientôt. J't'embrasse. Je t'embrasse Harry. Il avait raccroché et elle avait haussé les épaules et s'était versé une autre tasse de café et assise à la table pour attendre que le café ravive l'action des pilules et la replonge dans son euphorie, et elle se remit vite à sourire et à grincer des dents et ressortit rejoindre ces dames et prendre un peu le soleil. Et si elle n'avait pas de nouvelles de la télévision d'ici là elle les appellerait lundi.

* * *

Harry et Marion se défonçaient deux fois par jour, quelquefois plus, et fumaient pas mal de hash dans l'intervalle, avec une amphé de temps en temps. Ils regardaient les dessins du café-théâtre qu'ils allaient ouvrir, mais de moins en moins souvent et avec de moins en moins d'enthousiasme. Ils n'avaient jamais le temps, semblait-il, même s'ils restaient le plus souvent étendus à ne rien faire de très particulier, à part élaborer de vagues plans pour l'avenir avec cette réconfortante idée que tout allait continuer d'aller comme sur des roulettes. Et lorsque Harry se retirerait des affaires, *pas question* d'habiter une banlieue résidentielle, insistait Marion, *pas question* de vivre dans une maison entourée d'une clôture à piquets blancs, *pas question* de barbecue le dimanche, et *pas question* de – Hé, attends une seconde, eh? Y s'ra *question* d'quoi alors? Il l'avait attrapée par un nichon et l'entourait de son bras libre et l'embrassait sur le cou et elle le repoussait en gloussant et rentrait le cou dans les épaules pour se protéger, Non, non, je suis chatouilleuse. Okay, on t'chatouillera pus non plus. Alors, quoi d'autre? *Pas question* de s'acheter une Cadillac ni de rendre visite à la famille pour Pâques, *pas question* de fêter Pâques d'ailleurs, pas une boîte de matzoh à la maison. Harry hochait la tête et roulait des yeux à mesure qu'elle multipliait les pas question, Mais on aura un gentil chez nous dans le Village, côté ouest, et on s'arrêtera de temps en temps pour boire un verre dans un bar du quartier, et on fera nos achats dans Bleeker Street et on aura des provisions de bons fromages, du provolone surtout, pendus dans la cuisine, et tout ce dont on aura envie. Harry fronça les sourcils, Oh, tout c'qu'on aura envie? Ne t'inquiète pas Harry, on aura les moyens. Il sourit et la serra contre lui, Je l'ai déjà, et il l'embrassa et promena lentement sa paume sur les fesses de Marion, J'ai tout c'que j'veux sous la main. Elle lui passa les bras autour du cou, Oh Harry, je t'aime. Avec toi j'ai l'impression d'être une personne, d'être moi, d'être belle. Mais tu l'es. T'es la plus belle femme du monde. T'es mon rêve à moi.

*
* *

Sara, ce lundi, avait commencé sa journée, à son habitude, par sa pilule mauve et un pot de café, mais ça ne lui faisait plus le même effet, d'une certaine façon. Elle perdait toujours du poids et la fermeture-éclair remontait jusqu'au bout sans trop d'effort, mais quelque chose manquait, même après le café. Elle ne se sentait plus comme au début, quand elle avait commencé à prendre ses pilules. On aurait dit qu'ils les avaient changées. Peut-être qu'ils s'étaient trompés et qu'ils ne lui avaient pas donné les bonnes pilules? Peut-être qu'elle devrait en prendre de plus fortes? Elle appela le bureau du docteur et parla à l'infirmière et lui demanda à deux, trois reprises, elle ne savait plus, si elle était sûre de lui avoir donné les bonnes pilules? Oui madame Goldfarb. J'en suis absolument certaine. Mais vous m'en aviez donné des plus petites, je crois, la dernière fois. C'est impossible madame Goldfarb. Elles ont toutes la même efficacité, voyez-vous. Il n'y a que la couleur qui change. Toutes les mauves, toutes les rouges, etc. Mais ce qui a changé, c'est que vous vous êtes habituée à elles. Au début, la réaction peut être assez forte, à la longue elle s'estompe, et on n'a plus du tout envie de manger, tout simplement. Aucune raison de s'inquiéter madame Goldfarb. Vous voulez dire que – Il faut que je raccroche, on m'appelle sur l'autre ligne. Sara fixa une seconde l'appareil, Alors clic, comme ça. Elle a peut-être raison. Je ne mange plus – *zophtic, zophtic* – et ma robe me va. Elle soupira, Je ne pense plus qu'à maigrir. Elle se prépara machinalement un autre pot de café tout en contemplant sa théière et le but en se promenant dans l'appartement avant de passer un pull et de sortir au soleil avec ces dames. Il faisait un peu frais dans la matinée et dans la soirée, maintenant, mais elle s'asseyait toujours dehors dans l'après-midi, il faisait assez chaud. Elle installa son pliant à la place réservée, s'assit un moment, puis se leva, mais elle avait perdu son entrain et son sourire habituels. Assieds-toi, assieds-toi. On dirait un yoyo. Je vais m'asseoir. Je me sens un peu nerveuse aujourd'hui. Tu te sens nerveuse aujourd'hui ? Hier tu étais tranquille, tu étais calme ? Sara, ça fait des semaines que tu joues les petites filles, à rêver de Robert Redford, ces dames riaient et gloussaient. Tu devrais te détendre. Tu vas bientôt passer à la télévision, tu ne devrais pas danser comme ça, elles gloussaient et riaient. Je l'attends. Je l'attends. Je sens que ce sera pour aujourd'hui, quand je saurai quelle émission et qu'ils me diront le jour peut-être que je pourrai me détendre. Sara haussa les épaules, Qui sait. La robe rouge me va maintenant, elle tournait en rond, descendait sur la chaussée pour inspecter la rue, ne voyait rien, retournait vers ces dames, s'asseyait un moment, se relevait, se remettait à tourner en rond, un cercle qui ne cessait de s'agrandir, Mais mes cheveux ont besoin d'une petite touche. On arrangera ça demain, flambant neuf, tu seras superbe, tu ressembleras à Rita Hayworth. Sara s'arrêta, la main sur la fermeture-éclair de sa robe, *zophtic,* ces dames riaient. Sara inspecta à nouveau la rue. Ce sera pour aujourd'hui. Je le sens, c'est pour aujourd'hui.

Il n'était pas encore trois heures et Sara prenait sa pilule orange, celle du soir, avec une tasse de café. Elle avait suivi des yeux le facteur qui remontait la rue et était entré directement dans l'immeuble en hochant la tête. Elle l'avait suivi, l'avait regardé déposer le courrier dans les boîtes, avait contemplé quelques secondes sa boîte vide, avant qu'il reparte, et était rentrée chez elle. Elle s'était automatiquement préparé son pot de café et s'était assise à la table de la cuisine, avec la pilule du dîner, pour regarder de là les émissions, sur le nouveau poste que son fils Harry lui avait offert. De temps en temps elle levait les yeux vers la pendule. Un peu avant trois heures elle s'était dit que c'était presque l'heure du dîner. Elle avait avalé sa pilule orange et avait bu encore un peu de café. Elle s'était préparé un autre pot. Elle s'était assise. Elle réfléchissait. A la télé. A cette émission. A ce qu'elle ressentait. Quelque chose clochait. Elle avait mal à la mâchoire. Elle se sentait la bouche toute drôle. Elle n'y comprenait rien. Un goût de vieilles chaussettes. Sèches. A vomir. Son estomac. Oh, son estomac. En capilotade. Comme quelque chose qui s'agitait. Une voix là-dedans qui lui disait attention, *ATTENTION!!!!* Ils vont te posséder. Elle tourna à nouveau la tête. Personne. Rien. *ATTENTION!* Qui est-ce qui va me posséder? Posséder quoi? La voix continuait de gronder dans son estomac. Jusqu'ici quand ça la prenait elle buvait un peu de café ou avalait une autre pilule et ça disparaissait, mais maintenant ça ne bouge pas. Tout le temps. Et ce sale goût dans sa bouche, comme une vieille pâte dentifrice, ça partait d'habitude, je ne sais pas. Ça ne la gênait pas. Mais maintenant, eh. Et ses bras et ses jambes qui n'arrêtaient pas de trembler. Partout. Des petits trucs sous la peau. Si seulement elle pouvait savoir quelle émission, ça partirait. Rien que ça. Savoir. Elle termina son café et attendit, en essayant par la pensée de retrouver ces agréables sensations, dans son corps, dans sa tête... Rien. Un goût de pâte dentifrice et de vieilles chaussettes. Ces grattements sous la peau. Cette voix dans l'estomac. *ATTENTION!* Elle fixait la télévision, elle aimait le spectacle, et puis brusquement, *ATTENTION!* Une autre tasse de café, c'était encore pire. Elle avait l'impression que ses dents allaient se briser. Elle appela les bureaux de McDick, demanda à parler à Lyle Russel. Qui? Lyle Russel. Je suis désolée, je n'ai personne à ce nom sur ma liste. C'était au sujet de quoi? De la télévision. Quelle télévision? Je ne sais pas. Je voudrais savoir, justement. Un instant, s'il vous plaît. La standardiste répondait à un autre appel, Sara écoutait attentivement le silence. Quelle émission vous avez dit que c'était ? Je ne sais pas poupée. Il m'a appelée pour me dire que j'allais participer à une émission et – Une minute. Je vais vous passer la programmation. Sara attendit pendant que ça sonnait, sonnait, quelque part, et jusqu'à ce qu'une voix lui demande si elle pouvait l'aider. Je voudrais parler à Lyle Russel. Lyle Russel ? Je ne pense pas que nous ayons quelqu'un de ce nom chez nous ? Vous êtes sûre que vous avez le bon numéro ? C'est la standardiste qui m'a dirigée sur vous. Bon, c'est à quel sujet ? Il me fait participer à une émission. Une émission ? Quelle émission ? – *ATTENTION !* – Sara sentait la sueur lui couler quelque part. Je ne sais pas. Il est censé me le dire. Je suis désolée, je ne comprends pas. Son impatience était visible, Si vous ne me dites pas – Il m'a appelée pour me dire que j'allais participer à un concours et il m'a envoyé les papiers. Je les ai renvoyés ça fait déjà un mois et je ne sais toujours pas – Oh, je comprends. Un moment, je vais vous passer le service compétent. L'appareil cliquetait, clic, clic, Oh, c'est pas possible, clic clic, pendant que Sara s'accrochait et essuyait la sueur sur son visage, Oui, je vous écoute ? Passez cet appel aux inscriptions pour les concours s'il vous plaît. Un moment s'il vous plaît. On sonnait à nouveau, les yeux de Sara roulaient dans tous les sens, les grattements sous la peau et la sueur étaient de plus en plus insupportables, cette vieille pâte dentifrice lui collait presque les mâchoires, Est-ce que je peux vous aider ? Sara ne pouvait plus parler. Allô ? La sueur lui brûlait les yeux, elle était parvenue à desserrer les lèvres, mais son corps entier tremblait de frayeur à l'idée de ce qui allait recommencer. Elle avait demandé Lyle Russel. Qui ? Elle sombra dans son fauteuil. Elle avait l'impression qu'elle allait se liquéfier. Mourir sur place, et – *ATTENTION !* – elle se contorsionna un peu pour embrasser toute la pièce du regard, en répétant le nom. Vous êtes sûre qu'on vous a passé le bon service ? C'est eux qui m'ont dirigée sur vous. Une intolérable agonie. Si seulement elle pouvait boire une autre tasse de café. Un intense effort, ses lèvres s'étaient décollées, elle répéta son histoire à cette voix, quelque part à l'autre bout du fil. Oh, oui. Enfin ! Enfin ! On la reconnaissait. Quel soulagement. Elle en fondait presque. Ce doit être un de nos démarcheurs. Nous en avons tellement vous savez. Que puis-je faire pour vous ? Je voudrais savoir de quelle émission il s'agit et peut-être que quand – Pouvez-vous me donner votre nom et votre adresse s'il vous plaît ? Sara épela lentement et soigneusement son nom et son adresse, la *shiksa* à l'autre bout du fil ne semblait pas très bien comprendre l'anglais. Tout avait bien été enregistré finalement. Je vérifierai madame Goldfarb et nous vous aviserons. Merci d'avoir appelé. Clic. Sara pendant de nombreuses secondes après que ce clic se fut assourdi et mêlé aux ronrons de la télévision n'en continua pas moins de parler dans le récepteur. Elle regarda le téléphone, la sueur lui coulait sur le visage, presque comme des larmes. Ils m'aviseront, elle secouait la tête, ils m'avi – *ATTENTION !!!!*

***

Tyrone riait, j'suis heureux d'pah voir personne pour m'emmerder vec c'genre d'pleurnicheries jim. Vos complexes de blancs à la con, quelle salade. Bon Dieu, tu rigoles pah mec. Je n'sais pas pourquoi, j'essaye toujours d'me tenir comme y faut avec la vieille, mais... Harry haussait les épaules... Elle revient toujours avec ses pleurnicheries d'mère juive à la con. Meerde, c'est pah seulement les Juifs jim, c'est vous tous. Y a pas d'ces conneries chez vous, eh? Meerde. La mama peut vous casser les pieds, elle vah pah s'frapper la poitrine, euh, euh. Ce s'rait plutôt l'cul, chez vous. Y a des fois, t'sais, où j'pense qu'on s'rait mieux sans mères. Freud avait p't'êt' raison. J'sais pah mec. Ma mère à moah est morte quand j'avais huit ans, mais j'me rappelle quelle belle femme qu'c'était. Sept gosses jim et on aurait dit une d'ces mammies d'cinéma, si grande qu'elle était, toujours à chanter et à sourire. Elle avait une poitrine comme çah et elle m'dorlotait jim et j'me souviens comme on était bien là-d'dans et comme elle sentait bon. Sept gosses mec et elle a jamais battu personne. Du haut en bas qu'elle nous adorait tous... et tout l'monde l'adorait. Et une mordue d'la chanson qu'c'était. Toute la journée et toute la nuit j'veux dire qu'elle vous chantait ses gospels pour qu'on soye sûr que l'paradis est au coin d'la rue. Elle chante, t'vois, et on s'sent ben pahtout, c'est comme la came. Harry se mit à rire puis à glousser, une vraie Mahalia Jackson, eh? Oh, et ben plus encore jim. Ouais, c'était assez cool chez moi quand j'étais gosse. Quand la mère vivait encore j'veux dire et qu'tout était formidab'. On allait pahtout, t'sais, et on f'sait des choses et on s'amusait bien à la baraque comme qui dirait. Et pis la mère est morte et... Tyrone haussa les épaules... Et ton vieux, qu'est-ce qu'il est devenu? Meerde, y s'était barré ben *longtemps* vant qu'elle soye morte. L'est probablement toujours là-bas à viv' sa vie. Quand la mère est morte on nous a tous envoyés chez les uns et les aut'. J'suis allé chez la tantine à Harlem et on a vécu là un bon moment. C'était la sœur de ta mère? Ouais, mais l'était très différente jim. Mais gentille. Elle chantait pah et elle aimait vous frotter les fesses, mais on avait toujours un téton d'orge quand on rentrait d'l'école. Un téton d'orge? Merde, qu'est-ce que c'est qu'ça? C'que c'est? Tu veux dire qu'tu sais pah c'que c'est qu'un téton d'orge? Une chatte en suc, ça oui, j'connais mec, mais l'téton d'orge, merde, ça m'dépasse. Ils riaient, Tyrone secoua la tête, Un téton d'orge, c't'un peu d'suc' et d'beurre dans d'la gaze et tu l'suces comme un téton. Oh, c'est ça qu'y-z-appellent comme ça? Bon Dieu, c'qu'il est ignorant c't'enculé... Une gentille vieille la tantine... mais la mère c'était aut'chose, vraiment aut'chose. Harry avait fermé les yeux et s'était renversé sur sa chaise, y s'rappelait comment qu'sa mère le protégeait toujours du vent et du froid en hiver quand il était gosse et comme sa chaleur était douce quand il rentrait à la maison et qu'elle le serrait contre elle pour lui réchauffer les joues et les oreilles, et comme il y avait toujours un bol de soupe chaude qui l'attendait... Ouais, j'suppose que ma mère était assez formid' elle aussi. J'suppose qu'ça doit êt' assez chien d'êt' seule comme ça. Harry Goldfarb et Tyrone C. Love étaient affalés sur leurs chaises, les yeux mi-clos, ils se sentaient réchauffés par ces doux souvenirs et l'héroïne qui coulait dans leurs veines et s'apprêtaient à affronter une nouvelle nuit.

*
* *

S'il y avait une chose que Tyrone adorait c'était les jolies chemises de soie. Bon Dieu! sûr qu'il les aimait, elles étaient agréables et douces, exactement comme le cul de sa bourgeoise, et elle était bougrement chouette, quequ'chose d'rudement bien. Il avait une douzaine de chemises pendues dans son placard, de divers styles et de diverses couleurs, toutes les couleurs. Il aimait les caresser, exactement comme il aimait caresser Alice, et restait planté devant son placard quequ'fois à les admirer toutes ces belles chemises jim. Bon Dieu! même le placard il l'aimait. Deux portes coulissantes et un miroir sur tout le devant, un sacré miroir jim. Il s'amusait quelquefois à les faire glisser ces portes, ça lui suffisait, il s'en payait. Quequ'tu fais chéri? Pourquoah qu'tu r'viens pas t'coucher? Meerde, on a tout l'temps bébé, c'joujou a un d'ces culs, ça vaut vraiment l'coup. J'me rappelle un film une fois quand j'étais gosse et y avait un gah qu'avait une grande ahmoire, la même avec des portes et l'truc était plein d'costumes et y avait un passage secret derrière. C'était fantastique. Et pourquoah qu'il avait besoin d'un passage secret? J'me rappelle pah, j'me rappelle qu'l'ahmoire. Tyrone repoussa les portes et contempla dans le miroir l'image de sa nana, derrière lui, et lui sourit. Dès le jour où il était venu voir cet appartement il était tombé amoureux de ces placards dans la chambre à coucher, ils l'avaient convaincu. C'était une des premières choses que le gardien lui avait montrées. Ezont trois mèt' de long ces portes et toutenglace. Les armoires ont dans les trois mèt' cinquante j'crois bien. Toutes les deux. Une d'chaque côté. Vous mettez un lit au milieu et z'avez un sacré spectac', il avait ri et cligné de l'œil et tisonné le bras de Tyrone, harhahar. Tyrone était nu debout près du lit à se frotter l'estomac, Oui monsieur, Tyrone C. Love que j'm'ahpelle et v'là comment qu'je suis, et Alice s'était mise à glousser quand il avait sauté à pieds joints sur le lit. Fais pas çah Tyrone, tu m'fous les ch'tons. Oh ma p'tite mama, j'voudrais pah, et de lui frotter la nuque, gentiment, si doucement, j'voudrais pah, à personne, à la pus gentille d'toutes les nanas qu'existent su'tout, et Alice se mit à frétiller légèrement quand il l'embrassa sur le cou et elle le serra contre elle tandis qu'il lui embrassait la gorge et les seins tout en lui caressant son machin et elle lui attrapa la tête et l'embrassa et l'embrassa et l'embrassa et le serra et l'écrasa et se tortilla et soupira et gémit, elle se sentait si bien avec Tyrone C. Love, si extra, quand il lui faisait l'amour, il avait fini, il s'était rabattu sur le dos, et elle vibrait de partout comme qui dirait et elle poussa un Ooooooooooooo avant de se rabattre sur le côté et le serra et l'embrassa jusqu'à ce qu'ils s'immobilisent tranquillement, paisiblement dans les bras l'un de l'autre, Tyrone sur le dos, Alice, sa régulière, sur le côté, le visage chaudement enfoui dans son épaule, pénétrés tout deux d'une paix, d'un apaisement, d'une passion, qu'aucun des deux n'avait jamais connus jusque-là, avec ou sans came. De temps en temps Tyrone ouvrait les yeux, imperceptiblement, pour bien s'assurer que tout ça était vrai et qu'il était bien étendu sur ce lit, dans cette chambre, avec cette femme, et il soupirait profondément, en lui-même, et sentait toute cette douceur, toute cette chaleur, à côté de lui, et toute cette paix en lui, cet apaisement. Il laissa sa tête rouler lentement sur le côté, embrassa le front d'Alice, lui caressa les cheveux, T'es là vraiment, et elle le serrait, à l'écraser, et enfonçait encore plus profondément son visage dans cette épaule, et il pouvait sentir ce souffle sur son bras et il sentait, il touchait cette vie en elle qui faisait partie de la sienne maintenant, et dont il voulait faire partie, et prendre soin. Il voulait la garder ainsi dans ses bras, bien gentiment bien à l'abri, et y n'aurait pus qu'à êt' cool et rire et s'en payer et y aurait pas d'emmerdes.

La lune de miel était terminée. Plus de dynamite. Brody avait dit à Tyrone qu'il ne savait pas c'qui s'était passé exactement, ç'a probablement quequ'chose à voir vec ces mecs qu'y-z-ont trouvés dans les ordures. T'veux dire les mecs qu'avaient la gorge coupée vec la pancarte, Veillez à la Propreté de notre Ville? Ouais, Brody hochait la tête et ils gloussaient tous les deux. Meerde bébé, y déconnent vec not' dynamite, y a pah d'quoi s'marrer. Brody continua de hocher la tête un moment. D'accord mon frère, mais d'après c'que j'ai entendu y déconnent vec les gens qu'y faut pas. Y-z-ont arnaqué les Jefferson et s'sont dépêchés d'fourguer la dynamite. Les Jefferson les ont plantés? Brody gloussait, Qui d'aut'? Personne déconne avec les Jefferson bébé... et personne en réchappe. Tyrone se frottait la tête, dans tous les sens, Comment qu'elle est c'te marchandise? Comme avant? Tu peux pas la couper pus d'une fois si tu veux qu'y t'reste quequ'chose. Tyrone avait haussé les épaules et ramené la marchandise à son ancienne piaule où Harry l'attendait. Ils avaient commencé par s'en cuisiner un peu comme d'habitude. Ils se shootèrent à plusieurs reprises, en se regardant. Le flash ne venait pas. Un soupçon peut-être, mais pas le coup de sang auquel ils étaient habitués. Meerde, y plaisantait pas c't'enculé quand y disait qu'c'était pah d'la dynamite. Tu plaisantes pah mec. On f'rait mieux d's'en mijoter encore un peu. C'te coup-là valait rien. Ils s'en préparèrent encore un peu et se shootèrent à nouveau, c'était un peu mieux cette fois, assez du moins pour qu'ils le sentent dans les tripes et sur les paupières. Ils se regardèrent et haussèrent les épaules. C't'autant d'gagné sur le suc', s'exclama Harry, et Tyrone se mit à glousser. Ça marche quand même. On s'f'ra toujours quelques thunes.

Ils en avaient tellement repris pour retrouver l'effet normal qu'il ne leur en était plus resté beaucoup et qu'ils avaient à peine fait leurs frais, mais la belle histoire, ils avaient planqué suffisamment de fric, ils pourraient bientôt en racheter, en gros, et de la dynamite, et ils en tireraient vite leur livre de pure, de c'te merde.

***

Sara maintenant rentrait facilement dans sa robe rouge, mais elle ne savait pas à quelle émission elle participerait. Elle les appelait deux fois par semaine, toujours la même réponse, son dossier suivait, on la préviendrait. La standardiste, quand Sara l'appelait pour lui laisser un message, se contentait de hocher la tête et de sourire en regardant ses collègues. C'est encore elle, eh? Elle hochait la tête et devait faire de grands efforts pour ne pas rire. Sara après avoir raccroché fixait l'appareil pendant de longues minutes puis allait se préparer un autre pot de café dans la cuisine. Elle économisait sur la nourriture, elle mangeait si peu, mais redépensait tout cet argent en café. Au prix où il était, ahhhh. Elle essayait bien, de temps en temps, d'en revenir au thé, mais il lui laissait dans l'estomac une espèce de vague envie, de vague insatisfaction, que seul le café pouvait apaiser. Le café ne répondait plus véritablement à tous ses besoins, mais il la laissait moins insatisfaite que le thé. Elle se sentait constamment mal à l'aise, ce qui était déjà assez désagréable, mais ce qui était pire c'était qu'elle ne savait pas pourquoi. Quelque chose n'allait pas et elle ne savait pas quoi exactement. Elle avait constamment l'impression qu'il allait se passer quelque chose de terrible. Et elle avait envie de pleurer parfois. Pas comme avant quand elle était si triste en pensant à Seymour ou à Harry, son boubala, et se sentait si seule. Elle restait assise à regarder la télévision et se mettait à pleurer – ATTENTION ! – son cœur roulait, lui remontait dans la gorge, et elle ne savait pas pourquoi. Elle avait presque envie de pleurer quand elle appelait pour savoir quelle émission. Elle aurait voulu lui dire, à la fille, combien c'était important, mais ses idées s'embrouillaient. Si seulement la fille avait pu lui dire dans quelles émissions ils prenaient les gens ce serait déjà quelque chose, mais elle lui répondait que c'était confidentiel et couvrait le récepteur de sa main pour rigoler en faisant des clins d'œil à sa collègue d'à côté. Sara jouait des boutons et essayait de voir le plus possible de jeux télévisés, mais elle n'arrivait pas à rester immobile assez longtemps pour les regarder vraiment et se faire une idée et se revoir en train de traverser le plateau. Elle était bien parvenue, une fois ou deux, à s'avancer, depuis les coulisses, mais on aurait dit que toute cette énergie s'était épuisée à porter cette robe rouge et ces souliers dorés, l'image s'était presque immédiatement estompée et Sara s'était retrouvée dans son fauteuil en train de regarder quelque chose qui passait sans elle. Elle n'était plus sur l'écran. Elle essayait bien de rester, de regarder jusqu'au bout, elle n'y arrivait pas. Elle se levait et se versait une autre tasse de café et demeurait là debout près du réchaud pendant que le pot chauffait, et elle se disait vaguement qu'elle se sentirait peut-être mieux, si elle augmentait la dose. Elle prenait les trois en même temps, dans la matinée, la mauve, la rouge et l'orange, elle se sentait mieux sur le moment, elle faisait son ménage en un rien de temps et se préparait pour sortir prendre le soleil mais vers midi tout son corps était noué, il la tiraillait, et – ATTENTION ! – elle s'attendait à ce que d'un instant à l'autre une voiture monte sur le trottoir, bouscule les autres voitures en stationnement, et l'écrase; ou que quelque chose tombe du toit peut-être, ou... Elle ne savait pas, elle ne savait pas, mais c'était terrible en tout cas. Elle ne tenait pas en place et ces dames riaient et se moquaient d'elle. C'que tu peux être nerveuse, et elle tournait en rond en se répétant qu'elle devait encore maigrir, *zophtic,* et même quand Ada lui arrangeait les cheveux, tous les quinze jours, elle avait du mal à rester tranquille et n'arrêtait pas de sauter, elle le savait très bien, sans pouvoir s'en empêcher, et Ada la repoussait sur sa chaise, Reste assise déjà, si tu veux garder tes cheveux rouges. Elle perdait du poids, elle perdait du poids. La robe lui allait bien. Plus de boursouflures. Plus besoin de souffler. Elle perdait du poids. Elle pouvait être contente. La robe rouge lui va, elle a les cheveux de Rita Hayworth, ses souliers dorés sont étincelants, on va la voir à la télévision, un rêve, un rêve, elle devrait être heureuse, elle devrait être heureuse!!!!

***

New York n'était plus un festival estival, et Harry et Tyrone avaient eu un coup dur... Brody ne pouvait plus leur procurer de la non coupée. Quoi! Xactement. Y peut, mais d'la coupée. Merde mec... qu'est-ce qui s'passe? Tyrone haussa les épaules et se frotta la tête, avec la paume, Brody pense qu'on essaye d'leur étendre leur came. D'leur étendre? Tyrone continuait de hocher la tête. Et s'y peut plus nous en avoir qui soye pah coupée personne nous en aura. Harry fixait le petit paquet, sur la table. On arrive à peine à s'rembourser not'ration. Bon, pourquoah c'qu'on arrête pah???? Ils se regardèrent fixement un moment, ils résistaient mais commençaient lentement à comprendre, à enregistrer. Harry haussa les épaules, Ouais, j'crois qu'on f'rait mieux. Mais on pourrait quand même s'en payer core un peu, j'suppose, et r'mettre ça à d'main. Ouais, c'est vraiment pah marrant d'envelopper d'la merde sans y toucher. Harry gloussait, On va finir par avoir une d'ces provisions d'suc'. T'en fais pah bébé, un d'ces jours on l'aura c'te liv' de pure et on en aura dôlment b'soin.

Marion et Alice étaient tout à fait d'accord, il n'y avait qu'à ne plus y toucher, et ils en avaient tous pris la sombre décision lorsqu'ils se couchèrent, ce soir-là. Ils se levèrent vers midi, fumèrent un joint, en prenant leur café, ils n'y pensaient plus, cette idée en elle-même était assez réconfortante, et ils restèrent assis un bon moment, à regarder un peu la télé, à parler de ce qu'ils pourraient peut-être manger, mais ils n'en avaient pas vraiment envie, puis à traînasser en réfléchissant, et en bavardant d'un tas de choses, et de ce qu'ils allaient bien pouvoir faire aujourd'hui, organisant leurs activités avec les plans en conséquence, et puis ils regardèrent encore un peu la télé, encore un peu de café, encore un peu d'herbe, en se tamponnant les yeux et le nez, qui coulaient sans cesse, jusqu'à ce qu'ils finissent par se dire, vers trois heures de l'après-midi, que c'était toute une histoire pour pas grand-chose, qu'ils pouvaient parfaitement s'arrêter s'ils le voulaient, ils se l'étaient prouvé, mais qu'il était stupide de paniquer et de s'imaginer que le monde allait s'arrêter d'tourner pa'c'qu'y pouvaient plus dégoter d'la came pas coupée pour le moment, et, ils retournèrent à la petite cuiller. Les yeux et le nez dégagés, ils se mirent à manger en écoutant de la musique.

Une autre semaine s'était écoulée, toujours impossible d'avoir de la non coupée, ils avaient essayé à nouveau de s'en passer mais y étaient revenus, cette fois, avant même d'avoir eu le temps de s'habiller. Ils s'étaient réveillés plus tôt que d'habitude, l'estomac paniqué, les yeux brûlants, la goutte au nez, et la came avait immédiatement soulagé tous leurs maux, comme par magie. Ce n'était pas qu'ils ne pouvaient pas s'arrêter, c'était que le moment était mal choisi tout simplement. Trop de choses à faire et pas assez d'attaque. Quand tout serait arrangé, ils laisseraient tomber, en attendant il fallait bien encore en tâter de temps à autre pour tenir le coup.

⁂

Sara avait un programme pour la matinée qui lui permettait d'accomplir le minimum indispensable. Elle prenait ses trois pilules, la mauve, la rouge et l'orange, buvait son pot de café, essayait sa robe rouge et ses souliers dorés, virevoltait devant sa glace, elle se sentait si bien, si *zophtic,* et s'efforçait de ne pas penser à l'état dans lequel elle se sentirait vers midi. Elle gardait sa robe et s'asseyait dans son fauteuil et regardait la télé, elle ne jouait plus des boutons, elle regardait l'émission jusqu'au bout. Elle regardait le présentateur, le public, les gagnants, elle entendait leurs rires et leurs applaudissements, et se contraignait, non sans un considérable effort, à traverser le plateau pour rejoindre le présentateur, qui l'attendait avec un large sourire, elle les entendait applaudir mais n'arrivait plus à se contrôler et quittait l'écran pour errer dans tout l'appartement en contemplant ses vieux meubles, ses vieilleries, cette absence de vie et de lumière, puis essayait de réintégrer l'appareil mais n'y parvenait plus et disparaissait quelque part, elle ne savait pas où exactement, derrière peut-être, ou sous le lit quelque part. Ce qui ne manquait pas de la troubler. Elle regardait partout, pas de petit chaperon rouge. Elle faisait un peu plus attention et lui demandait où il allait et ce qu'il cherchait, mais il la regardait en haussant les épaules avec un mouvement de la tête et des yeux qui semblaient dire Pour qui est-ce que tu te prends? et repartait gaiement, avant de disparaître à nouveau. Pendant des jours de suite il ressortait ainsi de l'appareil et se baladait dans l'appartement. Il ne sautait pas de l'écran, il en descendait posément, et très ostensiblement, en faisant beaucoup de bruit, semblait l'ignorer et traînait partout en se contentant de lui jeter à l'occasion un regard de désapprobation, avec des ah et des oh, et continuait de tout inspecter et de trouver à redire à tout et de la regarder de haut lorsqu'il levait les yeux sur elle. Sara finissait par s'impatienter et par s'énerver et par le regarder à son tour, Pour qui est-ce que tu te prends donc? Qu'est-ce que tu te crois? et relevait le front et quand elle rabaissait les yeux le petit chaperon rouge avait disparu. Et ceci pendant des jours d'affilée jusqu'à ce que le présentateur un beau matin sorte de l'appareil lui aussi et que le petit chaperon rouge lui fasse faire le tour de l'appartement en lui montrant ceci ou celà, et qu'ils secouent la tête tous les deux avec un air de désapprobation et de mépris et la regardent et secouent à nouveau la tête et retournent à leur inspection et reviennent vers Sara et secouent à nouveau la tête et passent à autre chose en continuant de secouer la tête et de regarder Sara du même air désapprobateur. Trois jours de suite, et Sara à chaque fois se sentait de plus en plus mal à l'aise en les voyant contempler l'état de délabrement de son appartement, Qu'est-ce que vous croyez? Vous feriez mieux si vous étiez toute seule, comme moi? C'est un vieil immeuble. Pas repeint depuis dix ans, peut-être plus. Je suis vieille. Seule. Essayez donc un peu. J'essaye, j'essaye, elle avait des crampes dans le ventre, une sorte de nausée qui lui remontait à la gorge... Je vous en prie... je vous en prie. Je vous expliquerai. Mais ils n'écoutaient pas et regagnaient très vite l'appareil et faisaient signe au public et des centaines de personnes en ressortaient avec eux et les suivaient dans ce triste et minuscule appartement et la télévision les suivait avec les caméras et tout le matériel, les gros câbles s'étalaient au sol et Sara se voyait dans son fauteuil en train de regarder l'appareil dans la pénombre morte d'un appartement qui devenait de plus en plus petit et elle le sentait rétrécir autour d'elle et se sentait écrasée, non par ces murs, mais de honte et de désespoir. Elle ne savait pas ce qu'ils pouvaient bien dénicher, ce qu'ils pouvaient bien voir, mais elle savait que c'était moche... oh si moche. Elle aurait dû regarder elle-même avant leur visite. Qu'est-ce qu'ils avaient bien pu trouver? Elle avait nettoyé, l'autre jour. Non? Elle n'en était pas sûre. Elle changeait de chaîne, mais c'était toujours le même programme. Sur toutes les chaînes, une à une, le même programme. Des millions de gens la regardaient face à son poste essayant de changer de chaîne, de changer de programme, elle en avait le ventre tordu. Tout le monde était témoin de sa honte. Tout le monde. Des millions. Des millions de gens le savaient déjà, pas elle. Les larmes fusaient dans ses yeux, gouttelaient sur ses joues. Elle ne savait même pas. Elle savait qu'ils savaient, c'était tout, et qu'elle était écrasée de honte et de désespoir. Et elle les voyait maintenant, la petite dame en rouge et le présentateur, guider les gens dans ce lugubre appartement, elle les voyait sur cet écran et ils la regardaient avec des expressions de dégoût. Sara se collait à l'appareil pour masquer l'écran et lentement, avec une cruelle lenteur, elle se recroquevillait sur elle-même pour finir par se retrouver à genoux devant la télé, appuyée contre l'écran, la tête pendante, des larmes souillaient la robe rouge qu'elle avait portée pour la bar mitzvah de son Harry, elle se roulait en boule devant un écran plein de gens qui la regardaient avec désapprobation et elle se pelotonnait là tandis qu'une immense vague lui remontait de l'estomac à la gorge et qu'elle se noyait dans un torrent de larmes, Oh, je vous en prie, je vous en prie... laissez-moi monter... je vous en prie... je vous en prie...

BRODY s'était fait descendre. Buter. Tyrone n'avait pas pu savoir ce qui s'était passé exactement – il avait demandé à une demi-douzaine de gens qui lui avaient donné une demi-douzaine de versions différentes – mais peu importait comment ça s'était passé, le fait était qu'on l'avait proprement refroidi. On l'avait trouvé dans une allée, une balle, un coup de couteau, tombé d'un toit, ou ce qu'ils appelaient un accident. Ses poches étaient vides, il était évident qu'on l'avait dévalisé. Il ne sortait jamais de sa piaule sans marchandise ou sans fric. Tyrone avait écouté toutes ces histoires et toutes ces salades pendant un moment et s'était barré. Il s'en était drôlement voulu tout le long du chemin de ne pas s'être dégoté une bonne filière de rechange. Ils avaient bien cherché, ils s'étaient bien un peu cassé le cul, mais Brody leur fourguait une telle merde, une telle dynamite, ils ne trouveraient pas mieux, même en France. Aussi ne s'étaient-ils guère foulés pour lui dénicher un remplaçant quand il avait commencé à en manquer, tant ils étaient sûrs que cette dynamite reviendrait bientôt, que Brody la flairerait tout de suite s'il y avait quoi que soit de valable sur le marché. Ils étaient couillonnés... p.d.p., pas de pot bon sang de merde. Bon Dieu mec, quelle histoire à la con. S'faire descendre comme ça merde en nous laissant à sec la gueule ouverte. Ça lui r'semb' pas. Pas Brody. Au bout d'tant d'années. Bon bébé, vah falloir qu'on fasse quequ'chose. On peut pah rester su'l'cul à ren fair'. Ouais. Tu l'as dit, merde. Merde! Quelle sale histoire, merde! Merde, c'est bien ma veine! Hé mec, du calme. Ça sert à rien d'rester là à se lamenter. Ouais, ouais, je sais mec. Ça m'fait chier, c'est tout. Bon, ça m'donne pas non pus vie d'danser dans ces enculées d'tulipes jim, mais faut s'les remuer les p'tites fesses et voir c'qu'on peut fair'. Harry finit par ricaner doucement, Ouais, dans l'bus, j'monte devant, tu passes derrière. Ouaiaih, noir et blanc, c'est t'jours comme ça qu'j'les ai vues les affaires. Meerdè, on tombera ben sur quequ'chose bébé. Cool, et y s'passera ben quequ'chose.

***

Sara devait aller aux courses. Depuis des jours, mais impossible de bouger. Elle n'arrivait plus à descendre et à sortir. Elle ne prenait plus le soleil. S'il y en avait. Peut-être qu'il y avait aussi des nuages dehors. Ici c'est la nuit. Peut-être même pire. La nuit, on n'a qu'à allumer et c'est plus gai. Tout est gris maintenant. Gris. Elle devait aller aux courses. Depuis des jours qu'elle devait y aller. Si seulement Ada pouvait passer. Peut-être, oui? Peut-être qu'elle devrait l'appeler? Ada l'accompagnerait. Elle lui demanderait pourquoi elle ne pouvait pas y aller toute seule? Que lui répondre? Elle ne savait pas. Rien qu'à la boutique d'en face. Oui. Rien qu'à la boutique d'en face. Mais elle n'y arrivait pas. C'était bizarre, elle le savait. Quelque chose n'allait pas. Elle le sentait. Effrayant. Comment – ATTENTION!!!! Non non non non Ahhhhhhh – comment lui expliquer? Comment lui dire? Comment lui dire???? Il fallait qu'elle y aille. Plus de papier hygiénique. Plus de sucre.

Tout est parti. Elle devait y aller. Sortir. Se lever et ouvrir la porte. C'est tout. Debout et la porte. Le petit chaperon rouge. Allons-y gai – ATTENTION ! Rien. Nulle part. Elle y allait. Le réfrigérateur avait une drôle d'allure. Il était plus près. Avec une grande bouche. Plus près. Elle s'était levée. Son sac. Où ? Où ? Elle l'avait trouvé. Elle le serrait, des deux mains. Elle se dirigeait vers la porte. Le réfrigérateur bougeait. Plus près. Sans forme. Une grande bouche. Les souliers dorés de Sara claquaient sur les dalles de la cuisine. Sa robe rouge était froissée. Elle se précipita vers la porte. Le réfrigérateur était encore plus près. La télé était plus grande. L'écran était de plus en plus grand. Elle saisit la poignée. Des gens sortaient de l'appareil. La porte s'ouvrit. Sara la claqua derrière elle. Elle chancelait sur ses talons hauts. Qui claquaient sur les carreaux. La brise était un peu fraîche. Il faisait gris dehors aussi. Personne sur le trottoir. Elle descendit la rue. Elle tanguait. Elle titubait. Elle se raccrochait aux murs. Elle atteignit le coin. S'arrêta. Les voitures. Les voitures! LES VOITURES!!!! Des voitures. Des camions. Des autobus. Les gens. Le bruit. Le mouvement. Des tourbillons. Elle avait mal au cœur. Elle s'accrocha au lampadaire. Désespérément. Elle ne pouvait plus avancer. Le feu était au vert. Elle s'accrochait. Les jointures de ses doigts toutes blanches. Le feu passait du vert au jaune. Au rouge. Au vert. Il n'arrêtait pas de tourner. Un nombre incalculable de fois. Incalculable. Les gens filaient. Certains la regardaient. Haussaient les épaules. Continuaient. Sara s'accrochait. Elle regarda de l'autre côté de la rue. Dans toutes les directions. Elle attendait le vert. Elle pouvait traverser maintenant. Elle essaya. Elle ne regardait plus. Le visage contre le poteau. Elle s'accrochait. S'accrochait. Les bruits étaient assourdissants. Des éclairs lui perçaient les paupières. Elle s'accrochait. Le métal était froid. Elle entendait les cliquetis. Elle s'accrochait... Qu'est-ce que tu as ? Ada et Rae la regardaient. Tu as peur qu'il tombe ? Sara tourna lentement la tête. Les regarda. Sara, tu n'as pas l'air dans ton assiette. Sara les regardait fixement. Ils se regardèrent un instant puis l'attrapèrent chacun par un bras et la conduisirent chez eux. Elle tremblait légèrement, ils lui donnèrent un verre de thé, elle restait là assise sans un mot en tenant son verre des deux mains, baissait le front de temps en temps pour siroter son thé, le regard fixe. Je pensais que tu n'étais qu'une grande nerveuse, mais maintenant je me demande. Ada et Rae souriaient et gloussaient et Sara avait envie de leur répondre qu'elle serait vraiment enchantée de n'être qu'une grande nerveuse. Peut-être que tu as un virus ? Pourquoi est-ce que tu ne vas pas voir ton docteur ? Il pourrait te donner un anti-quelque chose. Je n'ai rendez-vous que dans deux jours. Dans deux jours ? Qu'est qui te prend, il te faut un rendez-vous pour être malade ? C'est ça qu'il t'a dit, Attendez un peu et tombez malade dans deux jours ? Ils s'étaient mis à glousser tous les trois et Sara intérieurement s'en mordait les doigts de ne pas y avoir pensé. Elle y avait réfléchi un moment avant d'abandonner et de se contenter de les écouter glousser et de se sentir glousser avec eux et de siroter son verre de thé jusqu'à ce qu'il soit complètement vide.

La salle d'attente comme toujours était pleine de monde et Ada et Rae bavardaient pendant que Sara attendait. Son tour venu elle dit au docteur qu'elle ne se sentait pas très bien. Et quel est votre problème exactement ? Ça a l'air de marcher assez bien du côté du poids, lui dit-il en souriant. Pour le poids ça marche très bien. Mais je ne me sens pas très en forme. Les gens de la télévision arrivent et – ATTENTION ! Sara brusquement s'était retournée et avait regardé derrière elle, tout autour, sous la chaise, puis le docteur et tout autour de lui. Celui-ci avait un sourire qui lui découvrait les dents. Quelque chose qui ne va pas? Tout me paraît si drôle. Comme brouillé. Confus comme – Bon, pas de quoi s'inquiéter. Il s'était mis à écrire sur un bout de papier. Vous donnerez ça à l'infirmière et prendrez rendez-vous pour dans une semaine. A bientôt. Elle était restée seule avec ce bout de papier. Elle le regarda quelques instants puis sortit, avec beaucoup d'effort. Elle tendit le papier à la fille. Il m'a dit dans une semaine. J'ai déjà un rendez-vous pour dans deux jours. Oh parfait. Nous allons l'annuler et vous marquer pour dans une semaine. Voyons, vers les trois heures, ça vous irait? Sara hocha la tête. Bon. Et mes pilules? Je vais vous en redonner pour une semaine. Sara poussa un soupir de soulagement, de tout son corps. Bon. Merci. Et maintenant voyons la suite. Okay. La fille prit une fiole, une poignée de cachets en tombèrent, elle en compta vingt et un, qu'elle mit dans une autre fiole sur laquelle elle colla une étiquette. Un cachet trois fois par jour. Je l'ai indiqué sur l'étiquette. Qu'est-ce que c'est? Oh, quelque chose qui vous calmera un peu, c'est tout. Sara regardait la fiole. Comment est-ce que vous prononcez ça? Valium. Valleyum? On dirait le nom d'une maladie. La fille gloussa, Dans une semaine. Et prenez-en un dès que vous serez rentrée. Sara hocha la tête et quitta le bureau. Ils retournèrent tous trois chez Ada où ils prirent une tasse de thé, avec un Danois aux prunes. Sara en prit une petite bouchée mais ne put l'avaler. Demain peut-être. Pour le moment... Elle haussa les épaules et sirota son thé. Elle restait là avec Rae et Ada, en attendant que le cachet lui fasse de l'effet, sans trop savoir ce qu'elle attendait. Mais bientôt elle se sentirait mieux, elle le sentait.

Le réfrigérateur et la télé quand elle était rentrée, étaient à leur place et se tenaient tranquilles. Elle ouvrit la télé et déposa ses pilules sur la table, près des autres, puis se jeta inopinément un coup d'œil dans la glace, en passant devant. Elle avait sa robe rouge. Toute froissée. Et déjà tachée. Elle cligna des yeux un moment et fixa son image sur le miroir. Elle se revoyait vaguement en train d'essayer sa robe, comme tous les matins, mais ne se rappelait pas l'avoir jamais gardée toute la journée. Sauf une fois, pour la bar mitzvah de son Harry. Elle secoua la tête et y réfléchit un instant, puis haussa les épaules, sourit et se changea avant de retourner à la cuisine prendre un de ses nouveaux cachets et de s'asseoir dans son fauteuil. Elle se sentait apaisée. Agréablement. Ses yeux étaient un peu lourds. Pas trop. Elle était détendue, tout simplement. Le fauteuil lui semblait plus confortable. Elle s'y enfonça. Les programmes étaient intéressants. Les gens se tenaient bien. Elle sirota un verre de thé. Sa main cherchait à tâtons sur la table, près du fauteuil, elle n'y rencontrait que le vide. Rien. Sara s'aperçut brusquement qu'elle frottait la table du bout des doigts, les contempla, ses doigts, la table, haussa les épaules, et retourna à son programme, elle ne savait trop lequel. Mais intéressant. Ils l'étaient tous. Et tout le monde restait à sa place, du bon côté de l'écran.

***

Tyrone essayait d'être aussi cool que possible, mais la seule façon de localiser la bonne came c'était d'y aller et quand on y va y a toujours des histoires. Tout le monde voulait lui prendre son argent et lui promettait de revenir avec une merde de première; ou ils pouvaient vous ramener de la dynamite; ou vous arranger un contact... Chacun avait son histoire. Tyrone souriait et gloussait et disait aux mecs qu'ils feraient mieux d'aller vendre leurs salades à Jersey. Il se balada consciencieusement, l'air de rien, pendant quelques heures, en évitant les portes, les couloirs et les allées et finit par tomber sur un pote à qui il acheta deux sachets. Il descendait la rue lorsqu'il se retrouva encadré par deux flics des stups. Ils le tâtèrent, sentirent la came dans sa poche, mais ne bronchèrent pas. Ils lui prirent son argent et le comptèrent. Vingt billets. C'est beaucoup d'argent, à c't'heure de la nuit. Ils gloussaient, Tyrone restait muet. Il avait encore plus de cent dollars mais ne dit rien. Ils le poussèrent dans leur voiture et l'un d'eux s'assit près de lui à l'arrière. Tyrone savait ce qu'il était censé faire et le fit, aussi rapidement et discrètement que possible. Il tira de sa poche la came et la repoussa sous la banquette, dans un coin. Arrivé au commissariat ils lui demandèrent s'il était prêt et il hocha la tête. A l'intérieur, il leur demanda pourquoi ils l'avaient harponné, ils sourirent et le lui dirent, Mauvaises fréquentations. Tyrone hocha la tête, et attendit de se laisser boucler, avec toutes les emmerdantes formalités d'usage. Le dépôt était plein de camés et de poivrots. Quand on l'autorisa à téléphoner, il appela Harry, celui-ci était sorti, il raconta à Marion ce qui s'était passé et où il était, et lui demanda de dire à Harry de payer sa caution. Il eut aussi le temps de lui demander de prévenir Alice, avant qu'on lui arrache le téléphone. Bientôt, on balança dans le dépôt un vieux camé qui avait l'air d'avoir cent sept ans, et qui s'installa aussitôt comme s'il était né et avait vécu en taule toute sa vie. Son cou portait des traces de piqûres sur le côté, la veine jugulaire, là où il se shootait. C'est pourquoi il portait toujours une cravate. Vieille, fripée, merdique, mais elle remplissait son office. Superbe. Tu vas aux chiottes, tu prépares ton matériel, tu serres ta cravate, et elle ressort la salope. Tu peux pas la rater. Grosse comme une putain d'corde. Il portait aussi une veste aux épaules rembourrées qui ressemblait à un surplus de l'Armée du Salut mais qui faisait également partie de l'équipement. Chaque fois qu'il se piquait, il injectait un peu d'héroïne dans l'épaule gauche. On peut toujours dénicher c'qu'y faut dans une taule, il lui suffisait de tirer un peu de bourre et de la faire mijoter, il pouvait se shooter une dernière fois avant de suivre son destin. Et j'ai toujours un p'tit quequ'chose qui m'attend quand j'sors. J'vais probab'ment écoper d'six mois dans l'Ile. Il tapa le jeunot d'à côté d'une cigarette qu'il alluma en hochant la tête. Merde, j'connais Rikers comme ma poche. J'y ai été si souvent merde qu'j'ai des actions. Les autres riaient, Tyrone s'assit sur le sol à quelques pas du vieux bonhomme pour écouter avec les autres les histoires qu'il leur racontait sur Raymond Street, Tombs, Rikers, toutes les taules du nord de l'état, Danamora surtout, qu'est vraiment une foutue Sibérie. J'ai connu d'drôles de putains d'trous, mais c'te putain-là est vraiment l'trou du cul du monde. Pire encore que c'te putain d'chaîne en Géorgie. Trois mois qu'j'y ai passés dans c't'enculé d'trou. Il continua ainsi pendant près de deux heures sur les fois où il avait été à Fort Worth et dans l'Kentucky, mais pour c'te putain d'Lexington il n'y avait été qu'une fois. Il en était sorti et allait retourner à New York avec et ce con avait voulu s'arrêter dans c'putain d'trou d'Cleveland, pour voir des parents. On s'était procuré un peu d'parégorique et on était en train d'le chauffer et on pouvait plus attendre tellement qu'on tremblait et on s'en envoie un peu et v'la-t-y pas que c't'enculé d'flic enfonce la porte de l'hôtel et qu'on r'tourne dans c'te putain d'cage et qu'on écope d'deux ans minimum, max de cinq, pour que dalle. C'esty pas d'la merde? Et c'te trou du cul qui commence à déconner – y savait pas s'tenir peinard – et y les fait ses putains d'cinq ans, recta. J'ai fait mes deux ans et j'y suis jamais r'tourné depuis dans c'te putain d'Ohio. Et c'est pas d'main la veille qu'j'y r'tournerai. Les autres riaient et gloussaient, Tyrone avec eux. Savez quoi, y z ont encore c'te foutue peine de mort pour c'te putain de came, dans l'Ohio. Mais j'm'étais collé vec ce jeunot quand j'y suis rallé – Dieu quel voleur. Y pouvait vous plumer jusqu'à l'os, on n'y voyait rien. Tout le monde avait éclaté de rire, le cercle s'était resserré autour du vieux, ils éprouvaient une espèce de sentiment de fraternité en écoutant ce vieux chargé d'ans, avec ses cheveux morts et rares, sa peau grise et ses quelques dents noires et ébréchées, raconter la belle époque quand on pouvait planer toute sa vie avec une capsule à trois dollars. Merde, y-z-avaient une de ces merdes qu'était si bougrement chouette qu'vous étiez déjà parti qu'elle mijotait encore la putain, hahaha, et quand ça partait c'était l'trou du cul qui fusait mec. On savait même pus c'que c'était qu'chier, merde. On s'rappelait même pus c'que c'était. On croyait qu'les chiottes étaient pou' s'laver les pieds, les autres riaient bruyamment, ils y mettaient toute l'énergie du désespoir et de la peur. Ces culés d'Allemands vant la guerre vous envoyaient d'la pure, j'suis sûr qu'z-avez jamais vu ça d'la pure? – on pouvait en avoir une liv' pour pratiquement rien, et ben rien, c'est tout c'qu'y nous restait, ils riaient de plus belle. J'suppose qu'ces putains d'Allemands s'imaginaient qu'tout l'putain d'pays s'éclaterait et qu'y pourraient gagner leur putain d'guerre comme ça, hein? Mais tout l'monde s'en foutait pas mal à l'époque. On avait toute la putain d'came qu'on voulait et toutes sortes de merdes vec de l'opium. Du laudanum. Fameuse c'te merde. Quand vous êtes malade. Vous avalez une d'ces foutues bouteilles d'parégorique et des barbis par dessus et vous mâchez un peu d'pain noir en vitesse. La meilleure façon d'garder l'tout. La mari était pratiquement légale à l'époque. J'la faisais pousser dans les terrains vagues – y en avait plein à l'époque, pas comme aujourd'hui. Tout ces putains d'terrains vagues dans toute c'te putain d'ville – personne savait c'que c'était la plupart du temps.

Vous vous imaginez c'qui s'passerait maintenant si vous aviez tout un foutu terrain couvert de c'te putain d'mari? Y vous la casseraient vot' putain d'gueule pour vous la faucher ces putains d'animaux, eh? tout le monde riait et attendait la suite. Y les brûlaient bien d'temps en temps mais y d'vaient d'abord avertir les gens – cause des incendies – j'sais pas. Alors y passaient des annonces dans l'journal – j'déconne pas, dans c'te putain d'journal j'vous dis – qu'y-z-allaient brûler tel et tel coin tel et tel jour, vous savez, vec l'heure et tout. J'me rappelle une fois, j'étais qu'un jeune con – pas encore accroché, pas vraiment – et y-z-allaient brûler c'coin dans l'quartier, hein? Alors la nuit d'avant les gars ramassent tout c'qu'y peuvent, hein, et l'lendemain quand y viennent brûler toute c'te putain d'herbe tous les camés du quartier et de c'te putain d'ville sont là à queques mètres à respirer tout c'qu'y savent mec... un foutu cirque mec... Y d'vait bien y avoir des centaines de gars dans la rue qu'avaient l'air d'faire d'la respiration et qui s'marraient tout c'qu'y savaient et ces putains d'pompiers qui nous r'gardent comme si qu'on était qu'des putains d'cinglés pendant qu'on restait là et qu'on planait mec, jusqu'aux dents jusqu'aux ch'veux qu'on planait. Tout le monde s'étranglait de rire, à tel point qu'un des gardiens se pointa pour vérifier ce qui se passait. Tyrone était envoûté par ce vieux camé assis dans son coin comme un gourou à raconter ses histoires pleines de gloire et de sagesse. Ouais, j'en ai connus qu'étaient d'ces putains d'gagnants mecs. Des gars – on en avait un à Danamora qu'était vraiment quequ'chose. Y – Pussy McScene qu'on l'appelait – y vous baisait n'importe quoi. Y vous baisait n'importe quoi pourvu qu'sa bitte puisse rentrer. Il était là d'puis si longtemps mec dans c'te putain d'Sibérie qu'il avait oublié à quoi ça r'semble une femme, mais vous connaissez les cabanes, ça manque pas d'trous du cul.

Alors v'là qu'Pussy McScene sort de taule et y rencont' une gonzesse près d'Needle Park et – j'crois qu'elle s'appelait Hortense c'te putain – et y s'collent ensemb' – elle doit bien avoir dans les cinquante, Pussy doit avoir dans les soixante à l'époque mais y peut encore le r'dresser – et y nous écrit qu'y baise une bonne femme. Personne le croit pas naturellement. Il a baisé tellement d'gars qu'on s'dit qu'y sait pus baiser une femme et y prennent des paris dans toute la taule comme quoi Pussy la baise vraiment c'te gonzesse, faut qu'y trouvent quelqu'un pour vérifier, hein? Alors y a un gars qu'est libéré conditionnel et y va trouver Pussy et y nous écrit qu'y s'est vraiment déniché une vieille et il a une photo d'elle vec Pussy qui lui r'lève la robe pour qu'on lui voit la chatte et – vous savez quoi? que c'te putain d'vieille faisait l'tapin pour lui bon sang d'merde. Ouais, une ou deux fois par mois qu'elle s'tapait un putain d'miché – côté d'Bickfords, hein? – et ramenait l'argent à Pussy, Tiens bébé, qu'elle disait, tout le monde riait et gloussait et frappait sur l'épaule de son voisin, T'es quequ'chose l'vieux. T'es un sacré voyou l'papa. Ouais, j'ai bourlingué. J'en ai vu passer, un tas d'camés qu'avaient salement écopé les putains, eh? Mais j'suis toujours là. Y sont tous morts merde. Dans la terre glaise ou je n'sais quel putain d'trou. C'est pas facile d'réussir dans c'métier, eh? J'ai vu un tas d'braves gars descendus par une overdose préparée par un bon copain. Il emprunta une autre cigarette. J'vais vous dire comment faire pour réussir. J'vais vous dire pourquoi qu'j'suis ici et qu'y-z-y sont pas tous ces aut' culés. Sûr, j'ai eu des hauts et des bas, mais la raison qu'j'ai réussi, et que j'réussis encore, c'est pa'c'que j'ai jamais déconné vec une connasse. C't'un foutu cancer, l'baiser d'la mort. Hé, p'pa, d'quoi que tu parles? Y a pas d'mal à s'taper un peu d'chatte d'temps en temps, héhéhéhé. Ouais, hein? J'vais vous dire quequ'chose – j'les fais payer d'habitude mes conseils, mais j'vais vous l'dire pour rien, eh? La chatte c'est comme les sab' mouvants, vous tombez d'dans et ça vous suce tout entier, et pus vous vous débattez pus vous sombrez, c'qu'à c'que vous coulez. Meerde, c'est pas marrant. J'te suis, pap'. Qu'ezaillent s'faire fout' les salopes jim. Elles vous détraquent *complètement.* Ouais, j'aime mieux m'payer ma came qu'une d'ces putains d'gonzesses. Le vieil homme avait pris une attitude et une expression de paternelle tendresse et se penchait, l'air grave, Comme j'vous ai dit, c'est pas facile d'se débrouiller dans la vie, mais on y arrive. J'le sais pisque j'me débrouille. Rappelez-vous l'gamin qu'j'vous ai parlé, le gars qu'était si fort à la tire. Il aurait pu s'débrouiller si bien qu' moi mais l'a fallu qu'y déconne. Y s'colle avec une pouffiasse, eh? J'y dis d'la plaquer à l'époque, mais y rigole, c't'une raccoleuse de première qu'y m'dit. Elle m'ramène un tas d'fric qu'y m'dit. Ça lui paye ses beaux costumes et sa came. Y d'vient paresseux et vit vec l'argent d'la fille et ça d'vient un vrai métier, hein? Faut qu'y soye sûr qu'elle ramène ben tout l'fric et qu'elle fait pas d'cadeaux à personne, hein? D'accord pap' – rires – Pis faut qu'y protège son capital. Elle commence à déconner vec un aut' gars – Elles vous baisent toutes, ces connasses, c'est moi qui vous l'dis – et faut qu'y r'mette de l'ord', hein? Alors qu'est-ce qu'y s'passe? Il encaisse trois pruneaux dans la gueule. Recta. Une putain de honte. C't'était un sacré tireur, l'avait pas b'soin d's'emmerder avec une pute, merde. J'te l'dis mon gars, pas touche – merde, même c'pauv' vieux Pussy y s'est fait descend', cause d'cette vieille putain d'gonzesse d'Hortense. Meerde, v'lez dire qu'quequ'un veut lui piquer sa vieille? Hahahaha, Sûr que non putain. C'te vieille gonzesse déconne vec un copain à Pussy et lui dit qu'c'est une idée à Pussy et c'pauv' vieux Pussy sait même pas d'où ça lui tombe et l'type le bute en bagnole. J'étais pas là mais y disaient qu'il avait roulé d'Bickfords à Needle Park, hahahaha. J'te l'dis mon gars, si tu veux t'débrouiller et t'payer ta came, touche pas aux gonzesses et tu prends pas trop d'risques. Du modeste et si tu t'fais pincer – faut bien s'faire pincer d'temps en temps, t'sais. C'est la loi du nomb' et t'as l'temps d'te r'poser et d'te sevrer un peu et tu r'pars vec juste c'qu'y t'faut pour décoller. Mais tu t'contentes juste d'un peu à la fois. Pas d'gros coups. La seule façon. Tu vis pépère. T'en profites tout autant sans risquer d'trop écoper. J'suis tombé sur de la bonne, plusieurs fois, mais je me suis fais baiser par les flics. Y m'avaient salement chargé pa'c'que j'voulais donner personne. Merde, j'donne per – Tyrone s'affalait de plus en plus, progressivement, tout en riant avec les autres, jusqu'à ce qu'il se retrouve allongé contre le mur en train de regarder tous ces mecs qui écoutaient le vieux, les jeunes comme lui qui se penchaient et n'en perdaient pas un mot, et les vieux qui se redressaient et hochaient la tête et se frappaient les cuisses et riaient avec les autres. Une drôle d'impression, à l'intérieur, il ne pouvait mettre le doigt dessus. Il semblait se passer quelque chose entre tous ces gars et lui, dans cette cellule. Il s'apercevait graduellement qu'il s'identifiait à eux, comme s'ils avaient quelque chose en commun. Mais il chassa vite cette pensée, il ne ressemblait pas à ce vieillard, ni aux autres gars de la cellule. Ses entrailles se nouaient, il avait mal à la nuque. Il regarda le vieux. Le fixa. Intensément... On dirait un putain d'rat jim. A un rat qu'y r'semb'. Un putain d'rat. L'a une peau vachement tendue, toute grise, et des mahques pahtout su' les bras, les jambes et l'cou et l'est là à faronner quand y vah encore coper. Meerde, c'est pah une putain d'vie jim. J'vais pah m'marier vec la came. Vah pah m'jouer c'tour-là, ni personne. *Euh,* euh. Pas d'danger qu'on pince Tyrone C. Love à s'piquer son beefsteak à l'étalage ou à s'faucher son jus dans une cave. Meerde, quand j'sors d'ici et qu'ça r'part on s'débrouille et pas d'emmerdes vec ces salades à la noix. Du sérieux jim. Les choses s'arrangent et on s'trouve notre livre de pure, on r'part comme on était, on n'a pus qu'à attend' en comptant les j'tons et on vah viv' dans l'lusk Alice et moah vec tout c'pognon jim. Il regardait ce vieil homme dans le coin qui piochait dans un autre paquet de cigarettes, et les autres qui faisaient cercle autour de lui. Non mec, j'vais pah rester en cabane. Même pour un tout p'tit bout d'temps. Pah b'soin d'leur putain d'taule pour lâcher. J'suis très bien comme ça jim. Pisque j'suis pah croché. Pah comme y dit. J'peux rêter l'jour que j'veux et quand qu'c'est l'moment j'y dis adieu à c'te putain d'merde et – LOVE... LOVE, TYRONE C., 735. Emballez vot'merde et v'nez. Le gardien lui ouvrit la porte et Tyrone le suivit dans le couloir jusqu'à une autre salle. Le gardien tendit une feuille de papier à un de ses collègues et les formalités de départ commencèrent. Il reprit toutes ses affaires, signa les papiers nécessaires, et on le lâcha. Harry l'attendait dehors. Quequ't'en dis mec ? Meerde... On file jim. Harry gloussait, J'te suis mec. Ils hélèrent un taxi et filèrent chez Tyrone. J'suis v'nu dès qu'suis rentré. J'ahprécie bébé, t'peux êt' sûr. Il claqua la paume de Harry, qui lui claqua la sienne. T'as des provisions, chez toi ? Ouais. Pour un bout d'temps. Comment qu'ça mahche pour toah ? Rien d'extraordinaire. Tu sais. Mais d'la bonne merde. J'ai pu l'avoir qu'en sachets, ça ira pour le moment. J'peux en avoir suffisamment. Mais rien qu'en sachets. Tyrone haussa les épaules, t'jours ça jim. Tu l'as dit, merde. Au moins jusqu'à c'qu'on puisse r'partir dans l'sérieux. Qu'est-ce qui t'est arrivé ? Meerde, Tyrone gloussait et secouait la tête, Ces deux culés. Les flics, y m'ont barqué jim. Il gloussa encore et lui raconta l'histoire. Il en avait terminé depuis quelques minutes lorsqu'ils arrivèrent à sa piaule. Le taxi s'arrêta, Tyrone remercia à nouveau Harry, ils s'en collèrent cinq, et il s'éclipsa. Il se sentait encore si près de Harry, le même sentiment de chaleur que quand il l'avait revu, dehors, et dans le taxi surtout. C'était chaud, c'était bon. Il ne finirait pas comme le vieux. Il avait d'bons amis mec. Ils étaient comme ça lui et Harry, vraiment comme ça jim. Harry s'était ramené recta, se répétait-il, mais le vieux l'obsédait. Il avait beau s'efforcer de repenser à la façon dont Harry l'avait sorti de taule, de retrouver ce sentiment de chaleur, il ne pouvait s'empêcher d'en revenir à cette image du vieux. Meerde, vah t'faire fout' le vieux. J'suis pah un d'tes putains d'camés moah. T'es tellement mordu qu'tu mourras comme ça. J'suis qu'un gah qui veut pas s'casser l'cul et qui s'en paye en comptant les j'tons c'qu'à c'qu'on puisse s'dénicher une liv' de pure et finir par s'monter un p'tit commerce... Ouais, moah et ma nana jim. Alice, dès qu'il poussa la porte, se jeta sur lui, Oh bébé, j'avais si peur qu'y t'gahdent toute la nuit; et Tyrone l'étreignit et l'embrassa et ils restèrent là un moment à rire et à se sourire, puis il se dirigea vers la salle de bain, Ren qu'une petite recharge bébé, j'en ai dôl'ment b'soin... pour m'chasser l'goût d'la taule d'ma jolie p'tite bouche...

***

Harry, il ne savait pas pourquoi, s'était senti inquiet, sur le chemin du retour. Il n'arrivait pas à mettre le doigt sur ce que c'était ni à comprendre pourquoi. Quelque chose comme un souvenir qui essayait de remonter à la surface sans y parvenir tout à fait, Harry essayait de pousser un peu pour en avoir le cœur net mais plus il poussait plus l'image reculait, s'estompait. Il essayait d'en revenir à ces putains d'flics qui leur volaient leur came et leur blé, mais une partie de son esprit était ailleurs, obsédée, comme chez Tyrone, par cette image du vieux, et Harry secouait la tête, intérieurement, et en revenait à ces putains d'flics, mais son esprit avait de la suite dans les idées et lui renvoyait cette image du vieux et Harry lui tournait le dos, le visage tordu de dégoût. Comment peut-on s'laisser tomber si bas bon Dieu? J'serais la moitié si moche, merde j'me tue. Merde! Ses sourcils s'en soulevaient à nouveau, de dégoût. De retour chez Marion il lui raconta l'histoire de Tyrone et celle du vieux, et elle sourit, Bon, ce n'est pas la crème qu'on rencontre dans ce genre d'endroits, et se mit à glousser. Le visage de Harry se détendit un peu, il pouffa à son tour. Marion chassait ce cauchemar d'un geste de la main et d'un mouvement de tête, Un prototype si manifestement freudien qu'il en est pathétique. Son histoire de femmes, je veux dire. Visiblement, il n'a jamais réussi à sublimer son complexe d'Œdipe et c'est pour ça qu'il n'est plus qu'un vieux camé. De cette façon il peut continuer de prétendre qu'il ne s'intéresse pas aux femmes, en oubliant qu'il en a peur. Impuissant probablement. Je te parie tout ce que tu veux qu'il est impuissant et que c'est pour ça qu'il a peur des femmes. Il n'a plus qu'à se camer. Évident. Et pathétique, vraiment. Harry gloussa puis rit franchement. Ce que Marion venait de lui dire le réconfortait, il ne savait pas trop pourquoi. Son air peut-être, et ce geste qu'elle avait, il ne savait pas, mais il se sentait soulagé, il ne savait pas trop de quoi, mais il était soulagé. Il continuait de sourire en l'écoutant et en la regardant. Ce qui m'énerve vraiment, ce qui me chiffonne vraiment, ce sont les flics. Typiquement fascistes, des porcs. Ce sont les mêmes qui tuent les étudiants à Kent State University, qui torturent les gens en Corée et en Afrique du Sud. C'est la même mentalité qui a fait les camps de concentration. Mais essayez d'expliquer ça à ces petits-bourgeois trop gras – Oooooh, ça me rend dingue. On regarde les informations et on voit les flics matraquer les gens et ma mère et mon père prétendent que ce n'est pas vrai ou qu'il ne s'agit que d'espèces de hippies dégénérés, des cocos. C'est leur grand truc. Tout le monde est coco. Parlez-leur de liberté et de droits de l'homme et vous êtes un coco. Tout ce qui les intéresse, ce sont les droits sacrés des actionnaires et comment la police protège la propriété... Elle respira profondément, ferma un moment les yeux, et regarda Harry, Si je leur racontais, tu sais, ils me diraient que ce n'est pas vrai, que j'ai tout inventé. Elle secoua la tête. Ça m'épate comme certaines personnes peuvent être aveugles, ça se passe sous leurs yeux et ils ne voient rien. Ça m'épate. Ouais, c'est drôle. Je ne sais pas comment ils font. Harry se leva, Allons, viens, on en goûte un peu, d'c'te merde, avant qu'j'aille au boulot.

ROSH HASHANAH et Yom Kippour étaient passés. L'année serait bonne, Sara le savait. Elle avait strictement observé le Kippour, pour la première fois depuis elle ne se rappelait plus quand. Pas même un verre de thé. Rien que de l'eau. Et ses pilules. Les médicaments, s'était-elle dit, c'est différent. Ce n'était pas de la nourriture. C'était de la médecine, puisque ça venait du docteur. Mais elle avait jeûné et s'était repentie. Elle avait pensé à Harry et s'était sentie envahie de tristesse. Elle avait prié pour lui. Une fois de plus. Elle ne savait plus combien. Pour le revoir. Pour le voir papa. La nouvelle année était passée depuis quelques semaines. Davantage peut-être. Elle appelait McDick deux fois par semaine maintenant, le matin quelquefois, après avoir pris ses trois pilules, la mauve, la rouge et l'orange, et bu son pot de café, et leur disait qu'ils devaient retrouver sa fiche et qu'elle devrait peut-être venir sur place pour les aider à chercher et la fille qu'elle avait au bout du fil, elle ne savait jamais qui, s'énervait et était sur le point d'éclater mais se contrôlait de son mieux pour lui dire, d'un ton ferme, qu'ils n'avaient besoin de personne pour les aider à faire leur boulot et que Sara devrait se calmer et cesser de les appeler bon sang, et finissait par raccrocher en priant le ciel que Sara Goldfarb ne rappelle pas; mais Sara Goldfarb rappelait, après avoir pris ses tranquillisants, elle rappelait en fin d'après-midi et se faisait tout miel et disait à la fille, elle ne savait jamais qui, Vous êtes si gentille poupée, je vous en prie vérifiez et dites-moi quelle émission, je ne voudrais pas vous ennuyer mais tellement de gens me le demandent, je vous considère un peu comme ma fille, vous ferez bien ça pour une maman, je vous promets que je ne vous dérangerai plus, vous êtes si gentille, et la fille pouffait et hochait la tête et la secouait et finissait par raccrocher et Sara retournait à son fauteuil.

***

L'hiver était venu tôt. On aurait cru qu'il y avait encore quelques beaux jours d'automne en perspective, l'air était clair et sec, le ciel était bleu avec des petits nuages blancs, il faisait assez chaud et on était encore assez bien au soleil, il faisait frais à l'ombre, on se sentait tout revigoré. Un temps idéal. Et puis brusquement tout était devenu gris, le vent, le froid, la pluie, la neige, la gadoue, et le soleil, quand on en trouvait un peu, avait perdu sa chaleur. Marion taquinait occasionnellement le crayon mais sa main seule semblait le guider, le reste du corps s'en détachait totalement. Ils essayaient, à l'occasion, de retrouver un peu de leur enthousiasme pour ce café-théâtre et leurs autres projets mais passaient la plupart de leurs journées à se shooter et à regarder la télévision ou, plus rarement, à écouter de la musique. Ils allaient parfois au cinéma mais en avaient de moins en moins envie, avec le mauvais temps. Harry ne sortait guère que pour chercher de la came, et c'était de plus en plus difficile. Chaque fois qu'ils dénichaient un revendeur, merde, on ne savait pas pourquoi, il disparaissait. On aurait dit que les Dieux étaient contre eux, merde. Ils avaient depuis longtemps renoncé à leur livre de pure, tout en continuant consciencieusement d'en parler, mais si rarement, et même renoncé à toute espèce de pure. Ils se contentaient de sachets, qui devenaient rares eux aussi. Ils prenaient ce qu'ils trouvaient et le gardaient pour eux, ils n'arrivaient même plus à en revendre assez pour se payer leur dose. Ils avaient pourtant un beau paquet, à un moment, ils n'avaient pratiquement plus un radis. Harry et Tyrone discutaient de la situation, de l'argent qui leur restait, ils essayaient de comprendre, analysaient les diverses raisons qu'on leur donnait de cette pénurie, toutes plausibles et également compliquées. Certains gars disaient que c'était à cause d'la guerre ent'les Italiens et les Noirs, d'autres qu'c'étaient qu'des salades à la con, j'le tiens directo d'mon gah, on attend tout un camion, cinquante ballots sur c'te culé d'bateau jim et – D'quoi qu'tu déconnes? Y viennent de conflicsé cent liv' d'marchandise mec et ça va faire un tas d'gros titres et la télé va nous cracher les vieilles salades habituelles *toute* la sainte journée. Meerde, les flics sont tombés sur toute c'te came, on vah tous prend' le deuil bébé. Tu l'as dit mec, ils s'en collèrent cinq et se passèrent un joint et continuèrent à bavarder. Peu importaient les raisons, en dernière analyse. Le problème était là, c'était tout. On s'fout du pourquoi merde, le tout était de tenir en espérant que ça s'arrangerait bientôt et qu'ils pourraient retomber sur leurs pieds. Tôt ou tard elle reviendrait, il y aurait à nouveau de la came, partout, comme avant. Trop d'argent en jeu. Harry en parlait avec Marion, de temps en temps, sans plus de résultats, naturellement, qu'avec Tyrone. Sauf que ça contribuait à cimenter les liens. Tant qu'ils avaient quelque chose à partager ils se sentaient proches, c'était ça l'important. Dès qu'ils sentaient venir les frissons de la peur et les grincements de l'angoisse, une petite défonce et c'est chaud, les préoccupations, les soucis, tout fondait. Ils se rebricolaient leur matériel, rien que pour le plaisir. Ça faisait partie des travaux domestiques. Cette routine leur donnait le sentiment d'appartenir à une communauté. Ils s'y préparaient avec une impatience, une délectation extraordinaires. Le cérémonial symbolisait leurs besoins les plus essentiels, leur vie même. Le sachet qu'on ouvre précautionneusement, le contenu qu'on verse, la seringue dans l'eau. Ils en renforçaient le col régulièrement, pour que l'aiguille tienne bien. Harry avec un bout de boîte d'allumettes, Marion avec un coin de billet d'un dollar. La solution qu'on regarde chauffer et se dissoudre, le coton qu'on remue de la pointe de l'aiguille, la seringue qui aspire puis qu'on serre dans sa bouche pendant qu'on se ligote sa veine favorite, en réutilisant le même trou généralement, l'excitation quand l'aiguille s'enfonce et quand le sang gicle dans la seringue, le bandeau qu'on détache et la merde qu'on s'injecte dans le bras et l'attente de cette première bouffée de chaleur dans le corps et qui enfle dans vos boyaux et la seringue qui se remplit de sang, et on arrête, on arrache l'aiguille, on la repose dans le verre plein d'eau, on essuie les gouttes de sang sur son bras et on se rassoit et on se sent fort, invulnérable, entier, et un tas d'autres choses, mais entier, surtout.

Mais de moins en moins de came chaque jour, semblait-il. Il devenait plus difficile de s'en procurer, leur téléphone ne cessait pas de sonner, tout le monde en cherchait. Il leur arrivait d'en avoir suffisamment pour en revendre un peu et se faire un peu de fric, mais la plupart du temps ils étaient forcés de garder pour leur usage personnel ce qu'ils avaient pu dénicher. Il n'avait rien trouvé, ce soir-là. Il y avait bien un ou deux types qui leur promettaient toujours que ce serait pour bientôt, mais rien ne venait. Ils avaient fini par s'endormir après avoir avalé quelques somnifères mais le corps toujours agité d'un léger tremblement, aussi intérieur que physique. Ils ne s'étaient jamais couchés sans avoir sous la main assez de came pour le lendemain matin. Ils n'avaient jamais pensé qu'ils pourraient en manquer à ce point. Même avec toutes les difficultés qu'ils avaient connues dernièrement, ils en avaient toujours eu assez pour eux-mêmes, mais ils n'avaient plus rien, pas ça, rien que les cotons qu'ils avaient mis de côté. Ils les auraient déjà utilisés mais par un intense effort de volonté, et grâce aux calmants, et à l'herbe, ils avaient eu le courage de les garder pour le réveil. Leur sommeil avait été plus que léger. Presque pire que l'insomnie. Ils suaient et respiraient cette sueur sur tout leur corps. Ils grelottaient. Leur nuque et leur estomac étaient comme noués ensemble par la douleur, se tordaient d'un même mouvement, une lente nausée qui menaçait à tout moment de remonter, mais il n'y avait que cette constante pression de la douleur et de la nausée, et cette panique croissante, à chaque respiration. Leur angoisse ne cessait de croître, elle leur brûlait la chair, leur gonflait les poumons, menaçait de les étouffer, ils étouffaient et s'asseyaient brusquement et cherchaient autour du lit, dans l'obscurité, ce qui avait bien pu les réveiller. Ils essayaient de fermer les yeux et de se rendormir, mais ils ne savaient même plus ce que c'était que le sommeil, aucune différence. Une espèce de piège, ils remuaient, gémissaient, et Marion finalement s'était redressée pour respirer et Harry avait allumé, Ça ne va pas? Marion avait hoché la tête, j'ai dû faire un mauvais rêve je suppose. Elle haletait encore, son corps entier se soulevait à chaque respiration, Harry la prit dans ses bras, P't'êt' qu'on pourrait chercher les cotons? Tu crois, il est si tôt? Pourquoi pas? Ça t'aidera sûrement. Oui, je suppose. J'vais les chercher. D'accord. Harry se dirigea vers la salle de bains et Marion sortit du lit pour être près de lui pendant qu'il les trierait, ils se trouvaient des prétextes, des excuses tous les deux pour les utiliser tellement plus tôt que prévu, quel soulagement, c'était l'autre qui avait eu l'idée, d'ailleurs. Cette histoire de cotons avait commencé comme un jeu, ça finissait comme une bouée de sauvetage. Le restant de came combiné aux somnifères les assomma, ils se rendormirent pour quelques heures, complètement inconscients cette fois. Le soleil brillait quand ils se réveillèrent, ils sautèrent à nouveau sur les cotons, en priorité. Il en restait un peu, pas beaucoup. Ils étaient là immobiles à fumer des joints et à essayer de regarder la télévision, la vapeur avait beau cliqueter dans le radiateur ils étaient glacés, une raideur ambiante qui les surprenait sans trop les obséder, ils ne pensaient plus qu'à la came. Peu avant midi Tyrone les appela pour leur demander des nouvelles. Non mec, rien, J'viens d'recevoir un coup d'téléphone d'mon gah en ville, il a d'la marchandise, j'y cours. Splendide! Combien qu'ça va t'prendre? Ça dépendra d'la circulation. Une heure. P't'êt' moins. J'te rappelle à mon r'tour. Splendide. J'reste ici pour le cas où y aurait quequ'chose d'ce côté. A tout d'suite bébé. Harry raccrocha avec un grand soupir. Il faisait chaud soudain, les murs tombaient. Ils continuèrent de bavarder, de fumer, de regarder la télé, avec une étrange nonchalance, un mélange d'hystérie et de raideur. Aucun des deux ne voulait regarder trop ostensiblement la pendule, mais ils n'arrêtaient pas de calculer mentalement, d'après le programme, l'heure qu'il pouvait être, avec une impatience qui leur redonnait presque la nausée. Lorsque le téléphone résonna, Harry s'appliqua à l'atteindre nonchalamment et à décrocher distraitement, tandis que Marion tentait de feindre l'indifférence et fixait la télé en surveillant Harry du coin de l'œil. La panique lui avait fait carrément tourner la tête quand elle avait vu son visage se rembrunir, Non, mec, rien pour l'instant. Rappelle plus tard. Elle eut un soupir intérieur de soulagement, non ce n'était pas

Tyrone. Harry se rassit sur le divan, Y a un tas de gens qu'en cherchent, Marion hocha la tête, elle aurait voulu lui dire, les mots ne venaient pas, sa bouche était collée, elle fixait l'écran, sans rien voir, pour que cette interminable attente soit un peu moins longue. Harry se propulsa au bout du divan pour être plus près du téléphone, pas besoin de se lever, il n'avait eu qu'à décrocher, le même silence oppressant, la même attente, pour tous les deux, comme si toute vie, tout mouvement, avaient été brusquement suspendus. Le visage de Harry s'était éclairé d'un sourire, Marion l'avait bien vu, A tout d'suite mec. Harry se leva, Ty est r'venu, il en a. Marion se leva à son tour, elle essayait de conserver un ton aussi détaché que possible mais était incapable de masquer son émotion, Je crois que je vais y aller avec toi. J'ai besoin d'un peu d'air frais. La vie était revenue; dissipée, évanouie la pesanteur de la pièce, ils enfilaient leurs manteaux en échangeant des sourires, soulagés brusquement de cet immense, de cet horrible poids, ils pouvaient sourire, ils pouvaient parler. Ils n'arrivaient pas à y croire, ils essayaient désespérément de repousser cette idée, ils ne s'en parlaient pas, ils s'accrochaient à cette conversation oiseuse, dans le taxi. Une voix, claire et sonore, leur disait qu'ils étaient accrochés, et pour de bon, ils haussaient les épaules, elle persistait, c'était plus une certitude qu'une voix, elle pénétrait chacune de leurs cellules, les envahissait, comme la came, ils essayaient de la combattre, de la contredire, et puis après, la belle affaire, ils pourraient s'arrêter quand ils le voudraient, ça n'était pas le bout du monde, et puis quoi? les choses s'arrangeraient bientôt, et ils fixaient le spectacle de la rue, à travers les vitres, les gens qui affrontaient le vent et le froid, ils se disaient qu'ils la retrouveraient bientôt, cette tendre bouffée de chaleur, et s'efforcèrent, en arrivant chez Tyrone, de rester cool et de sourire et de plaisanter, pendant quelques minutes, en enlevant leurs manteaux, ils évitaient, consciemment, délibérément, d'en parler, quoiqu'ils aient éprouvé une certaine joie devant les yeux à demi fermés d'Alice et l'air si cool de Tyrone, mais cette odeur de came leur serrait la gorge, impossible de continuer comme ça à déconner sur la pluie et le beau temps, ils lui avaient posé la question et il avait sorti deux petits paquets et ils avaient pris deux sachets et étaient allés dans la salle de bains et avaient emprunté le matériel de Tyrone et s'étaient shootés et toutes les pensées, tous les cauchemars, toutes les peurs, toutes les angoisses de la nuit, tous les déchirements de la matinée et du trajet s'évanouirent, disparus, oblitérés, et ils passèrent là le reste de la journée, tous les quatre, assis par terre à écouter de la musique, à déconner et à se shooter, dans la réconfortante chaleur de l'amitié.

Ils étaient vraiment dans la merde, quoiqu'il ne s'agissait sûrement pas de la même, car on n'en trouvait plus guère bon Dieu. Ils ne songeaient plus à l'argent, ils n'en rêvaient plus, ils n'avaient plus qu'une obsession, en trouver assez pour eux-mêmes. Un effort incessant, rien que pour une dose, certains jours, avant de ressortir jusqu'au soir pour s'assurer la piquouse du lendemain matin.

Les rues étaient de plus en plus sinistres. Le quartier était plein de camés, même avec cette neige et cette gadoue, à la recherche de quelque chose, n'importe quoi. Les halls d'entrée étaient envahis de visages maladifs, avec des nez qui coulaient, de corps tremblant de froid, en état de manque, dont la moelle gelée craquait dans leurs os quand les camés se mettaient à suer. Les bâtiments déserts qui s'étendaient sur des kilomètres et conféraient à la ville cet air de champ de bataille de la Seconde Guerre mondiale, cet aspect pathétique et dévasté qu'on retrouvait glacé sur le visage de ses habitants, étaient semés de petits feux entretenus par des êtres tremblants qui tentaient de se réchauffer et de survivre assez longtemps pour dégoter de la came, d'une façon ou d'une autre, de durer un jour de plus pour pouvoir recommencer le lendemain. Quand quelqu'un en avait trouvé il lui fallait la ramener sain et sauf à sa piaule, quelque part où il pourrait se shooter sans qu'un inconnu enfonce la porte et lui fauche sa came, ou le tue, ou qu'il le tue, s'il ne voulait pas perdre quelque chose de plus précieux, en l'occurrence, que la vie, car la vie, sans cette came, était pire que l'enfer, pire que la mort, laquelle constituait plus une délivrance qu'une menace, tant cette lente agonie était effroyable. Et la ville était une jungle plus sauvage chaque jour, à chaque pas, à chaque respiration. De temps en temps un corps tombait d'une fenêtre, on lui faisait les poches avant même que le sang ait pu transpercer ses vêtements, à la recherche de ce qui pourrait bien vous aider à passer une heure de plus dans cet Enfer. Les chauffeurs de taxi évitaient certains quartiers et étaient armés. On ne livrait plus rien à domicile. Certains services n'étaient plus assurés. On aurait dit autant de villes assiégées, cernées par un ennemi qui cherchait à vous affamer, mais l'ennemi était à l'intérieur. Non seulement à l'intérieur des murs de la ville, des quartiers, des bâtiments déserts et des porches maculés de pisse, mais à l'intérieur de chacun, de chaque corps, de chaque tête, de chaque âme surtout. L'ennemi vous privait de toute volonté, on ne pouvait plus résister à rien, les corps non seulement en étaient assoiffés, mais ils ne pouvaient plus vivre sans ce poison qui les réduisait à ce pitoyable état; leur esprit était malade, obsédé, paralysé, et cette obsession, cet insatiable et terrible besoin physique, vous corrompaient l'âme, on finissait par se conduire comme un animal, un animal blessé, pire qu'un animal, n'importe quoi, ce qui vous dégoûtait le plus. La police renforçait ses effectifs à mesure que les cambriolages les plus insensés se multipliaient et hommes et femmes se faisaient descendre en brisant les vitrines des magasins et en essayant de s'enfuir avec un appareil de télé qui explosait lorsqu'ils tombaient avec, ils laissaient sur la glace une traînée de sang et gelaient avant qu'on ait pu ramasser et évacuer les corps. Pour le moindre gramme qui arrivait, des milliers de mains avides et décharnées se tendaient, se refermaient, frappaient, serraient, s'abattaient, appuyaient sur la gâchette. Et quand vous aviez détroussé quelqu'un et vous en étiez tiré sans accroc, vous n'étiez jamais sûr que vous la verriez couler dans vos veines. La came mijotait enfin, vous ne vouliez pas en perdre une goutte, et quelqu'un vous assommait avant que vous ayiez pu vous planter l'aiguille dans le bras.

Harry et Tyrone sombraient lentement dans ces cloaques où ils passaient désormais la plupart de leur temps. Une lente évolution, comme la plupart des maladies, leur insatiable besoin expliquait leur indifférence à un spectacle qu'ils acceptaient comme une sorte de fatalité quand ils ne l'interprétaient pas. Mais ils avaient beau travestir la réalité pour n'en retenir que les versions les plus acceptables, il leur devenait de plus en plus difficile de l'ignorer. Et seule leur obsession leur permettait encore de croire à suffisamment de mensonges pour la supporter et l'entretenir, de refuser de voir qu'ils en étaient les esclaves, de s'imaginer qu'ils étaient encore libres. Ils grimpaient un tas de vieux escaliers croulants jusqu'à des appartements délabrés, abritant des êtres tout aussi délabrés, où le plâtre tombait, avec d'énormes trous dans les murs, des poutres déglinguées, et des rats gigantesques, aussi désespérés que les autres habitants de l'immeuble, qui surgissaient de leurs coins et de leurs antres obscurs, pour renifler et mordre les corps inconscients aplatis au sol. Harry et Tyrone y allaient ensemble désormais, quelle que soit la couleur du quartier, on risquait trop d'y laisser sa came et sa vie quand on s'y aventurait seul. Tous des rats, des rats musqués, avec l'odeur, cette odeur spéciale, insupportable, des camés en état de manque, qui imprégnait les vêtements et l'air glacé. Ils avaient commencé par rester à distance, sur les bords, pour contempler ces feux de camp au fond de ces grandes cavernes en ruines, ils avaient progressivement été contraints de s'enfoncer dans cette désolation de plus en plus profondément, tant le besoin était devenu obsédant. De timides tentatives d'abord, puis la prudence n'avait plus exclu l'audace, il fallait se dépêcher, avant qu'ils trouvent plus qu'un no man's land d'enveloppes vides, de bouteilles cassées, de corps inconscients, ou de cadavres. Risques inévitables qu'ils prenaient désormais automatiquement, ils n'obéissaient plus qu'à leur obsession, elle commandait, quelque chose en eux essayait bien de résister, ces velléités étaient si vite refoulées, et si loin, qu'elles n'étaient plus que les vestiges d'un vieux rêve, d'une autre vie. Seul comptait l'insatiable et insensé besoin du moment, et c'était lui qui commandait.

Ils avaient beau se décarcasser, ils se débrouillaient tout juste d'un jour à l'autre, d'une heure à l'autre, et étaient de jour en jour plus désespérés. Ils s'étaient souvent fait dépouiller, cent thunes par-ci, plusieurs centaines par-là, c'était le jeu, ils n'avaient plus qu'à s'efforcer de gratter un peu plus d'argent, de se décarcasser un peu plus pour se procurer leur dose. Ils ne dénichaient souvent que deux ou trois sachets, se shootaient, et repartaient en chasse pour en ramener un peu à Marion et à Alice, qui devaient parfois attendre assez longtemps. Le prochain sera pour la piaule, se juraient-ils, après s'être shootés, même s'ils ne dégotaient qu'un ou deux sachets, pour que les nanas aient leur dose, à leur tour, mais les deux sachets étaient toujours pour eux, chaque fois qu'ils tombaient dessus, et tout de suite, ils se disaient que tout le monde en profiterait s'ils se shootaient et restaient sur place, ils avaient des chances d'en ramener davantage. Ils se disaient qu'il valait mieux rester sans rien que de revenir avec moins que rien, et qui sait ce qui pourrait tomber du ciel pendant qu'ils ne seraient pas là. Il leur était facile, une fois rentrés à la piaule, de se mentir, et d'y croire.

Ils pensaient encore au vieux camé, à l'occasion, mais chassaient vite cette image, ils ne seraient jamais comme ça, ils feraient quelque chose, avant que ça leur arrive. Ils savaient, lorsqu'ils voyaient les gars écumer les rues pour essayer d'échanger contre leur dose les lunettes de Dieu sait qui, ou puiser dans les toilettes l'eau de leur petite cuisine, qu'ils ne plongeraient jamais dans cette merde-là. On peut se shooter, mais faut être un putain d'animal pour êt' capab' de trucs comme ça. Ils étaient cependant de plus en plus insensibles à tout ce qui pouvait leur arriver. Ils étaient en train de se balader avec d'autres mecs et un dealer qui allait leur en fourguer quand un type était sorti d'un porche et avait calé un flingue contre la tempe du dealer et lui avait fait sauter la moitié de la cervelle et lui avait arraché sa came et avait filé en bougonnant quelque chose comme quoi il n'allait pas s'laisser avoir par un enculé. Les autres avaient plongé par terre, puis s'étaient barrés, après le départ du type, ils étaient revenus contempler un bref instant le cadavre, avec le sang qui lui giclait de ce trou dans la tête, et s'étaient barrés à nouveau. On n'avait retrouvé le corps, gelé, que huit heures plus tard.

*
* *

Sara, avant de rendre visite à Ada, prit un autre Valium. Elles restèrent là assises à boire du thé, à bavarder, et à regarder et écouter la télé. Maintenant que les fêtes sont passées tu vas peut-être avoir des nouvelles de chez McDick. Les fêtes ne sont pas terminées. Il y en a d'autres. Il y en a toujours. Pour le moment, on est entre. Peut-être que quand je les rappellerai ils auront ma carte. Peut-être qu'ils l'ont déjà trouvée et qu'ils attendent que je les appelle. Ada haussa les épaules, P't'être bien, qui sait. Mais tu devrais manger. Et rester tranquille pour que je puisse arriver aux racines. Je n'aime pas te voir si maigre. La robe rouge me va, tu sais. Elle me va bien, elle me va bien. C'est toi qui ne vas pas. Tu devrais manger. Eh, on dirait mon frigo. Ada ouvrit de grands yeux, en oubliant complètement la télé, On dirait ton frigo? Comment est-ce que ça parle, un frigo? à part que ça ronronne et que ça grinche, ou que ça s'arrête, tout simplement, comme le mien? Sara haussa les épaules, Ça a besoin de repos. Sara, tu es bien? Naturellement. Pourquoi? Pourquoi? parce que tu n'as pas bonne mine. Tu as l'air fatiguée et – Tout à fait *zophtic* déjà. Tu devrais me voir avec ma robe rouge et mes souliers dorés. Sara, il y a quelque chose qui ne va pas. Je suis contente que ta robe t'aille bien, mais je suis inquiète. Tes yeux ne sont pas très jolis, ma poupée. Je t'en prie, je t'en prie, laisse-moi te préparer... De la soupe. Je viens d'en faire. Sara secoua la tête, avec un geste de la main, Non, non, non. Pas maintenant. Plus tard. Il faut que je les appelle. Je sens qu'ils ont ma carte. Ada avait un regard aussi triste qu'inquiet, Tu m'as déjà dit ça cent fois. Je sais, je sais, mais je sens que c'est vrai, cette fois... je le sens... je le sens.

***

Harry et Tyrone écumaient les rues depuis des heures et des heures. Le vent était fort, avec, de temps à autre, des rafales de grêle et de gadoue. Il leur devenait presque impossible, dès qu'ils s'arrêtaient un instant, de repartir. Leurs pieds étaient plus que gelés, collés au sol, la douleur remontait dans les jambes, les genoux étaient sur le point d'éclater. Ils essayaient de garder le dos au vent, il leur soufflait toujours à la figure, de quelque côté qu'ils se tournent. Ils se tassaient le plus possible, ils avaient toujours si froid qu'ils pouvaient à peine parler et se contentaient d'échanger des hochements de tête. Leurs yeux et leur nez coulaient constamment, leur visage était raidi par une fine pellicule de glace. Ils contemplaient de loin les lueurs des feux de camp, ils auraient bien voulu s'en approcher, un petit moment, ils savaient qu'ils risquaient d'être dépouillés de tout ce qu'ils avaient, vêtements compris, et ils restaient là, glacés, à souffrir en silence jusqu'à ce qu'ils finissent par décrocher le lot et se dépêchent de disparaître. Ils couraient s'enfermer dans les toilettes d'une station de métro, brûlaient un peu de papier hygiénique pour se réchauffer, puisaient leur eau dans une lunette souillée, écœurante, se shootaient, s'appuyaient à la cloison, leurs veines et leurs os se dégelaient, craquaient, la chaleur de la came, ils s'essuyaient le visage, échangeaient un sourire, et se claquaient la paume, Fameuse c'te merde mec. Ouais bébé, patante, patante. Ils remontaient les escaliers du métro réchauffés, ragaillardis.

On disait qu'il y en aurait à nouveau, dans deux jours. Ils hochaient tous la tête, euh euh, et chacun allait de son côté pour tenter de vivre en attendant. La rumeur était tenace, c'était Harlan Jefferson qui l'avait fait circuler, on débloquerait de la marchandise pour les fêtes de Noël, c't'un bon garçon, un baptiste, voudrait pas qu'personne en manque, une si belle fête. Les gens commençaient à y croire, ils en avaient tellement envie, et ça lui ressemblait si bien, à Harlan Jefferson. D'où cette atmosphère d'attente, cette tension, on avait retrouvé une raison de s'accrocher, de tenir le coup, en attendant de filer avec la came. Personne ne broncha lorsqu'on apprit que le prix serait doublé et qu'on ne ferait pas le détail. La rumeur se répandait par tous les canaux, le métro, les bus, elle traversait l'Hudson, Demain soir, vers dix heures, sur tout un vaste secteur de maisons désertes, en ruines, il y aurait de la merde, mais pour un certain poids minimum, à cinq cents dollars. Cinq cents dollars, putain, c't'insensé mec, mais quequ'tu veux? Vont pah vous faire d'cadeau, c'est boug'ment sûr. Dans l'hiver glacé, les gars cavalaient à toute vapeur, pour racler le fric, mais cinq cents thunes, fallait tout piquer, comment y arriver? On s'casse le cul, on s'démène, on s'décarcasse, on fauche déjà sal'ment pour la ration d'la journée, alors tu parles, cinq cents???? Meerde, j'vois pah l'moyen. Mais la course était ouverte, et s'ils ne pouvaient dégoter suffisamment de fric chez les blancs pour y aller, ils pourraient peut-être se rabattre sur les mecs plus chanceux, mais l'prix allait boug'ment monter, tu peux êt'sûr jim.

Le paquet, ils en avaient désespérément envie, mais ils n'avaient, à eux deux, que sept cents dollars. Ils se creusaient la cervelle pour trouver ce qu'ils pourraient bien rafler ou mettre au clou, mais rien qui fasse trois cents dollars. C'était alors que Harry avait pensé au charlatan de Marion. Arnold, tu veux dire? Ouais. J'l'ai pas vu d'puis des mois. Et puis après? Il appelle toujours, pas vrai? Oui, mais je ne sais pas. Écoute, disy qu'on lui rendra dans les vingt-quat' heures. L'temps qu'y faut pour ram'ner l'fric. Marion fronçait les sourcils, elle avait l'air ennuyée, inquiète. La voix de Harry, son expression, étaient pressantes, Écoute, on l'enlève, on en fourgue un peu, et on r'tombe sur nos pieds. Finie la panique, c'est le signe, va y en avoir, on n'aura plus à s'décarcasser et à s'balader toute la sainte journée. J'te l'dis mon chou, c'est bougrement pas marrant. Je le sais Harry, je le sais. Je n'aime pas ça non plus. Alors quel est l'problème? Je ne sais pas, je – Écoute, quelques billets, tu peux très bien l'amener. Qu'est-ce que c'est, pour lui? Il est plein aux as bon Dieu. Les yeux, la voix de Marion l'imploraient presque, J'aimerais mieux qu'on trouve un autre moyen. Écoute, le moyen n'a pas d'importance. Si t'as une autre idée, parfait, pour l'moment j'suis perdu, et on a besoin d'ce fric. L'argent n'est pas le problème Harry – Qu'est-ce que c'est alors, bon Dieu? Marion le regarda, de plus en plus implorante, Je ne sais pas ce qu'il voudra de moi en retour. C'était inévitable, évident, mais la nécessité était la plus forte, elle lui permettait de nier l'évidence avant qu'elle ne s'impose suffisamment pour le refroidir, il se contenta de hausser les épaules, Te fais pas d'bile. Tu t'en sortiras très bien. Marion pendant quelques secondes interminables le regarda comme si elle espérait que quelque chose se produirait soudain qui renverserait la situation, changerait le sens des mots, qu'un *deus ex machina* leur tomberait du ciel qui résoudrait leur problème. Tu demandes l'argent à ton charlatan ou on s'met la ceinture. C'est simple. Marion avait essayé. Le problème était résolu. Elle hocha la tête et appela le cabinet d'Arnold.

Ils devaient se retrouver, à la demande de Marion, dans un petit restaurant tranquille, atmosphère intime et lumières basses. Elle était arrivée quinze minutes en retard pour être sûre de ne pas attendre et de ne pas se faire remarquer. Son maquillage était épais, mais elle ne pouvait cacher sa maigreur et son air hagard, même dans cette lumière. Vous allez bien? Quelque chose qui cloche? Non, non, une grippe qui n'en finit pas, c'est tout. Je ne parviens pas à m'en débarrasser. Ça part quelques jours, et puis ça revient. Sous tension? Vous savez qu'une tension émotionnelle continue peut faciliter toutes les infections virales. Ses entrailles se tendaient, elle le sentait, et elle devait lutter pour se contrôler et se forcer à sourire, Non, absolument rien. J'ai été très occupée. Beaucoup travaillé, ces temps derniers. Bien, c'est merveilleux. Je suis heureux d'apprendre que vous avez été productive. Marion s'efforça, tout en taquinant son assiette et en sirotant son vin, de garder son sourire. Arnold risquait quelques réflexions sur le manque d'appétit de Marion, il était surpris qu'elle ne montre pas plus d'enthousiasme pour le vin. C'est un de vos préférés. Elle continuait de sourire et hochait la tête, en lui touchant la main, Je sais, mais cette grippe, ou je ne sais quoi, je n'ai plus de papilles, plus d'appétit. Il sourit et lui toucha la main à son tour, mais de son autre main, Je dois dire, pour être parfaitement franc, que j'ai été assez surpris de votre coup de téléphone. Quelque chose qui ne va pas? Marion luttait contre l'envie de lui coller cette bougie sur la figure, elle se contraignit à un sourire encore plus large, Non, pourquoi cette question? Oh, c'est généralement le cas quand quelqu'un dont vous n'avez pas eu de nouvelles depuis un bout de temps et qui refuse toutes vos invitations à dîner ou à déjeuner depuis des mois finit par vous appeler. Marion sirota son vin, puis se renversa, Non, tout va bien, mais j'ai un petit service à vous demander. Il se renversa sur sa chaise, lui aussi, de quelques centimètres, avec un sourire entendu. Elle en aurait hurlé, Espèce de prétentieux salaud, mais se contenta de baisser légèrement la tête et de le regarder de ses yeux mi-clos, Je voudrais vous emprunter trois cents dollars. Pourrais-je savoir pourquoi? C'est personnel, Marion essayait de mettre dans son sourire le plus de chaleur possible, peu lui importait ce qu'il pouvait en penser, tant qu'il n'insistait pas. Il la regarda une seconde et haussa les épaules. Aucun problème. Marion réfréna un soupir de soulagement. Je serai obligé de vous les donner en espèces, vous comprenez. Elle hocha la tête, Parfait, et se laissa aller, cette fois, à un franc et chaud sourire, avant de manger un peu et d'apprécier le vin, en se félicitant de ce que Harry ait enfin pu dénicher de la bonne came, qu'elle n'ait plus à repasser par ces affres. Elle avait dîné et déjeuné tant de fois avec Arnold, se répétait-elle, pas de changement. Pas de différence. Aucune. Dites-moi, est-ce que ça a quelque chose à voir avec votre ami? Elle dut étouffer un brusque accès de rage pour conserver son sourire, Non. Il sourit, se pencha, et lui toucha la main, Aucune importance. Simple curiosité. Comment est-il, ce garçon? Marion se détendit, la came avait repris le dessus, l'emplissait à nouveau de sa douce chaleur. Il est très gentil. Assez merveilleux, vraiment. Elle avait vidé son verre, Arnold attendit que le garçon le lui remplisse et se repencha un peu. Il est assez beau, sensible... poète. On dirait que vous êtes amoureuse. Le visage de Marion s'adoucissait de plus en plus, Je le suis. Et il vous aime? Oui. Et il a besoin de moi. Il hocha la tête et ils échangèrent un sourire. Je peux l'aider à accomplir de grandes choses. Nous avons beaucoup de projets.

Ils rentrèrent chez Arnold, après le dîner, dans son petit appartement. Marion s'assit, dans ce décor familier, en s'efforçant de se sentir à l'aise, rassurée, mais chaque fois qu'il parlait elle avait envie de hurler, sans cesser de le regarder en souriant, et en essayant de se souvenir, désespérément, de son attitude, de ce qu'elle faisait, de ce qu'elle disait, les autres fois, mais rien, que cette envie de hurler. Elle n'arrêtait pas de se tortiller dans son fauteuil pour trouver la bonne position, est-ce qu'elle regardait la bibliothèque, d'habitude, ou le tableau au-dessus du divan? Comment tenait-elle sa cigarette? Elle avait secoué les cendres dans le cendrier, bien grosses, incongrues, elle se demandait s'il n'aurait pas mieux valu la faire rouler sur le bord. Elle se redressa soudain, redressa le dos, la nuque, décroisa prestement les jambes, fit glisser sa jupe, et se mit à cligner des yeux tandis que son visage s'empourprait, Arnold avait-il apprécié? Elle essayait de se convaincre, sans y parvenir, que tout était normal, comme d'habitude. Mais tout lui paraissait étrange. Elle tentait de combattre, sinon de chasser cette impression en se répétant que c'était la même chose, absolument pareil, la même chose que les autres fois, impossible de s'en débarrasser. La voix d'Arnold dominait la musique, Marion lui répondait, elle le sentait au mouvement des muscles du visage, elle entendait le son de sa propre voix, mais se sentait étrangement détachée de tout. Elle attendait, que le téléphone sonne peut-être, que la voix de Harry lui dise d'oublier l'argent, de rentrer tout de suite, J'ai déniché d'la came, mais il ne connaissait pas le numéro, il ne savait pas qu'ils étaient là. Il les croyait au spectacle, ou quelque part. Aucune idée qu'elle pouvait être là, prête à coucher avec Arnold. Il ne savait pas. S'il avait su, il n'aurait pas – Elle essayait, désespérément, de suivre le raisonnement, une autre voix, en elle, la raillait, la vérité s'insinuait, lentement, pénétrait les moindres fibres de son être... Elle savait, et Harry le savait. Ils s'aimaient mais ils le savaient, tous les deux, qu'elle allait coucher avec Arnold...

Elle s'assit sur le bord du divan, le dos tourné à Arnold, elle essayait de reprendre le fil. Une agonie, le sentiment d'aliénation était de plus en plus grand – pareil, comme d'habitude – elle clignait des yeux en regardant tout autour, la voix d'Arnold bourdonnait dans sa tête. Elle fixa le sol, elle devait se déshabiller. La lumière de la lampe de chevet était si faible qu'on voyait à peine le mur, mais cette lumière la dérangeait, elle demanda à Arnold de l'éteindre. Il fronça un moment les sourcils, Pourquoi voulez-vous que j'éteigne, brusquement ? C'est la première fois. Elle ravala un cri et faillit fondre en larmes. Elle s'efforçait de garder un ton normal, si on peut dire, l'irritation de la voix n'en était pas moins évidente, C'est comme ça. Arnold, je vous en prie. Il haussa les épaules et éteignit. Elle se sentit presque rassurée, un instant, dans cette obscurité soudaine, se déshabilla rapidement, consciente de chaque vêtement qu'elle enlevait, et, les bras croisés sur la poitrine – pareil, comme d'habitude – se glissa dans les draps poisseux.

Arnold remarquait, dans la pénombre, cette pâleur sous le fond de teint, cette maigreur. Il avait souvent couché avec elle, depuis deux ans, il se rendait compte de la différence, le corps, l'attitude, mais ce qui était encore plus évident, quand les yeux s'étaient habitués à l'obscurité, c'étaient les traces de piqûres sur les bras. Marion, naturellement, portait une robe à manches longues, mais elle ne pouvait cacher ses bras éternellement. Arnold faillit lui poser la question, il se ravisa brusquement et décida de faire comme s'il n'avait rien vu. Il se tourna, l'embrassa, elle lui répondait de son mieux, sans cesser de se répéter, Pareil, Comme d'habitude. Ils avaient déjà couché ensemble. Pas de changement. Aucune différence. Elle espérait que les mouvements, les gestes, les bruits, étaient appropriés, elle essayait, désespérément, de s'en souvenir, mais tout lui était étranger, incongru, elle essayait de penser à Harry mais ça gâchait tout, très vite, elle s'immobilisait une seconde, jusqu'à ce que l'image disparaisse, et serrait Arnold, plus fort encore, et s'agitait, en espérant que c'était bien comme les autres fois, il y en avait eu beaucoup, elle avait beau se le dire elle se sentait salie, et n'arrêtait pas de se le répéter, *La même chose. La même chose. La même chose.* Elle n'arrivait pas à s'en convaincre, elle ne pouvait qu'essayer de convaincre Arnold, et elle s'était mise à chantonner sa mantra, *la même chose,* ce qui lui avait permis, sans qu'elle se sente plus propre pour autant, de continuer, en se répétant, de temps à autre, que Harry avait besoin de cet argent, que c'était pour lui qu'elle était là, pas pour l'argent, et que c'était *la même chose, la même chose, la même chose.*

Marion se retira dans la salle de bains, avec ses vêtements. Elle prit un bain, s'habilla, s'arrangea les cheveux, retoucha son maquillage, et retourna dans la pièce. La lampe était allumée mais rassurante. Arnold était assis au bord du lit, il fumait. Elle lui sourit, avec l'espoir que c'était bien le sourire auquel il était habitué, elle ne pouvait plus guère penser qu'à ça, rentrer chez elle. Est-ce que l'argent a quelque chose à voir avec ces marques sur votre bras? Quoi? Ces marques. Ces marques de piqûres. C'est pour ça que vous avez besoin d'argent? Hein? il haussa les épaules – De quoi parlez-vous? les yeux de Marion lançaient des éclairs. Arnold eut un sourire professionnel. Ne vous énervez pas. Je peux peut-être vous aider, si vous avez des ennuis. Les yeux de Marion se radoucirent, Je n'ai pas d'ennuis Arnold. Tout va très bien. Il la regarda un moment, incrédule. Je peux avoir cet argent Arnold? Il faut que je rentre. Il est tard. Il continua de la regarder un moment, J'aimerais que vous me répondiez, je veux dire, êtes-vous – d'où viennent ces marques sur votre bras? Oh pour l'amour de Dieu Arnold, il faut toujours que vous tourniez autour dù pot? Vous ne pouvez pas me demander, tout simplement, si je prends de la drogue? C'est bien ça que vous voulez dire, n'est-ce pas? Il hocha la tête. Oui. Bon, si ça peut vous soulager je vous réponds, Oui, j'en prends. Il secouait légèrement la tête, l'air blessé, Mais comment pouvez-vous? C'est impossible. Rien n'est impossible Arnold. Vous vous rappelez? Mais vous êtes si jeune, si brillante, si douée, je veux dire, pas comme... comme ces gens qui écument les rues en assommant les vieilles dames pour se procurer l'argent de leur drogue. Vous êtes cultivée, délicate, vous avez été sous analyse – et l'analyste – ils se regardèrent quelques instants, Arnold était de plus en plus confus, peiné. Mais pourquoi? Pourquoi? Marion le fixa un moment puis poussa un long et profond soupir, son corps entier semblait se vider, comme si on lui pressait dessus, Parce que ça me donne l'impression d'être moi... tout entière. La colère se mêlait à la peine et à la confusion dans les yeux d'Arnold. Puis-je avoir cet argent Arnold, je vous en prie? Il faut que je parte, vraiment. Il se leva, tout raide, passa dans l'autre pièce, revint avec l'argent, le lui tendit, Je suppose que je peux aussi bien vous le donner – Je vous rembourserai dans deux jours. Non, ça va. Vous l'avez bien gagné, après tout. Il se dirigea vers la salle de bains, referma la porte. Marion la fixa un moment avant de sortir. Elle descendit l'escalier, la colère et le dégoût l'envahissaient, ses yeux s'embuaient, elle se précipita dans la rue, le vent froid la frappa, elle s'arrêta soudain, étourdie, s'appuya contre le mur, et vomit, vomit...

***

Harry avait les entrailles nouées. Pendant une demiheure environ après le départ de Marion il était resté assis et s'était détendu sous l'action de la drogue et avait regardé la télé. Marion serait de retour dans deux heures, se répétait-il, cool, tout va bien, mais à mesure que les minutes s'additionnaient quelque chose se resserrait dans ses entrailles, poussait, gonflait, lui remontait dans la poitrine, lui chatouillait le fond de la gorge, il devait résister à une vague envie de vomir. Mais sans trop se plaindre, en un sens, de ce malaise physique sur lequel il pouvait se concentrer et qui lui permettait de fuir tout ce qui, simultanément, se passait dans sa tête, enflait, prenait forme d'image, de mot, des images et des mots qu'il se refusait à voir et à entendre. Au bout d'une heure, il était devenu vraiment nerveux. Il avait en moins de cinq minutes regardé plusieurs fois sa montre, aussi ahuri à chaque fois, il était sûr qu'il devait être plus tard, avant de revenir à la télé, puis de repenser à l'heure, il n'arrivait pas à y croire, il regardait à nouveau, pas de doute il avait bien regardé, et revenait à l'appareil, manège qui s'était répété jusqu'à ce qu'il finisse par se lever pour changer de chaîne, c'te foutue télé, leurs foutus programmes sont plus mauvais les uns qu'les aut', il avait fait toutes les chaînes, à plusieurs reprises, avant de tomber sur un vieux film et s'était rassis sur le divan en résistant, consciemment, à l'envie de regarder sa montre. Il avait fumé la moitié d'un joint, c'était bon pour l'estomac et, affalé, la main droite inconsciemment posée sur sa montre, il avait essayé de fixer l'écran, de s'intéresser au programme, mais le cerveau s'y refusait, pas le moindre intérêt, ne serait-ce que superficiel, Harry, de plus en plus conscient des images et des mots qui se formaient dans sa tête, s'était concentré sur son corps, jusqu'à ce qu'il se sente sur le point de vomir, il était allé se chercher des Mallomars, s'était mis à les mastiquer en fixant l'écran, s'efforçant de lutter contre ces images qui lui battaient dans le ventre, qui lui fusaient dans la tête, et qu'il ne cessait de repousser, rien à fout' ici merde, mais c'était l'esprit, maintenant, qui était malade, et le corps avait vite cédé, il avait lutté tout ce qu'il avait pu, tant qu'il avait pu, Harry avait fini par regarder sa montre, elle s'était arrêtée c'te fant d'pute, il avait eu envie de se l'arracher du poignet et de la jeter par c'te foutue fenêt', avant de s'apercevoir, c't' épatant, qu'il devait être bougrement plus tard qu'il le croyait, et d'appeler l'horloge parlante et d'entendre cette voix sur la bande magnétique, ce bip, et son corps entier était envahi d'une terrible tristesse pendant qu'il regardait sa montre et écoutait cette voix qui n'arrêtait pas de lui dire l'heure, et sa montre, à chaque fois, était exacte, il avait beau écouter, la voix, le bip, et les fixer, ces putes d'aiguilles, le temps ne changeait pas, et la tristesse était là maintenant, derrière ses yeux, et il sentait que les larmes voulaient sortir, et il avait raccroché, tout courbé, et s'était réinstallé sur le divan pour regarder l'écran, toujours aussi cruellement obsédé par ces aiguilles sur ce cadran, le temps avance lentement il avance quand même, ça faisait des heures que Marion était partie, les images et les mots ne se contentaient plus de flotter vaguement à l'intérieur, ils affleuraient à la surface, lentement, éclataient soudain sous ses yeux, presque comme s'ils étaient en dehors, pour l'agresser, il la voyait au lit avec un gros lard qui la baisait, à la crever, Harry détournait prestement la tête, il grommelait, se retournait, se tortillait, et changeait de chaîne en maudissant c'te foutue télé, y aurait bien un programme possib' merde, et se répétait qu'ils devaient être en train de dîner, on ne peut pas emprunter du fric à un mec et se barrer tout de suite, on est obligé de s'asseoir et de boire un peu de vin et de déconner et de lui sourire et de lui lécher – merde, quequ'c'estqu'ce programme? il changeait de chaîne, à toute vitesse, merde pas moyen d'l'arrêter d'la trimer c'gros lard, vite il avait essayé de les rhabiller et de les réexpédier bavarder et siroter leur café dans ce restaurant mais même quand l'image ne fichait pas le camp la petite voix qu'il avait dans le fond du crâne se moquait de lui et lui chuchotait, *Baratin, Baratin, Baratin,* il fermait les yeux, plissait les paupières, secouait la tête, rien à faire, au contraire, le projecteur revenait sur le lit, et même quand il parvenait à les renvoyer à leur table de restaurant c'était pour voir Marion pianoter par-dessous, il avait fini par aller chercher, dans la salle de bains, un des sachets qu'il avait mis de côté pour le lendemain, merde tant pis mec, c'est maintenant qu'j'en ai b'soin, l'dernier était trop coupé, pas assez forte c'te merde, j'peux pourtant pas m'laisser aller merde, faut q'j'puisse sortir, au boulot, ouais, v'là c'que j'vais faire, j'vais m'shooter et voir c'qui s'passe, y a p't'êt' du nouveau, j'vais p't'êt' tomber sur quequ'chose de convenab', j'peux pas rester ici toute la nuit à r'garder c'te foutue télé, j'en d'viendrais dingue merde, il se sentait mal tout à coup, il se pencha sur la lunette, rendit les Mallomars qu'il venait d'avaler et, presque hypnotisé, contempla ce vomi qui coulait si facilement de sa bouche droit dans la lunette, giclait un peu sur les bords, le chocolat, le blanc de la guimauve et le vert de la bile se mélangeaient si bien, superbe, il souriait à ce petit océan au-dessous de lui, semé de petites îles et de montagnes coiffées de neige, il sourit encore, hoqueta, tira la chaîne, s'aspergea le visage d'eau froide, le frotta avec la serviette, il se sentait mieux et s'assit sur le bord de la baignoire, ragaillardi, rassuré, envahi d'une espèce de calme qui noyait les images, oblitérait les mots, puis regagna lentement le living, où il termina son joint, affalé sur le divan, le film lui plaisait, il termina ses Mallomars, il se sentait bien, cool, jusqu'à ce qu'il remarque l'heure, au bout d'un moment, le temps filait, des heures maintenant, et c't'enculée d'image qui revenait, il essayait d'étrangler cette voix dans sa tête, elle continuait de se moquer de lui, des chuchotements insidieux, des gloussements, le restaurant s'était brusquement illuminé, les murs s'étaient écroulés, il n'arrivait pas à les redresser, il y renonça vite, résigné à son rôle de spectateur, ils s'ébrouaient sur ce lit, Marion et c'salaud, et il la baisait de toutes les manières possibles et l'estomac de Harry était de plus en plus vide, grand ouvert, déchiré par les vents de l'hiver, mais ses entrailles, elles, étaient vivantes, elles se tordaient, il en sortait des rats, des asticots, ses yeux étaient pleins de larmes de rage, de tristesse, il avait l'impression d'avoir la tête sous l'eau, une terrible sensation d'écœurement, de plus en plus forte, il n'était plus seulement spectateur, il participait à la scène, lui donnait vie, une énergie inconnue, venue de quelque part en lui, c'était d'elle qu'il se vidait, et la douleur augmentait et la nausée montait mais il ne vomissait pas, il restait au bord, il avait inconsciemment posé sa main sur son sexe, s'était étendu, et lentement, inexorablement, recroquevillé dans la position du fœtus, sans cesser de fumer, pour combattre la nausée, et plus il regardait ces images sur cet écran dans le fond de sa tête plus son cœur gonflait, menaçait de lui crever les côtes et de jaillir de sa poitrine, tandis qu'c'te foutu truc de merde dans sa gorge était de plus en plus gros, un effort terrible pour que l'air passe, il avait brusquement sauté sur ses pieds pour changer d'programme merde, il avait encore fait toutes les chaînes, à plusieurs reprises, avant de se rasseoir, d'écarquiller les yeux, et d'essayer de ne plus lutter, ni céder, mais l'horrible malaise persistait, Harry avait peu à peu cessé de lutter, il avait cédé à ce vide mort et pourri, au fond de lui, la douleur, la peur, l'angoisse, n'étaient plus que le linceul du désespoir, un linceul presque rassurant maintenant que le combat avait pris fin, et il était resté là, assis, à regarder la télé, à s'intéresser presque à ce qui se passait sur cet écran, à ce mensonge auquel il fallait croire pour continuer de se mentir à soi-même.

Il se demandait vaguement, pendant les intermèdes publicitaires, s'il ne ferait pas mieux de sortir voir s'il y avait du nouveau, mais ça s'arrêtait là. Fugitive pensée qui s'envolait gaiement dès que le film reprenait. Marion était finalement rentrée, les joues ravivées par le maquillage et le vent froid. Elle se débarrassa de son manteau, Oh, il faisait un de ces froids là-bas. J'ai dû attendre une éternité avant de trouver un taxi. Ouais, c'est dégueulasse. Elle mettait un temps fou à accrocher son manteau et à arranger ses vêtements dans la penderie, elle s'en était rendu compte, avait fermé les yeux, et s'était efforcée d'endormir la douleur, dans son estomac, et de raviver son regard avant de se retourner vers Harry. Bon, j'ai l'argent – elle gagna le divan, à une allure qui se voulait aussi détachée que nonchalante. Tiens. Elle lui tendit l'argent. Bon. On va pouvoir s'remet' à flot. Il tentait de retrouver tout son calme, d'oublier, de nier la tension qui régnait dans la pièce, si pénible qu'elle en était presque tangible. Marion s'étendit sur le divan, renversa la tête, sourit, et affecta un ton des plus naturels, Qu'est-ce que c'est que ce film mon chou? Il haussa les épaules, Sais pas. J'viens d'le mettre, t'sais. Elle hocha la tête et fixa l'écran, elle luttait, luttait, luttait, il était tellement inutile, idiot, de rester là à prétendre qu'il ne s'était rien passé, que tout était exactement comme avant, que rien n'avait changé. Absurde, elle avait involontairement haussé les épaules en prononçant mentalement le mot, elle était trop intelligente et avertie pour se laisser tomber dans ce piège, cette illusion. Elle savait qu'elle ne pouvait en parler à Harry, ce serait encore pire, bien pire, mais elle ne pouvait se le nier à elle-même. Conclusion qu'elle avait acceptée en poussant un soupir presque distinct. Ce qui est fait est fait. Elle l'acceptait, il ne fallait plus y penser, envolé, elle ne lui dirait rien... Elle en haussait mentalement les épaules. Non, il ne me posera sûrement pas de question. Elle soupira franchement cette fois et sourit à l'adresse de Harry, qui la regardait. Elle lui frotta la nuque un moment, je t'aime Harry. Il l'embrassa, Moi aussi je t'aime. Elle sourit à nouveau et fixa l'écran en s'évertuant à ne plus penser à cet effroyable nœud qu'elle avait dans l'estomac et qui la rongeait, puis décroisa les jambes et se pencha, Je crois que je vais y aller. Et toi? J'en viens. Vas-y. Elle sourit encore, automatiquement, et se dirigea vers la salle de bains en se disant que ce devait être son imagination, Harry n'avait pas l'air si bizarre. Elle s'assit un moment, après s'être shootée, le temps que les choses se tassent et qu'elle baigne à nouveau dans une douce chaleur, ébaucha un sourire, un vrai, elle le sentait, et retourna dans le living. Elle glissa un bras sous l'épaule de Harry, lui frotta la nuque, l'embrassa sur l'oreille, lui frotta la poitrine, il mit un certain temps à réagir, puis ils s'empoignèrent, désespérément, se serrèrent, s'écrasèrent, de longues minutes, tandis que la télévision ronronnait, dans le fond, ils allaient faire l'amour, Harry la ressaisit, la serra, de plus en plus fort, elle s'accrochait à lui, l'embrassait, le mordait, pendant qu'il l'embrassait sur tout le corps, tentait de communiquer à leurs mouvements une frénésie qui finirait bien par l'envahir, lui aussi, mais il manquait quelque chose, quelque chose se mettait en travers de quelque chose, ils avaient beau forcer, désespérément, leurs mouvements n'étaient que des mouvements, ils se recroquevillaient chacun dans sa coquille, sa gêne, jusqu'à ce qu'ils se mettent d'accord, implicitement, pour arrêter, et s'écroulent dans un semblant d'apaisement et de repos.

SARA portait sa robe rouge tout le temps. Et ses souliers dorés. Et quand Ada, qui lui retouchait toujours les cheveux, lui disait qu'il était peut-être arrivé quelque chose à son émission, Sara secouait la tête, et ses bras, son corps entier étaient agités de secousses. Certaines de ses dames parfois venaient lui rendre visite et lui apporter un Danois ou du saumon fumé et des bagels, elle n'avait jamais faim. *Zophtic,* elle ne pensait qu'à ça. La chair lui pendait, sur le haut des bras, on aurait dit des hamacs, elle n'en continuait pas moins de penser *zophtic* et de ne pas manger. Bon, *zophtic* d'accord, mais tu as besoin de viande sur tes os. Sara refusait, elle ne se permettait que le café et parlait continuellement de la télévision, son appareil était toujours allumé, elle étudiait toutes les émissions pour pouvoir se présenter à n'importe laquelle. Ses amies la quittaient vite et elle restait assise dans son fauteuil à regarder, à hocher la tête et à sourire quand elle se voyait répondre avec une telle assurance, elle enlevait toutes les questions comme si c'était un jeu, tout le monde l'applaudissait et elle ramassait tous les cadeaux et prononçait un petit discours, elle ne les garderait pas, elle les donnerait aux nécessiteux, et ils applaudissaient de plus belle et il y avait des photos dans le journal et elle souriait à tout le monde, dans le bulletin de six heures, et même dans celui de onze heures, et les gens, quand elle sortait, se mettaient à chanter, *Vive Sara, vive Sara, vive Sara,* et elle soupirait et souriait et se pelotonnait dans son fauteuil en regardant sa télé et en sirotant son café, mais le lendemain matin, tous les jours, il y avait quelque chose, elle se sentait bizarre, elle fermait les stores et les rideaux et de temps en temps elle se levait et regardait dehors, de biais, pour voir qui elle pourrait surprendre, elle essayait de voir le plus loin possible, sans se montrer à ceux qui l'espionnaient, et retournait à son fauteuil et jetait parfois un coup d'œil au réfrigérateur, il était toujours là, silencieux, terrorisé; et elle se levait et se dirigeait vers la porte, très lentement, sur la pointe des pieds, et écoutait, de longues minutes, en retenant le plus longtemps possible son souffle pour qu'on ne l'entende pas, et, avec infiniment de précaution, se baissait et retirait le bout de bande adhésive qui masquait le trou de la serrure et regardait au travers pour voir si elle pouvait les voir, mais ils s'arrangeaient toujours pour disparaître avant. Elle replaçait l'adhésif, avalait quelques Valium, retournait à son fauteuil et regardait ses émissions, l'une après l'autre, en s'agrippant la poitrine, quelquefois, quand une maman s'inquiétait, elle le lui disait, elle savait ce que c'était que de ne plus avoir son fils près de soi. Mon seul enfant, mon boubala, je n'ai même pas son numéro de téléphone. Mais il est très occupé vous savez. Son métier. Il a une affaire à lui mon Harry, et je vais bientôt être grand-mère, et Sara la consolait et lui disait que tout allait s'arranger, puis prenait encore quelques Valium et ses yeux s'alourdissaient et un voile de tristesse descendait sur elle et les larmes coulaient sur ses joues pendant qu'elle regardait les programmes de la soirée et de la nuit, et le fait de se voir dans le bulletin de onze heures n'arrivait pas à dissiper sa tristesse, elle avait ce voile de larmes devant les yeux, et elle bredouillait des prières pour avoir des nouvelles de la télé, qu'on lui dise quelle émission, quel jour; et que Harry vienne la voir, avec sa fiancée, ils boiraient une tasse de thé, ils lui diraient quelle émission, et elle aurait sa robe rouge, Ô Seymour, ma robe rouge tu te rappelles? La bar mitzvah de Harry? Ça ne va pas, Seymour? Tu m'accompagneras et nous gagnerons des prix et on les donnera aux pauvres et ils seront bien contents et Harry me donnera un petit-fils, elle devrait faire un peu plus attention aux voitures... Oh, je vous le dis, quand les voitures arrivent comme ça et que les types regardent de tous les côtés c'est dangereux, et je le bercerai le petit boubala et je lui apprendrai, à elle, comment on prépare le poisson farci, il l'aime tant, notre Harry, pourquoi est-ce que tu ne dis rien Seymour? tu restes là à me regarder, viens, on va se coucher, viens, viens... et Sara allait se coucher en tenant la main de Seymour et Harry et le petit-fils et la télévision se noyaient dans sa tête pleine de larmes et les larmes perçaient et mouillaient l'oreiller, tandis qu'elle essayait de noyer cette douleur qu'elle avait dans la poitrine... et le matin, au réveil, elle alluma la télé, fit chauffer le café, prit ses pilules, la mauve, la rouge et l'orange, avala son café, contempla longuement les rideaux tirés, appela McDick, raccrocha, secoua la tête en essayant de se souvenir de ce qu'on lui avait dit, s'assit, elle écoutait les battements de son cœur, ils étaient si rapides, si sonores, qu'elle avait l'impression qu'il allait lui crever la poitrine, et son pouls lui battait dans les oreilles comme un tambour, et elle demeura là dans son fauteuil, dont elle agrippait les bras de temps en temps, tandis que son cœur menaçait d'éclater, jusqu'à ce que lentement, puis brusquement, tout s'éclaire, il y avait quelqu'un, chez McDick, qui voulait l'empêcher de paraître à la télé, on avait probablement déchiré sa carte, c'était pour ça qu'ils ne savaient pas, elle savait comment ça se passait, elle l'avait vu bien des fois à la télé, il y a des gens qui se font dépouiller de leur héritage et personne ne sait rien, mais elle irait, elle trouverait le responsable et se ferait établir une nouvelle carte, et elle enfila ses bas, les grosses socquettes de laine de Seymour par dessus, s'écrasa les pieds dans ses souliers dorés, quelques pulls sur sa robe rouge, son gros manteau, une écharpe entortillée autour du cou, une autre sur la tête, et sortit, le froid et la neige fondue lui cinglaient le visage, elle se dirigea d'un pas égal et résolu vers la station de métro, elle n'entendait rien, personne, elle fendait le vent, tête baissée, en se parlant toute seule, à voix basse, et elle continuait, pendant le trajet, en regardant les placards publicitaires, elle reconnaissait les marques de la télé, elle se rappelait les programmes, et elle parlait de son émission aux gens qui étaient assis près d'elle, elle leur racontait comment elle allait passer à la télévision, avec son Harry, et les gens continuaient de lire leur journal ou de fixer les vitres et ne lui prêtaient aucune attention, comme si elle n'était pas là, jusqu'à ce qu'elle descende, un couple avait légèrement haussé les épaules et l'avait regardée un moment, du coin de l'œil, traverser le quai et monter les escaliers, sans cesser de marmonner, et elle remonta la rue, le baboushka serré sur la tête, elle le tenait bien, elle patinait et glissait sur les trottoirs glacés, avec ses souliers dorés, mais n'en continuait pas moins de défier le vent et la gadoue, jusqu'au building de Madison Avenue et prit l'ascenseur, sans manifester la moindre conscience de tous ces regards éberlués, et pénétra dans le hall de réception et apostropha la standardiste, pourquoi ne passait-elle jamais ses appels, et demanda à voir M. Lyle Russel, et la standardiste la regarda, le standard scintillait et bourdonnait mais elle demeura un moment comme paralysée devant ce visage hagard, ces yeux creux, ces cheveux trempés et épars qui pendaient et s'accrochaient, ces grosses chaussettes de laine dans ces souliers dorés, Sara vacillait, elle frappait le mur du poing en tenant des propos incohérents et n'arrêtait pas de répéter son nom, la standardiste l'avait vite reconnue, elle la pria de s'asseoir une minute et avertit la programmation, en leur disant qui c'était et ce qui se passait, et Sara s'était bientôt vite retrouvée entourée de plusieurs personnes qui tentaient de la calmer et de la persuader de rentrer chez elle et elle leur répondait qu'elle resterait là jusqu'à ce qu'elle sache dans quelle émission et l'eau dégoulinait sur son visage et sur tous ses vêtements et sa robe rouge était toute mouillée et froissée et son fichu lui glissait sur la nuque, Sara Goldfarb n'était plus qu'un flasque et pitoyable sac de misère et de désespoir, elle se tassa lentement sur sa chaise et ses larmes se mêlaient à la neige fondue qui gouttelait de son visage et tombaient dans le corsage de sa robe rouge, celle qu'elle avait portée pour la bar mitzvah de Harry, et quelqu'un lui tendit une tasse de bouillon chaud en lui disant de la boire et deux autres filles l'aidèrent à entrer dans un petit bureau et essayèrent de la calmer et quelqu'un appela un docteur, l'ambulance partit aussitôt, et Sara restait sur sa chaise, effondrée, trempée, elle sanglotait et leur répétait qu'elle les donnerait aux pauvres, je n'en veux pas, ça fera des heureux, tout ce que je veux c'est être dans cette émission, avec Harry et mon petit-fils, j'attends depuis si longtemps, et ils essayaient de lui expliquer que seules quelques rares personnes étaient sélectionnées, de la consoler en lui disant que ça prenait du temps, bientôt peut-être, elle sanglotait toujours, on lui collait la tasse de bouillon chaud contre les lèvres, elle en buvait un peu, et deux infirmiers étaient arrivés, ils la considérèrent un moment et lui demandèrent, d'une voix douce, apaisante, si elle pouvait marcher, elle leur répondit qu'elle avait l'habitude, qu'elle était en scène déjà, ils le verraient son Harry au bulletin de six heures, et quand ils lui demandèrent son nom une des filles leur dit qu'elle s'appelait Sara Goldfarb, Petit Chaperon rouge dit Sara, et hop là je vais voir le présentateur, elle s'était rassise et sanglotait, sanglotait, sanglotait, puis elle se calma un peu et leur demanda d'appeler Seymour, qu'il vienne la chercher au salon de beauté, et les infirmiers l'aidèrent à se lever et à gagner lentement l'ascenseur, et l'ambulance l'emporta, dans le froid et les encombrements, direction Bellevue.

Sara heureusement était indifférente au décor, les couloirs et les salles bondées, les gens qui couraient dans tous les sens, les cris de douleur, les gémissements, les plaintes, elle n'entendait rien et ne voyait même pas ces corps épuisés, malades, sanguinolents. Isolée dans son cocon de souffrance, elle en avait plus que sa part. On l'installa dans une chaise roulante pendant qu'on remplissait les formulaires, un médecin l'examina brièvement, lut le rapport des infirmiers, et l'expédia au psychiatre de service, on la poussa dans les couloirs, une autre file, près d'une heure d'attente, on la poussa dans une autre pièce, un autre docteur la regarda brièvement, parcourut les papiers attachés à la chaise roulante, lui demanda son nom, et elle se remit à pleurer et à lui parler de Harry, de l'émission à laquelle elle allait participer, du nouveau poste que Harry lui avait offert, ce serait pour les pauvres, il hochait la tête et griffonna quelques mots sur une feuille, schizophrénie paranoïaque, il fallait l'examiner plus à fond, mais les électrochocs dans son cas étaient à recommander. Il appela l'infirmier, on la poussa jusqu'à une autre file. Des heures et des heures plus tard on finit par la conduire à son lit, dans le couloir de la section spéciale. Les malades se traînaient, l'air absent, abattus par tous les tranquillisants qu'on leur avait donnés, d'autres se baladaient en camisole de force, ou étaient attachés sur leur lit, ils criaient, pleuraient, suppliaient, tour à tour. Étendue sur le dos, elle fixait le plafond, de temps en temps elle sanglotait, mais son propre malheur la protégeait. Un jeune interne était là, au pied du lit. Il était fatigué et bâillait en lisant la feuille de Sara. A la lecture de leurs commentaires et en voyant le nom des médecins qui l'avaient admise, il fronça les sourcils. Il la regarda, lui parla d'une voix douce, l'examina lentement, scrupuleusement. Sara lui répondait, il souriait et lui tapotait la main pour la rassurer. Il écouta la poitrine, asseyez-vous, le dos, pria Sara de lever les bras et de fermer les doigts, remarqua cette chair qui pendait, avec ces creux autour des yeux, dans le cou, il lui demanda si elle n'avait pas eu une crise cardiaque dernièrement. Non, mais il bat très fort. Oui, j'ai remarqué. Il continuait de lui sourire, pour la rassurer, Vous avez l'air d'avoir perdu pas mal de poids dernièrement mammy. Elle sourit, Oui, c'est pour pouvoir mettre ma robe rouge. Il l'écoutait, lui tapotait la main, l'appelait mammy, sans cesser de sourire, gentiment, patiemment, il la questionnait, elle finit par lui raconter, le poids, le docteur, les pilules, et Seymour surtout, son Seymour, son Harry, et la télévision. Okay mammy, tout va s'arranger – il lui tapotait la main pour la rassurer – on va vous remettre sur pied, en un rien de temps. Voulez-vous une tasse de thé? Il lui souriait, et gloussa lorsqu'elle lui sourit, en hochant la tête, Tu es un bon garçon Harry.

Il donna les instructions nécessaires à l'infirmière de garde pour que Sara soit transférée du service psychiatrique au service médical et lui rendit la feuille d'admission. L'infirmière souriait, Encore un coup de Reynolds? Qui voulez-vous que ce soit? C'est un des pires cons qu'on ait jamais vus dans le métier. L'infirmière riait. Tout le monde a besoin d'électrochocs, avec lui. Schizophrénie paranoïaque... La seule chose qui ne va pas chez cette pauvre femme, ce sont toutes ces pilules qu'elle a avalées.

*
* *

Tyrone C. Love était assis au bord du lit, il se frottait le crâne, essayait de comprendre. Il écoutait c'te foutu vent qui battait contre les fenêtres, fait boug'ment foid dehors, dire qu'y vah bientôt falloir qu'je sorte. Meerde! y a pah longtemps c'était l'été, y s'baladaient du côté d'la morgue, y s'éclataient, et v'là qu'on a les miches qui gèlent et les jours et les nuits s'bousculent et les jours n'en finissent pah qu'on dirait des siéc' et c't'à croire qu'y a jamais eu d'été et qu'y en aura pus jamais. Y a quequ'chose quequ'part qu'a dû foirer. Y-z-étaient là à s'balader et à fourguer la marchandise et à ram'ner les j'tons et v'là qu'y sont là à s'démener et à gratter c'qu'y peuvent et à s'décarcasser juste assez pour pah s'rouler pah terre. Meerde! Quelle poisse c't bon Dieu d'ville jim, une boug' de poisse y a pah à chier bon Dieu. Il se retourna pour regarder Alice, recroquevillée sous les couvertures, l'avait qu'le haut d'la tête qui dépassait, l'a l'air d'aplomb, si chaude, si bien, l'va bientôt s'réveiller et m'demander sa dose. Bon Dieu c'qu'elle peut dormir c'te gahce. Et quand elle dort pah c'qu'elle peut branlotter. Il souriait, mais sûr qu'c't'une sacrée nana, comme ça, nature qu'elle est née. Il se frottait le crâne, écoutait le vent. Toute c'te merde de première, tous ces j'tons, et v'là j'arrive même pus à payer c'te foutu loyer. Meerde. D'où c'qu'elles nous viennent, toutes ces emmerdes? Ça marchait ben, cool, Alice et moah on était couchés là tranquilles la f'nêt' ouverte avec les rideaux au vent à déconner et à claquer des doigts et v'là qu'on dirait quc c't'enculé d'vent vah nous fout' par terre toute la foutue baraque jim. Meerde. On dirait qu'on n'a pus qu'des emmerdes maintenant. Comprends pah. Vraiment pah. Moins qu'on s'dégotte assez d'blai pour ram'ner un peu d'marchandise c'te nuit. S'y en a. C'est p't'êt' encore des gahs qu'essayent d'racoller les mecs qu'ont un peu d'blai pour leur piquer. J'sais pah c'qui s'passe bon Dieu jim, ces culées d'rues sont d'pus en pus dingues... d'pus en pus bon Dieu. Comme les gros poissons qui bouffent les pus p'tits... Meerde! C'est quand t'es p'tit qu't'as des ennuis jim... et des sérieux. Et qu'des emmerdes. Faut êt' cool bébé, faut faire gaffe. On reste cool un moment et on la ramène c'te merde. On n'aura pus à sortir par c'te foutu foid et à s'les décarcasser nos p'tites fesses gelées, bon sang qu'j'déteste les emmerdes. Meerde! Il se leva, alla dans la salle de bains et se planta devant la lunette, une main contre le mur, sa bitte dans l'autre, il fixait le trou en secouant les dernières gouttes. Meerde, l'est temps qu'je magne le cul, et en route dans c'te culé d'foid. J'vais m'en payer un peu vant qu'je me la gèle c'te connasse. Il s'assit du côté d'Alice et rabattit les couvertures et lui frotta la nuque et la renversa sur le dos et l'embrassa violemment sur la bouche en lui soupesant un sein, Allons femme, réveille-toah. Pour les maccab' j'me r'tourne à la morgue. Alice cligna des yeux et le regarda, ahurie, pendant une minute. Quequ' tu veux? Meerde, quequ'tu crois qu'je veux? Il lui rampa dessus et la serra, Un bout d'c'te belle chatte, femme, il lui frottait le ventre et le reste et l'embrassait sur le cou et Alice se mit à glousser et essaya d'ouvrir complètement les yeux. J'suis pah core réveillée, même pas eu ma dose. Meerde, ton jules vah t'la donner, femme, et Tyrone C. Love de s'évertuer à communiquer à ses os, à ses muscles, à son cerveau, cette chaleur de l'amour qui devait le protéger du froid et des accidents de la nuit.

La plus étrange nuit, le plus étrange spectacle que la ville ait jamais connus. Le capitaine responsable du quartier était au courant depuis des jours, le secteur devait être totalement calme, sous contrôle. Comme si vous tombiez brusquement sur une zone démilitarisée, au détour d'un champ de bataille où les combats faisaient encore rage. Les rues étaient désertes. Plus le moindre feu dans les maisons abandonnées. Pas même un clochard dans un coin de porte ou sous un matelas. Le vide complet, sur cinq pâtés de maisons, dans toutes les directions. Aucune voiture ne patrouillait le secteur, elles se contentaient de naviguer tout autour. On ne pouvait y pénétrer que par quelques points de contrôle où des sentinelles armées de Thompson et de walkie talkies vous fouillaient avant de vous laisser passer. Tout le monde devait planquer son arsenal. Les gars beuglaient et protestaient lorsqu'on leur disait qu'ils ne pouvaient rien garder, Merde, d'quoi qu'tu parles? T'veux qu'j'y aille vec mes cinq cents thunes, que j'te ramène c'te foutue came et que j'me fasse niquer su' l'ch'min du r'tour, merde, sans ren pou' m'défend', merde? Meerde, t'as perdu la boule jim. Et toi c'est ton foutu trou du cul d'camé qu't'as perdu, et la sentinelle lui plantait le bout de sa Thompson sous le nez et le gars faisait demi-tour et décampait en marmonnant et en crachant par terre et revenait quelques minutes plus tard, sans rien. J'suis sans ren, bon Dieu. On le tâtait des plus soigneusement avant de le laisser aller, d'un signe de tête. Si j'me fais niquer t'auras d'mes nouvelles, s'pèce d'enculé. T'auras qu'à porter plainte. Le gars continuait de grommeler mais poursuivait son chemin pour rejoindre la queue qui s'étendait sur plusieurs blocs, il n'était que huit heures trente et on n'attendait pas le mec avant dix heures.

Harry et Tyrone s'étaient dit qu'il valait mieux se partager l'argent, ils se l'étaient collé sur le corps, un peu partout, avec des bandes adhésives, pendant qu'ils observaient le terrain, ne gardant en poche que deux malheureux dollars, au cas où ils se feraient dévaliser, les mecs se figureraient peut-être que c'était tout et se barreraient avec. Ils franchirent assez facilement le point de contrôle et traversèrent la Z.D., sans cesser de regarder de tous les côtés, pour gagner le point de distribution. Au milieu de chaque pâté de maisons, une voiture avec un gars sur le toit, muni d'une mitraillette, un autre sur le trottoir, avec un walkie talkie. Meerde, quequ't'en dis mec? Ouais. On dirait qu'on est dans un d'leurs cartoons à la con mec. Ils se tassèrent dans leurs manteaux. Bon dieu, j'ai jamais eu les j'tons comme ça jim. Ils traversèrent le champ de ruines, leurs silhouettes brisées se détachaient en noir sur le ciel entre les pans des maisons bombardées, un étrange silence leur déchirait bizarrement les oreilles, les yeux. Ils s'approchèrent de la queue, longue de plusieurs centaines de mètres, les gars étaient moitié groupés moitié en ligne contre les murs croulants, ils essayaient de se tenir chaud, de ne pas regarder toutes ces mitraillettes pointées sur eux, ils essayaient d'être cool, dans leurs moindres mouvements, que personne ne se fasse des idées, vec c'foutu cirque, les mains au fond des poches ils s'essuyaient le nez d'un coup sur leur épaule, il n'arrêtait pas de couler, et mettaient un pied sur l'autre, alternativement, ceux dont les baskets étaient déchirés les entouraient de vieux journaux, ils s'enveloppaient le corps de journaux, pour se tenir chaud. Harry et Tyrone les contemplaient en secouant la tête, ils ne tomberaient jamais aussi bas, eux, ils ne seraient jamais accrochés à ce point, au point de ne plus vivre que pour la came. Régulièrement quelqu'un demandait l'heure et une sentinelle, occasionnellement, la lui donnait et il y avait toujours quelqu'un pour leur dire d'arrêter de d'mander, pour l'amour de Dieu. Merde, ça traîne déjà assez comme ça mec. Cool, hein? Tuer le temps, ils ne pensaient plus qu'à ça, en essayant d'oublier leurs os et leur chair glacés; les sentinelles les surveillaient sans mot dire, elles avaient chaud dans leurs vestes polaires, avec leurs masques, on aurait dit qu'elles sortaient d'un film de science-fiction quand elles avançaient lentement, presque invisibles sur le noir décor, la vapeur qui leur sortait de la bouche était plus frappante que leurs visages masqués mais l'était moins que leurs mitraillettes. Quelques minutes plus tard une grande Cadillac noire s'approcha, s'arrêta, deux gars armés de Thompson en descendirent, puis deux autres, puis un autre encore, tout emmitouflé dans un manteau de fourrure, qui portait une grosse valise. Il se dirigea vers ce qui restait d'un hall d'entrée, où on avait installé un appareil de chauffage. L'appareil était allumé, le gars s'immobilisa près de lui, sur une épaisse carpette de laine. On les conduisait là un à un, le gars prenait leur argent, le comptait, le déposait dans un coffret d'acier, ils allaient chercher, un à un, leur petit paquet enveloppé de plastique, et on leur disait de filer. Ils essayaient, dès qu'ils avaient quitté la Z.D., de se fondre dans la nuit, la rumeur avait couru que personne ne risquait rien, dans un rayon d'un kilomètre du moins, mais il fallait être fou pour se fier aux flics. Certains se précipitaient vers le sombre corridor où ils avaient planqué leur flingue et dévalaient la rue, le flingue dans une main la came dans l'autre; d'autres se ruaient vers les voitures où les attendaient leurs copains et démarraient prestement en ravalant péniblement leur salive après s'en être claqué cinq, rien que d'y penser à c'te fameuse came ils en avaient déjà le goût dans l'arrière-gorge; d'autres n'arrivaient même pas à sauter en voiture ou à dépasser les dernières fenêtres éteintes, on leur pétait la cervelle ou on les matraquait avant.

La file avançait rapidement, il avait quand même fallu

des heures pour que chacun ait sa ration, mais personne ne bronchait, pas un mot pas un geste, avec toutes ces mitraillettes braquées sur vous, en feu croisé. Harry et Tyrone se collèrent la marchandise sur le corps avec des bandes adhésives, et sitôt ressortis ramassèrent chacun deux grosses pierres et remontèrent la rue en marchant au milieu de la chaussée, surveillant à eux deux tout le terrain, le tour complet, 360 degrés. Même dans le taxi, même pour fumer, ils n'avaient pas lâché leurs pierres, jusqu'à ce qu'ils se retrouvent à la piaule. Ils commencèrent par se shooter, coupèrent le reste, l'enveloppèrent, et se le partagèrent, pour leurs clients respectifs. Ils s'étaient dit qu'il valait mieux rogner un peu sur la quantité que doubler les prix. Les temps étaient durs, les camés de New York étaient prêts à casquer, même si le poids n'y était pas tout à fait.

Harry et Marion se sentaient bien, au chaud, tranquilles, en écoutant cliqueter les radiateurs et en regardant tous ces sachets, sur la table. Tu vas tous les vendre Harry? Le plus gros, pourquoi? Supposons que tu n'en trouves plus? Qu'est-ce qu'on fera? Y en aura, t'inquiète pas. Mais supposons qu'il n'y en ait plus, la voix de Marion était de plus en plus tendue, tu vois comme c'est devenu difficile depuis quelque temps. Mais t'as vu, c'soir, et c'est qu'un début. Marion se retourna et le regarda droit dans les yeux, de plus en plus intensément, Je ne crois pas. D'quoi qu'tu parles? Je n'en suis pas sûre. C'est une impression. Je ne veux plus passer par là Harry. Cette agonie quand on se lève et qu'on n'a plus rien. Moi aussi, non pus, mais c't'idiot d'pas écouler c'te marchandise. On n'en manquera pus maintenant qu'les prix ont monté. Marion secoua la tête. J'ai un mauvais pressentiment Harry. Ne la vends pas, les yeux de Marion reflétaient son angoisse, elle avait pris un ton implorant, pour la première fois, attends d'être certain qu'il y en aura... Je t'en prie Harry, je t'en prie, son corps s'était raidi, ses yeux étaient fixes. T'inquiète pas, son s'débrouillera. On r'tombera sur nos pieds.

* * *

Le Dr Spencer était devant son chef de service, les mains dans les poches, serrées, la mâchoire si tendue qu'elle lui faisait mal. Le Dr Harwood, les mains collées au bord de son bureau, se redressa, le regarda un moment et fronça légèrement les sourcils, Ne restez pas comme ça, raide comme un piquet. Asseyez-vous et détendez-vous. Le Dr Spencer s'assit, respira profondément, essaya de se laisser aller, mais tout son corps se ressentait encore de cette rigidité, de cette colère contenue. Le Dr Harwood avait gardé les sourcils froncés, Bon, quel est votre problème docteur? C'était urgent, disiez-vous. Le Dr Spencer reprit son souffle, ferma les yeux une minute, puis exhala lentement.

Il s'agit du Dr Reynolds. Le Dr Harwood le considéra d'un air sévère, Je vous ai déjà dit qu'il est inutile de prendre sur mon temps pour rompre des lances avec le Dr Reynolds. Il ne s'agit pas de rompre des lances mais des soins et du traitement qui conviennent à nos patients. Le Dr Harwood se renversa sur son fauteuil, D'accord, qu'est-ce qui vous amène, aujourd'hui? Le Dr Spencer faisait tout son possible pour se calmer, se contrôler, mais il lui était de plus en plus difficile, dès qu'il en parlait, de dominer sa colère. Il respira à nouveau, Une nommée Sara Goldfarb a été admise dans un état d'agitation extrême, le Dr Reynolds a diagnostiqué une schizophrénie paranoïaque et l'a envoyée au service psychiatrique en recommandant éventuellement des électrochocs, comme d'habitude – le Dr Harwood tressaillit légèrement mais ne broncha pas – j'ai découvert, après l'examen de routine, qu'elle prenait des pilules pour maigrir et du Valium et n'avait pas mangé comme il faut depuis de nombreux mois... Il s'arrêta un instant, luttant contre la colère qui montait... et j'ai laissé des ordres pour qu'on la transfère au service médical. Ce matin j'ai découvert que le Dr Reynolds s'y était opposé, et que non seulement la malade était toujours au service psychiatrique mais que le Dr Reynolds avait donné des ordres *formels* pour qu'on ne tienne absolument aucun compte de mes recommandations. Le Dr Spencer était tout rouge, sa sueur perlait tandis que le Dr Harwood le regardait s'efforcer de se dominer. Il a pour cela toute l'autorité requise, et il en a le droit docteur. Il n'est pas question de ses droits. Les malades ont le droit au traitement le plus approprié, le plus efficace. Vous voulez dire que ce n'est *pas* exactement le cas dans cet hôpital ? Je veux dire que c'est un cas médical, qui ne relève pas de la psychiatrie. Un peu de repos, une nourriture convenable, un bon nettoyage, et elle sera complètement remise. Le Dr Harwood le regarda froidement, C'est votre opinion docteur. Ce n'est pas une question d'opinion, mais de précédents. Je me suis occupé, au cours des huit derniers mois, de six des malades du Dr Reynolds, je les ai traités médicalement pour exactement les mêmes symptômes et les mêmes causes, ils ont tous complètement récupéré en moins d'un mois, *sans* électrochocs, sans neuroleptiques. Le Dr Harwood n'avait pas cessé de le regarder, il s'exprimait sur un ton très lent, Oui, je sais. C'est pourquoi il est intervenu. Vous ne pouvez pas contredire les indications d'un de vos collègues, ou – Même quand elles sont erronées, quand elles sont dangereuses, préjudiciables à la santé et au bien-être des malades ? Le Dr Harwood clignait doucement des yeux, l'air tolérant, Je ne pense pas que vous soyez apte à juger de la compétence d'un médecin spécialisé dans une branche à laquelle vous êtes hostile, et dont l'autorité et l'expérience dépassent les vôtres. Eh bien je ne suis pas d'accord. Absolument pas. Et le dossier le prouve. Quand quelqu'un a mal aux dents, on ne l'expédie pas à un chiropodiste. Et qu'est-ce que cela veut dire, exactement ? Tout simplement que les malades qui relèvent de la médecine ne doivent pas être traités comme s'ils relevaient de la psychiatrie, et que cette femme, comme les autres, relève de la médecine, pas de la psychiatrie. Le Dr Harwood se tapotait le bout des doigts, Encore une fois c'est votre opinion, elle diffère de celle du Dr Reynolds. Reynolds est un trou du cul. Je vous interdis d'insulter les autres membres de mon service, docteur, le Dr Harwood penché sur son fauteuil regardait le Dr Spencer droit dans les yeux, et surtout quand il s'agit de décisions que j'approuve. Vous voulez dire que vous avez donné votre accord ? Naturellement. Après tout ce que vous avez pu lire sur la feuille de la malade ? Je n'ai pas besoin de la voir. Pas besoin de la voir ? Vous voulez dire que vous avez condamné quelqu'un aux électrochocs sans même voir son dossier ? Oh vraiment docteur, condamné, ce mot, c'est enfantin, stupide. Mais les électrochocs, dans son cas, sont totalement inutiles. Je vous répète que je peux la remettre sur pieds en quelques semaines, avec du repos et une bonne alimentation. Dr Spencer, je commence à en avoir assez de vos diatribes contre le Dr Reynolds. Permettez-moi de vous rappeler qu'il est votre supérieur et quand ce ne serait que pour cette raison vous ne pouvez rien contre ses décisions. Absolument rien. Vous me comprenez ? Et l'intérêt de la patiente, vous ne vous en inquiétez pas ? Le Dr Harwood se pencha vers le Dr Spencer, le visage fermé, Mon boulot est de veiller au bon fonctionnement de ce service, avec le minimum d'histoires et de conflits. Mon boulot et mon devoir. Ma responsabilité est de veiller à ce que cet important service d'un des plus grands hôpitaux du monde – du monde – fonctionne dans les meilleures conditions. Je suis responsable de milliers de personnes, voilà ma responsabilité, et pas seulement d'une obscure malade, et leur sort dépend de la façon dont je veille à ce que ce service fonctionne, sans querelles fratricides. Vous avez offensé le Dr Reynolds, à plusieurs reprises, sans motifs, je vous ai excusé – Sans motifs? Comment pouvez-vous – DU CALME! Peu m'importe votre *opinion* sur les compétences de vos collègues, je ne cherche qu'à remplir mes devoirs, au mieux de mes moyens. Mais cette femme – Peu m'importe, je vous le répète. Admettons que votre diagnostic et vos supputations soient corrects, elle n'aura subi, au pire, que quelques électrochocs inutiles. Au pire – le Dr Harwood fixait le Dr Spencer d'un œil impitoyable et se penchait vers lui, de plus en plus, Exactement. Au pire. Tandis que même si vous aviez raison, et si je vous suivais, il en résulterait un tel désordre, pour le personnel comme pour le service, du point de vue de son harmonie et de sa bonne marche, que les dégâts seraient infiniment plus importants que ces quelques mois de gâchés dans la vie de cette femme. Le Dr Spencer était blessé, abasourdi. Je croyais que votre responsabilité était de soigner les malades. Le Dr Harwood le regardait, Ne soyez pas naïf docteur. Le Dr Spencer le fixa, il se sentait vidé, anéanti, sa langue avait un goût de plomb, ses yeux étaient lourds, gonflés de larmes. Le Dr Harwood le fixait, respirait, soupirait, se renversait dans son fauteuil. Naturellement, si vous n'approuvez pas la manière dont cet hôpital est administré, vous êtes libre de démissionner de votre poste. C'est votre droit. Le Dr Spencer regardait devant lui, tout se brouillait, le Dr Harwood, la pièce entière. Il était sans ressort. Le cerveau ramolli. Le ventre noué. Il ferma les yeux, secoua la tête. Le Dr Harwood se tapotait le bout des doigts, Vous devez avoir encore beaucoup de travail dans les salles, docteur, j'en suis certain. Le Dr Spencer hocha la tête et se leva. Et laissez-moi vous rappeler une chose docteur... l'harmonie est mère de l'efficacité. Au revoir.

LES radiateurs cliquetaient mais restaient froids. C'était toujours la panique, ils s'étaient remis à écumer les rues, la vieille routine, mais dénichaient tout juste assez de came pour survivre, rien de plus. Marion, grâce aux ordonnances de ses médecins, avait une bonne provision de somnifères, ça ne l'empêchait pas, la plupart du temps, d'être totalement hystérique. Elle devenait hystérique quand ils se réveillaient le matin et qu'ils étaient à sec, qu'ils avaient tout pris la veille au soir, persuadés qu'ils pourraient tenir le coup, et tremblotait en avalant ses somnifères ou en se shootant, quand elle le pouvait, elle s'était blessée, son bras était enflé, tout rouge, elle hurlait, criait à Harry que c'était que c'était sa faute s'ils n'avaient pas leur piquouse. D'quoi qu'tu parles merde? C'est toi qu'avais tellement l'feu au cul hier soir merde? Eh bien il n'y en avait pas assez. Pas ma faute si elle ne vaut rien. Il m'en a fallu deux. Des conneries. Une seule aurait dû t'suffire. T'avais qu'à t'laisser tomber dans les vaps et dormir, comme d'habitude. Je ne tombe pas dans les vaps et je ne dors pas, tu le sais. Et si une seule aurait dû me suffire, pourquoi est-ce qu'elle ne t'a pas suffi, à toi? Tu étais bien d'accord pour qu'on remette ça. Sûr, pourquoi pas? Et quequ'tu veux qu'je fasse? Que j'reste là à t'regarder planer toute seule? Bon, alors ne m'accuse pas, c'est tout. Et laisse-moi tranquille. A cause de toi j'ai raté la veine, mon bras est en compote, je ne sais plus où piquer. Merde, j't'ai fait rater la veine? Et qui c'est qui s'tape la corvée par c'temps d'chien? Il n'y a que toi qui puisses. Je te remplacerais volontiers. Ce n'est pas drôle de rester ici toute seule à attendre. Ah merde, hein? Laisse-moi tranquille que j'me r'monte un peu vant d'aller voir c'qui s'passe. Harry avala ses deux barbis en essayant de s'imaginer qu'il planait déjà, une défonce de première, il n'y avait pas réussi mais ne se sentait pas trop patraque, un peu de chocolat chaud par-dessus, ça l'aiderait. Moralement et physiquement apaisé, il observait Marion qui était en train de se shooter, de la main gauche, elle tremblait si fort qu'elle allait encore rater la veine, il lui proposa de l'aider. Tu vas t'tuer bon Dieu. Il lui ligota le bras et le lui frotta jusqu'à ce qu'une bonne veine ressorte, l'aiguille s'enfonça, ils la regardaient, attendaient la première bulle de sang, Marion avait mis le doigt sur le piston, Laisse-moi, laisse-moi. Harry haussa les épaules et se rassit, elle s'injecta le liquide, non sans deux ou trois ratés, ferma les yeux, la bouffée de chaleur l'envahissait, accompagnée d'une sensation de nausée qui lui montait à la tête, s'évanouissait; Marion rouvrit les yeux et plongea sa seringue dans le verre d'eau. Okay? Elle hocha la tête. Tu d'vrais décrocher. Tu vas t'bousiller toutes les veines. Si tu t'sens pas bien t'as qu'à avaler deux barbis comme t'avais l'habitude, vec un peu d'chocolat chaud. Elle se contenta de le regarder en haussant les épaules, sans rien dire. L'idée était absurde, ils le savaient bien, rien ne comptait plus pour eux que cette aiguille dans le bras, les barbis pouvaient vous calmer, ce n'était pas la même chose, rien ne la remplaçait.

Tyrone avait appelé, il y avait du nouveau, Harry se

précipita. Ils avaient mis leur argent en commun, c'était Tyrone qui partait en chasse, chacun n'en avait gardé que de quoi pouvoir se payer quelques sachets, au cas où, sans se le dire. Geste automatique qu'ils n'avaient nullement projeté et auquel aucun des deux n'avait accordé beaucoup d'importance. Chacun prétendant que c'était tout ce qu'il avait et se gardant un peu d'argent de poche, tout simplement. Ce n'était pas pour ne pas être en retard mais pour y arriver plus vite qu'ils en avaient claqué un peu dans ce taxi. Un autre cirque, cette fois, ils en avaient l'impression, mais toujours une question de patience, et ils avaient attendu, dehors, en tapant la semelle, le dos au vent, toujours aussi froid et mordant, trop froid pour fumer, ils avaient peur de rentrer dans la cafeteria, ils pourraient rater le dealer. Ils attendaient donc et frissonnaient en espérant qu'on ne leur avait pas raconté de salades bon Dieu d'merde.

Marion était assise à la table de la cuisine, à boire son chocolat chaud, puis du café, elle essayait de penser à un moyen de ne plus penser, de s'occuper l'esprit, elle ne pouvait que demeurer là assise à essayer de ne pas regarder sa montre, et la regardait sans voir l'heure. Elle avait presque éclaté de rire en se le rappelant, Asseyez-vous, attendez, et vous serez servie, vous aussi. Attendre! Dieu tout-puissant, elle avait attendu toute sa vie. Attendre quoi???? De vivre. Attendre de vivre, oui. Elle s'en rendait compte parfois, obscurément, semblait-il, sur le divan de l'analyste. Attendre de vivre. Rien qu'y penser constituait une sorte de répétition. D'exercice pratique. Elle le savait. Pas nouveau. Son psy, quand elle s'en était rendu compte, si ses souvenirs étaient corrects – s'il lui restait quoi que ce soit de correct – avait trouvé la remarque assez judicieuse... Assez judicieuse... Elle en gloussait, Avant qu'on couche ensemble... Assez judicieuse. Il ne connaissait pas La bête de la jungle, de Henry James. Jamais entendu parler de Henry James, peut-être. Et pas plus excitant, au lit. Marion contemplait sa tasse de café. On la lavait rarement, les bords étaient dégoûtants... Comme une bête de la jungle... Avec ma lucidité, mon intelligence, mes dons, je ne devrais pas avoir de difficulté à résoudre mes problèmes, à être productive. Son dada, productive. Et sublimer. Tout ce qu'ils veulent... que vous sublimiez, pour être productif. Elle gloussait, Il n'y a que les gosses qu'il faut éviter. Leur autre dada! *N'y a qu'à.* N'y a qu'à y aller. Vous leur demandez comment, *n'y a qu'à* foncer. Maintenant que vous connaissez votre problème, *n'y a qu'à* éviter ce qui vous l'a créé, ce problème. Très simple. Tous. La même rengaine. *N'y a qu'à.* Qu'à! Elle fixait sa tasse vide, elle en aurait bien voulu une autre, elle n'arrivait pas à bouger, ramener le pot, verser le café, le sucre, le lait, elle essayait de faire appel à sa volonté – Et ça encore. Complet. Vous n'avez qu'à faire appel à votre volonté. Elle fixait la tasse vide... Elle finit par se lever, elle allait s'en verser une autre, le pot était vide, elle le regarda, rentra dans le living, brancha la télévision, s'efforça de ne plus s'intéresser qu'au programme, elle ne pouvait s'empêcher de regarder sa montre, de se demander si Harry avait pu en trouver, si le tuyau était sérieux, elle espérait qu'il aurait assez de bon sens pour en garder un peu, qu'on soit sûrs d'en avoir, merdique ce programme, idiot, elle s'en était progressivement rendu compte et se demandait, les yeux rivés à l'écran, comment on pouvait présenter au public un truc aussi absurde, enfantin, intellectuellement et esthétiquement insultant, elle ne cessait de se poser la question, qu'est-ce que c'est que cette idiotie, et de fixer l'écran, en secouant la tête, de plus en plus captivée par cette absurdité, avant de se renverser sur le divan, brusquement, le programme s'étant interrompu pour une pub, le genre tonitruant, à se demander, là encore, quels étaient les crétins qui pouvaient se laisser impressionner par ces ordures au point de courir les acheter, elle secouait la tête, incroyable, tout simplement incroyable, comment peuvent-ils nous sortir tant d'insanités, plus écœurantes les unes que les autres? C'est incroyable, le programme avait repris, elle se pencha à nouveau, le visage froncé, pour ne rien perdre de ces péripéties par ailleurs parfaitement prévisibles, tandis que le temps passait, et qu'elle attendait...

Tyrone et Harry risquaient de se les geler, et salement. Le secteur était chaud, pour comble de déveine. Il devait y avoir des flics partout. Vaut mieux pah traîner jim si t'es pah net, les flics sont partout à emmerder tout l'monde, c'est pah des salades. Ils avaient interviewé le plus de mecs possible pour essayer de savoir où ça se passait, mais ils ne voulaient pas perdre trop de temps avec qui que ce soit, le gars avait p't'êt' son matériel sului, ils risquaient d'être tous épinglés, si les flics s'amenaient, pour c'putain d'trafic. Ils se baladaient à la fois le plus et le moins possible. Pour ne pas rater le copain de Tyrone, ni geler sur place. Ils apprirent ainsi qu'il y avait un gars qu'en avait d'la fameuse. Dieu sait combien, ça allait de l'échantillon au plein camion, mais il en avait, et y n'vendait pah. Y n'te la fourgue que pou' d'la chatte jim. C'est sa came à c't'encul la chatte. Un camé d'la chatte. Et faut qu'elle soye d'première jim. Du super, j'veux dire. Tout c'que tu veux qu'j'y ai dit, mais j'suis pas 'sez giron poului qu'y m'a dit. Harry et Tyrone gloussaient en silence, il faisait si froid qu'ils ne parvenaient pas à sourire, moins encore à rire franchement. Le copain de Tyrone apparut enfin, descendit la rue au pas de bebop, les dépassa, Tyrone le suivit au bout de quelques minutes, Harry l'aperçut bientôt qui revenait et le suivit à son tour, son cœur s'était mis à battre plus vite quand il l'avait vu héler un taxi, une bouffée d'espoir, comme un avant-goût dans la gorge, des tiraillements d'impatience dans l'estomac. Il sauta dans le taxi, claqua la porte. Tyrone souriait.

La télévision marchait toujours mais Marion n'était plus sur le divan. Elle était dans la salle de bains, les bras dans l'eau chaude, elle les frottait énergiquement, faisait des moulinets, essayait désespérément de trouver une veine dans laquelle elle pourrait s'injecter une solution de barbiturique. Elle tremblait, pleurait, saoule de frustration, maudissait Harry de ne pas être encore revenu avec la came, elle n'arrivait pas à se ligoter le bras gauche, elle n'arrivait à rien, elle se prit la tête dans les mains, Ooooooooooh, se la frappa, voulut s'asseoir au bord de la baignoire, glissa et s'affala au sol, qu'elle battit de ses mains en sanglotant de rage. Elle n'avait pas entendu Harry ouvrir la porte et entrer dans la salle de bains. Quequ'tu fais? Elle le regarda une seconde et se dressa, d'un coup. Où étais-tu? J'ai attendu toute la journée – Merde quequ'tu – et je ne peux pas le supporter plus – Tu n'peux – longtemps, elle tremblait, elle pouvait à peine parler, tu m'entends? Demain matin, au réveil, je veux pouvoir en trouver, – n'y a qu'à Merde qu'est-ce qui – tu m'entends? TU M'ENTENDS ? TU M'ENTENDS ? Ses yeux étaient écarquillés, elle attrapa Harry par la veste et le secoua, Je ne me coucherai pas tant que je n'en aurai pas sous la main, je ne peux plus le supporter, je ne peux plus supporter d'être malade comme ça et d'attendre – Tu crois que j'm'amuse merde, bon Dieu, il l'empoigna et la serra jusqu'à ce qu'elle s'arrête, tu veux êt' sûre d'avoir du rabiot, le gars qu'on nous avait dit en a mais y vend pas. Marion le fixait comme elle avait fixé la télé, les yeux écarquillés, elle ne parvenait pas à le croire mais voulait en entendre davantage, seule sa rage l'empêchait de s'évanouir, lui permettait de tenir debout. Elle avait ouvert la bouche. Il aime les filles. Marion continuait de le fixer. J't'arrange un rancard avec, merde, pisque t'es si nerveuse. La bouche de Marion s'était refermée. Tu s'ras pus obligée d'attend'... et j'aurai pus à m'geler les couilles par c'putain d'froid, il pivota, arracha sa veste et son pull, les jeta sur le divan, s'assit devant la table, et entreprit de défaire le paquet. Marion le regarda quelques secondes, cligna des yeux, s'avança, s'arrêta brusquement lorsqu'il se leva, et retourna dans la salle de bain. Tu crois qu'on va y arriver? Elle hocha la tête et essaya de se ligoter le bras, mais Harry secoua la tête, Bon Dieu, t'es cinglée, et le lui ligota, puis le lui massa, une ou deux veines intactes étaient apparues, Bien. Tout était prêt. Marion ne s'était rendu compte à quel point son corps, son visage, étaient glacés que lorsqu'ils commencèrent à se réchauffer sous l'effet de la drogue, et à se détendre. Le matériel rangé, dans le verre, Harry et Marion s'assirent un moment sur le bord de la baignoire, il laissait la came balayer ces images de rues gelées, elle retrouvait un sentiment de sécurité. Elle s'appuya contre lui, Je ne sais pas ce qui s'est passé, c'est de pire en pire, je ne sais pas ce qui se passe, j'ai l'impression de devenir folle. Ouais, je sais. C'est moche. Quequ'tu veux que j'te dise, tôt ou tard ça va casser, ça peut pas durer éternellement. Elle regardait droit devant elle et hochait la tête, Je ne peux plus supporter de me voir dans cet état. Mais t'es pas *tellement* malade. J'en prends pas pus qu'toi et – Pour toi c'est différent. Elle secouait la tête, Je... je... je ne sais pas pourquoi mais c'est comme ça. Je ne peux plus supporter de ne plus en avoir sous la main quand j'en ai besoin, je ne peux plus, sa voix s'était radoucie, une sorte d'hystérie contrôlée, tandis que Harry lui frottait la nuque. Elle se secoua, sans cesser de regarder droit devant elle, et se leva, Viens. Harry planqua la marchandise et ils s'assirent à la table pour boire leur soda.

Combien est-ce qu'on en a? Assez pour deux jours. On ne peut pas garder le tout? Bon Dieu Marion, toujours la même rengaine, on en a déjà discuté une douzaine de fois, merde. On est *obligés* d'la vendre. C'est la *seule* façon d'avoir de l'*argent* pour en *racheter*. Marion hochait la tête, ce n'était plus la panique mais elle restait assez angoissée. Le visage mort, elle regardait son verre, puis Harry, alternativement, Je comprends Harry. N'y a qu'à... n'y a qu'à... elle haussa les épaules, le fixa quelques instants, baissa les yeux et regarda son verre. Les gens paniquent, quoi, c'est tout. Quequ'tu veux que j'te dise? Marion le regarda à nouveau, hocha la tête, cligna des yeux, à plusieurs reprises, elle s'efforçait de garder un air aussi compréhensif et rassurant que possible. Elle contemplait sa cigarette, son verre, Tu es sûr que le type ne veut rien vendre? Quel type? Le type qui en a mais qui ne veut pas vendre, comme tu disais. Oh l'gars qu'est un mordu des nanas? Marion hochait la tête en contemplant son verre, elle levait de temps en temps les yeux. Absolument. Pourquoi, t'as une idée? Marion regardait son verre et jouait avec sa cigarette. J'aimerais en avoir devant moi pour plus d'un jour. Harry, ça ne peut pas continuer comme ça... Suppose qu'il soit bientôt à sec???? Harry haussa les épaules, au fond de lui-même, au fond des tripes, il aurait voulu pouvoir tout oublier, la came elle-même ne le lui permettait pas, elle ne l'aidait guère qu'à entretenir un minimum d'illusions. Il aurait voulu dire quelque chose, il n'arrivait pas à rassembler les mots, quand il les trouvait. Il suivait le mouvement, au fil du courant comme disait Marion. Et ne se retrouvait jamais nulle part, avec tout ce qui se passait. Marion fit rouler sa cigarette sur le bord du cendrier, frotta le fond avec le mégot, repoussant les cendres sur le côté, On devrait peut-être en discuter. Harry tira une bouffée de sa cigarette et haussa les épaules, Si tu veux. Elle poursuivait son manège avec le cendrier et hochait la tête, Oui, murmura-t-elle. Harry se taisait, Dieu merci, lui disait une petite voix intérieure.

***

Sara allait subir, tout à fait passivement, son premier électrochoc. Elle n'avait aucune idée de ce qui l'attendait, et qu'une vague idée de l'endroit où elle était. Il lui arrivait, dans la journée, d'être sur le point, semblait-il, de se retrouver et de témoigner d'un certain degré de lucidité mentale et émotionnelle, le voile de stupeur retombait, dès qu'on lui donnait sa Thorazine, ses membres devenaient pesants, un fardeau, son estomac torturé, épuisé, la brûlait, sa langue était si épaisse, si sèche qu'elle collait au palais, Sara essayait de parler, l'épreuve était insupportable, elle s'efforçait d'articuler quelques mots, elle ne parvenait pas à décoller sa langue, à la remuer; on aurait dit que deux énormes pouces lui pressaient sur les yeux, il lui fallait renverser la tête pour y voir un peu, et c'était comme si elle regardait à travers un voile, tout était brouillé, elle retombait, perdue, anéantie, et s'endormait en secouant la tête... pour se réveiller et se rendormir, périodiquement... toujours aussi malade, de temps en temps elle essayait de s'asseoir, impossible, on était obligé de la soulever pour lui faire ingurgiter sa nourriture, qui dégoulinait par les coins, Sara ne pouvait plus avaler, elle essayait de leur dire d'arrêter, de la laisser manger toute seule, elle ne pouvait plus parler, paralysée par la drogue, les mots n'étaient plus que des grognements, on l'empoignait, on la gavait, en lui tenant le nez et en lui refermant la bouche, pour la forcer à avaler. Elle ouvrait les yeux, terrorisée, une terreur muette, tandis que son cœur battait la chamade dans ses oreilles et cognait dans sa poitrine, elle était incapable ne fût-ce que de murmurer un au secours, plus elle essayait de leur dire d'arrêter plus ils s'impatientaient, la gavaient, elle en avait les commissures des lèvres et les gencives toutes blessées, ils lui plaquaient leurs mains sur la bouche et le nez, elle manquait de suffoquer, à chaque fois, elle tentait d'avaler, au plus vite, pas assez d'énergie, elle luttait pour ingurgiter, respirer, plus elle luttait plus ils insistaient, la maintenaient contre le lit, jusqu'à ce qu'ils abandonnent, dégoûtés, elle essayait de se recroqueviller, une petite boule, de disparaître, et finissait par sombrer dans une abjecte terreur, au bout de deux jours, dès qu'elle entendait approcher le chariot des repas.

Le Dr Reynolds fronçait les sourcils, près du lit, en examinant la feuille de Sara. Vous n'êtes pas très coopérative Mme Goldfarb. Sa voix était stridente, le ton menaçant, Sara s'efforça de lever un bras, de se soulever, de lui dire, d'expliquer au docteur qu'elle ne pouvait pas bouger, qu'elle ne pouvait pas parler, qu'elle avait l'impression qu'elle allait mourir, qu'elle avait peur, elle le regardait avec des yeux implorants, suppliants, sa bouche s'ouvrait, il n'en sortait que des sons inarticulés, et le docteur la regardait, Vous croyez peut-être que ce genre d'attitude va vous valoir un traitement de faveur, nous n'avons pas le temps de dorloter tout le monde. Il avait refermé le dossier, un claquement sec, fait brusquement demi-tour et s'était éloigné. Il avait ordonné à l'infirmière, en lui rendant le dossier, d'inscrire Sara pour un électrochoc le lendemain matin. Sara s'y laissait conduire, passivement. Elle espérait, dans l'état semi-comateux où elle se trouvait, que ce serait peut-être mieux là où ils l'emmenaient, qu'elle verrait peut-être le charmant jeune docteur qui lui avait parlé et lui avait donné une tasse de thé. Peut-être qu'elle le verrait et qu'il arrangerait les choses. Elle était attachée dans son fauteuil roulant, sa tête tombait en avant, on la poussait dans les couloirs, dans un ascenseur, dans d'autres couloirs, elle avait, de temps en temps, un éclair de conscience et se rappelait qu'elle n'avait pas eu son petit déjeuner, tant mieux, elle n'avait pas eu à repasser par cette épreuve, ça lui redonnait le courage de penser qu'il y avait peut-être de l'espoir, qu'elle allait peut-être revoir ce charmant jeune docteur, et sa tête retombait, on l'avait hissée sur une table, elle avait cligné des yeux, les avait ouverts, elle ne reconnaissait rien et s'était mise à frissonner et à trembler de peur tandis que les visages défilaient, tout brouillés, il y avait des lumières, elle ne savait pas où elle était mais quelque chose lui disait qu'elle n'aurait pas dû y être, le sentiment très net, à travers ce voile, que c'était une question de vie ou de mort, qu'elle aurait dû sortir de cette pièce, loin de tous ces gens aux visages informes, ou qui se cachaient derrière Dieu sait quoi, elle essayait de leur résister, elle en était incapable, des mains puissantes la maintenaient sur la table, l'y attachaient, sa gorge se bouchait, son cœur menaçait d'exploser, on lui avait fixé quelque chose sur la tête et fourré quelque chose entre les dents, les gens parlaient, riaient, mais les voix étaient brouillées, un tas de visages se penchaient sur elle, la regardaient, l'épiaient, ses yeux s'écarquillaient, elle entendait des rires, les visages s'écartaient, s'évanouissaient dans le brouillard, et ce fut soudain comme si un coup de feu lui traversait le corps, comme si ses yeux allaient éclater dans leurs orbites, son corps entier grillait, il se raidit, se tendit, prêt à éclater, une douleur qui lui transperçait le crâne, lui crevait les oreilles, les tempes, Sara n'arrêtait pas de sauter et de rebondir, le feu grillait jusqu'à la moindre cellule, ses os se tordaient, écrasés entre d'énormes pinces, à mesure que le courant s'intensifiait, son corps s'arc-bouta et se rabattit sur la table, ses os claquèrent, elle pouvait sentir brûler sa chair, des crocs s'enfonçaient dans ses orbites, lui arrachaient les yeux, elle ne pouvait plus qu'endurer, souffrir, et respirer cette odeur de chair brûlée, elle était incapable de crier, d'implorer, de supplier, d'émettre le moindre son, de mourir même, rivée qu'elle était à cette lancinante douleur, tandis qu'elle entendait ce hurlement dans sa tête, AAA AAAAHHHHHHHHHHHHHHhhhhhhhhhhh...

*
* *

Un étrange silence, rompu par des mots dont ils n'étaient que trop conscients, pendant tout le trajet. Tyrone leur avait arrangé ce rendez-vous avec Big Tim et ne pensait guère, quant à lui, qu'à cette came qu'y-z-auraient dans quequ'z-heures, il n'était pas vraiment dans le coup, pas personnellement. Marion était nerveuse. Envahie par toutes sortes d'émotions, mais ils s'étaient shootés avant de partir, c'était tolérable, pas de problème. Elle le pouvait, elle le ferait, sans problème, puisqu'il le fallait. Son seul souci était de ne pas se faire avoir, Big Tim devait lui passer la came, comme promis. Meerde, t'as pah à t'inquiéter. Big Tim a jamais roulé personne. C't'un dur mais il est réglo. Marion hochait la tête et tirait de rapides petites bouffées de sa cigarette en songeant à toute cette came, *sa* came, elle l'aurait sous la *main,* plus besoin d'avoir peur d'être malade en se réveillant, le matin.

Harry, dans le coin, regardait par la vitre, il regardait Marion en essayant de penser à l'attitude qu'elle devrait adopter, il se demandait de quoi elle devrait avoir l'air, comment elle devrait parler... ce qu'elle devrait ressentir. Merde, il était soulagé. Ils allaient l'avoir, leur came, sans être obligés de se les geler dans les rues... Mais il y avait quelque chose qui clochait. Il n'aimait pas cette idée de Marion avec ce type. Et pis merde, quelle importance? Sûr qu'il n'était pas le premier, bon sang. Et si

Marion devait s'envoyer quelques michés pour – Non! Non! C'est pas une pute, merde. C'est qu'pour la came, mec. Et quel mal à c'qu'une nana s'envoie un gars, merde? C'est son affaire. Elle est libre. Comme tout l'monde. Libre de faire c'qu'elle veut mec, merde. Qu'est-ce que c'est qu'ces salades du temps d'Victoria? Un tas d'filles s'font mettre par l'patron, c'est normal. Elles s'croient pas déchues pour ça. Merde! Qu'y-z-aillent tous s'faire voir! Qu'ils la bouffent, leur merde. S'y-z-aiment pas ça, z-ont qu'à aller se faire foutre, merde, et tant qu'y veulent. Tu fais c'qu'y faut. C'est tout. Harry tendit le bras et se mit à masser la nuque de Marion, Pour moi ça m'est égal, si ça leur plaît pas c'est leur problème, bon Dieu, c'est pas l'mien, merde. Marion tourna légèrement la tête et le regarda une seconde, du coin de l'œil, avant de regarder à nouveau droit devant elle, à travers la vitre qui les séparait du chauffeur et le pare-brise du taxi? Elle se demandait, sous cette main, si elle n'était pas supposée faire ou dire quelque chose. Ressentir quelque chose? Être désolée pour lui? Pour elle? Devait-elle regretter quelque chose???? Elle éprouvait bien quelques vagues regrets, rien à voir avec Big Tim. Elle se demanda, un instant, ce qu'elle pouvait bien regretter, mais sans insister, son inquiétude même était trop forte, elle était trop consciente de sa nervosité, du sentiment de sécurité, surtout, qu'elle allait retrouver.

Ils entrèrent dans une cafeteria, où Tyrone appela Big Tim, dont il donna l'adresse à Marion quand il sortit de la cabine. Juste au coin. On t'retrouve là-bas. Si on n'est pah là, t'attends. Elle hocha la tête, leur tourna le dos, et quitta la cafeteria, d'un pas raide. Harry la regardait s'éloigner, il se demandait s'il n'aurait pas dû l'embrasser avant qu'elle parte. Ils avalèrent leur café, Tyrone voulait aller au cinéma. Y en a un à deux pas. On a *tellement* d'temps à tuer? Tyrone le regardait sans répondre. Harry haussa les épaules, et ils sortirent à leur tour.

Marion se dirigeait vers le grand immeuble tout proche en regardant droit devant elle, raide comme un piquet, sans prêter la moindre attention à l'accueillante quiétude de l'endroit. Il y avait encore une marquise devant l'entrée mais on avait congédié le portier depuis des années. Elle pressa le bouton, entendit une sonnerie, poussa la porte, et se retrouva devant une porte intérieure. Une caméra de télévision la surveillait à son insu. Nouvelle sonnerie, la seconde porte s'ouvrit, Marion prit l'ascenseur jusqu'au vingt et unième étage. Big Tim s'écarta pour la laisser entrer, avec un large sourire. Une grande carcasse, dans tous les sens... dans les deux mètres, large, immense, énorme... Un corps énorme, comme son sourire, comme son rire, et jusqu'à son appartement. Un immense living dont les interminables portes-fenêtres à la française donnaient sur un balcon dominant Central Park et d'où la perspective s'étendait sur des kilomètres. La vue était immense, elle aussi. Il la débarrassa de son manteau, qu'il accrocha, et la pria de s'asseoir sur un large divan. Il se dirigea vers le bar au rythme d'un vieux disque de Coltrane, et se versa un grand verre de bourbon. Que voulez-vous boire? Marion secoua la tête, Rien. Oh, vous n'vous intéressez qu'à la came? La question l'avait saisie. Marion ne s'était jamais considérée comme une camée. Elle secoua la tête, il lui fallait gagner un peu de temps, elle ne savait pas trop pourquoi. Elle finit par lui demander un peu de chartreuse. Jaune ou verte? Nouvelle surprise, Jaune murmura-t-elle, en s'efforçant de se composer une attitude, de se ressaisir de toutes ces surprises, elles avaient été si rapides. Le décor, elle commençait à s'en rendre compte, était diamétralement opposé, d'une certaine manière, à ce qu'elle attendait, pour autant qu'elle ait eu conscience de s'attendre à quoi que ce soit.

Elle tourna la tête, ce ciel, cet horizon, incroyables, avant d'inspecter la pièce. Big Tim revenait avec les verres et les bouteilles, qu'il déposa sur la table, il ouvrit un tiroir, en sortit une petite pipe dans le fourneau de laquelle il enfonça un gros morceau de hash. Il alluma la pipe, en tira une longue bouffée, la tendit à Marion. Elle l'accepta machinalement, en tira deux bouffées, la lui rendit. Ils se la passèrent ainsi jusqu'à ce qu'il n'y ait plus de hash, sur quoi Tim la vida dans le cendrier. Comment vous appelez-vous? Son rire était sonore et profond, heureux... très heureux, rassurant. Sans blague, Mlle Marion, hahaha, et moi c'est P'tit John. Marion sirotait sa chartreuse en fumant une cigarette, la combinaison de la came, du hash et de l'alcool avait dissipé toutes ses appréhensions. Elle termina son verre et se renversa tandis que Tim le lui remplissait, elle avait fermé les yeux et sentait la chaleur l'envahir, son corps et son esprit se détendaient, elle sourit et gloussa en songeant aux réactions de sa famille s'ils avaient pu la voir avec ce macaque, ce *schwartzer*. Qu'est-ce qu'y a d'si drôle? Marion secoua la tête, rit un moment, Rien, une vieille plaisanterie de la famille. Z'êtes super comme nana, pourquoi c'que vous vous démolissez comme ça? Marion, surprise une fois de plus par l'allusion, secoua la tête et tira une autre bouffée pour gagner du temps. Un petit peu, de temps en temps, j'aime bien ça. Meerde, c'est pah pour qu'un p'tit peu qu't'es là bébé, euh *euh*. Marion haussa les épaules, sirota sa chartreuse, essaya de dire quelque chose, se replongea dans son verre, Meerde, ça m'est bien égal. Tant qu'j'en tâte pah. Ah, j'suis pah core croché, et c'est pah d'main la veille non pus, euh *euh*. Il avala une gorgée. Un peu d'gnôle, un peu de hash, ça m'suffit amplement. Il rebourra sa pipe, la ralluma, en tira une longue bouffée, la tendit à Marion. J'aime êt' tranquille, cool, à couter mon vieux pote Trane – meerde, comme j'voudrais qu'y soye core vivant. L'avait du souf' cui-là, bon Dieu. Il remplit son verre et celui de Marion, prit la pipe qu'elle lui rendait, deux autres bouffées, et la lui retendit, Dépêche-toah bébé, y en a presque pus. Marion secoua les cendres dans le cendrier, but un peu de chartreuse, Tim l'enlaça et l'attira contre lui. Il avait rabattu ses jambes sur la table, Marion étendit les siennes sur le divan. Y t'plaît mon pote Trane? Marion hocha la tête, J'ai tous ses disques. Tous les vieux Miles, les vieux Monk, tous. Sans blague? C'est chouette. J'aime les nanas qui connaissent la musique. La pupart savent pah écouter. Il n'y a pas que les femmes. Peut-êt'. Mais la pupart des gahs savent écouter. Écouter vraiment j'veux dire. Il but un peu, se lécha les lèvres, se renversa, et ferma les yeux une minute, pour écouter. Marion ferma les yeux, elle aussi, et se serra contre sa poitrine, ce bras autour de ses épaules la rassurait, elle jouait des orteils au rythme de la musique. Ce hash, cette chartreuse, c'était vraiment le pied. Elle se sentait bien. Au chaud. Chez elle. Trane avait terminé, c'était le tour du pianiste, Ouais, murmura-t-elle doucement. Tim ouvrit les yeux, sourit, la regarda. T'sais c'que j'aime chez les nénettes dans ton genre? Elles vous mettent à l'aise. Les négrillottes – quelque chose en elle avait tressailli, ses yeux s'étaient ouverts, brusquement, mais elle n'avait pas bougé. L'énorme main de Tim lui tripotait le sein gauche – elles savent pah vous met' à l'aise. J'sais pah pourquoah. Les vieilles coutumes tribales, peut-être. Elle l'avait entendu rire, il lui rappelait le Père Noël, elle ne savait pas pourquoi, on aurait dit une pub, à la télé, pour ce bon vieux Père Noël. Il l'entoura de son autre bras, l'attira contre lui, l'embrassa, ses mains semblaient être partout à la fois. Elle lui mit les bras autour du cou et l'embrassa à son tour, de toutes ses forces, en se raccrochant à son cou, plus fort encore s'il se pouvait. Il se dégagea légèrement, au bout d'une minute,

Gahdes-en un peu pour pus tard. Avec un rire qui la fit sourire. Les mains de Marion glissèrent lentement, elle s'aplatit sur le ventre de Tim, qui l'obligea à tourner la tête. Il avait sorti son engin. Les réactions de Marion étaient ralenties par la drogue et l'alcool, elle le regardait, le fixait, toute désemparée, comme si elle ne savait ce qu'elle devait faire, ou dire. Une terrible lutte se livrait en elle. Elle savait bien ce qu'elle était censée faire, mais son corps entier se dérobait soudain devant cette répugnante réalité. Ses entrailles tremblaient et se nouaient. J'sais ben qu'il est millon bébé, mais j'l'ai pah sohti pour lui faire prendre d'l'air. Avec un léger coup de coude. Auquel Marion réagit en le saisissant de la main droite et en se mettant à l'embrasser et à le frotter contre ses lèvres, jusqu'à ce qu'elle se rende compte qu'elle allait vomir. Elle se rassit, les yeux écarquillés, la main sur la bouche. Tim la regarda une seconde, éclata de rire, et lui montra la porte du doigt, C'est par là, sans cesser de rire, un bon vieux Père Noël, vraiment. Marion, lorsqu'elle eut fini de vomir, se lava le visage à l'eau froide et s'assit sur le bord de la baignoire, tremblante de peur. Le corps et l'esprit paralysés par la panique. Au bout d'une seconde, elle respira profondément et ferma les yeux. La nausée avait disparu. Mais elle suait abondamment. Frissonnait. Qu'est-ce qu'il allait dire? Marion avait besoin de cette came. Elle respira à nouveau, profondément. Encore un peu d'eau froide sur le visage, elle le tamponna doucement et s'arrangea les cheveux, de son mieux. Pourvu qu'il ne soit pas fâché, elle priait presque. Je me sens mieux maintenant. *Aucune différence. Aucune.* Elle rentra dans le living en s'efforçant de sourire. Ça doit être la chartreuse. Il sourit, avant d'éclater de rire. Je me sens mieux maintenant, le sourire de Marion était presque vorace. Tim étendit les jambes, elle s'agenouilla devant lui, ferma les yeux, lui retira son pantalon et lui suça la bitte, lui caressant le cul, stimulée par l'idée de la came, en le regardant de temps en temps, avec le sourire. Big Tim se renversa, il riait, Ouais, *le p'tit bébé s'est trouvé une poupée...*

***

Harry s'agitait. Il se tortillait continuellement à la recherche d'une position confortable, mais il avait toujours peur d'avoir mal au dos, à la longue, ou aux fesses, ou d'attraper des crampes dans les jambes, et changeait de position, sans arrêter de fumer. Ne pouvant demeurer en place plus de quelques minutes, il finit par se lever pour acheter des sucreries. Vous voulez quequ'chose? Ouais, des Snickers. Il en prit deux barres, retourna à sa place, et le manège recommença. Le premier film n'était pas trop mal, il y avait aussi un vieux Randy Scott qui l'avait emballé, mais le dernier était merdique, vraiment merdique. Une espèce de comédie romantique qu'on d'vait avoir tournée vec un budget d'quat' sous. Bon Dieu, quel tas d'merde. De temps en temps il regardait Tyrone, du coin de l'œil, celui-ci fixait l'écran, ça le bottait, visiblement. Harry essayait de se concentrer sur cette connerie, impossible, fallait-il qu'il soit con, poireauter pour une nana, elle en a pour un bout de temps mec, fais-toi une raison. Occupée vec un poids lourd qu'en a un paquet, et tu vas rester à l'attendre dans un café à la gomme? Y doivent baiser tant et plus et t'es là à mastiquer ces foutues Chuckles qu't'en as les gencives toutes collées merde, et à regarder c'te connerie fabriquée par une bande de cons. Il avait encore remué, et poussé un grognement. Tyrone, sans cesser de fixer l'écran, étendit un bras et lui tapota le dos, Ça mahche mec. Ça mahche. Il s'était retourné avec un grand sourire, découvrant toutes ses dents blanches, et lui avait à nouveau tapoté le dos. Harry hocha la tête et enfourna une autre poignée de Chuckles.

*
* *

Big Tim s'appuyait à l'embrasure de la porte, nu, il se frottait la poitrine en souriant, il se sentait biiiiiien, de partout, et regardait Marion se brosser les cheveux. Il balançait dans sa main son petit paquet, dix sachets. J'pourrais m'occuper d'toah t'sais, si tu laissais tomber c'te merde, j'f'rais d'toah une vraie poupée d'lusk. Marion sourit dans le miroir, en se brossant les cheveux. Pas le jour. Je ne suis pas *vraiment* accrochée, d'ailleurs. Big Tim eut un grand rire, un rire de Père Noël, Ouais, je sais, et, quand elle eut fini de se brosser, lui lança le paquet. Marion le serra dans ses mains un moment, puis le mit dans son sac. Quequ'tu fais, merde? Éberluée, elle le regarda, avant de secouer la tête, Rien. Je – Bon sang! il riait, riait, un rire si joyeux que Marion se mit à sourire et à glousser, sans trop savoir pourquoi, Bon sang! hahahaha, une sacrée novice que j'me suis dégotée. Tu plaisantes mon vieux Tim, y a pah. Marion souriait toujours et secouait la tête. Je ne v – Tu veux dire qu'tu vah pah vérifier, directo dans l'sac, tu vah pahtir comme ça???? Bon sang! Sûr qu't'as pah l'habitude, hein bébé? Son sourire s'était élargi, il avait pris un ton et un air amusés, protecteurs. Marion haussa les épaules et rougit, elle protesta, Je ne suis quand même pas une petite collégienne, en triturant son sac, tandis que Big Tim lui souriait, je... je... sa tête et ses épaules dansaient la gigue, j'ai voyagé dans toute l'Europe et... et... je ne suis pas – Big Tim hochait la tête et souriait, Meerde, y a pah d'quoah voir honte bébé, faut voir les choses en face un jour, on en est tous là. J'veux pah t'obséder. Mais faut qu'j't'affranchisse, qu'tu t'fasses pah dévaliser. Meerde, tu l'as gagné bébé – Marion rougit légèrement et cligna des yeux – sûr qu'tu voudrais pah en faire cadeau à un putain d'braqueur, bon sang. Il rit à nouveau, Marion sourit, T'es la poule à Tyrone? D'une voix et avec une expression encore marquées par ce sourire. Marion secoua la tête. Alors comme ça y sont deux gahs à t'attend'? Oui. Je – Bon, écoute, y a un endroit où tu peux planquer la mahchandise sans risquer qu'elle tombe dans d'mauvaises mains, tu piges? Pas un voyou, pas un braqueur qu'ira la chercher là bébé. Marion rougit, puis sourit et secoua la tête. Elle rougissait de plus en plus en se rendant compte combien elle devait avoir l'air bête. Et si t'es maligne t'en fais deux paquets, tu piges? et t'en gardes un pour toah. Il repartit dans le living en riant et se versa un autre bourbon. Marion ouvrit le paquet, deux sachets à part, qu'elle s'enfouit dans la crevasse, avec le reste. Elle retourna dans le living, Big Tim était toujours là, nu, près de la stéréo, son verre à la main, une cigarette à la bouche, l'air cool, il dodelinait de la tête au rythme de la musique. Il la regarda et sourit. Une minute, j'veux écouter ça. Le saxo avait fini, Big Tim se dirigea vers la porte, J'espère avoir bientôt d'tes nouvelles. C'est-à-dire que... je ne... je... Marion haussa les épaules et cligna involontairement des yeux – Big Tim lui ouvrit la porte en souriant, A bientôt bébé.

***

Tyrone et Harry étaient assis au fond du café quand Marion les y avait rejoints. Les films étaient déjà assez moches comme ça mais cette dernière heure ou plus, merde il ne savait plus, il s'était vraiment fait chier. Les films l'avaient un peu calmé mais poireauter dans c'te putain d'café, il en avait le feu au cul, merde. Il n'arrêtait pas de bouger, de se frotter, de se gratter, tant et si bien que Tyrone s'était mis à rigoler, Quequ't'as à t'tripoter jim. Tu veup't'êt' l'sortir pour nettoyer la tab' avec, ton putain d'engin. Et toi, tu veux que j't'en flanque un coup sur la caboche, merde, Harry n'avait pu réprimer un sourire et avait posé les mains sur la table, Et comme ça t'es content, sans cesser de remuer, jusqu'à l'arrivée de Marion. Ils se regardèrent un moment, elle et lui, chacun cherchant frénétiquement un moyen d'engager la conversation sans trop dire ce qu'il avait sur le cœur. Tyrone voulait savoir comment ça s'était passé. Marion hocha la tête. Il m'en a donné huit. Harry étouffa un soupir de soulagement. Pah mal. Et mon pote Tim, en fohme? Marion hocha la tête. Ouais, il est cool c't'enculé jim. Coooooool, j'te dis. Harry se leva, On s'barre. Dingue. Bon, il me tarde de rentrer.

Marion, dès qu'elle en avait eu l'occasion, avait planqué ses deux sachets, elle les reprit dès le départ de Harry, qui était allé fourguer le stock et essayer d'en ramener, et se mit à les tripoter et à les caresser, elle fermait les yeux et soupirait et frottait du bout des doigts ses sachets de came, recroquevillée sur le divan, en sécurité, au son de la Symphonie de la Résurrection de Gustav Mahler.

*
* *

Sara tremblait, une telle terreur, malgré les doses massives de tranquillisants, dès qu'elle entendait le chariot des repas, qu'ils avaient renoncé à la faire manger. Ils l'attachèrent sur un fauteuil roulant et lui glissèrent dans le nez un tuyau de caoutchouc, qu'ils lui enfoncèrent jusque dans l'estomac, elle étouffait, elle en avait des haut-le-cœur, avant de le coller à la peau du visage avec un bout d'adhésif. Ses faibles efforts pour se défendre, essayer de parler, avaient été vains, ils l'avaient tout bonnement plaquée contre le dossier en resserrant les courroies. Elle avait voulu tirer sur le tube, ils lui avaient attaché les mains au bras du fauteuil pour l'empêcher d'y toucher, Vous nous donnez suffisamment de tracas. Vous resterez attachée dans ce fauteuil jusqu'à ce que vous vous décidiez à coopérer et cessiez de vous prendre pour une prima dona. Elle éructait, l'impression que son estomac se déchirait, épuisée, même plus l'énergie de roter, elle restait là, terrorisée, silencieuse, immobile, à fixer cet univers à travers des yeux pleins de larmes, elle aurait voulu comprendre, déchirer le voile. Elle s'efforçait de la relever, sa tête retombait constamment, Sara avait beau lutter, plus d'énergie, sa tête pendouillait un instant, comme une callebasse, puis retombait sur la poitrine, chaque mouvement représentait pour elle un monumental effort, chaque échec une agonie. Les larmes s'amoncelaient à chaque respiration, elle les sentait, les entendait couler en elle, menaçant de la noyer, ses poumons flottaient déjà, tout ramollis. Elle voulait crier, se crier à elle-même, elle ne savait qui ou ce qu'elle aurait bien pu appeler. De vagues traces de souvenirs dans le fond de son crâne, elle essayait de les repêcher, ce qui l'épuisait également, les drogues et les électrochocs de toute façon avaient effacé de sa mémoire jusqu'au mot Dieu.

Ses courroies étaient trop serrées mais elle n'y pouvait rien. Elles lui coupaient les poignets et l'empêchaient de respirer, Sara ne pouvait plus rien dire, rien faire. Elle avait désespérément envie d'aller aux toilettes, elle avait voulu appeler à l'aide, le tube l'étranglait, il n'était sorti de sa bouche qu'un filet de bave qui lui dégoulinait sur le menton pendant qu'elle luttait contre la douleur, dans sa gorge meurtrie. Et pendant des heures elle avait lutté contre sa vessie, contre ses intestins, lorsque quelqu'un passait elle le regardait, dans l'espoir qu'on la regarderait, qu'on s'apercevrait qu'elle avait besoin d'aide, ils la voyaient et passaient sans s'arrêter, sa tête retombait, Sara reprenait sa longue, interminable lutte pour essayer de la relever, d'appeler à l'aide, ils passaient, elle avait beau lutter, de plus en plus fort, la nature comme toujours avait gagné, la vessie et les intestins de Sara avaient cédé, elle le sentait à cette chaleur soudaine, à cette humidité, et elle avait perdu son dernier semblant de dignité tandis que ses larmes coulaient et qu'elle appelait silencieusement au secours... qu'elle appelait, implorait, suppliait, et une infirmière s'était arrêtée, l'avait regardée une minute et s'était approchée, le visage tordu par le dégoût, Vous devriez avoir honte. Même les animaux ne font pas ça. Bon, restez dedans. Ça vous servira peut-être de leçon. Sara, deux jours plus tard, était toujours dedans, elle n'essayait même plus de soulever la tête, figée dans sa honte, les larmes sillonnaient son visage, souillaient sa robe de chambre, lui engorgeaient jusqu'à l'âme. Deux jours encore, ligotée dans son fauteuil, enchaînée à son indignité, et ils étaient venus la chercher pour un autre électrochoc.

***

Marion avait appelé Big Tim et était partie le revoir. Harry était sorti quand elle avait téléphoné, il regardait la télé quand elle était revenue. Il ne lui avait pas demandé où elle était allée et elle ne lui avait rien dit. Il avait dégoté de la came et l'avait fourguée pour une belle somme mais les lui avait cachés, le fric comme la came. Elle planqua ses deux sachets, avec les autres, elle se sentait réchauffée en les regardant, il lui tardait d'être seule pour pouvoir les tenir dans ses mains, les caresser. Elle donna les huit autres à Harry, en reprit un, et se shoota. Elle le rejoignit sur le divan. Ça a marché, ce soir? Assez bien. J'ai eu d'la chance. Tombé dessus presque immédiatement. Bon. Elle ramena ses jambes sur le divan. C'est de la bonne marchandise, hein? Ouais. On n'en trouve plus beaucoup d'la comme ça su' l'marché. Ne la vendons pas tout de suite, d'accord Harry? Commençons par l'autre. Tu parles, tu crois quand même pas? Non, mais je... tu vois ce que je veux dire. Ouais. Te bile pas. J'vais pas la fourguer, celle-là. Marion fixa l'écran de la télé quelques minutes, elle ne savait plus ce qu'elle regardait, peu lui importait, elle n'essayait même pas, tout ce qu'elle voulait c'était gagner du temps, que les mots lui viennent... Harry? Ouais? Est-ce qu'on est obligés d'en parler à Tyrone? Il la regarda, foutre non lui disait une voix intérieure. Moi et lui on est des frères, et c'est lui qu'a trouvé la combine. Je sais, je sais, elle le regardait droit dans les yeux, mais c'est moi qui y suis allée. Comme une brûlure, quelque part en lui, qui avait giclé, jusqu'au visage, bon Dieu pourvu qu'ça n'se voit pas. Il hocha la tête, Okay. Ça l'tuera pas, tant qu'y sait pas.

*
* *

Tyrone était seul, étendu sur le divan il regardait la télévision. Alice s'était barrée, elle était retournée dans sa famille, dans son trou perdu de Géorgie. Pas pu supporter le froid, ni le chaud. Une chouette nana, mais Tyrone était heureux et soulagé de n'avoir plus qu'une veine à nourrir. Pahtraque comme elle était. Ça lui foutait les foies. Meerde, moah non pus ça m'botte pah. Et toutes les emmerdes. Mais c'est pah si terrib'. On en a trouvé tout d'suite hier soir, et on a ram'né pah mal de blai. Les choses vont s'arranger. C'est d'jà pus si dur. Tyrone C. Love regarda un moment la télé, tout en continuant de se poser des questions, de faire des plans, et de glousser, la combinaison des images, des sons, et de l'héroïne qu'il avait dans le système, lui permettait de dominer ses sursauts d'inquiétude. Des heures, tous les jours, toutes les nuits, à arpenter et à écumer les rues, et la saloperie mec y fait boug'ment froid, et c'te panique jim, quelle saloperie, quelle saloperie d'merde. Ouais... une saloperie bébé, il y était jusqu'au cou, et foutrement. Jusqu'au cou mais depuis si longtemps l'vieux Ty que ça ne lui paraissait plus si terrible. De moins en moins dur. Et pis quoah, c't'une habitude comme une aut'. Les yeux fermés. On n'y pense pus. C't'automatique. Et on s'y habitue, à ses habitudes. Il regardait la télé, étendu sur le divan, il jouissait, repartait vite dans ses nuages quand il lui arrivait de se demander pourquoi il était si heureux d'être seul, et changeait de chaîne. Tout ça le turlupinait bien un peu mais il oubliait vite, avec la came et la télé, et ne s'inquiétait pas trop de ne plus avoir l'énergie – ou l'envie – de se dégoter une nouvelle gahce. Y s'occupait pus qu'de lui, c'qu'à c'que les choses se tassent un peu. Pour l'instant y t'nait bon et s'occupait d'ses p'tites affaires. Les gahces pour pus tard mec. Ouais, Tyrone C. Love en pince que pour Tyrone C., et j'vais ben m'occuper d'toah bébé.

***

On l'attachait dans son fauteuil roulant tous les matins et Sara restait là toute la journée, en silence, sans bouger, les yeux et le cerveau embués de larmes, à les regarder aller et venir, distribuer les médicaments, soigner les malades, retaper les lits, laver les carreaux, vaquer à leurs tâches quotidiennes. Les voix et les bruits se confondaient et pouvaient résonner aux quatre coins de la salle, ils ne la touchaient pas. Sara ne bronchait pas. Ils passaient devant elle sans s'arrêter, elle attendait, attendait que quelqu'un s'approche, lui parle... vienne à son secours. Et ils venaient. Ils venaient la préparer pour un autre électro-choc. Et elle pleurait.

*
* *

Harry et Tyrone se faisaient de plus en plus de cachotteries. Quand l'un d'eux était à court, que son nez et ses yeux se mettaient à couler, qu'il frissonnait de tout son corps, pendant qu'ils arpentaient le pavé, et demandait à l'autre s'il n'avait pas un peu de came à lui passer, le copain jurait ses grands dieux qu'il n'avait plus rien, jusqu'à son dernier coton, et se mettait à trembler, lui aussi, pour donner le change.

Ils battaient le pavé sous la neige et la gadoue, luttaient contre les vents glacés, la même navette parfois pendant toute une nuit, ils rataient toujours le mec, mais il leur arrivait de tomber dessus en moins de deux heures. De tous côtés des milliers de camés en état de manque écumaient les rues, à la recherche du fric ou de la came, et se barraient pour se shooter dès qu'ils en avaient déniché un peu, mais c'était difficile et les halls d'entrée et les ruines des maisons abandonnées étaient jonchés de mourants et de cadavres. Harry et Tyrone, comme les autres, ne les voyaient plus, tassés dans leurs blousons, barricadés dans leur obsession, ils ne soufflaient mot et gardaient leur énergie pour les vivants, ceux qui étaient encore vendeurs. Ils se shootaient, coupaient la marchandise au maximum, en fourguaient le plus possible et repartaient en chasse.

Marion lorsqu'elle était seule déterrait ses sachets de came et les contemplait avec un certain sentiment de sécurité et d'orgueil. Elle voyait Big Tim deux fois par semaine. Elle avait raconté à Harry qu'il ne lui en donnait jamais plus de six, ce qui l'obligeait à y retourner aussi souvent. Harry ne se demandait même plus s'il fallait la croire, il en prenait trois, se gardait d'en parler à Tyrone, et planquait lui-même quelques sachets quand il en ramenait, ses remords de conscience vite dissipés par l'héroïne.

Marion redécouvrait parfois ses cahiers à dessin et ses crayons, leur idée de café-théâtre, un tas de vagues souvenirs, lui revenaient, elle les repoussait aussitôt pour ne plus penser qu'à son petit trésor, en fixant l'écran de la télé. Et quand le remords la tiraillait au spectacle d'un paysage ensoleillé d'Italie, dans une pub pour Cinzano, il lui suffisait de se rappeler qu'elle connaissait le pays et qu'une bonne dose de came valait bougrement mieux qu'une meute d'Italiens empestant l'ail.

Harry et Tyrone attendaient dans la neige molle, ils se gelaient l'cul à attendre leur homme en écoutant les autres mecs parler de la Floride où c'que tous les caïds s'tournaient les pouces au soleil, merde, pendant qu'y-z-étaient là vec c'te saloperie d'neige jusqu'aux fesses. Ouais, et ces culés restent assis sur leur magot ren qu'pour faire monter ces culés d'prix Jim, y a pah pus d'aut'raison. Meerde, c'est qu'un tas d'enculés d'poivrots mec, un tas d'salopards d'poivroooooots jim j'veux dire. Harry et Tyrone les connaissaient ces vieilles salades, ils les avaient entendues un million de fois, comme tout le monde, mais ne s'en fatiguaient jamais et hochaient la tête, comme tout le monde, en maudissant ces salauds qu'avaient déclenché c'te panique pour s'faire core plus d'fric, alors qu'y-z-étaient d'jà millionnaires bon sang, douze fois millionnaires, putain. La colère les aidait à tuer le temps et les réchauffait un peu, intérieurement, ils en avaient bien besoin. Ils étaient gelés au point d'avoir du mal à marcher, ce soir-là, quand ils avaient fini par en trouver. Harry s'était arrêté chez Tyrone pour se shooter avant de rentrer. Ils s'étaient assis et étaient en train de fumer et de se détendre quand Harry s'était remis à penser à ces salauds qui se les tournaient au soleil et s'était demandé ce qui se passerait si quelqu'un y allait, en chercher, *sur place*. Tyrone le regardait avec des yeux vitreux, D'quoah qu'tu pahles. D'quoi qu'je parle. Xactement c'que j'dis. Tout l'monde s'casse le cul ici, rien qu'pour survivre, et ça les empêche pas d'se faire dévaliser et d'se faire matraquer, et personne pense à y aller directo à c'te putain d'source mec. Meerde, d'quoah qu'tu pahles? T'veux t'pointer à l'hôtel et d'mander l'bonhomme à un d'ces culés d'la réception? Meerde. Allons Ty, suis-moi un peu, hein? Tu vas pas m'dire qu'tu peux pas la flairer quand y en a? Tant qu'c'est dans l'quartier mec. Et mon quartier c'est New York. Quequ'j'y connais à Miami, putain? Ces culés d'Aïetaliens sont pas là à m'at-tend'jim. T'occupe pas c'est mon affaire. Je sais comment qu'y travaillent ces salauds. Pas d'problème. Tyrone le regarda quelques secondes, C't'une foutue promenade jim. Pas si t'as une voiture. Écoute mec, y fait un froid du diab' et l'pavé est plus brûlant qu'une chatte. Les gars s'font matraquer comme si qu'on donnait une prime pour chaque camé d'descendu. On a rien à perd' mec. Plus il en parlait plus Harry était enthousiaste. Tyrone se grattait la tête, Si c't'une si bonne idée pourquoah qu'personne y a encore pensé? Pac'que c'est tous des trous du cul. Harry était assis au bord de la chaise, le visage luisant de sueur. Xactement, *personne* y a pensé. La voie est lib'. Tyrone continuait de se gratter et de hocher la tête, Et si on y arrive avant les aut' on peut fixer not'prix et s'les tourner nous aussi, pépères, et laisser ces crétins s'les casser pour nous. Tyrone se grattait, On s'est bien marrés l'été dernier, il fronça soudain les sourcils et renversa la tête, Ça fait une paye. Meerde, ça r'viendra quand on aura mis la main su' l'paquet. Pourquoah c'qu'on prendrait pas l'avion. Une putain d'journée, on s'rait d'retour. Harry secouait la tête, Non mec. Pas mèche, merde. On aura b'soin d'une bagnole quand on y s'ra, pas vrai, merde? Tyrone hochait la tête. Et on peut y arriver facilement en un jour. On a assez d'merde pour l'trajet, vec les amphés d'Marion. Pas d'problème. Tyrone se grattait et regardait le plafond. Gogit pourrait probab'ment nous procurer une bagnole si on lui promet d'la dynamite. Y vous décroche n'importe quoah c't'enculé, même les cadav'. Harry s'esclaffait et hochait énergiquement la tête, tout leur paraissait si simple, dans leur désespoir, Et fait chaud en Floride mec.

Harry raconta à Marion qu'ils savaient où trouver de la dynamite et lui demanda un peu d'argent. Plus on en aura mieux qu'ça marchera. Et où est-ce que vous allez? Il haussa les épaules, J'peux pas t'dire exactement, mais c'est dans un aut'état. Une question d'quequ'jours, t'vois. Elle réfléchit quelques secondes, Je ne sais pas Harry, il ne me reste déjà presque plus rien de l'argent du loyer. Te bile pas. Dans deux jours on en aura un sac plein, et un tas d'fric. Marion réfléchit encore, elle pouvait lui donner cent dollars, pas de problème, et toute cette provision, ce serait formidable. Elle serait complètement libre pendant quelques jours, elle pourrait garder tout ce qu'elle tirerait de Big Tim, une bonne réserve si elle le voyait quotidiennement. Okay, Harry, je peux te donner cent dollars, mais il faut que tu me les rendes avant la fin du mois, j'en ai besoin pour le loyer. Harry, d'un geste de la main, apaisa toutes ses inquiétudes, On va faire pas mal d'chemin, tu f'rais mieux d'me passer quequ'z-unes de tes amphés. Faudra qu'on fonce.

Elle appela Big Tim après le départ de Harry et quitta bientôt l'appartement, à son tour, en songeant à tous ces sachets qui s'empileraient avant qu'il soit revenu, elle serait totalement indépendante.

Gogit leur avait facilement déniché une voiture. Pas formidable mais elle marchait. Un cousin à lui était en taule à Rikers, il avait embobiné la tante pour qu'elle la lui prête, en lui promettant de veiller à ce que les pneus ne pourrissent pas, à ce que la batterie ne se retrouve pas à plat, et à ce que les gosses ne la désossent pas pendant la nuit.

Harry et Tyrone avaient apporté leur came et s'étaient shootés avant le départ, vers neuf heures du soir. Ils s'étaient dit qu'ils éviteraient ainsi la grosse cohue et pourraient rouler toute la nuit sans problème, avec les amphés, pour arriver à Miami au bon moment. Harry avait de plus en plus de mal à se trouver une veine, il devait y aller dans les doigts, pas mèche non plus, et il n'avait pas envie d'bousiller d'la came pour rien bon Dieu. Elle était trop précieuse, par les temps qui courent. Aussi était-il bien obligé, régulièrement, de se piquer au même endroit, dans le bras, un véritable trou, qui s'infectait souvent. Il se promettait toujours de ne pas y revenir mais il en avait marre de chercher et finissait par y plonger son aiguille, et j'te pousse. Tyrone secouait la tête, Putain, dôl'ment moche jim, tu devrais te faire des muscles, t'aurais les mêmes veines que moi. C'est l'ennui vec vous aut' les blancs, z'êtes trop mous. Pas d'importance mec, tant qu'la merde va où c'qu'y faut... et tant qu'on y va, nous aussi.

Il faisait froid, il y avait du vent, mais le temps était sec. Bon Dieu, j'espère que c'te culé d'chauffage fonctionne Jim. C'était Harry qui conduisait, Tyrone n'arrêtait pas de regarder le chauffage, il le tournait toutes les dix secondes, puis le fermait, les pieds dans un tourbillon d'air froid. Juste un peu avant le péage de Jersey la voiture commença à se réchauffer. Meerde, ça y est. L'voyage s'ra pah si dur.

La radio non plus n'était pas trop moche, ils avaient claqué des doigts au rythme de la musique pendant deux ou trois heures et passé le péage au plus vite, attention aux flics, ils n'avaient pas envie de se faire poisser pour un rien. Tout était calme. Une paire de phares à l'occasion, ils se sentaient bien, en sécurité, dans cette douce chaleur. Les lumières des maisons, des centrales électriques ou des usines, clignotaient dans le froid, au loin, ils ne se souciaient que de la route, de la distance qui les séparait encore de Miami. La douleur revenait de temps en temps, Harry ramenait lentement son bras sur l'accoudoir. Tyrone vérifiait le compteur, ils se rapprochaient du soleil, de cette merde de première. Ouais mec, et quand on la ramène, peinards, cool. Pas d'pet bébé. On l'dira à personne, on la coupe et on en r'file un peu aux gars tous les soirs comme si qu'on v'nait d'la dégoter. T'as raison jim. J'voudrais pah qu'tous ces camés cognent à ma pohte, vec leur nez qui coule. Tyrone se frottait le crâne et contemplait par la vitre toute cette neige, cette boue gelée, toute grise, avec des points noirs, les phares découvraient parfois une rare tache blanche, de la neige râclée. Combien qu'tu crois qu'on pourra ram'ner? J'sais pas mec, deux bons paquets. Tellement, tu crois? Bon Dieu, les prix sont dingues jim. Ouais, ouais, je sais mais c'est dans c'poids-là, cinq sacs, même avec c'te panique. On *schleppe* la marchandise et on prend tous les risques. Ça les vaut bien. Ouais, Tyrone souriait et se renversait, cool, c'qu'à c'qu'on ait passé c'te putain d'hiver jim. J'vais p'têt' ben m'payer une lampe à soleil, comme vous aut', les navets, et m'laisser mijoter, le large sourire de Tyrone lui découvrait les dents, Harry lui jeta un coup d'œil et se mit à rire, puis à renifler en essayant à la fois de se contrôler et de garder le cap. Hé bébé, cool, on a encore du ch'min.

Au bout de quelques heures ils s'arrêtèrent devant un Howard Johnson et tout emmitouflés se hâtèrent vers la porte. Ils commandèrent des tartes et des sodas et allèrent aux lavabos. Précautionneusement, Harry enleva sa veste et releva la manche de sa chemise. Ce trou dans son bras lui faisait tellement mal qu'il n'avait plus le cœur à rire ou à parler de leur magot. Ils avaient examiné les dégâts, Tyrone avait secoué la tête, Plutôt moche jim. Ouais, ç'a pah l'air joli. Harry haussa les épaules, Oh bon, merde, j'm'en occup'rai au r'tour. Ouais, mais tu f'rais mieux d'pus y r'piquer. Tu f'rais mieux d'te shooter ailleurs. Ouais. Ils s'enfermèrent chacun dans une cabine, Harry essayait de se dégager une veine sur la main droite, il n'y arrivait pas et dut se rabattre sur le bras gauche, toujours le trou, pour ne rien gâcher. Il avait eu bougrement mal une bonne minute mais ça valait la peine, la douleur était redevenue supportable. Ils mangèrent leur tarte, avalèrent quelques sodas, se détendirent en zyeutant la serveuse, l'effet de la came, gloussèrent un peu, se grattèrent un moment, s'envoyèrent une autre amphé et reprirent le chemin de Miami et des caïds. Ils se taisaient, écoutaient la radio, au chaud, en sécurité, quand on a sa dose et un si bel avenir, ils souriaient intérieurement, c'était la fin de tous les soucis, de toute cette panique, pour eux du moins. Les amphés leur avaient délié la langue, ils dodelinaient de la tête au rythme de la musique, chantaient, snappaient des doigts, bavassaient, tandis que Tyrone, régulièrement, évaluait la distance qui les séparait encore de Miami, et des caïds.

Harry conduisait toujours lorsque le soleil se leva. On a roulé toute la nuit bon sang et y a toujours tant d'neige jim. Jusqu'où c'qu'y faut c'qu'on aille putain? On n'y est pas mec. Ça caille et ça panique jusqu'en Floride. Ils s'arrêtèrent pour boire un café et avaler quelques pilules, allèrent au lavabo, chacun son tour, se shootèrent, deux thermos de café, et se barrèrent. Tyrone s'installa au volant, Harry s'allongea, le bras sur l'accoudoir, que c't'enculé lui fasse moins mal. La douleur était supportable maintenant qu'il avait sa dose mais il avait toujours des élancements.

Tyrone regardait le compteur, évaluait les distances, ils étaient drôlement loin de New York, il s'en rendait compte brusquement. Ils avalèrent encore quelques pilules, du café par-dessus, et se mirent à réfléchir. Ils avaient roulé toute la nuit, pas question de sauter dans le métro ou dans un taxi, évidemment. Ce n'était peut-être pas très clair au départ mais ils étaient dans le bain, et pour de bon, ils avaient atteint le point de non retour.

La radio marchait, ils gardaient le silence, Harry se frottait le bras, dans l'espoir de le soulager. Tyrone s'était calé le coude contre la portière et se grattait le menton. Aucun des deux n'avait jamais quitté l'état de New York, la seule fois que Harry était sorti de la ville avait été pour un camp de boy-scouts, quand il était jeune. Ils se sentaient de plus en plus écrasés par ce décor insolite. De plus en plus silencieux. A qui aurait le dessus, de l'héroïne ou des amphés. Le décor se rapprochait. Ils remuaient sans cesse, à la recherche d'une position confortable. Les yeux fixés sur le pare-brise. Ils essayaient de ne plus penser, mais la situation était tragique, ce n'était que trop évident. Ils se rendaient de plus en plus compte, chacun dans son for intérieur, de l'inanité de l'entreprise. Au bout du monde. Ils avaient beau tourner autour du pot depuis pas mal de temps ils étaient dans la panade, perdus dans c'te culée d'cambrousse, direction Miami, où qu'sont les caïds. Ils étaient sur la bonne piste. Ça s'sentait. Mais que faire, merde, quand ils y seraient? Merde, dans quoi c'qu'on s'est mis? Ils s'agitaient. Se calaient. Harry se frottait le bras. La douleur était si forte, putain, qu'il en perdait la boule. Ils chiaient dans leur froc. Mais pas question de flancher devant le copain, ils en avaient presque aussi peur. C'te putain d'pavé, c'te putain d'panique, sûr qu'c'était la mort mec, mais maintenant c't'encore pire. Merde, où c'qu'y-z-allaient, bon Dieu? Qu'est-ce qui les attendait? Supposez qu'y s'fassent pincer dans c'te putain d'sud? Supposez qu'y s'retrouvent à sec vant d'êt' rentrés? Ils en étaient presque à prier chacun, et chacun à sa manière, que l'autre parle le premier, qu'on fasse demi-tour et qu'on rentre, mais gardaient les yeux rivés au pare-brise, tout en se tortillant, pendant que la voiture filait, toujours tout droit. Tyrone ne calculait plus rien. Harry ne tenait plus deux minutes en place. Presque plié quelquefois par la douleur. J'vais pas y arriver mec. C'te putain d'bras me tue. Il était parvenu à se débarrasser de sa veste, avait roulé la manche de sa chemise, et le contemplait en clignant des yeux. Tyrone y jetait un coup d'œil de temps à autre et fronçait les sourcils, Meerde, c'est vraiment moche bébé. Une grosse boule d'un blanc verdâtre s'était formée autour du trou, avec des zébrures rouges jusqu'à l'épaule et au poignet. J'peux à peine le bouger c'te putain. Va falloir faire quequ'chose mec.

***

Big Tim avait dit à Marion qu'il veillerait à ce qu'on lui en file un bon poids, pour ses quelques heures de travail, Et c'est pus un amusement qu'un boulot bébé. Ça veut dire quoi, un bon poids? Big Tim avait eu son rire de Père Noël, Bon Dieu, c'que tu peux êt' gloutonne. Marion sourit et haussa les épaules. Vous s'rez six à vous l'pahtager. Et c'est d'la fameuse, il souriait à son tour, tandis les yeux de Marion s'ouvraient et brillaient. Quand? Le sourire de Big Tim s'était élargi, Demain soir. Il avait attendu un moment, allait-elle lui demander en quoi ça consistait? il était sûr que non, maintenant. C't'une petite party pour des amis à moah. J'te conduirai. Avec qui est-ce que je devais partager? Cinq aut' nanas. Vous s'rez l'spectac'... Vous vous amuserez ensemb', comme qui dirait, tu piges? Il avait souri avant d'avoir, à nouveau, son rire de Père Noël en constatant, à la mine de Marion, qu'elle avait compris. Et les hommes? Ça vient plus tard, il riait si fort que Marion s'était mise à glousser. Quelle heure?

Sois ici vers huit heures. Elle avait souri, hoché la tête, et Big Tim avait eu son rire de Père Noël.

***

Ils s'arrêtèrent devant une petite station d'essence, descendirent, s'étirèrent. Le garagiste était dans le fond, à bavarder avec le mécanicien. Ils avaient dévisagé Harry et Tyrone un bon moment, avant que le garagiste se décide à poser sa bouteille de Coca et à s'avancer vers eux. Harry s'appuyait à la voiture, il se tenait et se massait le bras. Le plein, de l'ordinaire, hein? Où sont les toilettes? On est à sec. Oh merde. T'inquiète pas, jim, y nous en reste un peu. Harry regarda Tyrone en hochant la tête, J'vais aux toilettes. Le garagiste fixait Harry, Condamnées, elles sont bouchées. Harry le regarda, il avait remarqué le visage hostile. Une voiture s'était rangée devant une autre pompe, le garagiste y était allé. Bonjour Fred, le plein? Ououi. Le mécanicien, pendant ce temps-là, s'était approché, il s'appuyait contre le mur et avait fixé Harry de façon assez provocante avant de cracher au sol. Sa douleur, sa confusion, tournaient à la rage, Tyrone avait ouvert la portière, Cool bébé. Harry le regarda, monta. Le mécanicien les fixait toujours, il avait craché à nouveau, tandis qu'ils s'éloignaient. Putain, quequ'c'est qu'c'te merde, mec? C'est l'Sud bébé, craché. Bon Dieu, on s'croirait dans un film à la gomme, merde. J'croyais pourtant qu'c'te guerre était finie, putain. Meerde, pah pour ces culés. Ils regardaient le niveau d'essence. Merde, qu'est-ce qu'on va faire mec? J'en sais foutrement ren jim. Cool, c'qu'à c'qu'on trouve de c'te putain d'essence, quequ'tu veux qu'on fasse d'aut', putain? Harry hocha la tête, serra son bras contre lui, et ils roulèrent ainsi, en silence, en s'efforçant, l'un comme l'autre, de ne pas éclater, mais ils auraient donné cher pour être ailleurs, Bon

Dieu. Cette route n'en finissait plus, ils regardaient droit devant eux, ne voyaient plus ni arbres ni poteaux. Un coup d'œil sur l'essence, ils replongeaient, la pointe de la route, à l'horizon, ne cessait de reculer. Harry se frottait le bras, Tyrone, de temps en temps, se calait le sien contre la portière pour pouvoir reposer le menton sur sa main. En v'là une aut'. Ouais. La sueur leur coulait jusque dans le dos, ils s'en étaient rendu compte en pénétrant dans la station. Ils étaient restés dans la voiture, Harry s'était légèrement penché au-dehors pour demander au type de faire le plein. De l'ordinaire. Le type s'appuyait à la pompe, sans les regarder, pendant qu'elle coulait. Harry le paya et ils repartirent, sans rompre le silence, de longues minutes, jusqu'à ce que Tyrone rebranche la radio. La tension des corps, la sueur, avaient disparu. Bon sang, un p'tit extra m'frait pas d'mal. Ouais, sans déconner. Ça vah bientôt êt' l'heure du dîner.

Ils s'arrêtèrent devant un relais routier, où ils s'isolèrent dans les toilettes, chacun son tour, tandis que l'autre surveillait, assis au comptoir. Ils s'étaient shootés, ils se sentaient détendus, c'était le moment d'avaler quelque chose, avec un peu de café, Harry appela la serveuse qui bavardait avec un client à l'autre bout du comptoir. Elle n'avait pas bronché, il l'appela à nouveau, ce fut le cuisinier qui se pointa et lui dit de la boucler. Harry ferma les yeux, respira lentement, exhala jusqu'à la dernière bribe d'air, et regarda Tyrone en secouant la tête. Tyrone haussa les épaules, ils se levèrent et sortirent.

***

Sa série d'électro-chocs était terminée. Sara était assise sur le bord de son lit et regardait par la fenêtre, à travers la vitre grise, ce ciel gris, cette étendue grise, ces arbres nus. De temps en temps elle arrivait à se lever et à se traîner, dans ses chaussons de papier, jusqu'au bureau des infirmières, s'appuyait au mur, face à la porte, et les regardait. Vous voulez quelque chose? Sara clignait des yeux et la regardait. Vous voulez quelque chose madame Goldfarb? Le visage de Sara se tordait un peu, elle souriait presque, clignait des yeux et la fixait à nouveau. L'infirmière haussait les épaules et retournait à son travail. Sara s'affalait et se recroquevillait au sol, essayait d'ébaucher un sourire, et de le garder. Les muscles de ses joues se tordaient, les coins de sa bouche tremblaient. Elle finissait par l'étirer en un sourire crispé, pincé, sous ses yeux exorbités. Elle se relevait péniblement et se traînait jusqu'à la porte du bureau où elle se plantait, avec son sourire, jusqu'à ce que l'infirmière la regarde. Bien, et maintenant retournez à votre lit, l'infirmière la plaquait pour se remettre à son travail. Sara se traînait jusqu'à son lit, se rasseyait, et regardait à travers les vitres grises.

On l'avait mise dans une chaise roulante, poussée dans l'ascenseur, puis dans un tunnel, gris, interminable, jusqu'à cette salle d'attente où s'alignaient docilement un certain nombre de patients, que leurs infirmiers surveillaient en fumant et en plaisantant, dans un coin. Sara regarda ceux qui lui faisaient face, cligna des yeux, loucha un peu, et fixa le vide. De temps en temps quelqu'un ouvrait une porte et appelait un nom, un infirmier poussait le malade, ils disparaissaient derrière la porte, mais il y avait toujours autant de monde. L'attente s'éternisait, on cria son nom, brusquement. Son infirmier la poussait, Sara essayait de sourire. L'homme était assis derrière un bureau. Il y avait d'autres personnes. Qui lui donnaient du votre Honneur. Quelqu'un s'était levé, avait ouvert un dossier, et avait lu des choses, à haute voix. Le juge avait regardé Sara. Elle essayait de sourire, son visage s'était élargi, une ébauche de sourire sous des yeux exorbités, des gouttes de bave lui coulaient sur le menton. Le juge signa un papier, qu'il tendit à l'infirmier. On envoyait Sara dans une Institution Psychiatrique de l'état de New York.

Tôt dans la matinée on la réveilla et la tira de son lit pour la conduire au sous-sol, où on lui dit d'attendre, sur un banc. Elle attendait. Elle leur avait demandé si elle ne pouvait pas manger quelque chose, on lui avait répondu qu'il était trop tôt. Quand elle avait reposé la question on lui avait répondu qu'il était trop tard. Elle avait fini par passer un premier contrôle et attendait à nouveau. Assise sur un banc, elle fixait le vide. Nouvelle queue. On lui rendit ses affaires. Elle les contempla un long moment. Ils lui dirent de s'habiller. Elle fixait le vide. Ils lui enfilèrent une partie de ses vêtements. Elle se débrouilla tant bien que mal avec le reste. Ils la conduisirent à un autre banc. Elle attendit encore. Ils la mirent dans un car où elle resta assise à fixer le vide pendant que les autres s'installaient. Le car filait à travers les rues de la ville, le décor familier, images et bruits, de toute une existence, Sara fixait le vide.

On les fit descendre, on vérifia les noms sur une liste, et on les conduisit le long d'un tunnel humide, glacé et tout gris, relié à d'autres tunnels, jusqu'à un bâtiment bourré de gens qui se traînaient, restaient assis, debout, accroupis, les yeux perdus. On les avait bouclés, Sara se taisait, immobile, et fixait les murs grisâtres.

Ada et Ray lui rendirent visite. Assis dans un coin de la salle, ils la regardaient s'avancer d'un pas traînant. C'était elle, ils le savaient, mais ils ne l'avaient pas reconnue. Les os saillaient de partout. Les cheveux pendaient, morts. Les yeux étaient voilés, aveugles. La peau était grise. Sara s'était assise, Ada ouvrit un grand sac à provisions. On t'a apporté du saumon fumé et du fromage blanc et des bagels et des blintz à la crème et des danois et du pastrami et du foie hâché avec du pain de seigle, de la moutarde et des oignons, et une thermos de thé chaud et... Comment vas-tu poupée?

Sara fixait le vide, Oui, et essayait de sourire, elle mordit dans le sandwich, une grosse bouchée qu'elle mastiquait avec une espèce de grognement métallique tandis que la moutarde lui coulait aux coins de la bouche. Ada battit des paupières, Ray essuya doucement la moutarde et la bave. Ils regardaient leur vieille amie, essayaient de comprendre. Ils restèrent là une heure, interminable, et partirent à regret, mais sans pouvoir réprimer un soupir de soulagement. Ils regardaient ces murs gris, ces arbres sans vie, cette terre battue, en attendant le bus, les yeux pleins de larmes. Serrés l'un contre l'autre.

***

Harry et Tyrone fixaient la route, en silence, à travers le pare-brise, leur peur, leur angoisse, redoublaient à chaque kilomètre. Harry était presque replié sur lui-même dans la position du fœtus. La peur, la panique, lui coupaient presque la respiration. Plus ils approchaient de Miami plus ils pensaient au quartier, plus ils se sentaient perdus. Ils avaient toujours une bonne provision de came et d'amphés mais leur angoisse était si forte qu'on aurait pu la toucher du doigt. Harry essayait de fermer les yeux, de tout oublier, sauf les caïds de Miami, son bras, rouge vif, verdâtre, le ramenait à la réalité, quelqu'un était en train de le lui scier, il sautait sur son siège, s'empoignait le bras, se balançait tant qu'il pouvait. J'peux pourtant pas l'couper mec. Y m'faudrait d'la pénicilline ou quelqu'chose pour c'te putain d'bras.

Ils se garèrent au coin de la rue près du petit bâtiment du centre médical et poussèrent la première porte venue. Une salle d'attente avec quelques personnes, Tyrone se dirigea vers l'infirmière pour lui parler de Harry. Vous âvez rendez-vous? Il secoua la tête, Non. C't'une urgence. Et pourquoi n'âllez-vous pas à l'hôpital? J'sais pah où c'est et il – Harry s'approcha, J'ai le bras salement infecté, j'ai peur d'le perdre. J'peux pas voir le docteur? J'vous en prie. Il lui montra son bras, elle y jeta un coup d'œil, puis les regarda. Asseyez-vous. Elle revint au bout de quelques minutes, ouvrit la porte du cabinet de consultation et appela Harry, Par ici.

Il marchait de long en large en se tenant le bras, il avait bien essayé de s'asseoir, à plusieurs reprises, mais n'arrivait pas à rester en place. Le docteur était entré et l'avait regardé. Qu'est-qui ne vâ pas? Mon bras, y m'tue. Le docteur lui saisit le bras sans ménagement, les yeux de Harry en battirent de douleur, un rapide coup d'œil, son bras était retombé. Je reviens tout de suite. Le docteur était parti, il était rentré dans son bureau, avait refermé la porte, et appelé la police. Allô, ici le docteur Waltham. De Russel Street. J'ai un jeune homme que vous devriez venir voir. Le bras infecté, couvert de piqûres, les pupilles dilatées. Je crois que c'est un drogué. Tout l'air d'être encore une de ces sâles cloches qui nous viennent de New Yawk, et il est avec un mâcaque. Il raccrocha, sonna l'infirmière et lui dit que la police serait là dans quelques minutes, Gârdez un œil sur le mâcaque. Il attendit encore un peu avant de retourner voir Harry. Il lui saisit à nouveau le bras, le tordit, Harry en suffoquait, ses genoux s'effondraient. Faut du temps pour nettoyer ça. J'ai un autre mâlade, je m'occuperai de vous âprès. Il était reparti avant que Harry ait pu prononcer un mot, ni même reprendre sa respiration.

Tyrone essayait de feuilleter un magazine mais il avait constamment envie de se lever, de s'enfuir en courant. Il y avait quelque chose qui clochait, il ne savait pas exactement quoi. De temps à autre il regardait l'infirmière du coin de l'œil, elle n'arrêtait pas de le fixer, comme s'il venait de tuer sa vieille ou quoi. Il en avait la chair de poule. Il se replongeait dans son magazine, tournait la tête pour ne plus voir l'infirmière, et regardait les images, un peu le texte à l'occasion, panique ou pas, qu'on s'les gèle ou pah, il aurait donné cher pour retrouver le quartier. Y fait pas trop chaud ici putain, et l'endroit ne lui plaisait guère. Il se demandait où en était Harry. Harry depuis qu'il avait franchi cette porte était dans un autre univers. Bon sang qu'il n'aimait pas ça, ni la façon qu'elle avait de le regahder c'te gahce. Bon Dieu qu'il aurait voulu être chez lui. Même avec c'te putain d'neige, avec plaisir qu'y coucherait d'dans, si seul'ment y pouvait rentrer. Qu'est-ce qu'y foutais là. Meerde, c'est pas lui qu'avait voulu y aller dans c'te putain d'Sud, jamais. Vindieux qu'il aurait voulu que Harry se dépêche, qu'on lui arrange son bras, qu'y puissent s'tirer en vitesse et rentrer. C'est à ce moment qu'il s'en aperçut, quelqu'un était là debout près de lui, et quelque chose en lui, dans son estomac, dans les genoux, avait craqué. Pas besoin de tourner la tête, ce ne pouvait être qu'un flic. Quequ'tu fais lâ, mon *gârçon?* Tyrone tourna lentement la tête et regarda le flic.

Le collègue était allé directement dans l'autre pièce. Harry, dès qu'il avait entendu les pas, dès que la porte s'était ouverte, avait éprouvé une espèce de soulagement, il avait presque souri – le flic le regardait, s'avançait. Harry était pétrifié. D'où c'que t'es? Harry cligna des yeux, sa tête tremblait, impossible de l'en empêcher, Euh? Euhhh, quoi???? Qu'est-ce qu'y â? Tu peux pas pârler? Il lui avait empoigné le menton et l'avait regardé dans les yeux, avant de le repousser, D'où c'que t'es j'ai dit? Du Bronx... de, de New York. New Yawk? Il lui éperonnait du doigt la poitrine, le renversait contre la table d'auscultation, Tu veux sâvoir quequ'chose? On aime pas beaucoup les câmés d'New Yawk par ici. Le cirage blanc, surtout. Il allait dire quelque chose lorsque le flic l'avait frappé sur la tempe du plat de la main, Harry était tombé sur son bras malade. Il s'était agrippé le bras en gémissant de douleur et essayait désespérément de reprendre son souffle et de retenir ses larmes. J'veux pas entend'un putain d'mot, spèce de *lèche-mâcaque*. Le flic l'avait saisi par son bras malade, l'avait tiré à moitié évanoui jusqu'à la voiture, lui avait passé les menottes, derrière le dos, et l'avait poussé à l'intérieur. Tyrone y était déjà, les mains derrière le dos.

Arrivé au commissariat Harry demanda au gradé de service s'il ne pouvait pas voir un médecin, le gradé s'était mis à rire, Tu veux un vâlet d'chamb'? Mon bras. Y faut qu'on l'soigne. Tout l'temps. Tu t'en servirâs plus pour un bon moment. Y a un docteur qui doit probâb'ment v'nir lundi. P'têt' qu'y viendra t'voir.

Tyrone s'assit dans un coin de la cellule, il regardait Harry marcher de long en large et pensait au vieux camé avec qui on l'avait bouclé, à New York, c'ui qui f'sait mijoter ses épaulettes. Il ne leur restait plus rien. Ils étaient seuls avec leurs veines assoiffées. A des millions de kilomètres du quartier. Putain, quequ'y foutait là? Tout ça à cause de c'te con d'Harry. Lui et ses putains d'idées. Faut la suiv' c'te putain d'filière. On vah à Miami. On s'ramène un bon paquet et cool c'qu'à c'que ça dégèle. Et même s'ils le laissent appeler, qui est-ce qu'y pourrait? Quel culé c't'Harry! Pourrir dans c'trou à la con. Meerde! Il regardait Harry qui se tenait le bras et essayait de s'asseoir. Une paire d'ivrognes s'étalaient au sol. Les chiottes étaient couvertes de vomi. Elles puaient. Meerde! Vendredi. Pas d'camelote avant lundi. D'ici là on s'ra morts, putain. Tyrone referma les bras sur sa tête, serrée entre les genoux. Qu'est-ce qui m'arrive mec? Putain qu'est-ce qui m'arrive?

Harry se tordait de douleur. Deux heures depuis leur

dernière piquouse, et c'était la dernière. S'il avait pu le savoir? Il aurait doublé la dose et se s'rait défoncé. Même pas un coton, putain. Mes couilles! Plus de vingt-quatre heures sans dormir, le mélange de la came et des amphés, et cette épouvantable douleur dans le bras. et ça n'allait pas tarder à le démanger maintenant qu'il savait qu'il n'y en aurait plus. Il contempla les murs d'acier, ses yeux le brûlaient, se fermaient, se rouvraient aussitôt, et les cauchemars commençaient, avant même qu'il s'endorme. Sa tête le cuisait. Sa langue était si sèche qu'elle collait au palais. Il voulait se lever, marcher de long en large, la tête flanchait, les genoux étaient rouillés. Il s'appuya contre le mur, glissa lentement au sol, et se balança, la tête entre les genoux, les yeux brûlants, ils n'arrêtaient pas de se fermer et de se rouvrir, son bras gangréneux oscillait devant lui comme un pendule.

De temps en temps on poussait dans la cellule un autre poivrot. Mais Harry et Tyrone demeuraient isolés dans leur coin, enveloppés de solitude et de douleur, Harry sombrait lentement dans le délire, Tyrone cultivait sa rage pour essayer de se réchauffer, intérieurement du moins. Une paire de poivrots se bousculait, l'un d'eux avait plongé dans la lunette pour vomir, l'autre lui vomissait dessus, ils avaient fini par s'étaler et par s'évanouir dans le mélange. Ça puait dans toute la cellule. Harry et Tyrone demeuraient enveloppés dans leur solitude et leur douleur. Tyrone commençait à avoir des crampes d'estomac, et la diarrhée, il avait voulu nettoyer c'te putain d'chiotte pour pouvoir s'y asseoir mais l'odeur l'avait tellement écœuré, tandis qu'il l'essuyait avec du papier hygiénique c'te putain d'saloperie, qu'il s'était mis à vomir, ça l'avait repris dès qu'il s'était relevé, il avait dû y retourner, en manquant de glisser sur le sol visqueux, pour attendre, debout, devant c'te putain d'chiotte, que son corps engourdi se vide de toute cette infection, et était resté là, courbé en deux, mais la nausée remontait, son corps était secoué de spasmes, il avait serré les dents. Il profita d'un moment de répit pour regagner en chancelant son coin et se caler contre l'acier glacé, le corps parcouru de frissons à lui faire péter les os, plié en deux par les crampes, tandis que la sueur coulait de tous ses pores, elle lui en brûlait les narines, une odeur fétide, l'odeur des vieux camés, elle sentait la mort, il en était déjà ivre.

Harry s'agrippait les jambes, il essayait de rentrer en lui-même, mais il ne pouvait se servir que d'un bras, il était inondé de sueur, celle de la came et celle de la fièvre, et secoué de frissons, de tremblements irrépressibles, il agonisait de douleur. Elle était telle, parfois, qu'il s'évanouissait un instant, jusqu'à ce que le corps et l'esprit le talonnent à nouveau, et il se roulait en boule pour se réchauffer, cherchait désespérément un moyen de mettre un terme à cette agonie dans son bras, il brûlait et gelait de fièvre, et le délire venait comme une sorte de soulagement.

On avait vidé la cellule dans la journée du lundi. Les poivrots étaient partis les premiers, Harry et Tyrone les derniers. Le bras de Harry tournait au vert, il empestait. Le gardien l'avait justement attrapé par ce bras pour le faire pivoter et lui passer les menottes. Harry avait poussé un cri de douleur, s'était évanoui et s'était effondré sur les genoux tandis que le gardien continuait de lui tordre le bras pour lui boucler les mains derrière le dos. Tyrone s'était penché pour aider Harry, un autre gardien l'avait frappé sur le crâne avec une petite matraque, et avait continué à lui marteler les côtes et le ventre tandis qu'il gisait à terre, T'âvise plus d'lever les pâttes sur moi, mâcaque. On lui avait bouclé les mains derrière le dos, on l'avait remis sur ses pieds, on lui avait collé un bandeau sur le crâne et on les avait traînés jusqu'au tribunal, Harry et lui. On les avait plaqués sur des chaises, Harry gémissait et tombait en avant, le flic lui disait de la fermer et le renvoyait contre le dossier, d'une bourrade. Un type en costume s'assit près de lui, entreprit de lui expliquer qu'il était désigné par le tribunal pour assurer sa défense, et lui énonça les numéros des articles du code qu'ils avaient enfreints, Tyrone était toujours agité de spasmes sous l'effet conjugué de la douleur, de la nausée et des crampes, la sueur lui clouait les paupières, il essayait de les essuyer, d'un coup d'épaule, chaque fois qu'il bougeait, le flic le frappait sur la tempe, du revers de la main, il n'y voyait plus rien, sa tête retombait, le type lui disait qu'il s'en tirerait avec quelques semaines de camp de travail s'il reconnaissait le délit de vagabondage. Ils vous donneront un billet de car pour New York quand vous sortirez. Et not'argent? Vous en aviez? Tyrone le regarda un moment en clignant des yeux pour le voir plus clairement, On a pus d'mille dollars jim. Pas d'après ce rapport. Tyrone le fixa encore et haussa les épaules. Et Harry? L'est malade. Oh, vous serez tous les deux examinés par le médecin avant de partir pour le camp. Oh meerde, comme il aurait voulu être plus jeune de quelques mois. Pas d'emmerdes, l'été dernier. On s'ra pépères, la fête tous les jours. Meerde!

***

Marion était assise, seule, sur le divan, elle regardait la télévision. Les amusements enfin terminés, sur le chemin du retour, elle avait dû lutter dur pour se ressaisir. Elle s'était montrée naïve. Aucune idée de ce qu'elle était censée faire avec les autres filles. Avec les hommes elle savait, avec les filles c'était un choc. Elle avait failli vomir. Mais elle savait pourquoi elle était là, ce qui lui facilitait les choses. Elle était déjà en pleine action quand elle s'était rappelée les petits livres qu'elle avait lus, toutes ces photos qui la faisaient rigoler. Mais autant que ce qu'elle avait fait c'était la facilité avec laquelle elle l'avait fait qui la turlupinait. Elles avaient partagé la came et Marion s'était dit que ça en valait quand même la peine. Une fois rentrée elle s'était shootée, l'héroïne avait emporté toute arrière-pensée, même pas envie de se baigner, elle attendrait le lendemain matin. Marion s'était étendue sur le divan, devant la télé, sans plus se soucier de cette odeur sur son corps, sur ses lèvres, Big Tim avait raison, ne cessait-elle de se répéter, cette came est de première. J'en ai pour un moment. Elle avait souri. Et il y en aura encore, et je n'aurai plus à la partager. Autant que j'en veux, toujours. Elle se peletonna sur le divan et sourit, Toujours.

***

Harry et Tyrone faisaient la queue avec une douzaine d'autres dans une salle au fond de la prison. Ils avaient écopé de trois mois de camp, au lieu de quelques semaines. L'autocar était garé devant la porte ouverte. Les prisonniers se traînaient, un à un, devant un gardien près du médecin avec une liste dactylographiée sur une planchette. Le médecin et les gardiens plaisantaient, riaient, buvaient du Coca, tandis que les prisonniers avançaient, avec leurs chaînes. Le gardien vérifiait les noms et les numéros et le docteur les regardait et leur posait à tous la même question, Vous m'entendez bien? Vous me voyez bien? Ils hochaient la tête, le docteur leur donnait une bourrade dans le dos, OK pour le camp. Comme d'habitude Harry et Tyrone étaient les derniers. Harry délirait constamment, il trébuchait, Tyrone, dès qu'il essayait de l'aider, recevait des coups ou était brutalement repoussé. Le docteur avait regardé ce bandage, ces bosses, ces taches sur la peau, et avait souri, On a eu des petits ennuis, mon *gârçon!* Les gardiens avaient ri. Tu m'entends pas, mon *gârçon?* Tu m'vois pas, mon *gârçon?* Tyrone avait hoché la tête et le docteur l'avait giflé, tandis que le gardien lui enfonçait sa matraque dans le creux du dos, On dit Monsieur, mâcaque. Y-z-ont pas d'mânières à New Yawk, ces câmés d'mâcaques. Ils avaient ri, Il apprendrâ vite. Tyrone en tremblait de rage, en se traînant vers l'autocar. La frustration autant que le sevrage, il aurait voulu leur crabouiller la figure à ces culés, mais ils n'attendaient que ça pour le pend' pah les fesses, inutile d'aggraver son cas, qu'ça s'passe vite et que j'puisse rentrer, son sevrage même l'y aidait... il ne pouvait presque pas bouger.

Ils soutinrent Harry devant le docteur. V'là encore un aut' câme qui nous ârrive de New Yawk. Il en pince pour les mâcaques, pas vrai mon *gârçon?* Harry gémit, ses genoux flanchaient, le gardien le redressa, Y dit qu'il a quequ'chose au brâs. Ouais? Le docteur lui releva brutalement sa manche, Harry cria et s'effondra et ils le relevèrent brutalement, Tu peux pas t'tenir debout, comme un homme? Un bref regard sur le bras, il se mit à glousser, M'est âvis qu'y faudrâ qu'tu t'piques ailleurs, mon gârçon. Il fit un signe de la tête aux gardiens, R'gârdez-moi ça, c'est-y pas quequ'chose? Les gardiens regardaient, le visage tordu de dégoût. Bon Dieu, ça pue encore plus qu'lui. Ouais, pire qu'un mâcaque, ils s'étaient tous mis à rire. Vous feriez mieux d'l'expédier à l'hôpitâl avant qu'il vous empoisonne toute la taule. Nouveaux rires. Y pâssera pas la semaine. Y en a d'autres? Non c'est tout doc. Bon. Faut qu'je retourne à mon cabinet. A la semaine prochaine.

* * *

Sara faisait la queue avec les autres, pour son médicament. Elle s'arrêtait, avançait, s'arrêtait, avançait, jusqu'à ce qu'elle se retrouve devant l'infirmière, qui lui déposa un comprimé de Thorazine sur la langue et attendit qu'elle l'ait avalé pour la laisser repartir. Sara restait immobile dans son coin, les bras croisés, à regarder les autres se traîner devant l'infirmière. La salle s'était vidée. Plus personne. Sara regardait droit devant elle, elle tourna lentement la tête, de tous les côtés, et partit elle aussi. Les bras croisés elle glissait vers la salle de télévision, dans ses pantoufles de papier. Il y en avait déjà quelques-uns, assis, le menton sur la poitrine, sous l'effet de la drogue. D'autres riaient, ou pleuraient. Sara fixait l'écran.

***

Harry était inconscient quand ils l'avaient roulé jusque dans la salle d'opération. Ils lui avaient coupé le bras à la hauteur de l'épaule et avaient immédiatement pratiqué une thérapie anti-infectieuse pour tenter de le sauver. Des intraveineuses dans le bras droit et aux deux chevilles, on l'avait attaché sur son lit pour que les aiguilles ne sautent pas et ne lui déchirent pas les veines en cas de convulsions. On lui avait enfoncé un tube dans le nez pour alimenter régulièrement ses poumons en oxygène. Deux drains sur les côtés étaient reliés à une petite pompe, sous le lit, pour tenter d'absorber tout le poison qu'il avait dans le corps. De temps en temps il s'étirait et grognait, comme pour échapper au cauchemar, l'infirmière assise près du lit lui essuyait le front avec un linge humide et frais et lui parlait doucement, Harry se calmait et s'immobilisait, il avait presque l'air d'être mort, noyé dans son rêve, dans une sorte d'apesanteur... baigné de lumière, une lumière si pleine, si intense, qu'elle pénétrait les moindres fibres de son être, il ne s'était jamais senti comme ça, spécial, vraiment spécial. Et cette lumière était chaude, Harry souriait, il en riait presque de joie, comme si cette lumière lui disait qu'elle l'aimait, tout allait bien, tout irait bien, et voilà qu'il marchait maintenant, sans trop savoir pourquoi. Il cherchait la source de cette lumière. Un endroit précis. Elle devait venir de quelque part, et plus il s'en approcherait mieux il se sentirait, il marchait donc, marchait, marchait, mais la lumière ne bougeait pas. Elle ne changeait pas. Ni plus claire ni plus sombre, il s'était arrêté pour réfléchir, il n'y arrivait pas... pas vraiment. Il essayait de froncer les sourcils, son sourire était figé, son être entier baignait dans la joie. Un petit tiraillement pourtant, il fronçait les sourcils, la lumière s'estompait, quelque chose de hideux, de monstrueux, il ne le voyait pas, il le sentait, qui s'approchait, depuis cette boule noire, ce nuage quelque part derrière lui, il avait beau s'agiter, rien, pas de nuage, il s'efforçait désespérément de le localiser pour tenter de lui échapper, rester dans la lumière, plus il se démenait, plus il courait, moins il bougeait, il essayait de reprendre son souffle pour foncer un bon coup et courir, courir, courir... impossible de bouger, le sol, sous ses pieds, était de plus en plus amorphe, Harry sombrait, sa lutte ne faisait qu'accélérer la chute, la lumière, à sa grande terreur, semblait reculer, ce nuage noir, il ne le voyait toujours pas mais s'y enfonçait de plus en plus, le monstre s'approchait, Harry voulait crier, aucun son ne sortait. Sa bouche remuait, il le sentait, il le voyait même, aucun son n'en sortait, un goût de noir, si âcre, il se débattait sous les griffes invisibles du monstre, se démenait pour donner voix à sa terreur, ses contorsions n'aboutissaient qu'au silence, il serait bientôt en miettes s'il ne parvenait pas à crier, le monstre lui déchirerait la chair, les os, Harry s'efforçait d'ouvrir la bouche, ses lèvres se tendaient, s'écartelaient, un léger bruit enfin, une tache grise sur le noir, il essayait d'ouvrir les yeux, de lutter, des éternités, pour les ouvrir avant que les griffes du monstre les déchirent... et brusquement ce fut la lumière, pas la même, mais une lumière, il tenta de bouger, il ne pouvait pas, de parler, sa bouche ne balbutiait que des sons incompréhensibles. L'infirmière pouvait lire dans ses yeux toute cette terreur, cette panique, elle lui souriait, Tout va bien fiston, vous êtes à l'hôpital. Harry avait mis un certain temps à comprendre... un temps infini... Il tenta de remuer les lèvres. Tout était si pesant. Il ne pouvait plus rien remuer. L'infirmière lui frotta doucement un cube de glace sur les lèvres. Ça va mieux? Il essaya de hocher la tête, impossible. Il cligna des yeux. Elle lui essuya le front et le visage avec un linge humide et frais. La peur, la panique, n'avaient pas disparu, l'infirmière le voyait bien. Elle lui souriait doucement en lui frottant à nouveau ce cube de glace sur les lèvres. Vous êtes dans un hôpital fiston. Tout va bien. Lentement, douloureusement, il hocha la tête pour lui signifier qu'il avait compris. Ses paupières battaient, Mon bras, mon bras – il pleurait presque – bougrement mal. J'peux même pas l'remuer. L'infirmière lui essuyait le visage avec ce linge humide et frais, Tâchez de vous détendre fiston, la douleur va partir. Harry la regarda un moment, il sentait sur son front la fraîcheur du linge humide, ses yeux se fermèrent, il sombra progressivement dans l'inconscience sans cesser de lutter, avec ce qu'il lui restait de forces, pour échapper au noir, aux griffes du monstre, et retourner à son rêve de lumière.

*
* *

Pendant des semaines Tyrone avait cru mourir d'une minute à l'autre, ce qui ne l'empêchait pas, souvent, d'avoir peur de ne pas mourir. Tyrone frissonnait dans la nuit glacée, les os lui faisaient mal, il avait des crampes dans les muscles, la douleur le pliait en deux, les élancements, dans ses jambes, le tiraient presque tout de suite d'un éphémère et pitoyable sommeil, il se tordait, se recroquevillait sur le châlit, ses dents claquaient, un peu d'chaleur bon Dieu, pourvu qu'il ne soit plus jamais cinq heures, qu'il n'ait pas à se lever, à se taper douze heures de travail à la chaîne, sur cette route. Le garde riait en le voyant frissonner et le balançait par terre, Mâgne-toi les fesses mon *gârçon,* t'as du boulot, et repartait d'un éclat de rire avant d'aller réveiller de ses hurlements les prisonniers des autres baraques.

Tyrone avait souffert de crampes pendant presque toute la première semaine, il était affaibli par la diarrhée et les spasmes de la nausée, mais rien ne venait, que des gouttes de bile. Quand il s'écroulait de fatigue et de douleur le garde riait, Quequ't'as mon *gârçon,* tu y arrives pas? Les aut' mâcaques y arrivent ben, qu'est ce qui n'vâ pas mon *gârçon?* Le garde riait en le repoussant d'un coup de pied au menton, finissait sa bouteille de Coca et la jetait dans le fossé avant d'agripper Tyrone, de le tirer, de l'attraper par le menton et de le soulever presque de terre, T'sais quequ'chose, mon *gârçon*, on aime pas trop les mâcaques dans ton genre, les p'tits mâlins d'New Yawk, tu piges mon *gârçon,* hein? Tu piges? Tyrone se balançait au bout de ces mains, le corps secoué de spasmes. Personne t'a d'mandé d'venir par ici, pas vrai, mon *gârçon?* hein? On t'l'a-t'y d'mandé? On aime pas les types dans ton genre par *ici,* si tu r'tournes à New Yawk dis-leur ben à tous ces mâcaques qu'on les aime pas. Tu m'entends mon *gârçon?* hein? Tu m'entends? On en a suffisamment vec nos mâcaques à nous, c'est-y pas vrai – un coup d'œil aux prisonniers qui l'entouraient – on s'en occupe très bien, pas b'soin d'gârs d'vot' espèce pour nous emmerder. Tu m'entends mon *gârçon?* hein? Tu m'entends? Il rejetait Tyrone à terre, crachait, reniflait, et riait, J'pârie qu't'aimerais ben me bousiller, pas vrai mon *gârçon,* hein? T'aimerais bien me planter ta pelle dans le crâne, hein, mon gars? Il crachait et riait de plus belle, J'vais t'dire une bonne chose mon *gârçon,* j'vais t'tourner l'dos, t'auras une chance. Ça t'dit-y mon *gârçon?* hein? Allons mon *gârçon,* reste pas là à pleurnicher comme çâ, t'es pas empaillé l'mâcaque, s'coue-toi les fesses, vas-y – le doigt sur la nuque – là, t'as une chance mon *gârçon,* il se retournait, surveillait son ombre, guettait celle de Tyrone, riait et s'éloignait, Allons, allons, mâgnez-vous les fesses mâcaques, on est pas au spectac' putain. Tyrone était toujours étendu dans le fossé, il essayait de se relever, sa tête bouillait, il aurait voulu lui arracher la langue à c'te culé, putain, la lui foncer dans la gorge, mais il était là à genoux, incapable de bouger, appuyé sur sa pelle, la tête pendante, le corps convulsé de hoquets. Un autre prisonnier était venu l'aider, Doucement mon frère. Tyrone haletait en maudissant c'te culé d'navet, ses convulsions lui faisaient ravaler ses mots. L'autre prisonnier, quand Tyrone s'était calmé, l'avait aidé à se redresser, T'fais pah d'illusions mon frère, y t'grillerait la cervelle, vec son flingue. Cool, y finira par t'lâcher. Tyrone avait peiné toute la journée, avec l'aide de quelques autres prisonniers, et s'était abattu sur son lit dès qu'ils étaient rentrés au camp, après le coucher du soleil. L'épuisement avait le dessus, il somnolait un moment, sans que son corps cesse de le tourmenter, puis se calmait un peu, se revoyait petit garçon, avec sa mamy, il avait mal au ventre, sa mamy le serrait si tendrement qu'il pouvait sentir sur son visage la chaleur de son souffle, c'était si bon, si doux, ça lui chatouillait le nez, mais pas trop, il en oubliait presque son mal au vent', une cuiller de médicament, c'était drôl'ment mauvais, il secouait la tête, Non, non, non, la tournait, sa mamy lui parlait si gentiment, si doucement, elle lui disait qu'il était un grand gahçon, le grand gahçon à sa mamy, elle était fière de lui, avec un si large sourire, si clair, si ouvert, on aurait dit qu'elle avait l'soleil dans les yeux, il fermait les paupières et avalait son médicament et sa mamy souriait, encore pus, et son visage était tout clair, tout brillant, elle serrait son p'tit gahçon contre sa poitrine, le berçait en chantonnant, il lui mettait les bras autour du cou, le pus loin possib', elle chantait si doucement, sa voix ressemblait à celle des anges qu'elle lui parlait, il se sentait si bien en l'écoutant chanter sa mamy, au chaud, en sécurité, il était prêt de s'endormir, et puis brusquement son vent' lui f'sait mal, drôl'ment mal, et il se remettait à crier, Mama, mama, et sa mamy le serrait encore plus, sa robe, en lui frottant le visage, lui essuyait ses larmes, il sautait, se tordait, la douleur, les larmes, l'avaient brusquement tiré de son sommeil, de son rêve. Il ouvrait les yeux, il aurait presque voulu... souhaité... mais il n'y avait plus que le noir. Il revit encore, une brève seconde, cette lumineuse image de sa mamy le serrant contre sa poitrine en chantonnant, le noir la lui arracha, elle aussi, et il n'entendit plus que le chuintement de ses larmes sur ses joues.

Les spasmes et les hoquets finirent par s'arrêter, une autre journée s'écoula, avec l'aide de ses compagnons, et Tyrone ne fut bientôt plus qu'un macaque comme les autres, les gardes le laissaient tranquille, qu'y fasse son boulot, qu'y fasse son temps, et il restait là sur son lit, la nuit, à rêver de sa mamy et de la douce chaleur de ses seins.

Impression réalisée sur Presse Offset par

BRODARD & TAUPIN

GROUPE CPI

La Flèche (Sarthe), 22559
N° d'édition : 1525
Dépôt légal : septembre 1984
Nouveau tirage : mars 2004

Imprimé en France